愛知大学国研叢書
第4期第2冊

歴史と記憶

文学と記録の起点を考える

松岡正子
黄英哲
梁　海
張学昕
[編]

あるむ

歴史と記憶

文学と記録の起点を考える

目次

序（日本語版）　張学昕・梁海（訳＝嶋田　聡）⋯⋯⋯⋯⋯⋯　7

序（中国語版）　张学昕・梁海⋯⋯⋯⋯⋯⋯⋯⋯⋯⋯⋯⋯⋯⋯　13

第Ⅰ部——文　学

「興民」と小説の位置づけ
　　——許寿裳遺稿「中国小説史」初探⋯⋯⋯⋯⋯⋯⋯　黃英哲　19

如何在一個作品中談論文學、記憶和歷史
　　⋯⋯⋯⋯⋯⋯⋯⋯⋯⋯⋯⋯⋯⋯⋯⋯⋯⋯⋯⋯⋯⋯　蔣濟永　39

新历史小说的文学史建构
　　⋯⋯⋯⋯⋯⋯⋯⋯⋯⋯⋯⋯⋯⋯⋯⋯⋯⋯⋯⋯⋯⋯　王玉春　57

历史与文学的双重变奏
　　——贾平凹《古炉》的叙事策略⋯⋯⋯⋯⋯⋯⋯⋯⋯　贾浅浅　65

侠客、江湖与意境
　　——对《卧虎藏龙》的一个美学解读⋯⋯⋯⋯⋯⋯　刘博・梁海　77

在精神与灵魂的临界点
　　——《生死疲劳》中农民形象蓝脸的"变脸"⋯⋯⋯　李梓铭　91

以"人"为核心的表达
　　——李锐小说创作简论⋯⋯⋯⋯⋯⋯⋯⋯⋯⋯⋯⋯　翟永明　107

"苦闷的象征"
　　——厨川白村与丰子恺对西方美学思想的接受与改造⋯⋯　陈政・梁海　117

从《春香传》到《春香》
　　——文学经典的传播与演变………………………………白　杨　131

论世界文学语境下的海外汉学研究
　　………………………………………………………………季　进　139

第Ⅱ部——歴　史

「歴史の視点から見た中国の対外観」序論
　　………………………………………………………………三好　章　153

「自治」と「友愛」
　　——日本統治期台湾における蔡培火の政治思想……………嶋田　聡　169

チャン族における婚姻慣習の記憶
　　——史詩「木吉珠和斗安珠」と入贅婚……………………松岡正子　195

戦前日本の中国語教育と東亜同文書院大学
　　………………………………………………………………石田卓生　219

『大旅行誌』にみる書院生の「ことば」へのまなざし
　　——大正期以前の記述より………………………………塩山正純　245

東亜同文書院大旅行とツーリズム
　　——台湾訪問の例を中心に………………………………岩田晋典　265

あとがき………………………………………………………………289

序

張学昕　梁　海
（訳＝嶋田　聡）

　2016年6月、愛知大学と大連理工大学、大連大学、遼寧師範大学は、共同で大連において「文化・文学：歴史と記憶」国際学術研討会を開催し、中日両国の学者がおもに「文学創造における歴史と記憶」と「21世紀東アジアの歴史・文化研究における新たな試み——移動と越境」という二つのテーマについて深く掘り下げて検討した。実は、記憶と歴史と文学の関係は、20世紀の西洋において多くの議論がなされている。それらの理論はすべて同じというわけではないが、総じて過去のさまざまな思考様式を疑う傾向があり、その結果、再現、事実、歴史等の基本概念に対してそれぞれ新たな認識が生まれたのである。では、我々は今日どのように文化、文学、歴史、記憶について考えるべきなのだろうか。記憶は歴史と文化を再現することができるのだろうか。また、文学はどのように歴史と記憶を叙述するのだろうか。文学における叙述と歴史における叙述、そして記憶における叙述との間には、どのような関係性や相違があるのだろうか。それらの関係に対する深い探究と比較対照を通して、新たな視角からもう一度文化、文学、歴史の価値と意義をとらえ直すことはできるのだろうか。こうした問題はすべて、現在の文学研究や文化研究が関心をもつべき重要な理論的課題である。

　アメリカの中国研究家ヴェラ・シュウォルツ（Vera Schwarcz）は、自らの著作の中で『旧約聖書　詩篇』の中の「エルサレムよ、もしも私がお前を忘れたら、私の右手がその巧みさを忘れるように。もしも私がお前を思い出さず、私がエルサレムを最上の喜びにもまさってたたえないなら、私の舌が上あごについてしまうように」という詩句を引用し、ユダヤ民族が記憶を重視

する民族であることを例証した。同様に、我々中華民族も記憶をきわめて大切にする民族であり、我々はいつも「前のことを忘れず、後のことの手本とする」（「前事不忘、後事之師」）といっている。シュウォルツも唐代の詩人・孟郊の「秋懐」の中の詩句「古に忍びて、古を失わざれ。古を失えば、志くじけ易し。古を失えば、剣もまた折れ、古を失えば、琴もまた哀し」（「忍古不失古、失古志易摧。失古剣亦折、失古琴亦哀」）を引用しながら、この点について註釈した。スティーブン・オーウェンに至っては、「追憶」という概念で中国古典文学の根本的な特質を規定した。このように、まさに記憶を重視することによって、中華文化とヘブライ文化は時空を超えて現在まで延々と存続することができているのであり、それはちょうどシュウォルツの「個人の追憶が記憶の鎖の一部になり、この記憶の鎖が中国人とユダヤ人の伝統を古代から絶えることなく現在まで持続させている」[1]という指摘の通りである。

　記憶が歴史と文化をつなぐ鎖であるからには、我々は記憶と、それが歴史と文化を伝承していく方式を深く理解しなければならない、なぜならひとたび記憶の鎖が途切れると歴史も断絶してしまうからである。まさにそれゆえに、20世紀以来、記憶は一貫して人々が関心をもつ重要なテーマとなってきた。ドイツの心理学者ヘルマン・エビングハウス（Hermann Ebbinghaus）は1885年に発表した彼の実験報告において、有名な「忘却曲線」を提示した。以来、記憶は心理学において実験研究がもっとも多くなされる分野の一つとなった。その後、記憶に関する理論と研究方法は絶え間なく発展してきた。それらの記憶理論によると、人間の記憶は個人的記憶と集団的記憶の2種類に分けることができ、前者は認知心理学の範疇に属し、後者はもっと広い社会心理学の領域に入る。さらにもう少し細かく分けるならば、集団的記憶はまた社会的記憶と文化的記憶の二つの面を含んでいる。フランスの社会学者モーリス・アルブヴァクス（Maurice Halbwachs）は、集団的記憶とは実際のところ人々の交流の記憶であり、「単なる日常的な交流を基礎とする集団的記憶の類のものを含み」[2]、それが口述史の分野を構築するとする。交流の記憶のもっとも大きな特徴は時間の有効性にあり、最大でも80〜100年を超えることはない。交流の記憶の短さや流動性とは異なり、文化的記憶は客観的な物質的文化記号を伝達手段として固定化されており、「文化的記憶は固定点をもち、一般に時間が経つにつれて変化することはなく、文化形式

（テクスト、儀式、記念碑など）および組織化された交流（暗唱、実践、観察）を通して継続される」[3]のである。これらの記憶理論を通して、我々は、どのような種類の記憶にせよ言語による叙述から離脱することは不可能であり、記憶を積載するこの鎖の伝達手段こそが叙述であることに容易に気づくのである。

　それでは、歴史と文学はどのように記憶を叙述しているのだろうか。20世紀以来、記憶と歴史の関係に対する研究の深化は、過去に我々が歴史に対してもっていた既成認識を打ち破ってきた。伝統的な考え方では、歴史研究の目的は、多くの記憶が幾重にも重なった確定的な部分を発見することであると見なされていた。しかし、個人に宿る歴史記憶には強力な不確定性の要素があり、違った経歴をもつ者同士がたとえ同じ時空に存在していたとしても、それぞれ違った感覚をもつことがあり得る。同様に、集団的記憶についても、国家や民族、あるいは団体の利益により偏差を生むことがある。もし当事者間の利益が調和しているような事件ならば、双方がもつ歴史記憶は内容的に一致する傾向にあるが、それらが互いに激しくぶつかり合うような事件になると、双方の歴史記憶は誤解やひいては反目に至る。例えば、ある学者の指摘によれば、第二次世界大戦中にナチスの収容所看守だったジョン・デミャニョク（John Demjanjuk）に対するイスラエルの告発は、多くの点で真実を欠いており、デミャニョクは決して証言の中で述べられているような凶暴な人間ではなかったという。

　そうであれば、ここに一つの根本的な問題が提示される。歴史の真実と歴史の記憶との間には、いったいどのような関係があるのだろうか。歴史研究の中からどのような啓発を受けるべきなのだろうか。新歴史主義においては、歴史は断層に満ちている、歴史はこれまで客観的な存在だったことは一度もなく、ただ話すことの中においてのみ実現するものだと考えられている。デリダはテクストの外に世界は存在しないといった。フーコーはさらにテクストを通して各種の言説を通り抜けることにより歴史を復元しなければならないと強調した。なぜならこうした言説は、その当時の時間、場所、イデオロギーにもとづいて構築されたものだからである。いいかえると、歴史は決して史実の単一の記載ではなく、記憶は歴史の真実を変形させることができるのであり、歴史的叙述における記憶とは不確かなものである。

では、文学はどのように記憶を叙述するのだろうか。周知の通り、文学の本質は虚構であるが、虚構はまた現実に依拠していなければならないのであって、文学は現実の外側に遊離した空中の楼閣を仮設することなどできないのである。それゆえ、20世紀以前の文学理論の多くが現実と記憶に対する叙述を強調しており、とくに19世紀のバルザック、ディケンズ、トルストイに代表されるリアリズムの作家たちは、当時の社会の現実を隈々まで克明に描き出している。エンゲルスは、バルザックは一つの完璧なフランス社会史を創造したといい、彼［エンゲルス＝訳者］がバルザックの小説から学びとったフランスの現実に関するものは、「その時代の専門的な歴史学者、経済学者、統計学者をすべて足し合わせたものよりも多かった」という。ゆえに、2千数百年前にアリストテレスは、「歴史が述べるのはすでに起きたことであり、詩が述べるのはこれから起きるだろうことである。よって、詩は歴史よりも哲学性をもち、より厳粛である。詩が述べるのは普遍的な事物であり、歴史が述べるのは個別的な事物である」といったのである。つまり、虚構を志向する文学こそが、万物を通して内在的な本質の真実を発見することができるのである。しかし、20世紀に入って以来、リアリズム文学はモダニズム、ポストモダニズムの荒波を受けて、文学と現実、文学と記憶との間にますます深刻な乖離を生むようになってしまい、文学は目新しい荒唐無稽な芸術表現手法の実験場となり、文学テクストは内容を失って「書くこと」自身となり、文学はさまざまな要素の中で互いに分解し、転覆し、二度と世界に意味を与えることを試みなくなってしまったのである。

　我々は、20世紀以来さまざまな理論が続々と出現し、程度の差こそあれ歴史、文学、記憶の間の紐帯を切断し、歴史と文学の間の境界さえも次第にあいまいになるのを目撃してきた。ヘイドン・ホワイト（Hayden White）は、歴史的叙述と文学的叙述には本質的な区別はなく、したがって歴史家が自ら記述したものはすべて真に確かな「事実」だと思っていても、実際はただの「歴史家による虚構」にすぎないと指摘する。歴史家が歴史を叙述する場合も小説家が小説を創作する場合も同様の修辞手法と叙事構造を用いている。そのため、歴史の叙述は終始「不可避的に詩的構築となり、それゆえ比喩的な言語様式に頼ることになるのであって、これらの比喩的言語のみが、この構築物を完全に一致した、筋の通ったものに見せることができるので

ある」[4]。実際のところ、ホワイトの理論は決して独自の真新しい理論ではない。中国においては古代からすでに文学と歴史の区別はなく、『左伝』では『春秋』の中にほんのわずかしかなかった歴史記載を、始めもあり終わりもある生き生きとした物語にまで拡大できたのだが、すなわちそれは虚構にもとづいているのである。しかし、当代の西洋の批評理論の中では、ホワイトの観点はわずかな欠点を直そうとしてかえって全体をだめにしてしまうような一面があり、歴史的叙述と文学的叙述との間にいささかの区別もないなどという主張は、いずれも何らかのイデオロギーの影響を受けた虚構であるようにしか思えない。それゆえ、文学的叙述と歴史的叙述と記憶のつながりを否定し、それによって歴史を切り裂き、歴史的真実の存在をも否定してしまったのである。

　こうして、記憶に対する信頼性の消失、加えて新歴史主義やモダニズム、ポストモダニズムの影響により、文化、文学、歴史と記憶の間に根本的な断裂を生じたのである。歴史の真実と歴史の記憶とは関係ないか、もしくは互いにかけ離れたものとするという考えは、歴史の記憶という機能の価値を根本的におとしめることとなった。そして文学は言語遊戯であり、現実とも歴史とも何の関わりもなく、もはや意味を担う価値のないものと見なされた。こうした観点はどれも偏っているし、間違ってもいる。それゆえ、今まさに我々があらためて20世紀の文学理論を検討し、また記憶、歴史と文学の間の相互関係をあらためて認識するべき時期にきている。新たな世紀に入って以来、これら三者の関係性を再び整理し直して境界を定めるということは、すでに学術界が共通して関心をもつ理論的課題となっている。2007年、北京外国語大学『外国文学』編集部と解放軍外国語学院聯合は、洛陽にて「歴史・記憶・文学」国際学術研討会を開催した。2013年には騰訊書院が「文学・歴史・記憶」文化論壇を開催し、葉錦添、欧陽応霽、龔鵬程、張鳴、廖美立、陳伝興、陳暁明、李洱、王家新、呉彤、許悔之等、大陸と台湾の著名な学者を招き、それぞれ違った視点から文学、歴史、記憶の関係を検討し、多くの正確で透徹した見解を得て深く考えさせられた。この方面の研究をさらに一歩進めて発展させるため、2016年6月に大連理工大学、愛知大学、大連大学、遼寧師範大学が共同で開催した「文化・文学：歴史と記憶」国際学術研討会では、文化、文学、歴史、記憶をめぐるいくつかのキーワードに

ついて、深く掘り下げた研究討論が展開された。具体的な内容としては、新歴史主義の視野の下での文学創造、歴史に関係のある文学経典のテクスト解説、歴史と記憶、文学創作の新たな可能性、および20世紀から21世紀にかけての東アジア史の分裂と変遷、東アジア地域の文化人の移動と越境、東アジア地域における文学テクストの旅、東アジア地域での儒家思想の普及、東アジア地域の民族問題などである。多元的な視角の下での討議によって、すばらしい研究成果が得られ、文化、歴史、記憶、文学に対する研究がより深まり、中日両国の文化と文学の研究者間のハイレベルな交流が促進された。

　会議期間中に、愛知大学の黄英哲教授から今回集まった優れた論文などを論文集として出版する考えが提示された。これはとてもいい提案であり、これにより会議の研究成果をさらにいっそう大きなものに拡大することが可能である。黄英哲教授と松岡正子教授は本案のために骨身を惜しまず努力され、編集や論文の翻訳（要旨等）から出版のための申請や資金の調達に至るまで多くの時間と精力をつぎ込んでくださり、その結果、本書は無事に出版できることとなった。本書を出版するに当たり、我々は著者各位が提供してくれたすばらしい論文と、愛知大学からの強力な支援、そして黄英哲教授と松岡正子教授の勤勉な仕事に感謝の意を表します。本書の出版がたたき台となり、さらに多くの学者が文化、文学、歴史、記憶に関する学術討論に参与することを心から望むものである。結局、歴史にしろ、文学にしろ、記憶の叙述に関わるのは、我々の過去ではなく、我々の未来なのである。

原注

1 ）張隆渓「記憶、歴史、文学」『外国文学』2008年第 1 期。

2 ）哈布瓦赫『論集体記憶』上海世紀出版集団、1992年、69頁。

3 ）Jan Assmann, Collective Memory and Cultural Identity, *New German Critique*, No. 65, Cultural History/Cultural Studies (Spring – Summer, 1995), pp. 125–133.

4 ）Hayden White, *Tropics of Discourse: Essays in Cultural Criticism*. Baltimore: Johns Hopkins University Press, 1978, p. 98.

　訳注　原注 3 ）、4 ）の引用箇所は著者による中文訳からの重訳である。

序

张学昕　梁　海

2016年6月，日本爱知大学与大连理工大学、大连大学、辽宁师范大学共同在大连举办了"文化·文学：历史与记忆国际学术研讨会"，中日两国学者主要围绕"文学书写中的历史与记忆"与"21世纪东亚历史·文化研究新尝试——移动与越境"两方面的议题展开了深入研讨。其实，记忆、历史和文学的关系，在20世纪西方有很多理论探讨，这些理论尽管不尽相同，却有质疑过去各种理论观念的趋向，对再现、事实、历史等基本观念，都有新的认识。那么，今天我们应该如何理解文化、文学、历史与记忆呢？记忆是否能够再现历史与文化？文学又是如何叙述历史与记忆的？文学的叙述与历史的叙述、记忆的叙述有着怎样的联系与不同？通过对它们关系的深入探究和比照，是否能够从一个新的视角来重新审视文化、文学、历史的价值和意义？所有这些问题都应该是当下文学研究、文化研究给予关注的重要理论课题。

美国汉学家舒衡哲（Vera Schwarcz）在她的论著中曾引用《旧约·诗篇》里的诗句："耶路撒冷啊，我若忘记你，情愿我的右手忘记技巧，我若不纪念你，若不看耶路撒冷过于我所最喜乐的，情愿我的舌头贴于上膛"，以此引证犹太民族是一个重视记忆的民族。同样，我们中华民族也是一个极为珍视记忆的民族，我们常说，"前事不忘，后事之师"。舒衡哲也引用唐代诗人孟郊《秋怀》中的诗句为此做了脚注："忍古不失古，失古志易摧；失古剑亦折，失古琴亦哀"。宇文所安甚至将"追忆"界定为中国古典文学的根本特质。显然，正是基于对记忆的重视，才使得中华文化和希伯来文化能够穿越时空，绵延至今，恰如舒衡哲所指出的，"个人的回忆就变成记忆链条的环节，而这记忆的链条使中国人和犹太人的传统得以从古代一直延续到现在"。[1]

既然记忆是连接历史与文化的链条，那么我们就必须深度了解记忆，了解它传承历史与文化的方式，毕竟记忆的链条一旦断裂，历史也就随之断裂了。正因为如此，20世纪以来，记忆始终是人们关注的一个重要课题。德国心理学家艾宾浩斯（Hermann Ebbinghaus）于1885年发表他的实验报告，提出了著名的"遗忘曲线"。自此，记忆成为心理学中实验研究最多的领域之一。其后，记忆理论和研究方法不断发展。依照这些记忆理论，人的记忆可以分为个体记忆与集体记忆两种。个体记忆属于认知心理学范畴，而集体记忆则进入了更为广阔的社会心理领域。如果再进一步细分，集体记忆又包涵社会记忆和文化记忆两个层面。法国社会学家哈布瓦赫（Maurice Halbwachs）认为，集体记忆实际是交往记忆，"包括那些只是以日常交往为基础的集体记忆种类"，[2] 它建构了口头史的领域。交往记忆最大的特征是时间的有效性，最多不超过八十到一百年。与交往记忆的短暂性、流动性不同，文化记忆以客观的物质文化符号为载体固定下来，"文化记忆有固定点，一般并不随着时间的流逝而变化，通过文化形式（文本、仪式、纪念碑等），以及机构化的交流（背诵，实践，观察）而得到延续"。[3] 通过这些记忆理论，我们不难发现，无论哪一种记忆都无法脱离叙述，承载记忆这根链条的载体是叙述。

既然如此，那么历史与文学又是怎样叙述记忆的呢？20世纪以来，随着对记忆与历史关系的深入研究，打破了以往我们对于历史的既有认识。传统观念认为，历史研究的目的发现众多记忆重叠的、可以确定的部分。然而，发生于个体的历史记忆，有着很强的不确定性，不同的亲历者即使处于相同的时空，也会产生不同的感受；同样，集体记忆也会因国家、民族或团体的利益而发生偏差。如果是和谐性的事件，事件双方留下的历史记忆在内容上趋于一致；一旦是冲突性的，事件双方的历史记忆便出现错位甚至背离。比如，有学者指出，以色列对二战纳粹集中营守卫德姆尤克（John Demjanjuk）的指控，很多方面是失真的，德姆尤克并非像证词所陈述的那样残暴。这就提出了一个根本性的问题：历史真实与历史记忆之间到底是什么关系？历史研究从中应得到什么启示？新历史主义认为，历史充满断层，历史从来就不是一种客观的存在，而是在讲述中实现的。德里达说过，没有文本之外的世界。福柯则进一步强调要穿越文本，透过各种论述去还原历史，因为这些论述是根据当时的时间、地点、观念建构的，换言之，历史并不是对史实的单一记载，记忆可以让历史真实变形，历史叙述的记忆是不可靠记忆。

那么，文学又是怎样来叙述记忆的呢？众所周知，文学的本质是虚构，但虚构又必须以现实为依据，文学无法搭建游离于现实之外的空中楼阁。所以，20世纪前的文学理论更多地强调文学对现实、对记忆的书写，尤其是19世纪以巴尔扎克、狄更斯、托尔斯泰为代表的现实主义，他们细致入微地刻画了当时的社会现实。恩格斯说，巴尔扎克创造了一部完整的法国社会史，他从巴尔扎克小说里了解到的法国现实"比那一时期专业的历史学家、经济学家和统计学家合在一起还要多。"所以，早在2000多年前，亚里士多德就说过，"历史讲述的是已经发生的事，诗讲述的是可能发生的事。由于这个原因，诗比历史更带哲学性，更严肃；诗所说的是普遍的事物，历史所说的则是个别的事物。"指出虚构的文学能够恰恰能够透过众生万象，发现内在的本质真实。然而，进入20世纪后，现实主义的文学在现代主义、后现代主义的冲击下，导致文学与现实、文学与记忆之间产生了程度越来越严重的剥离，文学成为追求各种新奇怪诞艺术表现手法的实验场，写作消失了内容，而成为"写作"自身，文学在各种成分中相互分解、颠覆，不再试图给世界以意义。

我们看到，20世纪以来各种理论相互纷呈，不同程度剥离了历史、文学与记忆之间的纽带，甚至历史与文学之间的界限也日益模糊。海登·怀特就指出，历史叙述和文学叙述并没有本质的区别，所以历史家自以为所记述的都是真实可靠的"事实"，其实只是"历史家的虚构"。因为历史家叙述历史与文学家创作小说，使用同样的修辞手法和叙事结构，撰写历史从头到尾都"无可避免是诗性的建构，因而有赖于比喻性语言的模式，而只有这种比喻性的语言，才可能使这一建构显得圆满一致，有条有理"。[4] 实际上，怀特的理论也并不能算作是独特新奇的理论。中国古代向来就文史不分，《左传》能够将《春秋》中寥寥数语的历史记载，扩充为有头有尾的生动故事，基于的就是虚构。但是，在当代西方批评理论中，怀特的观点却表现出矫枉过正的一面，似乎历史叙述与文学叙述毫无区别，都是受控于某种意识形态的虚构。由此，也就否定了文学叙述、历史叙述与记忆之间的联系，从而割裂了历史，否定了历史真实的存在。

显然，随着记忆可靠性的失效，加之新历史主义、现代主义、后现代主义的影响，文化、文学、历史与记忆之间的关系发生了根本性的断裂。历史真实与历史记忆不相关或相去甚远，导致从根本上对历史记忆功能的贬抑。而将文学视为语言游戏，与现实和历史毫无关联，不再具有承载意义的价值。这些观点都是偏颇的，也是错误的。所以，现在的确是我们重新审视20世纪文学理

论的时候了，也是我们重新认识记忆、历史与文学之间相互关系的时候了。进入新世纪以来，重新梳理、界定三者之间的关系已经成为学界共同关注的理论课题。2007年，北京外国语大学《外国文学》编辑部与解放军外国语学院联合，在洛阳举办"历史·记忆·文学"国际学术研讨会；2013年腾讯书院举办"文学·历史·记忆"文化论坛，邀请大陆与台湾著名学者叶锦添、欧阳应霁、龚鹏程、张鸣、廖美立、陈传兴、陈晓明、李洱、王家新、吴彤、许悔之等从不同层面探讨了文学、历史、记忆的关系，许多真知灼见发人深省。为了进一步拓展这方面的研究，2016年6月大连理工大学、日本爱知大学、大连大学、辽宁师范大学共同举办的"文化·文学：历史与记忆国际学术研讨会"，围绕文化、文学、历史、记忆几个关键词，展开了深入研讨。具体内容包括：新历史主义视域下的文学书写、与历史相关的文学经典文本阐释、历史与记忆：文学写作新的可能性、20世纪到21世纪东亚历史的裂变、20世纪到21世纪东亚地区文化人的移动与越境、20世纪到21世纪东亚地区文学文本的旅行、20世纪到21世纪儒家思想在东亚地区的传播、20世纪到21世纪东亚地区的民族问题，等等。多元视角下的探讨，取得了很好的学术效果，深化了对文化、历史、记忆、文学的研究，推动了中日两国文化与文学研究者的深度交流。

会议期间，日本爱知大学黄英哲教授提出将本次优秀会议论文等集结成册的想法，这是个非常好的建议，如此可以进一步扩大和延伸会议的学术成果。为此黄英哲教授和松冈正子教授付出了辛苦的努力，从编辑、翻译文稿（摘要等）到申请、筹集资金，投入大量的时间精力，使得本书得以顺利出版。在此付梓之际，我们感谢每一位作者提供的优秀稿件，感谢日本爱知大学的大力支持，感谢黄英哲教授松冈正子教授的辛勤工作。希望此书的出版能够抛砖引玉，让更多的学者参与到文化、文学、历史、记忆的学术探讨中。毕竟，历史也好，文学也好，对记忆的叙述，关乎的不是我们的过去，而是我们的未来。

注释

1　张隆溪：《记忆、历史、文学》，《外国文学》2008年第1期。

2　哈布瓦赫：《论集体记忆》，上海世纪出版集团，1992年，第69页。

3　Jan Assmann: Collective Memory and Cultural Identity, *New German Critique*, No. 65, Cultural History/Cultural Studies. (Spring – Summer, 1995), pp. 125–133.

4　Hayden White: *Tropics of Discourse: Essays in Cultural Criticism*. Baltimore: Johns Hopkins University Press, 1978, p. 98.

第 I 部

文　学

「興民」と小説の位置づけ

――許寿裳遺稿「中国小説史」初探――

黃 英 哲

興民與小說定位：許壽裳遺稿〈中國小說史〉初探

概要：許壽裳（1883-1948），字季黻（或季茀），浙江紹興人，畢業於杭州求
是書院。1902年9月，以浙江省派遣之公費留學生身分赴日留學，先入弘文
學院速成普通科並認識了同鄉的周樹人（即後來的魯迅）而結為好友。1904
年3月入東京高等師範學校，專攻「教育、地理、西洋史」，1908年3月畢業，
1909年返國之後，除了短期應蔡元培之邀任職於教育部外，幾多致力於教育
工作。抗戰期間，許壽裳任教於西安臨時大學（後改名為西北聯合大學），又
輾轉至中山大學及私立華西大學任教，本文所討論的〈中國小說史〉即為許壽
裳於1939年11月至1941年6月在成都華西大學任教時的小說史講義草稿。

　　許壽裳與魯迅這一代的知識份子們既背負民族、傳統的知識包袱，同時卻
也是異文化薰陶下脫胎換骨的「新」知識人。就個人生命史看來，許壽裳的知
識系譜是繼承傳統卻也學習新知，養成了獨特的創新思維，由其出身舊式書院
並師承章太炎、蔡元培以及日後對經學、文字、聲韻學的研究投入，可知其國
學涵養甚深，然而他的國學並非是閉鎖性地縱向繼承，從他撰寫的〈中國小說
史〉中可以窺見許壽裳的宏觀視野，他的小說史之特別處是對於海內外小說史
出版的掌握，以及對於同時代文人撰寫的小說史新論之蒐羅整理、評論，從中
可見其在繼承傳統之際所展現出的時代性。

關鍵詞：小說史、五四、興民、異文化

キーワード：小説史、五四運動、民族精神振興、異文化

はじめに

　許寿裳（1883-1948）は字を季黻（または季茀）といい、浙江省紹興の出身である。杭州求是書院を卒業し、1902 年 9 月に浙江省派遣の公費留学生として日本に留学した。まず弘文学院速成普通科に入り、そこで同郷の周樹人（後の魯迅1881-1936）と知り合い、交友を結んだ。1904 年 3 月東京高等師範学校に入り、「教育・地理・西洋史」を専攻、1908 年 3 月に卒業、1909 年に帰国した。帰国後は教育の仕事に尽力した。浙江両級師範学堂教務長を務めたのをはじめ、江西省教育庁長、北京女子高等師範学校校長、中山大学教授、中央研究院幹事兼文書処主任、北平大学女子文理学院院長を歴任し、抗日戦争期には後に西北連合大学と改名する西安臨時大学で教鞭をとり、さらに中山大学や私立華西大学に移って教務についた。本論が論じる「中国小説史」は、許寿裳が1939 年11 月から1941 年 6 月の期間に成都華西大学で授業をした小説史講義の草稿である[1]。

　許寿裳については、戦後初期の台湾において「脱日本化」と「再中国化」の文化再構築に多大な貢献をしたことを挙げねばならない[2]。許寿裳や親友の魯迅などの知識人たちは、公費日本留学、辛亥革命、五四運動、さらに対日抗戦、国共内戦など清末の大きな歴史的変動を経て、伝統的知識と現代的知識とを同時に培った世代であり、民族や伝統的知識といった重荷を背負いつつ、異文化の薫陶のもとで換骨奪胎した「新しい」知識人であったとも言える。許寿裳の知識の系譜は、伝統を継承しつつも新しい知識を学び、独自な革新的思考を養うものであったことがその生涯からわかる。旧式書院の出身で章太炎、蔡元培から教えを受け継ぎ、後年は経学、文字学、音韻学の研究に取り組んだことから、その国学の素養の深さを知ることができるが、彼の国学は閉鎖的な縦方向の継承ではなかった。彼の記した「中国小説史」からは、彼の広い視野と、彼が清末民初に小説というジャンルを重視していたことが窺える。彼の小説史の特徴は、国内外における小説史の刊行を把握し、さらに同時代の文人が著した小説史に関する新論を収集整理して評論していることであり、ここから伝統を継承する際にあらわれる時代性を見ることができる。

　小説というジャンルの台頭は、中国の知識人が伝統的古典知識から現代の

国民意識に至る啓蒙の過程をも示している。すなわち清末から民国に至って、小説ジャンルはもはや街談巷語の小道ではなく、知識人たちによって時局批判と救国の道具とみなされた。筆者は許寿裳の遺稿を整理する過程で、同じ五四世代の許寿裳も魯迅に継いで「中国小説史」を著述していることを発見した。周知のとおり、魯迅と許寿裳は日本留学時の親友であり、現代的啓蒙や国民性といった考え方はいずれもこの時期に受けたものである。現在、魯迅の『中国小説史略』やそれに関連する小説史の論述はすでに多くの研究成果がある。よって本論では、許寿裳の「中国小説史」をもとに清末から民国時期における伝統的知識の系図の転換と、小説史を媒体として五四新知識人が新しい時代のなかで体現した継承と変遷について検討していきたい。

I. 中国の変動と異文化の衝撃の時代——許寿裳とその時代

　許寿裳は内乱と列強侵略が続いた清末に生まれ、激しい変動による混乱と自虐的で耐えがたい歴史を目撃している。清朝は、回教徒蜂起、捻軍、太平天国などの民衆の反乱のほか、さらにイギリス、フランスなど帝国主義の侵略と国土の割譲、賠償約款を受け、近隣の日本さえも維新の成功後は新たな脅威となった。1895年に勃発した日清戦争（甲午戦争）は清朝に隣国日本の台頭を直視させ、とくに明治維新の成功がもたらした衝撃によって、清朝政府と当時の有識者はそろって中国の教育改革こそ主要な課題であると認識した。これに鑑みて、1896年清朝は第一次留学生計13名を日本に派遣する。これが留日学生の嚆矢である。

　英仏連合軍の後、曾国藩と李鴻章が「洋務」「西学」を提唱したが、一般の士大夫階級は西洋の学問に対して軽蔑的な態度を持っており、西洋の「黒船と大砲」（富国強兵）以外に西洋学への理解はいまだ薄弱であった。日本は東西融合に成功したひとつのモデルであり、清朝政府に対して西洋諸国にも勝る衝撃を与えた。日本の西洋化維新の成功に刺激を受けた士大夫階級は、西洋学の学習は「黒船と大砲」、算術、天文、地理といった表面的な学習だけではなく、日本のように西洋学を中国自身の国情と融合させ、東洋学との折衷によって用いるべきであると考え、西洋学が一時期盛んになった。

また、許寿裳個人の学習歴にもこの時期の中国教育の変化の軌跡がはっき
りとあらわれている。1887年彼は5歳のときに国学の学習をはじめ、まず
『千字文』を学び、続いて『四書』、さらに『五経』の学習と、伝統的儒教士
大夫の学習過程を継承している。しかし1897年15歳になると、中西学堂に
入って英語、算術を学習し、西洋の知識訓練を受けた。許寿裳の教育歴は決
して個性的なものではなく、同時期の魯迅が受けた知識教育の経歴をみても
許寿裳と大差はない。伝統と新しい学問の入り混じったこの時期の知識人の
知識の転換の枠組みがあらわれている3)。1898年張之洞は「勧学篇」のなか
で「中体西用論」の教育改革案を掲げ、近代教育の普及、新学堂の開設、留
学生の日本派遣の必要性を示した。朝廷の重視を受け、同年康有為と梁啓超
は光緒帝主導の新政治運動「戊戌政変」に加わった。「百日維新」と呼ばれ
る新政期間において、試験制度の改革、新式学堂の建設、陸海軍の推進、警
察や郵便局制度の現代化、法律の改定、官僚機構の整理、商業、農業、冶
鉱、工業などの発展をめざした。各方面を網羅し、旧体制の一新を図るもの
で、中国全土に影響した。これは風雨に揺れる清朝政府唯一の曙の兆しでも
あったが、新政に反対する旧伝統勢力の西太后ら保守派に妨げられ、光緒帝
が瀛台に幽閉されてこの変法はわずか百日で終わりを告げた。続いて、1900
年には義和団事変が起こり、この義和団事変は八カ国連合軍を招き寄せる結
果となり、清朝は敗退した。1901年に北京議定書（辛丑和約）を締結、莫
大な賠償支払いを要求され、同時に清朝は列強の侵入を受け半植民地の道を
進むこととなった。

　大きな痛手を受けた清朝は教育の近代化に着手した。各県に小学堂、各府
に中学堂、各省に大学堂と師範学堂、各種実業教育機関を設立、あわせて科
挙を廃止し、学制を改革し、留学生を派遣した。なかでも日本留学の学生が
最も多く、主に教育や軍事などの実用科目を学んだ。このような留学で新し
い学習訓練を受けた知識人が国家の新たな柱となることが期待されたが、清
朝政権の危機は度重なって続いた4)。許寿裳や魯迅らはこのような「救亡」
の風潮下の1902年に日本に到着した。当時の日本は日清戦争の勝利をはじ
め明治維新の成功によって、列強に踏みつけられ貧弱で陳腐な中国清朝政府
と比べて、社会に明るい雰囲気が溢れており、当時の留日学生を強く刺激
した。梁啓超（1873–1929）は『中国近三百年学術史』（1924年）のなかで、

22

次のように自問している。

　　中国はなぜこんな状態にまで衰退してしまったのか。どこが劣ってい
　るのか。政治上の辱めは誰が責任を負うべきか。どうやって新たな局
　面を打ち立てることができるのか。これらの問題が半ば目覚めた状態
　の（当時の新青年）の脳裏をかけめぐっている。政治の革命によって思
　想の革命が引き起こされ、あるいは思想の革命によって政治の革命が引
　き起こされる。まるで前後する波のように繰り返されて終わることがな
　い。[5]

　これは当時の文化人が衰えゆく国家に直面し、慌てて活路を求めるも得ら
れない集団不安であり、この種の国族と国民に対する問いかけが許寿裳や魯
迅などこの時代の知識人たち、特にはるばる日本にやってきて異文化のもと
で成長した青年たちの身に存在していた。
　来日前、許寿裳は中西学堂で学んだ後、1900年に杭州の求是書院に進み、
ここで蔡元培の教えを受け「浙学会」に加わった。1902年秋に浙江の公費
で来日、弘文学院では半年早く日本に来ていた同郷の周樹人（魯迅）に出会
い、意気投合する。この時期の弘文学院に留学していた中国人学生には許寿
裳、周樹人のほか、楊度、胡衍鴻（漢民）、黄軫（興）らがいた。まさに梁啓
超の言うように、この時期の青年はある種半ば目覚めた状態で、新しい局面
を切り開こうとしていた。そのため彼らは「旧い礼教を批判し、社会の暗部
を暴露し、中国の変わりゆく国民性を激励する」[6]戦闘的精神に則って、後
に革命に身を投じる者あり、帰国して教育に従事する者あり、あるいは周樹
人のように転身して魯迅となったりした。青年たちは思想上の変化において
伝統と新しい学問とが錯綜して影響を受けただけでなく、留学した日本での
カルチャーショックもこの世代の知識人を刺激した。彼らは日本語を通して
世界に接触した。実用的な算術、地理歴史、理科、生物学などの知識を獲得
したほか、日本の明治初期に始まった報道、出版などジャーナリズムも新し
い知識を注ぎ込む源となり、これによって彼らは世界の大勢を理解した。
　しかしこのような異文化との接触はよい面ばかりではなかった。留学生た
ちは異文化にあって、東京の現代的文明化を知る一方、敗戦国民として常に
異民族の愚弄恥辱を嫌と言うほど受け、甚だしきは対立する事件にさえなっ

た[7]。そのなかで特に取り上げるべきは1902年10月弘文学院の卒業講演弁論事件である。これは弘文学院の院長である嘉納治五郎の中国旅行が原因で延期されていた卒業式の挙行中、楊度が嘉納治五郎の卒業講話の内容に疑問を呈し、両者が中国の国民性と教育の二点について論争したというもので、この時の議論の内容が梁啓超主編の『新民叢報』に「中国教育問題」として掲載されたこともあって、当時の留学生界に衝撃を与えた[8]。楊度は当時速成師範科の聴講生で、この卒業式での発言を機に当時弘文学院の院長であった嘉納治五郎と中国国民性について何度も討論することになった。楊度が提出したのは中国の救亡に役立つのはいかなる教育かという問題である。フランス大革命のような「騒動的進歩主義」、これこそが中国数千年の蓄積された弊害を改革し、国を滅亡から救うことができるのだとして、これこそ教育の使命であると主張した。これに反して、嘉納は礼制を維持することを前提とした「平和的進歩主義」を掲げ、まず国民の素質の向上にこそ教育の役目があると考えた。この幾度かの議論で、嘉納は異国の教育家として、先進国家の自身の経験の見地から中国の君臣論、奴隷根性は救いようがないと中国の民族性を批評した。これに対して楊度は民族主義的観点に立ち、中国民族の中には「百亡の中に一存を求める」捨身の救亡策の民族観念があると考えた。両者はそれぞれ各自の枠組みの中で中国の「国民性」を模索していたと言えるが、明確な結論に至ることはなかった。しかし、いかに「中国の国民性」を改造させるかという討論が当時熱い議論のテーマとなったことは確実である。特に『新民叢報』が流布したことで、一層当時の留日学生の間に広く伝わっていった[9]。許寿裳は「魯迅の生活」の中で言及している。

（一）東京弘文学院時期（1902–1904夏）
　この時期、私は初めて彼と知り合った。彼は授業の合間に哲学や文学の本を読むのを好み、いつも私と国民性の問題について語り合った。[10]

　この時の異国での思想の変化は、後に中国の政治変化にまで影響を及ぼすことになる。辛亥革命が成功し民国を建国した後でも、国民性の問題は絶えず議題にあがった。日本での異文化体験は、新旧の時代のはざまにあったこれら知識人にとって、中国を反映する鏡とし得るだけでなく、中国を先導するエネルギーでもあった。許寿裳ら同時期の日本留学世代は日本で学んだ新

しい知識——算術、生物、語学（日本語、ドイツ語、英語）などの学問を含め、同時に日本の教育では体の鍛錬も重視する文武兼ね備えた学習方式が伝統儒学者の非力な既定のイメージを打ち破った。また外国語の学習は自身の伝統儒学を西洋学や日本の漢学と向き合わせるきっかけにもなった。

II. 小説——興民（民族精神振興）としての試み

中国の国民性改造論は、清末あるいは民国時期の知識人たちの熱心なテーマであったといえる。この議論によって中国の体制建設の思想の根源である儒教の根本的弱点が明るみになった。その思想は国家体制建設の一助にはなるが、時代の変化に適応せず、また社会の根本的階層構造を改造することができない。そのような既定の体制構造下において、西学東漸は一部の知識人を啓蒙したものの、根深い伝統体制下の従属関係と利益分配は政治の方向を左右し、目標意義をもった戊戌変法の失敗にあたって、儒教構造の根深さも明らかになった。それゆえ民衆の啓蒙は一層重要であり、中国の歴史的大転換期において小説ジャンルは新しい時代の媒体として、小道の流れである暇つぶし的趣味から新しい「興民」（民族精神振興）の使命を付与されたのである。

小説が興民の使命を担い得るのは、時代の意義を備えているからであり、清末の新聞の勃興は小説の受け入れと流布に大きな作用を及ぼした。識字階級である知識人だけでなく、白話小説の刊行を通して閲報社（リーディングクラブ）や講演活動によって、一般民衆に対して直接的な影響を与えた。このような読報活動の展開は、一般大衆が新しい知識をつかむ助けとなり、人民の教育水準を啓発する新しい形式を知識人に提供することにもなった[11]。小説は起承転結の誇張が大げさなことから民心に入り込みやすく、加えて新聞などの近代的メディアが広く伝わることで、小説を現代の文学形式に適合させ即効的な効果を得られたと言える。1897年、厳復（1854-1921）と夏曾佑（1863-1924）が天津『国聞報』附印説部で説いた一文では、特に小説が大衆に与える影響を指摘している。

　　説部（小説）は、人の心に深く入り、世間に広く流行して、その盛ん

なことは経史よりまさっている。天下の人心や風俗は説部の影響を受けずにはいられない。……本館同志は以上のことを知り、また欧、米、日本はその開化の時、往々にして小説の助けを得たと聞く。そこで、外国のものを訳したり、あるいは珍しいものを添えるなど、作品をできるだけ広く採集して、新聞の付録として分割して読者に届けることにした。文章の内容は同じものはひとつもなく、予想もつかない。本来の主旨は民を開化させるところにある。[12]

　厳復はイギリス留学の経験上、小説が啓蒙の効用を引き起こすことを知っていた。彼は小説の実用的性質に着目し、そこに興民の効果が備わっていると考えた。このように小説が民族精神を振興させる手段となるという考えを持った知識人は厳復以外にも梁啓超がいる。維新運動の失敗後、梁啓超は日本に亡命、1902年に『新民叢報』を創刊した。彼は自ら考案した「新民体」で文言（文語文）を書面語としていた中国の知識界を改造し、文化界と大衆を結びつけようとした。同年11月には『新小説』を毎月1冊刊行した[13]。彼は「政治小説を訳印するの序」の中で、康有為の言葉を引いてこう述べている。

　字を少しばかり知っている人で、経典を読まない人はいても、小説を読まない人はいない。だから六経で教えることができなければ小説で教えればよい。正史で導くことができなければ小説で導けばよい。語録で諭すことができなければ小説で諭せばよい。律例で治めることができなければ小説で治めればよい。[14]

　つまり、梁啓超は小説学として「四部を蔚して五部となす」（四部を増やして五部とす）べきと考え、小説を経史子集と平等の地位に上げることを提唱した。小説の時代性に鑑みて、小説に特別な新しい観念を担う特徴を見出し、しかもこの分野を伝統経史の高みに引き上げようとした。
　また、梁啓超は「小説と政治との関係を論ず」の一文でさらに明確に小説と民衆の関係を示している。

　　一国の国民を一新するには、まずその国の小説の革新が必要である。

だから道徳を革新しようとするには小説の革新が、宗教を革新しようと
するには小説の革新が、政治を革新しようとするには小説の革新が、風
俗を革新しようとするには小説の革新が、学芸を革新しようとするには
小説の革新が必要である。そして人心を革新しようとするにも、小説の
革新が必要である。どうしてかといえば、小説には不可思議な力があっ
て人間を支配するからである。[15]

　彼は小説が人の備える四種の力を支配できるという。それは薫（薫染―人
が染まり影響を与える力）、浸（浸潤―人に次第にしみこんで一緒に変化さ
せる力）、刺（刺激―人を刺激する力）、提（同化―人の内なるものを引き出
す力）に分けられ、前3種の力は外から内へ注ぎ込むものであるが、提は内
から外へ抜け出るものである。小説はこの4種の力を最も発揮できるジャン
ルであるとし、人心に入りこんで感化しやすいため、梁啓超は興民のための
ひとつの手段とみなした。彼は小説界の革命を力説した。新民を欲するなら
「小説から始めるべきである」と。梁啓超は小説が興民の力を備えていると
説くだけでなく、さらに新小説の創作にも力を入れた。雑誌『新小説』をそ
の発表の場として、彼の「新」小説を推し進めた。1902年に『新小説』に
発表した「新中国未来記」の「緒言」に彼はこう言う。

　　この作品では、もっぱら自分の政治意見を発表して、愛国達識の君子
　　の叱正を請うものである。作中の寓話は、思慮を重ねたものであり、決
　　していい加減に書いたものではない。……読者諸君にはこのわずかな思
　　いをお汲み取りいただき、忌憚のないご意見を望むものである。それで
　　こそわたしのこの作品もむだではなくなる。[16]

　梁啓超の「新」小説の作品をみると、章回小説を模して雑誌の形態で出版
しており、内容は小説以外に、文芸理論、劇本、詩や歌謡、報告文なども含
まれる。章回ものの体裁は読者に続きを読みたくさせるばかりか、それが毎
月出版の雑誌の形態であることから系統的に大衆に広めることが可能であ
り、小説を通じて読者とのコミュニケーションが可能であった。また、彼の
「新」小説には、小説にもともとあった歴史や愛情といった内容が取り入れ
られているだけでなく、さらに政治小説のカテゴリーが新たに付与されてい

る。彼が著した「新中国未来記」が一つの例である。

　梁啓超がおしすすめた新小説は彼の政治理念を支えるだけでなく、同時に小説の小道的地位と伝統詩文の正統的地位を入れ替えることに成功した。民国成立後、特に五四以後、小説は現代の一ジャンルとして輝かしい成果をなしたという点において、梁啓超のなした貢献を見過ごすことはできない。範疇の広がった小説ジャンルは、清末では興民に利用されたが、民国に入ると魯迅が短編形式の「狂人日記」を描いたことで、清末の基礎の上に小説は中国社会を糾弾する良薬となり、中国の国民性が徹底的に解剖された。小説は梁啓超のいう第五の存在として、清末から民国にかけて、一ジャンルとして系統づけられ、また経史子集にはない現代的意義を担った。

Ⅲ. 小説史の執筆——小説の位置づけと新しい視野の構築

　小説ジャンルが経史子集の伝統的知識の秩序を覆し、新たに歴史的地位を得たことは、魯迅以来のその執筆の歴史から証明することができる。魯迅は『中国小説史略』の「序言」において明言している。

　　　中国の小説には、従来、歴史的な記述がなかった。あったとすれば、まず、外国人の書いた中国文学史に見えるだけで、その後、中国人の書いた物にもあったけれども、その分量は、どれもみな、全体の十分の一にも及ばなかったから、小説の分野は、依然、詳しくなかった。
　　　この稿は、専ら小説の歴史を扱っているけれども、粗末な概略でしかない。しかしながら、執筆した理由は、三年前、たまたま、この題目で講義をした際、自分が話下手なので、聴講する人々が、ことによると理解しにくいこともあろうと心配して、概要をざっと書きとめて謄写印刷させ、聴講の学生に配布した。しかし、複写する者の労を考えて、文章を圧縮して文語文とし、引用の例文を省略して要点をのこした概略として、いまもなお、使用している。[17]

　魯迅の『中国小説史略』は1923年10月に完成、同年12月に北京大学新潮社から上巻が出版された。五四新文化運動から約4年後のことである[18]。五四運動といえばその前年（1918年）に、魯迅は『新青年』に文化界を震撼

させる「狂人日記」を発表しており、許寿裳は次のように評価している。

> これは魯迅の人生における一大発展であり、中国文学史上特筆すべき
> 大作でもある。これによって文学革命は永遠不滅の偉業となり、国語文
> 学普及における時代の傑作である。彼は我々中国思想界の先駆けとな
> り、民族解放のうえで最も勇敢な戦士である。[19]

　周知のとおり、五四運動後中国の知識人層には空前の文体革命が起き、白
話運動の推進において、白話小説は新文学の要となり、さらに多くのテーマ
を取り上げ、爆発的に発展した。この時期、魯迅は翻訳作品や雑文のほか、
小説集『吶喊』も1923年9月に出版しており、時間的に見て、魯迅は創作
しながら同時に小説史の執筆もしていたことがわかる。前掲の「序言」で言
うように、小説史は魯迅が北京大学の授業の講義の便のためにまとめたもの
である。彼は小説史の欠陥を認識し、意識的に中国小説の歴史を執筆した。
詩、文の下位に小説を置くという従来の伝統的文学史の立場を覆し、独立し
た歴史としての文学史の新たな枠組みを作りだした。

　魯迅の『中国小説史略』は進化史観を採用して歴代王朝で分類しており、
史家の説を採集して「小説」を定義し、小説の効果を明確なものとした。こ
れ以後小説としての区分けがあいまいでなくなった。彼は神話に小説の根源
をとり、あらゆる資料を収集整理して、それぞれの時代、時期における思想
や文化的背景の両面から考察している。たとえば、六朝の鬼神志怪を論じる
際には、漢末以来の信巫文化の隆盛を挙げ、さらに天竺小乗仏教が中原の地
に侵入した影響を挙げているし、志人小説を論じる際には、まず魏晋の清談
の風を取り上げ、明代の神魔小説を論じるには道教方士に言及するといった
具合である。本書全体を時代で区分けしているが、王朝の前後間の影響に
ついて詳述しており、後の小説史執筆の模範をも確立した。魯迅の『中国小
説史略』では、清代の侠邪（花街）小説は別の種類に帰し、明代の「世情も
の」に遡り、この種の卑猥な作に新しい時代の暗喩を付与しており、また清
末の譴責小説にも別の画期的な意義を見出している。

> 光緒庚子（1900）以後、糾弾と摘発の小説は最盛期を迎えた。という
> のは、嘉慶以来、しばしば内乱（白蓮教、太平天国、捻軍、回教徒蜂

起）を平定したけれども、外敵（イギリス、フランス、日本）にもしば
しば敗北し、しがない民衆は、蒙昧のため、茶をすすりながら、反乱平
定の武勲の話に聴きいっていたが、有識者は、急遽、改革を考えて、敵
愾心にたよって、維新と愛国を呼びかけて、「富国強兵」にとりわけ関
心を寄せた。

　戊戌政変は不成功であったので、二年後、すなわち庚子の年に、義和
団の変が起こった。民衆は、政府が平和を求める能力を欠くことに気が
ついて、にわかに攻撃するようになった。小説においては、隠蔽されて
いることを摘発して、弊害を暴露し、当面の政治をきびしく糾弾し、あ
る場合は、さらに拡大して習俗までも罵倒した。それは世の中を匡正す
ることが狙いであり、諷刺小説と同類に見えるけれども、批判が浅薄
で、内に秘めた鋭さがなく、あまりにも誇張した表現をとって時の人々
の好みにあわせさえしたから、その含蓄と技巧の隔たりは大きかった。
だから区別して糾弾と摘発の小説ということにする。その最も有名な作
者は、南亭亭長と我仏山人とであった。[20]

　南亭亭長は李宝嘉（1867-1906）のことで字を伯元といい、我仏山人は呉
沃堯（1866-1910）、字を趼人という。清末譴責小説の代表作である『官場現
状記』と『二十年目睹之怪現状』を著している。『中国小説史略』は歴代の
小説の流れを理路整然とさせただけでなく、今までにない範疇で分類してい
る。これら現代的意義を備えた分類は小説研究の新しい視点を示したもので
あり、小説に独自の「歴史」の枠組みを構築している。
　筆者は許寿裳の「中国小説史」を検証するにあたって、まず魯迅の『中国
小説史略』について論じることとする。前述のとおり、魯迅の『中国小説史
略』はもともと小説史の講義をするのに、必要に応じて間に合わせたもので
あり、1926年に出版した『小説旧聞鈔』も『中国小説史略』に欠けていた
史料を補ったものである。ほかにも魯迅は続々と古小説の版本や源流などに
関する考察を発表し、書かれた小説史は時代性の模範的意義も備えていると
言える。許寿裳の著した「中国小説史」は遺品の原稿のなかに紛れていたも
ので、筆者はその小説史は、小説史を教える手引きとして魯迅の『中国小説
史略』を書き写したものであると考えていたが、のちにその手稿を整理して

出版する際、上海魯迅記念館の知人によって、許寿裳の「中国小説史」は魯迅の『中国小説史略』とは別の作品であり、許寿裳のものは『中国小説史略』を写したものではないことが判明した。

　魯迅の『中国小説史略』は文語文で書かれており、彼はページ数を減らすために文語文で書いたと自ら記しており、本として出版するにあたって、体裁を統一して高い完成度を備えた。対して、許寿裳の「中国小説史」は2部に分冊されており、2部にはどちらにも表紙があり、独立した装丁になっている。第一部は5万字程度で、内容は小説を神話伝説、漢人小説、六朝志怪、唐人伝奇、宋元話本で分類し、原典史料の探索と収集に及んでいる。第二部は2万7000字余り、内容は唐代伝奇小説、宋話本小説、明清小説を含む。第一部と第二部でひとつのまとまりとみなすことができる。許寿裳が「中国小説史」を書いたのは1939年から1941年の間であり、授業の講義であったため、白話語文を使用している。小説史の時代分割の枠組みは魯迅の『中国小説史略』と大差はない。しかし許寿裳の小説史の研究は、むしろ社会科学研究の方法で現代的意義を備えている。彼の小説史研究はまず項目に整理し、歴史的材料を引いて細かく論をたてている。筆者はこのような方法は彼が長い期間教育の仕事に従事していたことと深く関係していると考える。たとえば小説を時代に分けるのに、古代小説、漢代小説、六朝小説、唐人小説、宋元小説、明清小説、現代小説に分けているが、各時代小説に注釈を加え、さらに現代小説をも視野にいれており、現代小説が西洋小説の影響を受けているとする。これは魯迅の小説史の枠組みを超えて小説史の歴史的次元を拡大したものであると言えよう[21]。

　「中国小説史」第一部では、許寿裳は小説の源流を重視し、文字学、音韻学を基礎として、「小説」史の沿革と各版本の校勘を進めている。緒論に以下のごとく述べる。

　　　中国は昔から小説の境界線が不明瞭であった。中国小説史を講じるなら、中国では昔から小説の境界がどのようであったのかを明らかにして始めて講ずることができる。[22]

　つまり、民国初には「小説」の境ははっきりしておらず、魯迅も含めて小説の歴史を書く際には、筋道を明瞭にし、小説の境界を明らかにすることを

重視している。前述のとおり、許寿裳の小説史は王朝によって分類しているが、同時に中国が代々の経学を重視し儒者を主とする伝統を疑問視しており、例えば、『山海経』『穆天子伝』などは儒家の潤色を受けておらず、異なる記事で史料的価値を保持していることが見落とされてきたように、寓言異記のなかに描かれた内容の豊富さと信憑性を強調している。このように異聞伝説の価値を肯定するほか、許寿裳は小説の源流を音声、字形の流れから考証している。また歴代の考証を小さい文字で付してその源流を正確にしている。「漢書芸文志」が『青史子』について説明するのを例に挙げる。

　　……六経で言う史は、春秋の製作に長けているものを論じており、暦に詳しいかは考慮に入れていない。しかし史が記すのは、大を春秋、細かいものを小説としている。ゆえに「青史子五十七編はもとは古史官の記したものである」という。〔以下小文字〕漢書芸文志にみえる。宋の王応麟は考証にいう。「風俗通義に青史子の書あり」。大戴礼保傅編に青史子を記していう。「古は胎教、……」。隋志では「梁に青史子一巻あり」。文心雕龍に「青史子は街談をつづった」とある。清の周寿昌は校補にいう。「賈執の姓氏英賢録にいう。『晋太史董狐の子は、青史の田を封じられたため、これを氏とした』」。[23]

　すべてについてこのような詳細な考証が「中国小説史」にみえる。許寿裳は授業のために執筆したのだが、小説史に対する考証、来源、補注は各節ごとに整理されていることがわかる。

　小説の変遷源流を整理しただけでなく、許寿裳の「中国小説史」では第一部において白話小説の変遷について詳しく述べている。宋代の説話4種から、話本、評話の形式、話本の流れの短編小説、評話の流れの演義小説、章回形式の神怪小説、人情小説、社会小説や、そのほかいくつかの要素に分けて白話小説を論じている。そのなかでは雑劇、歌曲が白話小説に及ぼした影響についても論じている。また魯迅、孫楷第、日本の森槐南らの論をとりあげ、それぞれの論述の是非を考証し、さらに『宣和遺事』の「孫立等楊志」、「徽宗幸李師師」の一段落、『大唐三蔵法師取経記』（別本名大唐三蔵取経詩話）、『古今説海』「李衛公別伝」、「李林甫外伝」、『続玄怪録』の「杜子春伝」、「紅線伝」、「崔煒伝」、「崑崙奴」、『広記』「徐佐卿」、『酉陽雑俎』「怪

術」、「王維」などといった多くのテキストの一部を収録している。そして、許寿裳の中国小説史で最も特徴的な点は魯迅との小説史の対話にある。彼は小説史のなかでその源流や作者について論じるとき、多くの箇所で魯迅の研究をしばしば引用して注記しており、この小説史研究への魯迅の影響を知ることができる。なかでも最も顕著なのは第一部において、魏晋小説を論じるとき、魯迅が著した「魏晋の風度および文章と、薬および酒の関係」の原文を引き、引用文にさらに魯迅の語を補足して注釈している。

「中国小説史」第二部では、中国伝奇小説の流れを詳しく論じている。唐代をその区切りとして、こう指摘する。

> 中国の伝記について、唐代以前は『人物志』前後の「観人術」（人物鑑識）に通じる史のグループに属し、唐より以後は伝奇小説に通じる古文に属す。[24]

伝記が史と集の分類に移行するのは唐の時代であると強調する。「伝」はその真実性ゆえに史部に列するべきだが、しかし許寿裳は「唐書以後、官階文書は正史で満たされ、人をあらわす風紀は途絶えてしまい、その躍動感ある文章は伝奇小説へと移ってしまったため、人物鑑識の風潮は唐以後伝わらなかった」という。そのため生き生きと人を記す文学は小説へと移行し、史書の記述にはみられなくなった。これについて第二部でも唐代伝奇が発達した時代背景、題材、内容について詳細に述べており、読者が理解しやすいようにあわせて手書きの唐代宮城の図も付している。

唐代伝奇について論じるほか、宋代の民間小説とその流れについても論究している。なかには魯迅の雑文や「墳」の文章を収録する。これは魯迅の文章を用い、古<ruby>古<rt>いにしえ</rt></ruby>をもって今を例えることで、若い学者たちにより多くの現代的思考を啓発するためである。また、『金瓶梅』『紅楼夢』についても項をたて、特に『紅楼夢』の版本問題は、蔡元培「石頭記索隠」、胡適「紅楼夢考証」、寿鵬飛「本事辨証」、孫静庵「棲霞閣野乗」、日本の塩谷温「中国文学概論講話」を参照しており、『紅楼夢』の版本についての考察には整った編集と論法がなされている。最後に魯迅の２つの文章「「諷刺」とは何か――文学者のアンケートに答える」「諷刺について」を載せている。これは魯迅の説を引いて風刺小説の解釈をするためである。許寿裳の「中国小説史」は

33

魯迅の説を参照し、これに許寿裳の版本源流考証の力が加わって完成したものであり、許寿裳独自の小説史の見解があらわれていると言える。

　このほか、「中国小説史」には詳細な史料が収集されている。その多くは『中国小説史略』と重複するが、許寿裳は魯迅の言論以外にも、日本の小川琢治（1870-1941）、青木正児（1887-1964）や同時代の胡適、鄭振鐸、陳寅恪ら当時の人の研究成果を引いている。このことから許寿裳の研究視野の広さがわかる。彼の小説史研究は縦方向の王朝論だけでなく、さらに横方向の各研究者の発言を収集しており、小説史としての広がりを備えている。許寿裳の「中国小説史」に出版の意図があったかは明らかではなく、この時期の彼の日記にも出版の計画は出てこない。しかしその小説史の枠組みにおいて、魯迅の言葉を多用しており、魯迅の観点にたって補充を行なっている。たとえば、彼は陳寅恪の「敦煌劫余録序」（1930年4月）を引いて『中国小説史略』中で見落とされた敦煌学「変文」の範疇を補っている。これは日本、イギリス、フランスの学者たちの敦煌学研究を手本にして自国で顧みられた新たな研究領域である。また、許寿裳が女性に注目していることも時代性を有している。彼は唐代伝奇において、唐代の女性詩人を列挙し、その生涯について詳しく説明している。李白、杜甫の詩作と対比することで唐代伝奇の発達と当時の婦女の地位の向上と詩の関係について論じている。許寿裳が魯迅の小説史を引き継ぎ刷新することによって、魯迅がなした小説の定義を引き継ぎ、小説の「史」の位置を再確認した努力を知ることができる。清末において反転した小説の地位を、魯迅が定義し、さらに許寿裳が補填した。魯迅の逝去数年後に、この「中国小説史」は魯迅の説を引き継いだだけでなく、許寿裳と魯迅の小説史の対話でもあり、さらに小説の定義を的確に安定させたものであった。

　結　び

　清末以降、それまで「小道」の学とみなされていた小説は、梁啓超や厳復の提唱によって新たな文の道となり、救民と興民の使命を与えられた。内憂外患にあった中国知識人はあらたに自身の境遇や国民性などの問題を考察した。五四以後、小説は経史子集の伝統的知識の秩序を覆し、それらを凌駕し

た。特に五四新文学運動後、魯迅らが新白話文体で書いた小説作品は文化知識界を震撼させ、新小説の時代意義は詩、文を凌駕し、さらに直接的に社会を反映した。特に近代メディア、新聞媒体の出現後、講読大衆の広がりを通じて小説の影響力は増大した。

　許寿裳は日本留学の異文化経験や自身の経験で国学と西洋の学問の薫陶を受けた。それは許寿裳と同時代の知識人の視野を大衆と違ったものにし、さらに批判の目を持たせた。許寿裳は魯迅と国民性の問題について討論し、中国人にとって誠と愛の感情が欠けていることに失望したという[25]。この中国の国民性への関心は魯迅のライフワークであり、許寿裳にとっても永遠の課題であった。そのため彼は台湾に赴いて文化を再構築する仕事を望んだのであり、また教務のポストにあり続け、樹人の仕事を守りぬいたのである。康、梁、厳らの提唱によって、詩を重視し小説を軽視するといった伝統が覆り、手段としての小説が浮き彫りになった。民国になると、魯迅が書いた『中国小説史略』が注目された。これは講義をもとにした著作で、小説は詩文の文学史の範疇から離れて独自の歴史をなしており、独自のスタイルをつくりあげた。特に魯迅が各時代の小説作品の思想と文化を整理したことは、後世に大きな影響をもたらした。これに対して、許寿裳の「中国小説史」は別の意義を持っている。小説史において魯迅の研究成果を維持したほか、宋代話本を論じる際に中国文人の礼教の薫陶下における偽善、逃避の二つのイメージを取り上げている。

　　……中国の文人は、人生に対して、──少なくとも社会の現象に対して、これまで正視する勇気をもたなかった。我々の聖賢は、実は、つとに、「礼に非ざれば視る勿れ」と教えている。……
　　……中国の文人もこれと同じである。すべてに対して眼をつむり、自分を欺き、さらに人を欺く。その時使うのが、ごまかしとだましの手である。
　　中国人が勇気をもって正視せぬ様々な場面で、ごまかしとだましを使って奇妙な逃げ道をこしらえ上げ、それを自分では正しい道だと思いこむ。ここにこそ、国民性の怯懦と、怠惰と、狡猾が証明されているのである。日々満足しつつ、すなわち日々堕落しつつ、なんと、日々その

栄光を見ていると感じているのだ。[26]

　許寿裳の「中国小説史」ではその時代性を明らかにしており、また彼が関心を持っていた国民性の問題と融合させて、小説史研究を時代に沿って進化、修正している。この小説史は後日、戦乱による許寿裳の突然の死によって出版されることはなかったが、その時代における意義を見過ごしてはならない。特に彼の古をもとに今を論ずる視点や広い視野は、伝統と現代のはざまにあった許寿裳世代の知識人が受け継ぎ、切り開いたものをあらわしている。

付記：本稿は研究ノート「許寿裳遺稿『中国小説史』について」1～3『中国文芸研究会会報』第421号（2016年11月）、第422号（2016年12月）、第423号（2017年1月）に加筆したものである。なお、中国語は「興民與小説定位：許寿裳遺稿『中国小説史』初探」として『中國文學學報』第5期、北京大学中国語言文学系・香港中文大学中国語言及文学系（2014年12月）に掲載した。

　注

1 ）1937年抗日戦争勃発後、国民政府教育部は10月に北平大学、北平師範大学、天津北洋工学院の三校を合併し、西安に西安臨時大学を設立、1938年西安臨時大学は戦乱を避け漢中に移転、西北聯合大学と名称をかえた。1939年冬、許寿裳は雲南に赴き中山大学師範学院で教務につく。1940年春、私立華西大学の招きに応じて、庚款（イギリス義和団賠償金による）講座の教授として教鞭をとった。詳しくは拙著『「去日本化」「再中国化」戦後台湾文化重建（1945-1947）』（台北：麦田、城邦文化出版、2007年）81-83頁を参照。

2 ）許寿裳の戦後台湾文化再構築の展開における成果については、前掲拙著『「去日本化」「再中国化」戦後台湾文化重建（1945-1947）』を参照のこと。

3 ）北岡正子、陳漱渝、秦賢次、黄英哲編『許寿裳日記（1940-1948）』（台北：台湾大学出版中心、2010年）445-447頁所収の許世瑛「先君許寿裳年譜」を参照。

4 ）北岡正子『魯迅——日本という異文化のなかで』（関西大学出版部、2001年）1-32頁を参照。

5 ）梁啓超『中国近三百年学術史』は1924年に著され、1926年7月に単行本で出版。本文は『飲冰室専輯（四）』（台湾中華書局、1989年）28頁を参照。本稿に引用する原文の邦訳は、特に断りがない限りすべて筆者によるものである。

6 ）許寿裳「魯迅的精神」を参照。『台湾文化』1巻2期（1946年11月）。後に楊雲萍編『魯迅的思想與生活』（台湾文化協進会、1947年）および『我所認識的魯迅』（北京人民

出版社、1952年）に収録されている。本文は拙編『許寿裳台湾時代文集』（台北：台湾大学出版中心、2010年）52頁から引用した。

7）明治38年（1905）12月2日、日本の文部省は「清国人ヲ入学セシムル公私立学校に関する規程」（省令19号）を公布した。この規則はいわゆる留学生取締規則で、この15条規則は学生の自由を侵犯するだけでなく、清朝を日本の保護国とみなすようなもので、これは留学生の強烈な不満を引き起こした。ある留学生が憤激により自殺したほか、さらには多くの留学生が休学して帰国するなど、大きな波紋を呼んだ。詳しくは前掲北岡正子『魯迅――日本という異文化のなかで』73-77頁を参照のこと。

8）「支那教育問題」『新民叢報』第23、24号（1902年12月3日、1903年1月13日）。

9）詳しくは前掲北岡正子『魯迅――日本という異文化の中で』271-291頁を参照のこと。

10）前掲拙編『許寿裳台湾時代文集』69頁より引用。

11）1898年から、長江流域一帯の大都市でいくつかの新聞購読の会が現れた。1904年には、閲報社は全国に拡大するに至り、1905、1906年あたりには閲報社が一大ブームになった。杜春燕「声音・報刊・小説――論晩清小説在下層社会的伝播」（復旦大学中国古代文学研究中心編『中国文学研究』第十四輯、北京：中国文聯出版社、2009年、278-287頁所収）を参照のこと。

12）厳復、夏曾佑撰「《国聞報》附印説部縁起」。もとは光緒23年（1897）10月16日から11月18日に天津『国聞報』に掲載された。後に阿英編『晩清文学叢鈔』小説戯曲研究巻（北京：中華書局、1960年）12頁に収録されている。

13）『新小説』は光緒28年10月（1902年11月）に創刊され、毎月1号を発刊し一年12号を一巻とし、日本の横浜で出版した。編集兼発行者に趙毓林の名をあげているが、実際は梁啓超が主宰した。第二巻は上海に移ってから出版、広智書局から発行。『新小説』は梁啓超自身の小説創作や翻訳作品を載せており、なかには彼の提唱する「新小説」の論説や小説叢話もある。当時の文壇への影響は大きい。詳しくは李生濱著『晩清思想文化與魯迅――兼論其小説雑家的文化個性』（北京：中国社会科学出版社、2013年）104-113頁を参照のこと。

14）梁啓超「訳印政治小説序」。もとは『清議報』第一冊、光緒24年（1898）11月11日刊に掲載された。後に前掲阿英編『晩清文学叢鈔』小説戯曲研究巻、13頁に収められる。

15）梁啓超「論小説與羣治之関係」。もともと光緒28年（1902）「新小説」第1巻第1期に掲載された。後に前掲阿英編『晩清文学叢鈔』小説戯曲研究巻に収録されている。14頁。訳文は増田渉訳「小説と政治との関係について」（『中国現代文学選集1 清末・五四前夜集』平凡社、1963年所収）363頁を引用。

16）梁啓超著「新中国未来記」は1903年に書かれた。全5回、未完。阿英編『晩清文学叢鈔』小説一巻（北京：中華書局、1960年）1頁に所収。

17）魯迅『中国小説史略』「序言」。『魯迅全集』第9巻（北京：人民文学出版社、1987年）4頁。訳文は『魯迅全集』第11巻（学習研究社、1986年）、今村与志雄訳「中国小説史略」19頁を引用。

18）魯迅『中国小説史略』下巻は1924年6月出版。

19）許寿裳『亡友魯迅印象記』（上海：峨嵋出版社、1947年）57頁参照。

20)『中国小説史略』。前掲『魯迅全集』第9巻、282頁。訳文は前掲今村与志雄訳「中国小説史略」531頁を引用。

21）許寿裳「中国小説史」(一)、黄英哲、陳漱渝、王錫榮編『許寿裳遺稾』第1巻（福州：福建教育出版社、2010年）654-655頁参照。

22）同上654頁。

23）同上660頁。

24）同上709頁。

25）許寿裳「回憶魯迅」『新華日報』1944年10月25日に掲載。倪墨炎・陳九英編『許寿裳文集』上巻（上海：百家出版社、2003年）209頁より引用。

26）前掲許寿裳「中国小説史」(一) 724-725頁参照。訳文は『魯迅全集』第1巻（学習研究社、1986年）、北岡正子訳「目を開けて見ることについて」306-312頁を引用。

如何在一個作品中談論
文學、記憶和歷史

蔣　濟　永

ひとつの作品のなかで、文学、記憶、歴史は
どのように語られているのか

概要：文学、記憶、歴史の三者の関係について、伝統的な文学理論と史学理論（以下、「文史理論」と略す）は、第一に、検討方式が現在とは大きく異なる。伝統的な文史理論は、文学と記憶、文学と歴史という二者の関係については論じているが、三者間の関係についてはあまり論じていない。第二に、伝統的な文史理論は、文学、記憶、歴史に対する観念が現在とは大きく異なる。伝統的な文史理論は三者間相互の区別を重視して文学、記憶、歴史はそれぞれ虚構、心理、客観的真実を代表し、交差しあうことはほとんどないとする。しかし三者の関係は、現代の歴史観念、特に新歴史主義観念と記憶理論の影響をうけて、変化が生じた。叙述面において、文学は過去の経験の回想に基づく虚構と想像について叙述するものであるが、歴史は過去の歴史事実の記憶についての叙述であり、記憶についての叙述という点が文学と歴史の交差の基点となっている。よって本稿では、まず文学、記憶、歴史の三者の関係を整理し、その関係の前提および基礎について論ずる。次に、二つの事例によって、同じ文章における三者それぞれの構成と効能について分析し、三者の関係が文学の本質的な特徴を認識するうえではたす価値と意味を明らかにする。最後に、文学の本質は、歴史と記憶の増幅、削減、転換であることを指摘する。

キーワード：叙述学、記憶に基づくテクスト、歴史に基づくテクスト、文学
　　　　　　の本質と意味

關鍵詞：敘述學、基於記憶的文本、基於歷史的文本、文學本質、意義

傳統的文學理論和史學理論（以下簡稱"文史理論"）探討最多的是文學與記憶、文學與歷史的關係，而且是兩者之間的關係探討，很少討論歷史與記憶的關係，以及文學、記憶、歷史三者之間的關係。二十世紀以來隨著新歷史主義的歷史觀念出現和記憶理論引入歷史文化領域，歷史與記憶的關係重新進入人們的視野，之前關於歷史是客觀的歷史事件、事實，記憶則是心理的這種全然對立的觀點受到挑戰。因為歷史經過記敘而留存，而歷史的敘述離不開記憶，況且記憶也不僅僅是心理的（如個體記憶和集體記憶），還可以是物質形態的（如文化記憶），如此以來記憶和歷史就有了多重交集。因此，如果說傳統的文史理論關注的是文學與歷史、文學與記憶、歷史與記憶之間的區分，那麼，二十世紀以來，由於傳統歷史觀念的變化和記憶理論的引入而使得人們關注文學、歷史、記憶之間的相互聯繫。然而，這三者究竟是一種什麼關係？進入二十一世紀以來，重新梳理、界定這三者的關係已成為學界共同關注的理論課題，僅中國大陸直接以"歷史、文學、記憶"為主題的國際學術會議就舉辦過兩次[1]。它們主要關注的問題有：在新歷史主義、記憶理論視野下文學與歷史的關係、文學與記憶的關係、歷史與文化記憶的關係，至於在何種意義上我們才能探討文學、歷史、記憶三者關係，即探尋這三者關係的共同基礎是什麼？為什麼要將這三者結合起來探討，即探討這三者關係對揭示文學本質有何價值和意義？學界似乎有意無意地忽略了這兩個基本問題。本文不揣淺陋，一方面在理論上通過對這三者關係的歷史梳理，找尋出它們相互關聯的共同基礎；另一方面通過具體的案例探討一個文本中文學、歷史、記憶之間的關係，揭示它們在不同文本中的構成方式和功能，及其對文學本質認識的價值和意義。

一、文學、歷史、記憶的關係及其相互關聯的話語基礎

文學、記憶、歷史三者究竟是一種什麼關係？如前所述，傳統的文史理論關注的是兩者之間的關係探討，很少討論文學、記憶、歷史三者之間的關係，而且它們側重三者之間的相互區別上。比如，文學代表虛構、記憶代表心理、歷史代表客觀真實，彼此很少交集。那麼，現在我們將三者之間的關係都納入進來一起探討，這三者之間的共同基礎是什麼呢？這需要對它們之間的關係演變有一個歷史的梳理。

如何在一個作品中談論文學、記憶和歷史

　　文學與記憶、與歷史的關係歷史久遠，最先將文學與記憶聯繫起來的是古希臘神話。在古希臘神話中記憶女神謨涅摩敘涅（Mnemosyne）與宙斯生九女，並統稱為繆斯（希臘語：Μουσαι、拉丁語：Muses），分管不同門類的文學藝術，這樣記憶與文藝的關係就建立起來。在理論上，哲學家柏拉圖（Plato）在《斐德若》篇中明確提出了詩源於各種理念及靈魂先在的“回憶”說[2]，然而，理念、上界的靈魂往往是神秘縹緲的，它們究竟與詩是一種什麼關係？柏拉圖並沒有，也不可能說清楚，這讓詩與回憶的關係染上了一定的神秘色彩。浪漫主義詩人華茲華斯（William Wordsworth）一方面指出“詩是強烈情感的自然流溢”，另一方面指出“它源于平靜中回憶起來的情感”[3]，為“詩言回憶”說提出了具體的回憶內容：情感。然而，詩僅僅是情感的回憶嗎？顯然不是，因為情感往往是依託人、事、物才有可能表達出來。因此，文學從與前世的回憶關係到與現世的回憶關係的轉變，說明詩與詩人過往的經驗密切相關的。然而，問題的癥結是：怎樣回憶？凡“回憶的”一定是詩或文學嗎？缺乏過程的回憶是神秘的，將回憶（或記憶）等同于文學是簡單粗糙的。

　　文學與歷史的關係，最早可追溯到史傳傳統，也就是說，從最早的文獻記敘看，歷史與文學是同源的，都源於記敘。在中國，魏晉南北朝時期“文”與“筆”的區分使得文學從文獻（包括歷史）中獨立出來，歷史被認定為專司過往事實的記述，文學側重於辭采、虛構和情感。在西方，亞理斯多德（Aristotle）《詩學》是這樣區分文學與歷史關係的：歷史是“敘述已發生的事”，而詩是“描述可能發生的事”[4]。那麼，詩敘述可能發生的事是否就是詩人想像和虛構的內容？亞理斯多德並沒有說清楚。但文學史的創作實踐表明，除傳記文學外，大量的文學作品如小說、詩歌、戲劇等的敘述不僅與歷史的敘述有別，而且如拉曼·塞爾登（Raman Selden）所總結的：文學藝術無論是再現生活還是表現自我，都離不開模仿、想像、虛構和作家的情感、天賦（表現力）。[5]簡單地說，文學是虛構、想像的書寫，歷史則是真實的書寫。

　　值得注意的是，十九世紀中葉出現的現實主義文學思潮，曾一度要求文學“如實地再現生活”、“揭示生活的本質”，並以生活的真實作為藝術真實的衡量標準，這實際上是讓文學向社會生活靠攏，抹殺了文學與社會（學）、與歷史（學）的界限。巴爾扎克（Honore de Balzac）把自己的創作當做“法國社會的書記員”[6]，左拉（Emile zola）從自然主義立場出發，反對想像和對現實增刪，也將小說家看成一名記錄員，讓“文學作品成了一篇記錄”[7]，他們成

41

為文學向社會生活、向歷史靠攏傾向的典型代表。20世紀初，歷史哲學家克羅齊（Bendetto Croce）和柯林武德（Robin George Collingwood）從歷史的本質是人的思想（或精神）出發分別提出"一切歷史都是當代史"和"一切歷史都是思想史"的著名口號，顛覆了"歷史書寫就是對一系列事件的記敘"的傳統歷史觀念。20世紀70年代，新歷史主義者海頓·懷特（Hayden White）在區分歷史與歷史敘述的基礎上，將歷史的敘述與文學的敘述視為同一（一樣地使用修辭手段、一樣地虛構和想像、一樣地有故事邏輯結構），[8]徹底顛覆了傳統的歷史學觀念和亞里斯多德以來文學與歷史區別的傳統觀點。在傳統的歷史學觀念中，歷史是客觀的，歷史敘述就是對客觀歷史的敘述，因而，歷史敘述也是客觀的。海頓·懷特從敘述學角度，否定了歷史敘述的客觀真實性，從而打破了歷史與小說的區分界線。那麼，文學與歷史真的就沒有界線了嗎？我們的觀點是，從客觀事實角度看，歷史就是發生了的客觀事實，文學就是虛構和想像的東西，這是兩個截然不同的世界；但從敘述學角度看，歷史的敘述與文學的敘述有某種相似性，但是通過敘述而再見的歷史與通過敘述而再現的想像（虛構）世界依然存在著巨大的差異，前者儘管有很多虛構、主觀成分，但它的主旨是指向客觀的，後者主旨則直接指向虛擬。

從二十世紀二十年代起，記憶理論引入歷史和文化領域，從而打破了記憶與歷史的既有關係：按照傳統的理解，歷史就是由一系列人物、事件組成的客觀存在，而記憶屬於心理存在，這是兩個不同的領域。但從這個時期起，法國社會心理學家莫里斯·哈布瓦赫（Maurice Halbwachs, 1877-1945）首次強調記憶的社會維度，將精神分析領域"集體記憶（das kollekive Gadachetinis）"[9]概念引入了社會心理領域，但僅限於關注其對某一具體團體的意義。與哈布瓦赫同時代的德國學者阿拜·瓦爾堡（Aby Warburg, 1866-1926）在闡釋藝術形式重複和回歸現象時首次發現文化符號具有引發記憶的能量，並提出了"集體圖像記憶"和"社會記憶"的概念。[10]二戰後這兩位先驅關於集體記憶的論述被人遺忘，直到20世紀80年代法國歷史學皮埃爾·諾拉（Pierre Nora）在他的七卷本《記憶場》（1984-1992）中首次提出"記憶場（Lieux de mémoire）"[11]概念，並對"記憶與歷史"、"記憶與敘事"的關聯性做出了解釋。自20世紀90年代起，文化學和歷史人類學框架下的"文化記憶"研究在德國蓬勃展開，主要代表人物為揚·阿斯曼（Jan Assmann）和阿萊達·阿斯曼（Aleida Assmann）夫婦。前者發展了哈布瓦赫的觀點提出了"文化記憶"[12]的概念，用

以概括人類社會各種文化傳承現象。他們試圖在文化記憶與歷史領域中尋找到某種交集。

按照記憶理論，人的記憶大致可以分為兩類：個體記憶和集體記憶，集體記憶細分可以分為社會記憶和文化記憶。社會記憶既有立足於當下集體共同關注的問題和如民族精神等潛意識的心理現象，也有包含了已經通過文字、符號、圖畫、儀式等變成了象徵性客體的文化記憶。作為心理的個體記憶和集體記憶，它們是短時間內的、口述的、交流性的，依賴於肉身才可能；而文化記憶則是長時間段、符號化的、象徵性的，它依賴於如紀念館、圖書館、資料貯存器等物質形態而存在。因此，如果把歷史定義為"有意義的事件"，那麼它與文化記憶接近，故有"歷史文化"聯繫在一起的說法。但就記憶本身與歷史的關係而言，我贊同歷史理論法國學者安東莞·普洛斯特（Antoine Prost）的觀點：記憶與歷史一樣，都致力於已經逝去的時間，區別在於保持距離和客觀化方面。"記憶的時間，即回憶的時間，永遠無法被完全地客觀化"，相反，"它隨著不可避免的情感衝擊而重現（revivre）。它必然會根據賦予它嶄新意義的後來的體驗而更改、改動與改變。"[13] 而歷史，尤其是歷史學，它關注的是過去事件的確定性和客觀性，比如說歷史學家第一項工作就是製作年表，第二項工作就是確立分期。分期的目的是確立事件和意義的整體，從而打破了記憶時間的連續性。因此，如果歷史就是指過去發生的事實，那麼歷史學就是通過製作年表、確立分期將歷史事實變成一個有意義的整體，而歷史敘述則是讓客觀的人物、事件和見證物變成了一種記憶的複現。因此，籠統地談論記憶與歷史，如普洛斯特所指出的，歷史從不是講述回憶，也不是試圖用想像填充缺少回憶的地方。它是建構一個科學的物件，是如我們的德國同行所說的，將之歷史化（historiser），歷史化首先就要建構既拉開一定距離，又可控制的時間結構。將時間分割為不同的時期，"不切分就無法把握整體"[14]。所以，記憶與歷史、歷史學沒有交集，歷史與記憶真正發生關係的是歷史的敘述。

如此以來，我們在何種意義上才能探討文學、記憶、歷史的關係呢？文學不能直接依賴歷史進行創作，因為歷史是客觀的事件，那麼文學與歷史在什麼情況下才有關聯？恰如海頓懷特說揭示的，文學只有在故事敘述與歷史的敘述中，它們才具有某種相似的結構。在記憶與歷史的關係中，作為心理的記憶與作為被符號化的記憶是有區別的，記憶只有將心理文字符號化為文化的記憶，記憶與歷史才有交集；同樣地，歷史與歷史敘述是兩個不同的概念，歷史只有

經過了記憶（回憶）的表達（敘述）而成為歷史的敘述時，記憶與歷史才有交集。文學與記憶的關係，也只有通過作家的回憶，回憶其以往的經歷和體驗，並在此基礎上才進行創作（敘述）。因此，在文學、歷史、記憶三者關係中，按傳統的區分，它們分別代表著虛構、事實和心理，是涇渭分明的；然而在敘述層面上，文學是通過記憶（回憶）的敘述而形成作品，歷史也同樣通過歷史記憶的符號化（敘述）而成為歷史文本。也就是說，記憶的敘述成為文學與歷史發生關聯的基礎，更確切地說，文學不是與歷史發生關聯，而是與經過歷史的記憶化或歷史的敘述發生關聯，記憶的敘述是文學與歷史發生關聯（交集）的核心，它們的關係如下圖：

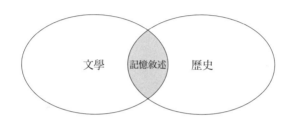

那麼，對於一個具體作品，我們將如何來談論文學、記憶、歷史這三者之間的關係呢？本文將通過兩個不同類型的文學文本來探討這三者之間的關係。

二、如何在一個基於記憶的文本中談論文學、記憶和歷史

我們以日本作家芥川龍之介的小說《竹林中》[15]為例，這是一篇完全基於記憶的文學文本，那麼，在這個文本中文學、記憶、歷史究竟是一種什麼關係呢？

這篇小說很奇特，它純粹由七個角色的供詞構成。它們依次是：樵夫供詞、行腳僧供詞、捕快供詞、老嫗供詞、多襄丸供詞、女子在清水寺懺悔和亡靈借巫女之口的所作供詞。所謂供詞，就是在法庭上由案件的目擊者（或旁觀者）與案件的當事人陳述的證詞，都是在案件發生後經過回憶的陳述。因此，這篇基於七個角色的記憶或回憶的敘述的文本或可稱作記憶小說。那麼，這七個角色的供詞又是怎樣構成一個完整的小說呢？

為了更清楚地看請小說內在結構和敘述特點，根據七個角色的供詞順序和

功能差異，把這七個角色的供詞分為兩大類：目擊者（旁觀者）的供詞和當事人（參與者）的供詞，然而通過兩個表格比較他們的陳述有什麼共同點和差異。

表1　四個目擊者供詞相同與差異

事件 / 人物	發現一 結局	發現二 時、地	發現三 他物	發現四 他人一	發現五 他人二	發現六 事蹟	發現七 死者	發現八 死者物
樵夫供詞	發現屍體	在竹林裡	沒見馬			荒草與竹葉踩得很亂惡鬥過	躺地，穿淺藍綢子褂，戴細紗帽	胸口挨一刀，未見刀留一條繩子、一把梳子
行腳僧供詞	見過死者	昨天晌午，去山科路上	與一女子騎馬，桃花色，馬鬃剃光	女子竹笠上遮面紗，穿紫色綢夾衫			男子，四尺多高	佩刀，帶弓箭，漆黑箭筒，二十多支
捕快供詞		昨晚初更時分	大盜多襄丸，騎馬，禿鬃桃花色		大盜多襄丸穿藏青褂子，佩雕花大刀，帶弓箭	多襄丸好色，據說去年殺婦人丫鬟		皮弓，漆黑箭筒，十七支箭矢
老嫗供詞	死者是小女丈夫			小女叫真砂，瓜子臉膚微黑，左眼有顆痣，剛強好勝，沒跟別男人好，找小女下落	多襄丸殺我女婿，連小女……		死者名金澤武弘，武士，性情溫和，不惹事	

根據前四個人的供詞（樵夫、行腳僧、捕快和老嫗）屬於旁觀者，他們之間的供詞相互重疊部分，我們大致可以形成事件的過程：在竹林中一個男人被殺，騎馬的女子下落不明，強盜多襄丸是嫌疑犯被捉拿。旁觀者提供但尚未證實的有：樵夫樵夫在屍體旁邊發現了繩子、梳子和死者屍體上有刀口；行腳僧看到的是被害者與一個騎馬女子同去關山，男子還佩著刀，帶著弓箭；捕快抓到大盜多襄丸從馬上摔下來，佩著雕花大劍，是一個好色之徒，去年秋天就有一個進香的婦人連同丫鬟一起被殺，據說是這傢伙犯的案；今年那位騎著桃花馬的女子消失得無影無蹤；老嫗確定被害人是自己的丈夫和他的女兒一起去若狹的，斷定那個叫什麼多襄丸的強盜殺了我女婿，可是女兒下落不明。

45

表 2　當事人（參與者）供詞的同與異

事件 當事人	誰殺的？	殺的經過	殺人的理由	自殺的理由	遺物或物證	活著人的去向
多襄丸供詞	我	用發掘古墓古鏡、劍引誘；捆綁武士，強姦其妻，其妻要求兩個人必有一死，於是決鬥中殺死武士。	女子稱不能在兩個男人面前受這樣的侮辱，兩個必有一死。只跟一人，		多襄丸的繩子、武士的腰刀和弓箭、女人騎的馬和小刀	女子逃跑了
女人在清水寺懺悔	我	穿藍黑綢衫男人強姦我後，綁在樹上丈夫踢我、輕蔑我，於是殺夫後，又到清水寺裡懺悔。	受侮辱後得不到丈夫原諒，決心與丈夫一起死，先殺死丈夫，可沒有勇氣自殺。		繩子、丈夫的腰刀、弓箭被強盜拿走，女人小刀	等我蘇醒過來，強姦犯跑了。我之後來到清水寺。
亡靈借巫女之口供詞	自我	強盜強姦妻子後，哄騙她做他的妻子，妻子請求兩個必有一死。強盜在徵求我要死要活時，妻子逃走，強盜割斷繩子，拿起大刀和弓箭也逃走。我拾起妻子丟下的小刀自殺，死亡中似乎有人從我胸口拔出了小刀。		不堪強盜的侮辱和妻子的背叛。	捆綁的繩子、女人的小刀、武士的大刀和弓箭	妻子逃了，強盜也跑了。

　　從上圖表看出，三位元當事者的供詞提供了下面事實：(1) 物證有繩子、死者有刀傷、有腰刀（佩刀）、有弓箭、有馬；(2) 女子被強姦了，而且逃跑了，強盜也走了，留下了被害武士的屍體。這與前面目擊者的供詞是一致的，因而這樁兇殺案作為事實（歷史）是確定的。問題是，三個當事人中兩個承認自己殺死了武士，而死者通過巫女之口卻說是自殺，於是造成了不知道"誰是兇手"的懸案。過去的文學研究止步於這裡的"糾結"，而稱為"羅生門"案[16]。問題是，為什麼會出現"羅生門"？從藝術角度怎樣看待這樁"羅生門"案？概言之，是因為人們沒有區分歷史與文學的界線或者說混淆了法律與文學的界線；細言之，這還須從歷史事實（或法律）和文學兩個層面來闡釋。

1．歷史事實[17]或法律層面

南非最高法院法官阿爾比亞・薩克斯（Albie Sachs）提出了四種真相：(1) 微觀真相（microscopic truth），也叫事實真相，法庭通常首先關心的是"某個人是否在某個時間以某種態度犯下了不正當的故意殺人罪。"通過時間、地點、具體的事實來確定真相；(2) 邏輯真相（logical truth），即"陳述中的一般性事實，陳述的邏輯聯繫……通過推演過程而得出……"；(3) 經驗真相（experienced truth），就是當事人根據自己的體驗而獲得客觀的毫無偏見的發現，如印度前總理拉・甘地在《我關於事實真相之體驗》一書就談到通過體驗獲知真相，但薩克斯認為法庭是聽不到這樣的真相，這真相恰恰使法庭困惑。(4) 對話真相（dialogical truth），就是在以上微觀、邏輯和經驗真相層面上，都存在多種聲音和多重視角下的共同主張，但又不存在什麼可以斷言自己是肯定正確、絕對權威的角度敘述事實的唯一敘述者，它並不是說沒有真相，而是真相在各自陳述事實的差異中。[18]

在實際的法庭判案中，法庭只能根據微觀真相和邏輯真相來確定一個犯罪（歷史）事實，即它只能一方面根據犯罪嫌疑人（當事人）多襄丸的法庭供詞，另一方面根據目擊者的法庭供詞的比對，共同確定這樁案件的基本事實，而如女人在清水寺的懺悔和亡靈借女巫之口的供詞是不能作為判決依據的。因此，就《竹林中》的供詞看，小說的事實真相只可根據前五位元供詞得到事實真相（即重疊部分）：竹林裡、有死者被殺、有桃色馬、有刀、帶弓箭、還有一位女性；邏輯真相：強盜多襄丸自我承認是兇手，而且身上有腰刀、弓箭，騎馬，與目擊者所見證物吻合。儘管還有一位女性，但由於不知所蹤，因此，就案件審理結果看，通過目擊者和當事人的供詞，事實清楚、人證物證俱在，而且目擊者與犯罪嫌疑人的供詞基本吻合，作為法律案件的偵破，基本上可以結案告一段落。

問題的吊詭之處是，小說家明知道女人在清水寺的懺悔不可能出現在法庭，亡靈借巫女之口的供詞法庭也不可能聽到和採納，為什麼小說還要加上這兩段不是供詞的供詞？很顯然，這不是法律和歷史事實層面所能解決的，只有在文學層面來理解才能解釋清楚。

2．文學層面

《竹林中》通過前四位目擊者和一位當事人（犯罪嫌疑人）的供詞，我們

可以得到這樣的事實真相和邏輯過程：一個男子帶著騎馬的妻子在竹林中被一個強盜多襄丸殺害，妻子下落不明，多襄丸作為嫌疑犯被拿。從文學的角度看，這只不過是一樁普通的殺人案，這是沒有多大敘述意義的。亞裡斯多德指出，歷史只是敘述已經發生的事，文學則敘述可能發生的事，歷史的終結處就是文學的開始。也就是說《叢林中》之所以不是一樁兇殺案的簡單敘述或報導，而是一件藝術作品，就在於它通過記憶的延長方式，添加了兩段回憶：一是女人在清水寺的懺悔，二是亡靈借巫女之口的供詞。這兩段回憶的添加，讓整個兇殺案件由普通的微觀真相、邏輯真相變成了經驗真相和對話真相之中。文學的功能不是通過法律的過濾和重疊的方式，篩選出事實真相，而是放大、擴展了記憶的，將死去的鬼魂這一不太可能的事實變成可以借女巫之口予以言說的現實，這不在事實層面上，而是立足於神靈世界這一詩性傳統的想像，因此，通過亡靈的供詞徹底顛覆了我們的現實世界和歷史世界，這種顛覆讓這樁普通兇殺案變成了可以參與、可以對話、可以想像、可以穿越時空的可能世界。這就是藝術所需要的效果。因此，文學與歷史一樣，都是基於記憶，但是歷史是發現眾多記憶重疊的、可以確定的部分，而文學則是基於記憶，並在客觀、確定的歷史事實處放大、擴展、增添記憶，並最終顛覆既有的歷史和事實。這就是文學的魅力所在，這也它與歷史、與記憶關係的特別之處。

三、如何在一個基於歷史文本中談論文學、記憶和歷史

以上例舉的是基於記憶而寫成的文學文本中的文學、記憶、歷史關係的解釋，下面我們將一個基於歷史（敘述）[19]的文學文本，來探討文學、記憶、歷史的關係。

魯迅《故事新編》中有一篇小說《鑄劍》，這是一篇基於"歷史故事和傳說"而寫成的現代小說。這篇小說的原型（故事的基本情節）主要來源於歷史文獻《列士傳》：

干將、莫邪為晉君作劍，三年而成。劍有雄雌，天下名器也。乃以雌劍獻君，留其雄者。謂其妻曰："吾藏劍在南山之陰，北山之陽；松生石上，劍在其中矣。君若覺，殺我；爾生男，以告之。"及至君覺，殺干將。妻後生男，名赤鼻，具以告之。赤鼻斫南山之松，不得劍；思於屋柱中得之。晉君夢一人，眉廣三寸，辭欲報仇。購求甚急，乃逃朱興山中。遇客，欲為之報；乃刎

首，將以奉晉君。客令鑊煮之，頭三日三日跳不爛。君往觀之，客以雄劍倚擬君，君頭墮鑊中；客又自刎。三頭悉爛，不可分別，分葬之，名曰"三王塚"。

該文短小精悍，情節緊湊，故事完整，粗看起來，是一篇非常優秀的關於復仇的故事。然而，仔細推敲，它也明顯地存在以下局限：

其一，敘事以講故事為主，人物只有些名字，其形象模糊、不鮮明突出；

其二，幾處情節、細節敘述有悖於情理。(1) "及至君覺，殺幹將"，這是君王發覺幹將只獻雌劍私藏雄劍後，殺掉幹將，但接著下來必然來搜尋、逼供，直至幹將妻子交出雄劍，因為有雌劍打不過雄劍的傳統心理影響。如此推定，如未交出雄劍，其妻兒性命能放過嗎？如果妻兒一死，還有有後續的復仇嗎？因此，這一細節敘述是有邏輯上的疏漏的。(2) 從復仇過程看，復仇者根本沒有行動，僅憑"王夢一人，言欲報仇"，就懸賞捉人，這就顯得離奇，因為無論依據生活情理還是王法常識，缺乏證據是難以治罪的。(3) 從結局看，"客令鑊煮之，頭三日三夜跳不爛。君往觀之，客以雄劍倚擬君，君頭墮鑊中"，這一敘述存在邏輯問題：用鑊煮頭顱三日三夜不爛的奇跡吸引國王前來觀看，趁機刺殺王，但是人頭能煮這麼久嗎？國王有"三日三夜"觀看和等待的耐心嗎？俠客背劍進王宮待那麼久，難道不怕暴露嗎？顯然，這一敘述神奇離譜，與情理不符。

其三，從復仇事件的正當性看，國王讓幹將鑄劍，幹將卻以雌劍獻君，私藏雄劍，這就犯了欺君之罪，而且，還要兒子去復仇，其正當性和道義何在？

可見，《列士傳》的敘述不重人物塑造，一味獵奇而不細究復仇的正當性和事件發展的合理性，故而被稱為"傳奇故事"。那麼魯迅的《鑄劍》又是怎樣改編的呢？

從篇幅上看，《鑄劍》從幾百字的《列士傳》擴展到一萬二千多字，它的改編是多方面的：(1) 人物名稱的變化，《列士傳》中的人物幹將莫邪、母、赤鼻、晉君、客，在《鑄劍》中分別改稱為父親、母親、眉間尺、王、"黑色人"或"宴之敖"，另外，還增加了"一少年"、王后、王妃、大臣、太監、務實、侏儒、圍觀的百姓等場面人物；(2) 敘述的方式，它改變了單一的敘述者視角，增加了大量的對話；(3) 情節上有增刪；(4) 充實和刪改了許多細節。在以上幾方面變化中最核心的是第 3 項和第 4 項的改變，因為情節和細節的增添和刪改不僅會引起敘述方式、人物刻畫和性格描寫的變化，而且還會引起作品的形態和性質的改變。我們將重點分析後兩部分。

首先看情節的增添和刪改。

《列士傳》的情節是：幹將莫邪為國王鑄劍，藏雄劍，獻雌劍，被國王發覺後殺掉（起因）；兒子遵父遺訓，找到寶劍，準備復仇被國王夢見，遭追捕，於是逃往朱興山中（發展）；遇俠客，自刎首級，客以此奉獻國王（轉機）；客令鑊煮首級，三日不爛，趁王觀之，殺王，客又自刎（高潮）；三頭悉爛，不可分，合葬之，稱"三王塚"（結局）。

《鑄劍》的故事情節是：小說第一部分，開篇就寫眉間尺睡覺時老鼠咬鍋蓋，然後老鼠突然掉進水甕裡，於是點上松明嬉玩起老鼠來，最後將老鼠踏死；這時母親醒來，責備孩子："子時過後，就十六歲了"，可沒有長大成性；接著，告知兒子父親鑄劍被殺，需要他替父報仇的歷史，旨在激發孩子下定決心為父報仇。（起因）當晚就與母親一起從床下掘地五尺，找出寶劍，天還未明，穿上青衣，背上寶劍，踏上了報仇之路。小說第二部分，寫眉間尺背著青劍，混入觀看楚王游山的人群中親自復仇的情節；由於復仇心切，提劍就沖上去，結果絆倒壓壞了一少年的丹田，被那少年纏著賠償，幸好一黑色人出現把他從圍觀人群中解脫出來；眉間尺來到城外南門，本準備等待國王返回時再復仇，卻不見國王回來的影子，倒是那個黑色人突然閃來告知"國王正在捉你了！"為避免抓住，他跟隨黑色人一起逃入林中。（發展）黑色人說要為他報仇，開始眉間尺以為黑色人只是同情他，後來黑色人說服了他，於是眉間尺削下自己的頭顱，將頭和劍交給黑色人。（轉機）黑色人掣起青衣，包了頭顱，背著寶劍，在暗中向王城揚長走去，並發出尖利的聲音唱著歌。小說第三部分接著寫：國王游山無趣，弄臣們為了替國王解悶，引來異士玩把戲；異士就是黑色人，他玩的是"鑊煮頭顱"把戲，頭顱竟然能在熱鑊裡唱歌，當它不唱的時候，引來國王好奇觀看，於是趁機砍下國王的頭；非常神奇的是，仇人相見，兩個頭顱互相撕咬，就在國王的頭顱蠶食眉間尺的頭顱時，黑色人砍下自己頭顱，與眉間尺的頭顱一起咬國王頭顱，直到確定王頭已經斷氣（高潮）。小說第四部分，寫大王遇刺，王后、武士、老臣等驚慌失措和打撈大王頭顱的場面，尤其是他們無法分辨大王頭顱時，決定將三個頭顱與王身體一起合葬。出殯的場景是滑稽荒謬的，大臣、太監、侏儒等輩都裝著哀戚的顏色，老百姓來奔喪瞻仰的行列擠得亂七八糟，不成樣子（結局）。

從以上兩個故事的比較，《鑄劍》的起因部分：a) 增添了眉間尺復仇之前夜間嬉玩掉到水甕裡的老鼠的情節；b) 將原故事直接敘述"父親為晉君鑄劍

被殺，留下遺囑讓兒子復仇”的情節，變為通過母親的間接敘述（“插敘”）。發展部分：c) 刪除了“國王一夢捉人”的情節，增添了眉間尺背著青劍，混入觀看國王游山的人群中親自復仇的情節。轉機部分：d) 增添了俠客遇見眉間尺，並願意為眉間尺報仇的對話。高潮部分：e) 將“鑊煮人頭，趁機殺王”的情節改成“玩人頭把戲，趁機殺王”。結局部分：f) 添加打撈和出殯情節。

其次看細節的增添和刪改。

這主要體現在：a) 將原故事中“王知道幹將莫邪藏雄劍獻雌劍”的細節改為“王善猜疑，又極其殘忍”，不知道藏雄劍一事，為了獨佔天下第一劍而殺掉鑄工的描寫；b) 刪除了故事原型“藏劍”和“找劍”的敘述，而改寫為劍就在床下，掘地五尺即得；c) 添加了眉間尺的頭顱和俠客所唱神秘難懂的歌；d) 改寫了“鑊煮頭顱，三日不爛”細節，變成為“當日玩‘鑊煮人頭’把戲”的戲劇性場面描寫；e) 增添了大王遇刺後，王后、武士、老臣等驚慌失措和滑稽荒謬的打撈辨認大王頭顱，以及哭喪、出殯的場景描寫。此外，f) 在劍的原料神奇來源上，吸收了《孝子傳·眉間尺》“劍鐵來源於王妃抱柱而生”[20]的敘述；在劍鍛造成功後顯示的奇特異象上，借鑒了《越絕書》關於“寶劍”的神奇、誇張描寫。[21]在玩完人頭把戲後，吸收了《吳越春秋》《孝子傳·眉間尺》“三頭相咬”的細節，將復仇推向神奇而悲壯高潮。這也體現了魯迅自己所說的“雜取種種人”創作特點。

以上添加和刪改的情節和細節因素，究竟給整個“新編的故事”帶來什麼樣的變化呢？我在《傳奇故事的添加、刪減和改寫與現代小說的形成——從“改編學”角度談〈鑄劍〉的“故事”構造與意義生成》[22]一文中對此做了詳細分析。這裡我只引用通過《鑄劍》文本的“改編學”分析的結論：魯迅在其中傾注的“創新”、意義和價值體現在：(1) 作品結構由原來以故事情節為核心的敘事向以人物塑造為核心的敘事轉變；(2) 由傳奇故事變成了以塑造人物的現代小說；(3) 使復仇具有了正當性；(4) 故事由單一的傳奇性敘述變成了既符合生活邏輯又保留一定傳奇性，還帶著詼諧、荒誕性的多重敘事；(5) 小說的意義由單一地表現復仇變成了使復仇兼具悲壯性、崇高性、神奇性、詭異性、滑稽性和荒誕性的多重意義表達，其核心是表達人生悲壯的復仇行動及其過後遭遇的尷尬和荒誕感。簡言之，《鑄劍》將一個傳奇故事變成了現代荒誕小說。

這裡需要進一步討論的問題是：一是能否將歷史故事和傳說視為歷史敘述？二是記憶在歷史故事和傳說中作用是什麼？歷史故事和傳說與文學、記憶

的關係是什麼？

1．敘述層面：歷史故事和傳說是歷史還是歷史敘述

歷史故事和傳說，就其敘述的內容而言，屬於志怪故事之類，因此它本身就是虛構的。但這種虛構的志怪故事作為歷史文獻被保存下來了，今天根據這些歷史文獻進行藝術的改編，創作新的藝術，就其本質而言，它與根據歷史上真實發生的事實歷史而記載的歷史文獻是一樣。即文學創作既可根據虛構的歷史文獻材料，也可根據歷史事實的文獻材料，它們都是歷史素材，最終是為了現今藝術虛構和想像的需要。如《哈利波特》等現代神魔小說，就是集民俗、神話、鬼神故事等為一體的"混合物"。當然，也有根據一定的真實歷史事件創作現代歷史小說，如姚雪垠的《李自成》。因此，我們可以將《鑄劍》所依據的文獻材料《烈士傳》視為歷史的敘述素材，即《鑄劍》是在歷史故事和傳說基礎上再進行改編而成的現代小說。

2．記憶在《鑄劍》中的構成和功能

記憶在《鑄劍》中的構成和功能有二：一是充當插敘作用。眉間尺的母親回憶他的父親為國王鑄劍被殺，留下遺願要孩子長大後復仇的故事情節就是《鑄劍》整個復仇故事的插敘。它自身本來也是一個故事，但在此被嚴重壓縮了，只充當整個復仇過程的起因和鋪墊功能。二是充當引入歷史的引信、仲介作用。根據魯迅1936年3月28日《致增田涉》信中談及《鑄劍》的創作來源："出處忘記了，……也許是在《吳越春秋》或《越絕書》裡面。日本的《中國童話集》之類也有。"[23]那麼，魯迅所聲稱的《吳越春秋》《越絕書》《烈士傳》等都作為記憶的歷史素材，參與到整個《鑄劍》情節結構的創造中。也就是說，歷史的素材被記憶，參與到當代小說的創造中來。

當然，魯迅寫作《鑄劍》不是《烈士傳》等材料的簡單性複述，而是通過記憶引出"歷史故事和傳說"，再對"歷史故事和傳說"進行增刪和顛覆，進而將一個傳奇故事變成現代荒誕小說。從《烈士傳》到《鑄劍》這一"改編"過程，讓我們看到了小說就是記憶、歷史的壓縮、擴張，甚至顛覆。

四、從文本中探討文學、記憶、歷史的價值和意義

從具體文本中探討文學、記憶、歷史的構成、功能，其意義是多方面的。

首先，以上兩個案例表明，記憶、歷史、文學在不同文本中的構成和功能是不一樣的。如在《竹林中》整個作品都是基於記憶（回憶），而在《鑄劍》中小說基本情節則是基於"歷史故事與傳說（歷史文獻）"，其中"記憶部分（幹將莫邪鑄劍）"被壓縮為整個復仇過程的起因（只是作為插敘），就是《列士傳》《越絕書》等歷史文獻也只是被"記起"，充當整個《鑄劍》創作的引信、仲介作用。

其次，以上案例表明，在具體文本中記憶、歷史、文學的關係與理論上記憶、歷史、文學的關係有巨大差別。在理論上我們說文學就是對他者（第三人稱人物）和自我（自傳性人物）歷史的記憶和敘述，而實際上，恰如我們在《竹林中》中所觀察到的，記憶在敘述中（供詞）重疊或重複，真實的歷史（事實）就會呈現，如目擊者的供詞與當事人的供詞之間的重疊部分。至於《竹林中》各個供述人的差異部分（歷史事實的放大部分），以及歷史（事實）之外的記憶延長、放大部分，文學就出現了，它顛覆了之前確定的歷史事實，讓歷史事實變成更加有意味的文學故事。在《鑄劍》中我們同樣看到，作為現代小說的《鑄劍》就是對歷史故事和傳說《列士傳》的增、刪、改和顛覆，以及讓記憶壓縮或起引信作用。

第三，基於記憶、歷史、文學在不同文本的構成和功能上的差異，傳統的那種宏大的命題，如"詩言回憶"說[24]，"文學書寫的就是記憶的生活"說[25]，"文學是一種對歷史的記憶"說[26]，還有所謂"文史互通"說[27]、"史蘊詩心"說[28]，等等，這些都是大而化之的形而上話語，是無意義的。因為，不僅不同類型的文本，其歷史、記憶、文學的構成不同，而且同一類型的文本，如一個歷史文本中具體的記憶、文學成分也千差萬別。人們常說《三國演義》七分歷史三分虛構，但到具體每個章節比例又是差異甚大。怎一個"詩言回憶"能概括得了？只有通過具體的文本分析，才確切地發現，一部文學作品往往是歷史、記憶和文學相互滲透的，它既不是文史理論中歷史、文學、記憶絕對區分論，將文學僅僅看做是"對可能發生的事的敘述"或"文學就是虛構、想像"，也不是文史理論中文史不分或詩言回憶論。俗話說得好，文近史則死，史近文則野。

第四，更重要的是，對文學本質特徵有了新的認識。雖然一個作品不僅僅是由記憶、歷史和文學性因素構成，它還有情感、哲學、倫理、地理等多種因素構成，但就從記憶、歷史和文學三者在一個文本的構成關係看，文學與記憶、歷史究竟是什麼關係？通過它們的關係探討對我們認識文學的本質究竟有何意義？從以上兩個分別代表了兩種類型的文本案例看，在文學、記憶、歷史交疊的作品中，文學就是記憶、歷史的壓縮、刪改、擴張，甚至顛覆。

注釋

1　2007年10月27–29日，北京外國語大學《外國文學》編輯部與解放軍外國語學院聯合，在洛陽舉辦"歷史・記憶・文學"國際學術研討會；2016年6月24–26日，大連理工大學與日本愛知大學、大連大學、遼寧師範大學聯合，在大連舉辦"文化・文學：歷史與記憶"國際學術研討會。

2　［古希臘］柏拉圖：《柏拉圖文藝對話錄》，朱光潛譯，《朱光潛譯〈柏拉圖文藝對話錄〉、〈歌德談話錄〉》，北京：人民文學出版社，2015年，頁79–83。

3　［英］華茲華斯：《〈抒情歌謠集〉一八〇〇年版序言》，見伍蠡甫主編：《西方文論選》下卷，上海：上海譯文出版社，1979年，頁17。

4　［古希臘］亞理斯多德：《詩學》，羅念生譯，［古羅馬］賀拉斯：《詩藝》，楊周瀚譯，北京：人民文學出版社，1982年，頁29。

5　［英］拉曼・塞爾登：《文學批評理論：從柏拉圖到現在》，劉象愚等譯，參閱第一編"再現"和第二編"主體性"，北京：北京大學出版社，2000年。

6　［法］巴爾扎克：《〈人間喜劇〉前言》，原話："法國社會將寫它的歷史，我只能當它的書記。"見伍蠡甫、胡經之主編：《西方文藝理論名著選編》中，（北京：北京大學出版社，1986年），頁111。

7　［法］左拉：《戲劇中的自然主義》，見伍蠡甫、胡經之主編：《西方文藝理論名著選編》中，（北京：北京大學出版社，1986年），頁198。

8　Hayden White: *Topics of Discourse: Essays in Cultural Cristicism.* Baltimore: Johns Hopkins University Press, 1978, p. 98.

9　［法］莫里斯・哈布瓦赫：《集體記憶與歷史記憶》，丁佳寧譯，收錄于馮亞琳、［德］阿斯特莉特・埃爾主編：《文化記憶理論讀本》，北京：北京大學出版社，2012年。

10　馮亞琳、［德］阿斯特莉特・埃爾主編：《文化記憶理論讀本》"前言"，北京：北京大學出版社，2012年，頁1。

11　［法］皮埃爾・諾拉主編：《記憶之場：法國國民意識的文化社會史》，黃豔紅等譯，南京：南京大學出版，2015年，頁20。

12　［德］楊・阿斯曼：《文化記憶》，甄飛譯，該文全面考察了記憶術、回憶、口頭和書面文化文本和文化記憶的邊緣區域（儲存器、檔案和墓穴等），收錄于馮亞琳、［德］阿斯特莉特埃爾主編：《文化記憶理論讀本》，北京：北京大學出版社，2012年。

如何在一個作品中談論文學、記憶和歷史

13　[法] 安東莞・普洛斯特（Antoine Prost）:《歷史學十二講》，王春華譯，北京: 北京大學出版社，2012年，頁100。

14　[法] 安東莞・普洛斯特（Antoine Prost）:《歷史學十二講》，王春華譯，北京: 北京大學出版社，2012年，頁100–101。

15　《竹林中》有兩個譯本: 一為高慧勤，二為婁西夷，後者譯名為《莽叢中》。本文採用高慧勤譯本，見 [日] 芥川龍之介:《羅生門》，文傑若等譯，（北京: 人民文學出版社，2015年），頁174–181。

16　著名導演黑澤明將《竹林中》改編為電影名《羅生門》，由七個人的供詞構成一個既有交集又差異懸殊，甚至彼此否定顛覆，使得案件更加撲素迷離，最終變成一個沒有真相的懸案。後被引申為，凡是說不清道不明、令事件真相越查越複雜最後不了了之的事件就稱為"羅生門"。

17　Hayden White: "Response to Arthur Marwick," *Journal of Contemporary History*, Vol. 30, No. 2, 1995. 懷特對事件（events）與事實（fact）做了區分，他認為，事件是在時空中確切地發生過的事情，可以通過文獻記載和歷史遺跡得到證明; 事實則是以論斷形式對發生過的事件的描述，是一種思想上的概念化建構或者想像中的比喻化建構，只存在於思想、語言、話語中（參見海頓・懷特:《舊事重提: 歷史編撰是藝術還是科學?》，陳恒譯，陳啟能、倪為國主編:《書寫歷史》第一輯，上海: 上海三聯書店，2004年，頁24）。

18　[美] 伊曼紐爾・沃勒斯坦:《書寫歷史》，王建娥譯，作者是在1999年2月24–27日在布魯塞爾"重建過去: 歷史與合法性"研討會的發言，陳啟能、倪為國主編:《書寫歷史》第一輯，（上海: 上海三聯出版社，2003年），頁40–41。

19　如第一部分所區別，文學尤其是歷史小說、戲劇、史詩等創作，不是基於歷史，而是基於歷史敘述（歷史文獻）。

20　[金] 王朋壽編:《類林雜說》，錄《孝子傳・眉間尺》: "楚王妃，夏抱鐵柱以取涼，心有所感，遂孕，後產一鐵。楚王命莫邪以此鐵鑄雙劍。"

21　《越絕書》對"寶劍"有如下描述: 越王勾踐有五把寶劍，當相劍客薛燭相到寶劍純鈞時，"手振拂揚，其華捽如芙蓉始出。觀其鈽，燦如列星之行; 觀其光，渾渾如水之溢（溏）[塘]; 觀其斷，巖巖如瑣石; 觀其才，煥煥如冰釋。"《鑄劍》對"劍"的顏色從白、紅、黑到純青、透明的描述，但無疑受此啟發。

22　該文發表於《中國現代文學研究叢刊》2011年第2期。

23　1936年3月28日《致增田涉》中說: "出處忘記了，……也許是在《吳越春秋》或《越絕書》裡面。日本的《中國童話集》之類也有。"《魯迅全集》第13卷，（北京: 人民文學出版社，1981年），頁659。

24　吳廷玉:《詩言回憶・詩緣回憶・詩召回憶》，《海南師院學報》1998年第3期。此一觀點最早應為柏拉圖提出。我國學者王一川在《中國的"詩言志"論與西方的"詩言回憶論"》一文中梳理了西方文論中的"詩言回憶論"，並將中國"詩言志"之"志"與"記憶、回憶"聯繫起來。見於黃藥眠、童慶炳主編:《中西比較詩學體系》，（北京: 人民出版社，1991年），頁105。

25　賈平凹:《寫出個人命運與時代的交契之處，才是好故事》，騰訊文化網，2016年4月13日。

55

26 馬季:《文學是一種對歷史的記憶》,《中國新聞出版報》,2013年5月10日第6版。

27 錢鐘書:《談藝錄》(補訂本):"賦事之詩,與記事之史,每混而難分。此士古詩即史之說,若有符驗。然詩體而具紀事作用,謂古史即詩,史之本質即是詩,亦何不可。"(北京:中華書局,1984年),頁38。

28 錢鐘書:《談藝錄》(補訂本)原話:"只知詩具史筆,不解史蘊詩心。"(北京:中華書局,1984年)頁363。

新历史小说的文学史建构

王 玉 春

新歴史小説を含む文学史の構築

概要：新歴史小説は、明らかな方向性、転覆性、解体性、再構築性をもつとともに、概念が曖昧で、内容が広く、幾通りにも解釈できる文学思潮である。当代文学では無視できない重要なテーマであり、文学史では文学ジャンルの一つに入れられ、急速に経典化のプロセスが成立した。新歴史小説と文学史の著述の間の「間テクスト性」は充分に考察する意義がある。新歴史小説の概念は定義するのがますます難しくなっており、関連する研究は、新歴史小説の成立や命名の変遷、代表的作家の作品など「史」の外側の部分から徐々にすすみ、転覆や解体などテクストの特徴である「核」の部分が残されている。研究者たちは往々にして「旧」い歴史小説との比較分析を行う傾向がある。新歴史主義の「新」の部分を際立たせるため、「旧」にはない「新」の特徴を強調することに尽力する一方で、この「新」の性質の根源に遡って、深遠な歴史の脈絡を求めようとする。しかし、研究者が示す新歴史小説全体の流れの特徴がより明瞭になればなるほど、テクストとしての新歴史小説の主体性や個性がますます見過ごされてしまう。新歴史主義の「理論」や「歴史」といった尺度を除いて、「文学」という視点からみれば、新歴史小説特有の芸術的魅力の存在がうかびあがる。文学的観点から新歴史小説の歴史的叙述の限界と可能性に注目するならば、文学史の構築には新たな規範が、文学批判にはテクストの精緻な分析が期待されるのである。

キーワード：新歴史小説、文学史、歴史、命名、経典化、莫言

关键词：新历史小说，文学史，历史，命名，经典化，莫言

在中国当代文学史上，新历史小说同新写实小说一样，是一个既具有明确的针对性、颠覆性、消解性、重构性，同时又含义模糊、内容广泛、歧义丛生的文学思潮。尽管如此，新历史小说仍是当代文学研究绕不开的一个重要话题，中国知网90年代以来以"新历史小说"为题的论文共280多篇，其中研究综述、研究述评类的总结性的论文达50篇之多。而且，多部文学史教材均将其纳入文学史的书写框架，完成了文本的经典化。如果说新历史研究者们试图通过对历史文本"互文性"的考察，看到历史写作过程中存在着的错综复杂的权力运作和歧义叠生的偏见，从而实现对传统历史写作的合法性的质疑。那么，在新历史小说的文学史书写中，同样存在这样一个建构与消解的历史过程，新历史小说与其文学史书写之间、作家与批评家之间的"互文性"同样值得我们深思。

1993年，浙江文艺出版社出版了由身兼作家、批评家双重身份的王彪所主编的《新历史小说选》。这是"新历史小说"首次以群体的形态集中亮相，呈现在公众的阅读视野中。有学者认为由此"'新历史主义'作为一种文学思潮而为中国当代文学史所铭文"，事实上，该书的导论《与历史对话——新历史小说论》，已于一年前发表在《文艺评论》上。[1]在这篇文章中，作者尝试性地对"新历史小说"进行了命名与较为模糊的界定：

> 1986年后，中国文坛出现了一批写往昔年代的、以家族颓败故事为主要内容的小说，表现了强烈的追寻历史的意识。但这些小说与传统的历史小说不同，它往往不以还原历史的本来面目为目的，历史背景与事件完全虚化了，也很难找出某位历史人物的真实踪迹。事实上，它以叙说历史的方式分割着与历史本相的真切联系，历史纯粹成了一道布景。这些小说，我们或可以认为仅是往昔岁月的追忆与叙说，它里面的家族衰败故事和残缺不全的传说，与我们习惯所称的"历史小说"完全是两个不同的概念。但是，这些小说在往事叙说中又始终贯注了历史意识与历史精神，它是以一种新的切入历史的角度走向另一层面上的历史真实的，它用现代的历史方式艺术地把握着历史。所以，从这个角度看，我们称这些小说为"新历史小说"，也是未尝不可的。[2]

这里主要强调了新历史小说的三点特征：一是时间上为"1986年后"；二是内容上以"写往昔年代的"、"家族颓败故事"为主；三是"新的切入历史的角度"。

同年 9 月陈思和在《文汇报》发表了《关于"新历史小说"》[3]，用不太确定的口吻提出了"新历史小说"的说法："'新历史小说'是笔者对近年来旧题材小说创作现象的一种暂且的提法"。

实际上，在这前一年，1991 年洪治纲在论文《新历史小说论》中已经明确提出了"新历史小说"的概念。如果继续追溯，会发现在这之前已经出现很多相关的论文，例如张德祥的《论新时期小说的历史意识》[4]（1987）、李星的《新历史神话：民族价值观念的倾斜——对几部新历史小说的别一解》[5]（1988）、吴秀明和周天晓的《〈张学良将军〉与现代新历史小说》[6]（1989）等，作为文学思潮的"新历史小说"呼之欲出。但是，明确提出"新历史小说"的概念并将其作为独立的研究对象进行界定和探讨，洪治纲的论文当属首次：

> 大约从 1985 年开始，新时期文坛上陆续出现了下列小说：冯骥才的"怪世奇谈"系列，莫言的"红高粱"系列，周梅森的"战争与人"系列，张廷竹的"我父亲"系列，叶兆言的"夜泊秦淮"系列，乔良的《灵旗》，格非的《迷舟》、《敌人》，苏童的《妻妾成群》、《红粉》，权延赤的《狼毒花》，方方的《祖父在父亲心中》，林深的《大灯》等等。这些小说叙述的都是一些作者及其同代人不曾经历过的故事，若从题材上进行简单的归类，它们无疑均属历史小说，但它们与传统历史小说又迥乎不同，无论主旨内蕴抑或文本形式都明显超越了传统历史小说的某些既成规范，显示出许多新型的审美意图和价值取向，潜示着历史小说发展的某种新动向。因此，我把它们称为"新历史小说"……[7]

在这篇论文中，洪治纲不仅列出了新历史小说的作家作品序列，而且相对深入地分析了新历史小说对传统历史小说的突破，指出其不仅仅停留在"主旨内蕴"上，还渗入到"形式本体"中，使新历史小说"从内容到形式都呈现出种种新型的审美品格，标志着小说发展正向某些新形态演进"。

时隔仅仅三年，"新历史小说"被正式载入文学史。1994 年陈思和主编的《中国当代文学史教程》由对新历史小说列出专章予以介绍和评论：

> "新历史小说"与新写实小说是同根异枝而生，只是把所描写的时空领域推移到历史之中。就具体的创作情况来看，新历史小说所选取的题材范围大致限制在民国时期，并且避免了在此期间的重大革命事件，所以，

界定新历史小说的概念，主要是指其包括了民国时期的非党史题材。其创作方法与新写实小说基本倾向是相一致的。

新历史小说在创作题材选择上，与革命历史小说有诸多雷同之处。大都涉及到共产党建党以及其后的革命历史生活。但新历史小说作家们因受其个人生活经历，现实生活特别是各种西方现代思潮的影响。使他们对这些相同或相似的历史题材做出了截然不同的历史判断。新历史小说的言说主体是地主、资产者、商人、妓女、小妾、黑帮首领、土匪等非"工农兵"的边缘人，主要描写他们的吃喝拉撒、婚丧嫁娶、朋友反目、母女相仇、家庭兴衰等生活的日常性、世俗性甚至卑琐性的一面。

其代表性作品有：陈忠实的《白鹿原》，余华《活着》，莫言的《红高粱》，苏童的"枫杨树村"系列（《罂粟之家》、《1934年的逃亡》、《妻妾成群》），叶兆言的"夜泊秦淮"系列（《枣树的故事》《追月楼》《状元镜》《半边营》），刘震云的《温故一九四二》、《故乡天下黄花》，池莉的《预谋杀人》，方方的《祖父活在父亲心中》，周梅森的《国殇》等等。

这里仍然强调了三点：一是题材范围，"大致限制在民国时期"；二是创作方法上，"与新写实小说基本倾向是相一致的"；三是表现内容，展现边缘人的日常性、世俗性甚至卑琐性。

最后，同样列出了代表性的作家作品，与洪治纲相比，这里增加了陈忠实、余华、刘震云、池莉等的作品，而替换掉了冯骥才、乔良等的作品。

目前高校使用非常广泛的当代文学史教材，还有洪子诚的《中国当代文学史》。对于新历史小说，该书表现出严谨审慎的态度，没有专节论述，而仅在"90年代的文学状况"一章中予以提及：

反思"历史"，仍是90年代文学创作的一个主题，但在反思的立场和深度以及"历史"的指向上，却有了不同。这些小说处理的"历史"并不是重大的历史事件，而是在"正史"的背景下，书写个人或家族的命运。有的小说（如苏童的《我的帝王生涯》），"历史"只是一个忽略了时间限定的与当下的现实不同的空间。这些小说都弥漫着一种沧桑感。历史往往被处理为一系列的暴力事件，个人总是难以把握自己的命运而成为历史暴

行中的牺牲品。与五六十年代的史诗性和80年代初期的"政治反思"性相比，这些小说更加重视的是一种"抒情诗"式的个人的经验和命运。因此，有些批评家将之称为"新历史小说"。

随后以注释的形式，给予进一步阐释："新历史小说是陈晓明、陈思和等批评家提出的概念用来概括自莫言的《红高粱》、格非的《大年》等以来的某些表现'历史'的小说。但对这一概念并没有明确的界定，在文学界也没有获得广泛认可。"可以说，新历史小说题材内容的多样性、作家作品序列的不确定性、文本特征的模糊性等，都使它面临命名与界定的尴尬。

当对新历史小说的概念界定难以为继时，相关研究逐渐从时间缘起、命名流变、代表作家作品等"史"的外在内容中剥离出来，而留下了作为群像所呈现凝练的"新"质——颠覆性、消解性、解构性等新历史小说的文本特征的"核"。对于新历史小说在"创作观念"和"创作视角"方面所展现出的"新"质的探讨，无疑更具有史学价值与方法论意义，这也是相关研究中探讨得最为充分的一个部分。研究者们更加倾向将新历史小说与"旧"的——已往及同时代的——历史小说进行比较，以更好地辨析它的新质和特质。例如，王岳川曾将中国当代新历史小说相对于旧历史小说的转型简约地概括为以下5个方面的特征：1、小说主题强调从正史到野史；2、思想观念从民族寓言到家族寓言；3、叙事角度强调历史的虚构叙事；4、人物形象从红黑对立到中间灰色色域；5、小说语言表征为从雅语到俗语。

在具体研究中，一方面，为了突出新历史主义的"新"，研究者不遗余力地强调"旧"所没有的"新"的特质；另一方面，对于这种"新"质，研究者们又不断追根溯源，勾勒出一条更为深远的历史脉络。例如，不少研究者都关注到了鲁迅的《故事新编》。这部写于1922年至1935年的历史小说集，它对历史的颠覆性与消解性，借助新历史小说的阐释框架，其在历史小说创作上的贡献和开拓意义得到有力彰显。按照这个思路其实还可以列出一长串带有"新历史"特征的书单，如施蛰存的《石秀》，甚至更为久远的《史记》。研究对象的不确定性，也因此造成了言说的混乱。大家都在谈"新历史"，但是你的"历史"不是我的"历史"，所谓的"新历史"成为各取所需的素材。

那么，对于新历史小说的命名与界定，作家本人又是如何看待呢？张清华的论文《十年新历史主义文学思潮回顾》与莫言的文章《我与新历史主义文学

思潮》，可谓提供了一组作家与批评家之间互动的典型文本。

张清华的论文《十年新历史主义文学思潮回顾》，发表于《钟山》1998年第4期。同年，莫言在台北图书馆作了题为"我与新历史主义文学思潮"的演讲，该演讲稿后经各大报刊网站转载，影响广泛。莫言首先调侃说思潮是批评家发明的，与作家没有什么关系。批评家发明思潮的过程就是编织袋子的过程。他们手里提着贴有各种标签的思潮袋子，把符合自己需要的作家或是作品装进去，根本不征求作家的意见，这叫作"装你没商量"。莫言说自己经常给装进不同评论家的贴着不同标签的袋子里。那么，对于"新历史小说"这个袋子，莫言感觉如何呢？莫言大段引用了张清华的评论：

> 1986年莫言的《红高粱家族》系列小说的问世，淡化和消解了寻根小说文化分析和判别的主题中心，进一步使历史成为审美对象和超验想象领域，在观照历史的时候更倾向于边缘的"家族史"和民间的所谓"稗官野史"民间化，在这里具有决定性的意义。莫言的小说不仅从故事的历史内容上民间化了，而且叙述的风格也民间化了，这与此前许多寻根作家的那种精英知识分子式的严肃叙事形成了区别，这就为"新历史主义"小说在嗣后的崛起做好了逻辑铺垫和创作准备。从这个意义上说，莫言的《红高粱家族》既是"新历史主义"小说滥觞的直接引发点，又是"新历史主义小说"的一部分。

之后，莫言解释说"上边的话都是评论家说的，并不是我厚颜无耻地吹捧自己"。尚嫌不足，在结尾处，莫言进行了提炼总结，以进一步彰显自己的文学史意义："按照张的说法，我用《红高粱家族》引发了新历史评论小说创作，又用《丰乳肥臀》给这个小说运动做了一个辉煌的总结"。可以说，莫言的发言不仅是对批评者张清华的回应，更是以这样的互文方式，十分有力地确认并进一步张扬了自己的文学史地位与影响。这也再次提示我们在文学史建构中，作家并不是无可作为的，相反表现出了明显的历史意识，直接参与到文学史的建构中。

回到新历史小说的相关研究，一方面，如前文所说，新历史小说在时间、界定、作家作品序列方面都显示出模糊与混乱，甚至很长时间以来说法各异，除了"新历史小说"的命名外，还包括"现代新历史小说""新历史主义小说""新历史叙事""新历史主义文艺思潮""新历史题材小说""后历史主义"

等等；而另一方面，批评者又试图为读者描绘出一条清晰的"新历史小说"的创作脉络。例如，张清华所概括总结出新历史小说发展的三个主要阶段：第一阶段是前奏，表现为寻根、启蒙历史主义，大致是指1986年之前，其最早的源头甚至可以追溯到八十年代初与七十年代末；第二阶段是核心阶段，表现为新历史主义或审美历史主义，其全盛期大约在1987–1992年间；第三个阶段是余波和尾声，表现为游戏历史主义，大概从1992年后，新历史主义小说思潮进入了它的末期。当研究者们用概念和理性，为新历史小说的发展脉络画出一道优美的弧线时，当研究者笔下的新历史小说的整体特征愈加清晰时，实际上作为文本的新历史小说的主体性也越来越被忽略。对于那些具有颠覆性、消解性、解构性的多元化、个性化的文学创作，试图用归类贴标签的方式来一网打尽，显然是草率的也是徒劳的。这种探讨在很大程度上忽略了作为言说之外的小说文本的特殊性，而后者恰恰是小说的独特艺术魅力之所在。

历史的存在就像苏童《黄雀记》中的"那张笨重的红木雕花大床倾颓在地"，当润保把祖宗的大床一片一片地运往门外，他发现"所有的庞然大物被分解后，都是如此琐碎，如此脆弱"。然而不仅如此，新历史小说的意义还在于通过生动丰富的文本，向我们描述历史是"怎样"琐碎"如何"脆弱的。在新历史主义的理论维度之外，还有一个文学的尺度。正如美国作家马克·肖勒所言，素材与艺术之间的差距即是技巧，当研究者们诠释历史是什么，不是什么的时候，作家们却要面临"如何呈现"的文学追问，而这恰恰是新历史小说的独特艺术魅力之所在。跳出理论的怪圈，读者更加期待的可能是那些有诚意的作品鉴赏。从文学的维度来关注新历史小说历史叙事的限度与可能，文学史的书写期待新的范式，文学批评期待更多有诚意的文本细读。

付记：本文为高校基本科研业务费重点项目"作者话语与新文学史建构研究"（DUT15 RW205）的阶段性成果。

注释

1　该文章还专门作了标注：此文系《新历史小说选》导论，《新历史小说选》将与《新写实小说选》、《新实验小说选》、《新乡土小说选》等6本合成《中国当代最新小说文库》，由浙江文艺出版社出版（预计92年10月份出书）。

2　王彪：《与历史对话：新历史小说论》，《文艺评论》1992年第4期。

3　陈思和:《关于"新历史小说"》,《文汇报》1992 年 9 月 2 日。

4　张德祥:《论新时期小说的历史意识》,《小说评论》1987 年第 1 期。

5　李星:《新历史神话:民族价值观念的倾斜——对几部新历史小说的别一解》,《当代文坛》1988 年第 5 期。

6　吴秀明、周天晓:《〈张学良将军〉与现代新历史小说》,《当代作家评论》1989 年第 3 期。

7　洪治纲:《新历史小说论》,《浙江师大学报》1991 年第 4 期。

历史与文学的双重变奏

——贾平凹《古炉》的叙事策略

贾 浅 浅

歴史と文学の二重奏
——賈平凹『古爐』の叙述戦略——

概要：賈平凹の『古爐』は、陝西省の古爐という村で1965年から67年にかけておきた凄まじい「運動」の中での生活を、狗尿苔と呼ばれる子供の視点から描いた長編小説である。本稿では、この作品を叙述の視点から考える。これは作家が近年位置づけようとしてきた３つの視点にたって、農民の身分から「身分」というものを叙述することである。第一は、歴史観の構築である。伝統文学における歴史は、常に主導権をもつ者によって歪曲され、隠蔽される。そのため事実は、民間の視点によって精緻に描写されなければならない。第二は、（生活の中の）政治を氷解することである。小説はその社会の政治化された内の部分を氷解し、日常生活の本来の姿にもどすものである。政治的立場が異なることによる差別や階級による感情的な対立の仮面を剥ぎ取り、当時の歴史が農村生活に刻みこんだ困難や住民間の溝を暴き、善悪が入り混じった状況を洗い流すのである。第三は、人間性における善悪を描くことである。小説における歴史の着地点が村落にあるとすれば、魂の着地点は人間性にある。『古爐』の蚕婆と善人たちは伝統文明のすばらしい代表である。彼らは「人間性が荒み、悪に突然支配された」歴史の隙間にあっても人の善良さと温かさをみせてくれる。本稿では、以上の視点から文学と歴史の関係に対する作者の認識について考える。

キーワード：賈平凹、『古爐』、民間の視点、人間性、歴史認識

关键词：贾平凹，《古炉》，民间视角，人间性，历史认识

一、身份定位与视角选择

实际上，从《废都》以后，在《白夜》的写作中，作家已经开始尝试、开拓新的写作领域和方式，开始对其写作进行了重新调整和定位，其自我身份的确认也在进一步明晰。他在在长篇自传体《我是农民》中，就已经表述了自我的身份定位——即"农民身份"的自我认同。"长期以来，商州的乡下和西安的城镇一直是我写作的根据地，我不会写历史演义的故事，也写不出未来的科学幻想，那样的小说属于别人去写，我的情结始终在现当代。我的出身和我的生存的环境决定了我的平民地位和写作的民间视角，关怀和忧患时下的中国是我的天职。"[1] 贾平凹还曾多次说，他的本性依旧是农民，如乌鸡一样，那是乌在了骨头上的。这个农民身份，指的是他切入文本的叙述身份。这会让我们想到莫言的叙述观念，即"作为老百姓的写作"而非"为了老百姓写作"，就是说，作家自觉地将自己置放在一个普通人、一个角色的位置，而不是把自己当作"灵魂的工程师"来指导人们的生活和存在。及至《古炉》，贾平凹正因为找准了这样的一种身份定位，而从一个"点"进入到了一个"块状"的村落，呈现了一个"春夏秋冬"式的针脚细密的"线性"叙事，将创作主体融入了滔滔不息的生活之流，作家自己也隐匿或蛰伏在生活和生命的引力场之中。

那么，具体到文本，他是以狗尿苔这样一个在心理上、人格上以及存在感都十分低下和卑微的农村孩子的视角，来表现文革，表现人性的曲张和衍变。在《古炉》后记中，作家表达在写作的时候，他常有一种幻觉："狗尿苔会不会就是我呢？我喜欢这个人物，他实在是太丑陋，太精怪，太委屈，他前无来者，后无落脚，如星外之客。"[2] 在一篇对话录中他又说："我是喜欢狗尿苔的，他的生存环境，他的出身，他的年龄正好与我在'文革'中情况近似，我能理解和把握住这个人物。人境逼仄，想象才可无涯啊。古炉的山水极其美丽，人却在是非着，病着，狗尿苔应该是委屈又天真的，他是那个岁月里的善良。他在小说中是个叙述角度，以他进入小说，利于结构。"[3]

在这里，狗尿苔仿佛是一个角色和视角的双重预设。狗尿苔的原名叫平安，村人作践这个还在尿床的孩子的矮小，就以一种人见人嫌俗称狗尿苔的毒蘑菇来叫他。为了生存，他不得不做一些屈辱性的事情。有时为了讨好村人，狗尿苔腰间总绕着一根火绳随时应和吸烟者的呼唤，靠跑小脚路来取悦他人。虽然这样一个边缘小人物，性格柔弱，身体柔弱，他自卑却不自弃。他拥有超

乎常人的"生理机能"，他的鼻子能检测到不祥的气息，他的耳朵能通晓动物世界的语言，并且能和它们自由对话。作家何以选择和创造这样一个人物来做叙事视角和"参与者"，因为作家试图通过它来洞悉或穿透历史和存在的迷雾、惯性。文革十年，所造成的人性扭曲，人心不古。已成为一种生活常态，人们熟视无睹、浑然不觉、麻木不仁。而狗尿苔所见才会令我们无比的震惊，也许这种"陌生化"的视角才可能触及到历史和现实的真相以及灵魂的穴位。这让我们想起北岛一首诗的意象：把自己倒挂在树上，颠倒的世界才能反正过来。这就是狗尿苔视角的妙处，也是作家进入历史的特殊通道。历史在当世人面前都是模糊和急促的，只有拉开距离重新选择审视的角度，也才有可能接近事实的真相，这个距离是审美的距离也是灵魂的距离，更是历史和现实的距离。

回过头来看，正是因为狗尿苔身上有非常人的潜质，所以可以进入通灵的状态，使作品的维度打开。如果说小说非有一个叙事者的话，那就是狗尿苔。他是好事者，整个场面是靠他来穿针引线的，而且在作品的进行状态中，它既是神龙见首不见尾，又是无所不在的。

无疑，这种边缘人物视角的运用，可以视为是《秦腔》中"疯子"视角的另一种延伸。二十世纪以来，中外许多伟大的作品中的主角，都是些"不完善"的人，傻瓜、痴呆、生理或心理上有所残疾的人。边缘人视角自然也是一种非理性的，这种非理性，反而在某种程度上，更容易抵达世界的真谛，接近世界的本来面目和折射出人性的"原生态"。因此学界认为：这种关注边缘人物，撷取边缘史料，采用边缘立场，得出边缘理论。边缘化本身所具有的"非中心"潜能，常常使得处于中心的各种话语露出破绽，使主流意识形态的深层基础显出裂隙。因此用狗尿苔这样一个旁观者与游逛者的目光来看世情、世景，易于与整个事件保持距离，其描述与评价也保持中立的态度。反过来，这样也更能够冲淡作者的主观情绪的表达和理念式的写作方式。狗尿苔这样带有病态，残疾的生理机制，反而成为对人的所谓聪明的某种讥讽，这种讥讽构成了对历史的深入思考和呈现。

《古炉》中曾多次加以描写的狗尿苔与各种动植物之间可谓亲密无间的关系，确实给读者留下了很深的印象。"奇怪的是他看见一只燕子在前面飞，这是他家的燕子，燕子飞一下落下来，再飞一下，又落下来，他立即知道燕子在逗他，他就跟着燕子走，走进一条巷子……。狗尿苔悄悄给牛铃说：一会鸟还来哩。牛铃说：胡说哩。狗尿苔说：你去把支书上房门脑上那个窝里的燕子捉

来，我就能让鸟儿都来。牛铃说：吹吧！却趁着人乱就去把一个背篓翻放在上房门口，自个站上去摸燕子，燕子尽然不动，捉来了，狗尿苔叽叽咕咕说了几句什么，一扬手燕子就飞走了……狗尿苔刚出了院门，一群鸟就飞来了，先是一群燕子，打头的就是他家的那只，紧接着是扑鸽、黄鹂、百灵、黑嘴子、麻溜儿，但没看到山神庙白皮松上的那几只红嘴白尾。这些鸟在空中飞了一阵，落在了上房和东西厢屋的瓦楞上，人们觉得奇怪，都抬头看。"4

善人和狗尿苔坐在半山腰的坡凹里，他们还没有看见窑神庙里起了烟火，而一只老鸦匆匆飞来落在了不远处的一棵槐树上，而槐树上的一只有着紫色冠的鸟立即说：老鸦，老鸦，这里不是你能住的。老鸦就说：你看清，谁是老鸦?! 紫冠鸟说：哇，是扑鸽，你钻烟囱了，这么黑？扑鸽说：窑神庙起烟火了，把我熏的。狗尿苔还疑惑着，窑厂崖畔上人在大声叫喊，而山下村口也起了叫喊声，他们在叫喊什么，听不出来，只是嗡嗡一片。5

狗尿苔从稻田里回来，在地堰上采了一把津刚刚花，津刚刚花有长长的茎，上面的花柄吃着甜甜的，经过跟后家院门口，院门开着，喊叫瞎女，要给瞎女吃。瞎女没喊出来，在斜对面的树下，三个猪在那里用嘴拱土，拱出来个白菜跟，哇哩哇啦争夺着，一头猪听见喊叫却跑来，狗尿苔认得是送给是铁栓家的那头猪。狗尿苔说：哦，又长了一截子么！猪说：你老不来看我！狗尿苔说：你是人家的猪了，一看你了我就又舍不下你。想我啦？猪说：嗯。卧在狗尿苔的脚下。狗尿苔用手抚索着，看见脖子上拴着个铁丝圈儿，铁丝圈儿还挂着一条红带子，一边：你挣断缰绳出来的？把红带子取下来给猪的耳朵上缠，竟然扎成一朵花的样子，就把津刚刚花也插上去，说：乖！起来要走。猪却一翻身又跟来。狗尿苔说：不跟我，我回呀，婆在家等我哩。猪说：我也去看看婆。狗尿苔说：那好，看一下你就会人家家去，婆昨天还念叨你哩。狗尿苔和猪一前一后走过来，碰着善人和柴禾背篓倒在地上，就笑着他笨。善人还坐在地上，田芽说：瞧这古炉村尽出怪事，你狗尿苔给猪头上还扎花呀！狗尿苔说：这是我家的猪，去年冬天给了铁栓家，它能懂人话，我才给它扎的。田芽说：都说你一天和猪呀狗呀混呀，你还真是这样？你叫它给我让路，我瞧瞧！狗尿苔就对猪：遇到歪人啦，咱得让路，你跳跳到那个树下去。猪便跳过去了。田芽说：咦，这是猪成精啦，还是你就不是人?! 善人却笑了，说：哎呀你狗尿苔行！猪的性里有愚火，性执拗，你把它的愚火性化了。6

在20世纪的小说创作中，这种非常态、边缘化叙事视角的运用，已经成

为叙事艺术创新的一个极为重要的策略。所谓的叙事视角，其实就是审视和看待世界特殊的角度和视野。对于世界及其生活的叙述，由于所选择的视角不同，所叙述出来的世界及其生活状态也是大相径庭的。从《古炉》中我们可以发现，隐匿在狗尿苔背后的，是作家的文化思维结构以及生命情感体悟，其中也隐喻着特定的时代社会与人们的生存精神形态结构，凸显出作家的世界观、艺术观和历史观。

二、"精微叙史"：原生态的"生活流"

叙事的"民间视角"让他选了叙史的"精微刻画"。传统文学的历史构建中，"大史观"是其主要脉络与基调。比如《史记》、比如《三国演义》。甚至《水浒传》这样的作品，看似有"民间立场"但也没有脱离主流的宏大历史叙述。

我们所能读到的历代的大部头的文学巨著，都是因其掌握了主流话语权而有幸进入到我们的阅读视野。真正的"历史"常常是被歪曲或遮蔽的。所以有人说，为什么历史学称为"显学"，正是因为它被遮蔽的时间太长太久，因此人们才有了好奇心去探究。

文革前期五六十年代出生的这一批有担当有责任感的作家，在对时代的探究中，力求"还原"他们所经历过的那段历史的"本来面目"。

巴尔扎克曾经说过，"文学就是一个民族的秘史"。它更指向的是心灵和精神的层面。作家把他内心深处对历史的感悟和理解写出，才是文学所应追求之大道。

贾平凹曾说过：个性是艺术的生命。这不是说你仅仅写了别人未写的人、事，而关键在于你怎么写，怎么通过你的心灵来审视要写的人、事来张扬你对天地宇宙之感应，张扬你对生命之体验。古往今来的大家们，他们的心胸是博大的，他们博大的胸怀在充满着博大的爱欲，注视着日月、江河、天堂、地狱，以及这种爱欲浸润下的一草一木，飞禽走兽，鬼怪人物，这种博大使他们天地人合而为一，生死荣辱，离愁别恨，喜怒哀乐，莫不知之分明，萦绕于心，使他们面对着这个世界建立了他们特有的意识和特有的形式。[7]

在《古炉》中，贾平凹让"狗尿苔"这样一个还没有完全形成自己"三观"的孩子，用他的目光游荡在古炉村，进行了"看见什么，便是什么"的

"微观历史的还原。"

"鲜活和丰盈的细节，恰到好处的表现了过去中国乡村的那种很琐碎很无聊的日常生活，在吃喝拉撒，家长里短，生老病死中把乡村生活的味道氛围呈现了出来，是一种"有声有色，有气味，有温度，开目即见，触手可摸"。这种"以细枝末节和鸡毛蒜皮的人事，从最细微的角落一页页翻开，细流蔓延、泥沙俱下，从而聚沙成塔，汇流入海，浑然天成中抵达本质的真实，从这个角度说，回归原生的生活情状，也许对不无夸饰的宏大叙事是一种'拨乱反正'"。[8]

这种"拨乱反正"，为人们反思和回顾这段历史的时候，提供了一种开放性、开拓性、可能性的叙事话语。他完全是以写实的态度来呈现出"文革"在底层社会的暗流涌动或激流奔突。这种写实视角有点类似于《金瓶梅》中的市井与世俗样态，而区别于以往文学作品中的"大史观"。所以才有评论家说《古炉》的叙事是一种"反宏大叙事"。

小说是历史的寓言，人物与故事犹如历史宏大叙事的生动证明，小说阅读即是理解历史。在"残丛小语""道听途说"之中索取微言大义。贾平凹在《古炉》后记中表示：这部小说不仅"是一个人的记忆，也一个国家的记忆吧"，"写的是古炉，其实眼光想的都是整个中国的情况"。[9]

"其实，文革对于国家对于时代是一个大的事件，对于文学，却是一团混沌的令人迷惘又迷醉的东西，它有声有色地充塞在天地之间，当年我站在一旁看着，听不懂也看不透，摸不着头脑，四十多年了，以文学的角度，我还在一旁看着，企图走近和走进，似乎越更无力把握，如看月在山上，登上山了，月亮却离山还远。我只能依量而为，力所能及的从我的生活中去体验去写作，看能否与之接近一点。"[10]

他的叙述是从婚丧嫁娶、驱邪祛病、生老病死、鸡毛蒜皮、家长里短、田间地畔、争强斗狠这些汤汤水水、粘粘乎乎、絮絮叨叨的绵密的日常场景写起。字里行间中透着凡俗人间的烟火缭绕与鸡零狗碎的质朴气息，将传统乡土世界与日常生活原生态的呈现出来。这一点完全不同于与他同时代的其他作家。比如张炜的《古船》、陈忠实《白鹿原》、阿来的《尘埃落定》，他们都是在宏大视角上展开了关于一个家族、一个部落、一个民族百年来的历史沉浮与时代变迁。

而《古炉》带给我们的震撼却是，从来没有一位作家以这样"原生态"的

方式来书写或是来展现"文革"在乡村底层的这段历史。可以说，他是完成了对文革这段历史的"另类书写"。并且这种"另类书写"是一种贴伏于地面的写作，从容不迫，浑然天成，随心所欲，达到了炉火纯青的地步。

三、让历史溶解"古炉"

《古炉》以"文革"为历史背景，讲述了1965年冬到1967年春的一年多时间里，陕西一个名为"古炉"的烧制瓷器的村庄，由于种种因素的影响，全村所有人各怀不同目的，集体投入一场声势浩大的运动之中。于是，原本山水清明的宁静村落，瞬间变成一个充满猜忌与暴力的精神废墟。

其实，不管是榔头队，还是红大刀队都没有多么崇高的革命信仰，不过是借着"文革"的名义，上演着朱家与夜家宗族宿怨的一场闹剧，以革命为幌子，释放着农民间的小私小利，小恩小冤。"借别人的灵堂，哭自己的悽惶"，这也是他写"文革"最黑色幽默的地方。

对古炉村的人们来说，他们只是在时代巨浪中被裹挟前行，自顾不暇地"活着"，他们并不能"觉悟"到"文革"是一场政治运动，也并不理解这是一场什么样的有关"文化"的"大革命"。他们的关注点只在于他们的生活本身。他们的派别斗争并不是因为政治信仰或立场的不同，仅仅出于日常生活中的家族矛盾和个人恩怨。"文革"中的山村当然不能像大城市那样不断有政治事件发生，它就是学生串联，"破四旧"，批斗走资派，"四类分子"，然后武斗这些事。而这些事又都和家族势力、个人恩怨搅和在一起。我要叙述的就是这样琐碎的日子，这些琐碎日子里其实正包含着乡村的灵魂，弥漫着我要表达的东西。"[11]

红大刀队是怎么形成的，就是村民在一次稻田里挑料虫时，人们看到以霸槽为首的榔头队和下河湾的造反派串联、活动，锣鼓喧天、耀武扬威。于是有一个叫行运的家伙眼红的说道："哈，今日来挑料虫的都是咱姓朱的和杂姓的人么，咱这些人咋都这么落后的就知道着干活？他这么一说，大家都抬头瞅，果然没有一个姓夜的。天布就说：姓朱的都是正经人么，扳指头数数，榔头队的骨干分子都是些啥人？能踢能咬的，好吃懒做的，不会过日子的，使强用狠的，鸡骨头马撒，对啥都不满，对啥都不服的，不是我说哩，都是些没成色的货！灶火说：文化大革命咋像土改一样，是让这些人闹事哩?！天布就瞪灶火，

小声说：别提土改，你提土改支书急哩。但支书没急，已经挑料虫走到前面去了。天布又说：文化大革命是大家的文化大革命，兴别人革命就不兴咱也革命？咱是不会革命吗，解放到现在咱们谁不是革命成习惯了?!灶火行运还有铁栓就说：啊是呀是呀，咱咋一直醒不开这一层理呢？天布你是民兵连长哩，你咋不成立个什么队呢，他们有榔头哩，咱也是有镢头么！"[12]

那些原本都在一个村落里生活，一片土地上劳作，抬头不见低头见的同村人，现在却怒目相向，剑拔弩张的终极原因，都只不过是个人或者家族或大或小的恩怨。

这样，小说就极大地消解了它的社会政治化内涵，从而还原到了日常生活的本真状态。剥离了所谓的政治立场不同的差别，阶级情绪对立的外衣，裸露出了那段历史烙印在乡土生活中的褶皱与沟壑，也"泥沙俱下"地冲刷出那个时代的纹理。

恰如贾平凹在《古炉》后记中所言："他们落后，简陋，委琐，荒诞，残忍。历来被运动着，也有了运动的惯性。人人病病恹恹，使强用恨，惊惊恐恐，争吵不休。在公社的体制下，像鸟护巢一样守着老婆娃娃热炕头，却老婆不贤，儿女不孝。他们相互依赖，又相互攻讦，像铁匠铺子都卖刀子，从不想刀子也会伤人。他们一方面极其的自私，一方面不惜生命。"[13]

比如《古炉》中，有一段非常残忍和让人战栗的描写，"那是在树上捆绑着一个人，这个人没有穿棉袄，身上一件褂子却被撕开了，只剩下两个肩和一半还带着纽扣的襟，裤子还是棉裤，但溜脱在脚面，而肚子血哩胡拉，就像是用铁耙子扒了无数次，里边的心呀肺呀全被掏了，肠子几节断在地上，有一节还连着肚子，却拉到了树后，流出的血已经冻成了冰。狗尿苔一呕吐，接着是牛铃也呕吐，再接着所有围看的人就都呕吐，哇，哇，哇，越呕吐越感觉到还要呕吐……"[14]

还有在描写灶火背上捆着炸药包被人用火绳点着了炸药包上的导火索时，说，"长长的导火索一燃，哧哧地响，冒着火星，火星是蓝的，像开着一朵花，灶火真的忽地就站了起来。他大声骂着，他骂马部长，骂霸槽，骂秃子金，骂水皮，骂水皮妈，骂胖子，骂县联指，也骂榔头队，他什么都骂，骂得没什么可骂了，就喊：文化大革命万岁！毛主席万岁！"[15]

比如，灶火上街买了个毛主席的石膏像，因买的东西太多腾不出手来拿，便用绳索拴住，挂在扁担头上，结果被人发现，说他用绳子拴在毛主席的脖子

上，是要勒毛主席，要让毛主席上吊。

更经典的一场是："狗尿苔来到会场，会场的气氛十分热烈，可能是络腮胡子先声讨了那些牛鬼蛇神们的罪行，两派就开始呼喊口号。榔头队领呼的是水皮，红大刀队领呼的是明堂，两派各呼各的，形成了竞赛，比谁的口号喊得新，声大又整齐。水皮口舌利，声音又高又飘，他每每一喊起来，就把明堂的声音压了。气的天布让灶火领呼，灶火的声音还是不尖，但节奏快，红大刀队的口号就急而短促。这边一快，榔头队也快了节奏，两边的人们就不是冲着牛鬼蛇神们，而是面对面，脸色涨红，脖子上的青筋凸现，一个个像掐斗的公鸡。呵呀呀，狗尿苔简直是兴奋透了，他站在了两派队伍的中间，中间的杂姓人数少，先还是三人一排一个队形，慢慢成了一行，几乎仅仅做了榔头队和红大刀队的分界线。他们不知道自己该做什么，左边的口号一起，他们头往左边看，右边的口号一起，他们的头往右边看，脖子多亏是软的，就一左一右，左左右右地扭动。喊呀，喊呀，喊了就文化大革命呀，不喊就不文化大革命呀！秃子金在对着他们这样喊，迷糊在对着他们那样喊，其实秃子金和迷糊是不是这样那样对他们喊的，根本听不清，这是他们心里在对自己喊，似乎再不和榔头队、红大刀喊口号就是不对了，就丢人了，要羞愧。他们也就全张开口地喊，连三婶、面鱼儿老婆都喊了，婆也在喊了。他们没有领喊的，就合着东边西边的口号只啊啊啊地帮腔拉调。"[16]

我们不难看出，高尚的革命词句与混乱的革命实践之间产生了令人瞠目结舌的喜剧效果。相对于"文革"的崇高目标，那些忽左忽右、随声附和的农民无异于一群乌合之众。"四面八方的风方向不定地吹，农民是一群鸡，羽毛翻皱，脚步趔趄，无所适从。"[17]他们与一堆政治口号撞个满怀，只能四顾茫然，继而生吞活剥。两大派别之间的相互仇视、杀戮，甚至动用了枪支和炸药包，但是没有那一个人可以稍微完整的阐述"文化大革命"的意义。显然，这表明了作家的写作意图即"文革"与乡村生活的历史性断裂。而霸槽们仅仅是飘荡在剧烈旋风之中的一片树叶。

作家就是这么平静和不动声色地描写着那些原本活生生的生命，是如何在惨烈的武斗中死去，却又不自知他们其实是沦为了时代的殉葬品。

这种历史的沉痛，是作家以狗尿苔的视角来观察和展开的，所以比较巧妙地规避了文革这段依然比较敏感的历史痛点，消解了作家的主观情绪。这与同样是文革题材的"伤痕文学"和"反思文学"形成了主客观叙述情绪上的对比。

"但我相信，我和读者都同时生活在当下，我的想法必然也会是他们的想法，我感应这个时代和生命，写出了我的感应，他们也会感应我的作品的。"[18]回顾新时期文学走过的这段历史，文学经历过与政治联姻或暧昧的阶段，也经历过试图剥离"观念化写作"的影响；抵达过全民热捧的高潮，也回落到如今看似被边缘化的境地。其实，我觉得，文学的被边缘化恰恰使其逐渐冷静和理智下来，回归本位。甚至可以这样说，在这样的一个历史节点，是历史选择了他的这部小说，而不仅仅是他写就了这部小说中的历史。

正如贾平凹在他《文学的大道》中所说，"我们生活在一个剧变的年代，价值观混乱，秩序在离析，规矩在败坏，一切都在洗牌，重新出发，各自有各自的中国梦……破坏与建设，贫穷与富有，庄严和戏谑，温柔与残忍，同情与仇恨等同居着，混淆着，复杂着。中国人的秉格里有许多奴性和闹性，这都是长期的被专制、贫穷的结果。人性的善与恶就是这样在时代与历史中充分显示出来的。"[19]

陈思和在《古炉》上海研讨会上曾这样说过："我喜欢平凹的小说有一个最大的前提就是它里面有一股浑然的气息，有一种'藏污纳垢'的感觉，清与浊、善与恶都混在一起，我把'藏污纳垢'提升"到一种美学境界，这是一种很伟大的境界。《古炉》比《秦腔》更精辟，《秦腔》里有因果关系，《古炉》里连这个也没有了，他看到的是一个圆，俯视这个历史。谈到通天地问题，说到底是他的生命能量大，他感觉到的东西，一般人感受不到，这才是这部小说丰厚、独特的原因。"

注释

1　贾平凹：《〈高老庄〉后记》，陕西：西安太白文艺出版社，1998年9月。

2　贾平凹：《〈古炉〉后记》，《古炉》，北京：人民文学出版社，2011年1月。

3　孙小宁：《贾平凹说〈古炉〉：太明确主旨会缩小主旨的内涵》，《北京晚报》2011年2月21日。

4　贾平凹：《古炉》，北京：人们文学出版社，2011年1月。

5　贾平凹：《古炉》，北京：人们文学出版社，2011年1月。

6　贾平凹：《古炉》，北京：人们文学出版社，2011年1月。

7　贾平凹：《现在的写作如果没有现代性，就不要写了》，《星星诗刊》2016年7月23日。

8　贾平凹、王彪：《一次寻根，一曲挽歌》，《南方都市报》2005年1月17日。

9　贾平凹：《〈古炉〉后记》，《古炉》，北京：人民文学出版社，2011年1月。

10　贾平凹：《〈古炉〉后记》，《古炉》，北京：人民文学出版社，2011年1月。

11 孙小宁，贾平凹：《贾平凹说〈古炉〉：太明确主旨会缩小主旨的内涵》，《北京晚报》2011年2月21日。

12 贾平凹：《古炉》，北京：人们文学出版社，2011年1月。

13 贾平凹：《〈古炉〉后记》，《古炉》，北京：人民文学出版社，2011年1月。

14 贾平凹：《古炉》，北京：人们文学出版社，2011年1月。

15 贾平凹：《古炉》，北京：人们文学出版社，2011年1月。

16 贾平凹：《古炉》，北京：人们文学出版社，2011年1月。

17 贾平凹：《故乡啊，从此失去记忆》，《南方都市报》2005年1月17日。

18 李星，贾平凹：《关于一个村子的故事和人物：李星与贾平凹关于长篇小说〈古炉〉的问答》，《陕西日报》2010年12月20日。

19 贾平凹：《文学的大道》，《文学界》2010年第1期。

侠客、江湖与意境

——对《卧虎藏龙》的一个美学解读

刘 博 梁 海

侠客、江湖と境地
——『臥虎藏龍』に対する美学的解釈——

概要："民族と身分"というテーマは、グローバル化が進む現代において、学者たちが広く論じる話題である。海外在住の華人監督も常に自らの映像に融合と媒介に基づく民族イメージを表現している。アン・リー（李安）の『臥虎藏龍』（邦題『グリーン・デスティニー』）は、まさにその独特の文化的かつ美的な含蓄によって不朽の名作となった。本稿では、『臥虎藏龍』の中の"古典的な中国イメージ"が古典と現代、西洋文化と中国文化の境界を見事に越え、それが以下の三点に起因することを指摘する。第一は、現在のロジックを起点として、古代の侠客を再現し、"英雄"を生身の人間に復活させた点である。第二は、従来の江湖（任侠世界）に対する桃源郷的イメージを打破して、庶民性を備えた侠客の生存空間を描き出した点である。第三に、視聴覚技術を用い、武侠世界を抽象的かつ写実的な古典水墨画式に描くことによって、見知らぬ、他者化された東洋の境地を表現した点である。このような古典と現代が融合した映像表現は、武侠社会をより多角的に表すだけでなく、多元的な文化を有する民族のメタファーをも表している。それは、東洋の伝統を持ちつつ西洋の論理にも合致する、完全で豊かな清代の中国である。『臥虎藏龍』の映像表現は、海外の華人監督が映画に描いた民族イメージが表現の新たな方向性を示しただけではなく、映画と美学の結合が表現の新たな可能性をも提供したといえる。

キーワード：『臥虎藏龍』、侠客、任侠世界、イメージと境地

关键词：《卧虎藏龙》，侠客，江湖，意象与意境

作为文化实践方式的电影，经过了百年的发展，已经不再仅仅是创作者通过镜头"如其所是"的展现本真的宇宙与生命，而是通过想象与创造，以诗意的直观去展现一个丰富多彩的世界。武侠电影作为华语电影特有的一种类型，它上承着中华历史悠久的武打文化的正脉，同时融合了古典儒释道学说的侠文化，使它具有不可被"越界"的独特性。因此，武侠电影在汉文化之外，很难被轻易仿造。尽管中国武侠电影在近百年的发展历程中经历了几次起伏，随着观众猎奇心理的减弱和电影技术手段的穷尽，在上个世纪末期武侠电影似乎也走到了末路。直到2000年《卧虎藏龙》这部弥和着东方式的侠义美学意境与西方现代多元文化精神的电影的出现，又使武侠电影推向了另一个高峰。作为一部在西方世界讲述东方故事的电影，《卧虎藏龙》获得了全球范围的褒奖与赞美，成为截止2007年李安在美国收获最多票房的作品[1]。透过这部武侠电影的风靡浪潮，中华文化的价值开始被西方与亚洲的观众所接受，而亮丽的国际市场票房与武术的国际影展奖项，再次使世界认同肯定了中华文化的传统价值。美国乔治亚科技大学汉语教授保罗·福斯特（Paul Foster）认为通过这些傲人的成就，中国功夫终于"赢"回了属于它文化宝藏的美誉以及世界对华人文化的欣赏。[2]

与以往武侠电影不同的是，改编自王度庐同名小说的《卧虎藏龙》，是李安的第一部也是到目前为止唯一一部武侠电影，结合了人性的本能与欲望、同时大量保留中国传统人文风貌。借由李安独特的"女性"气质，电影中娓娓地道出人与人、人与社会之间的欲望与纠缠、差异与矛盾，并且通过技术手段将它们进行诗一般的处理，营造一种既抽象又写实的东方意境，使电影更加具有质感风格的人文气息。

一、"侠客"的内在延伸

侠文化在中国的传播由来已久，追溯起来，有关侠客的文献记载最早出现在《史记》的《游侠列传》中，文中记述了朱家、据孟、郭解等侠的侠义行为。"……今游侠者，其行虽不轨于正义，然其言必信，其行必果，已诺必诚。不爱其躯，赴士之厄困，既已存亡死生矣，而不矜其能，羞伐其德，盖亦有足多者焉。"从太史公对侠客的行事风格的记述中，我们可以描绘出侠客的几个特点：说话守信、做事果敢、救人于危难甚至不惜牺牲自己性命，经历生死考

验却不自夸等。"至如闾巷之侠，修省砥名，声施于天下，莫不称贤，是为难耳。然儒、墨皆排摈不载。"虽然游侠名节威望传布天下，无人不赞他们的品德，然而，由于他们的行为与入世思想相悖，因此无法在儒家墨家的文献中记载。幸运的是，我们可以在《史记》中看到汉以来的游侠的生存状况，"鲁朱家者……家无馀财，衣不完采，食不重味，乘不过牸牛。专趋人之急，甚己之私……自关以东，莫不延颈愿交焉"，"及剧孟死，家无馀十金之财"。侠客广受诸侯和百姓的爱戴，不仅是因为游侠奉天行道、为人端正，更是由于他们坚守着朴素的道义：为天为人不为己。

自汉代以来史书上鲜有关于侠客故事的记载，但是民间关于侠客故事的传诵却从未间断。在唐传奇、宋元话本以及明代短篇小说中都有对侠客们"正义"、"信义"的揭示与描述。到了清朝中期，由于中央集权的加强和三纲五常伦理观念的推崇导致"官吏士民狼艰狈蹶，不士不农不工不商之人十将五六"，侠客们沉浮于民间各个角落。由于社会的腐化，这一时期的民间侠义小说也逐渐开始渲染侠客们"情义"的重要性。民国时期，武侠小说在"北派四大家"的推动下又达到一个新的创作高峰。四大家之一的王度庐的武侠小说中，侠客们往往都是为了争取和捍卫"爱的权利"而闯荡江湖，反而除暴安良、伸张正义倒不是特别在行。王度庐著名的《鹤—铁》系列小说，在刀光剑影之间，烘托出一个个爱恨交织、生死两难的悲剧情境，写情则缠绵悱恻，荡气回肠；写侠则慷慨义烈、血泪交迸，恰到好处的表现江湖儿女之间那种人性冲突、爱恨交织和内心挣扎的复杂情感，使"剑胆琴心、侠骨柔情"成为他武侠小说创作中一种不变情调。王度庐的"悲剧侠情小说"，将社会悲剧、性格悲剧和命运悲剧融为一体，在展示人性的深度方面开拓了新的境界。

正是由于王度庐的作品打破了传统武侠小说中男性中心主义的风格，丰富了人物的人性多元展示，因而受到李安的青睐进而改变成电影作品。李安曾说："武侠片，除了武打还有意境，最重要的就是讲情与义。情感来时，要如何处理爱恨，才够义气，这些对'侠'很重要。"虽然在民国时期，武侠小说就已经有了从传奇回归到人的萌芽。但是伴随着技术手段发展的武侠电影，却长久以来着力于精彩绝伦的武打场面的刻画。直到《卧虎藏龙》，李安用文人的气度俯瞰江湖，直指人心，精准地刻画出了江湖众生相：镖师、陕甘总捕头、九门提督、护院武者、西域马匪等等。年轻不羁、对江湖充满野心，白天是官宦千金、夜里是蒙面飞贼的玉娇龙；掀起江湖纷争后隐姓埋名，伪装成

79

官宦人家佣人伺机而动的碧眼狐狸；老成持重、机制干练，内在却渴望一份安稳的爱情与家庭生活的镖师俞秀莲；放下一切打算回归平静生活，却因为师仇未报不得已重回江湖的李慕白。《卧虎藏龙》不仅表现了江湖侠客面对武艺与武德的冲突，而且还有情感世界与人伦道德之间的矛盾，也正是因为这一层尴尬，让一度在武侠电影中被神化的侠客回归到人本身，让观众在人性的深度找到活生生的中国人。

　　人类历史被维柯在《新科学》中分为三个阶段：神的时代、英雄的时代和人的时代。这样一种划分的方法其实大致上也与人类艺术创作发展中作品的形象发展过程相一致。也就是说，人类的艺术创作从诞生之初至今，其形象大致也经历了从神的形象、英雄的形象、人的形象的发展过程。《卧虎藏龙》中，虽然侠客与普罗大众有着截然不同的人生境界，但侠客们一样会面临普通人会面临到的爱恨纠葛、人生困顿，会遭遇生死离别。李慕白的形象，也是一个集中了神、英雄和人三种形象特点的混合形象体。李慕白一生情系师妹俞秀莲，俞对此也心知肚明，但二人之间只是发乎情止乎礼。因为俞曾与了为了救李慕白而牺牲自己性命的孟思昭有婚约。两个有情人因为江湖道义的顾虑而宁愿放弃一生的幸福，压抑着各自的感情以对得起死者的亡灵并求得心安。但事实上，两人却一直都难以心安。电影开端，李慕白自武当山修炼归来，俞秀莲问李慕白是否修炼得道，李的答复是"我（修炼时）出了定，没办法再继续，有些事，我需要想想……一些心里放不下的事……我想，是时候离开这些恩怨了"。为表示退出江湖的决心和对俞秀莲的爱意，他请俞秀莲将他随身携带并一直使用的兵器青冥宝剑带到北京送给贝勒爷。这才引出了一段"送剑—盗剑—还剑—夺剑"的江湖故事。

　　一般来说，混合形象体总体上是以民族英雄的形象为首，神的形象次之，人的形象最次。但是在《卧虎藏龙》中，越到电影后期，李慕白人的形象特点越占据了上风，越是能看到李慕白喜欢沉入反思和怀疑之中，对战争、功名、意义都产生了越来越多的质疑，这种质疑甚至让他产生了某种现代的虚无主义情绪。正如吉登斯认为的："现代性的特征并不是为新事物而接受新事物，而是对整个反思性的认定，这当然也包括对反思性的自身反思。"[3]李慕白，作为一个略带有神的特点的侠客形象，却具有了很多现代人的反思精神，这当然是电影创作者对李慕白的形象的一种主观建构。事实上，王度庐原著中李慕白绝非具有神的特点的超人，与俞秀莲"发乎情止乎礼"的情感，以及背负命案四

处躲藏的现实境地，使李慕白成了一个地地道道的"失意的男人"（古龙语）。但是在电影的创作中，李慕白与俞秀莲的爱情，与玉娇龙的亦师徒亦情人的关系，与碧眼狐狸的师仇被巧妙的连结在一起，将四者的性格悲剧、社会悲剧以及命运悲剧融为一体，彼此之间投射出人性的繁冗复杂。如同厨川白村所说"我们有兽性和恶魔性，但一起也有着神性；有利己主义的欲求，但一起也有着爱他主义的欲求。如果称那一种为生命力，则这一种也确乎是生命力的发现。这样子，精神和物质，灵和肉，理想和现实之间，有着不绝的不调和，不断地冲突和纠葛。"[4]这看似是一种哲学上所说的"世界苦恼"——一种被正反相互作用的力压抑而生的苦闷和懊恼。

区别于以往武侠电影"大侠永远不死"的处理方式，《卧虎藏龙》尾声的窑洞场景中，李慕白为保护玉娇龙身中毒针而死，一代大侠用自我毁灭的方式完成了一场浪漫的悲剧，同时也完成了传统武侠电影对大侠的处理方式的颠覆。这种还原侠客寻常人性，改变的是一直以来人们对于专属于侠客"入天遁地、行侠仗义、路见不平拔刀相助、永生不死"等的集体记忆。正如有论者所言，"对传统的认同，其实包含着一个明确的'现代视野'，包含着现代对传统的有选择的继承和改造。"[5]这种赋予李慕白寻常人性的叙述背后的逻辑就是以今天的眼光来看待和塑造侠客的形象，这是对过去"集体记忆"的一种站在当下立场的建构。长生不老是传统文艺作品中对侠客美好的寄托，但生老病死却是现实生活中的人之常情。厨川白村认为，艺术与日常生活一样，放肆与自由应该有区别……惟其创作家有了竭力忠实地将客观的事物照样地再现出来的态度，才能够毫不勉强地、浑然地、不是本来的展现出自我和个性来……这样所创造的事象中，就包藏着创作者的真生命，而真的生命的表现的创作于是成功。"[6]回望故事开篇，其实早已埋下了伏笔，李慕白修炼归来说自己并没有得道的喜悦，相反，却被一种寂灭的悲哀环绕。这种寂灭，正是一直压抑着的对俞秀莲的寻常人所常见的情爱欲望。到了弥留之际，他才终于向俞秀莲道出自己压抑已久的爱意："我宁愿游荡在你身边，做七天的野鬼，跟随你。就算落进最黑暗的地方，我的爱也不会让我成为永远的孤魂。"李慕白的悲剧虽然在"自我克制"之后的"完全释放"中结束，但是李慕白生命力的突破所带给观者的回荡，却是深刻而长久的。

二、"江湖"的外延扩展

"侠客"与"江湖"在中国人的心目中一直有着一种必然性的对应关系，有侠客必有江湖。"江湖"原本泛指五湖四海的地理空间。具有社会意义的"江湖"一词最早见于《史记·货殖列传》"(范蠡)乃乘扁舟浮于江湖，变名易姓……"。总的来说，古代中国的江湖是脱胎于正统主流社会的一个地下社会或"隐性"社会。它不一定有统一的组织形式与法律制度，但却有形形色色的人物和社团，行走江湖的人们都心照不宣地以"江湖道义"为最高信仰。江湖的内涵随着历史变迁变得越来越宽泛，在20世纪武侠小说作品中，江湖已不再是一个充分伦理化、道德化的存在。

作为武侠电影的独特叙事空间，"江湖"包含着空间与文化上的双重设定。它并不确指某个地域空间，而是泛指"人世间"的寓意，是不受王法约束的、在"家"之外的无所不在的空间。在不同时期的武侠电影里，已经构筑了多样的江湖世界：或是远离尘嚣的名山古刹、或是人烟稀少的荒漠郊野、或是人在旅途的茶舍客栈。不过，无论江湖以何种空间场景出现，它的内核始终不变：它既是一个与王法相对立的理想世界，以快意恩仇、肝胆相照和庙堂朝廷文化、秩序相对抗；又是一个与家相对立的、外在的世界，预示着漂泊无定和自由人性。江湖一方面是充满公道、义气、忠诚的乌托邦，另一方面又是充满尔虞我诈、血雨腥风的险恶空间，其文化想象的意义远胜于其他。但虚构中的江湖世界一定程度上又是现实世界的镜像和投射，在这个层面上才能够更加接近江湖想象的核心。

由此可见，侠客们的生存空间"江湖"不可能是单纯的乌托邦式的童话空间，"江湖"也不可能完全游离于正统社会的现实之外，它只能通过比照历史上的侠客们的生存真实环境进行创作。行走江湖的侠客们，他们的竞争并不在于权力、钱力高低等世俗标准，而是武力的较量。武功，成为了江湖世界必不可少的要素。武侠题材的文艺作品喜欢描写擂台，其实江湖就是个大擂台。"将不同利益集团之间的生死搏斗还原为双方头领的擂台比武，将决定斗争胜负的诸多因素归结为各自武功的高低；而妙参造化的武学最高境界既然包含着对天道及人道的真正领悟，邪派高手由于心术不正而永远无法到达，因此，武侠小说很容易演变成宣讲邪不压正、正义必定战胜强权之类古老格言的成年人的童话。"[7]《卧虎藏龙》中当然也有武打的场面，它们为电影构筑起了武侠

的魂魄，深刻的表现了侠客风骨。无论是深夜里玉娇龙与俞秀莲城墙上轻盈的追击、捕头与碧眼狐狸荒郊野岭凌厉的搏杀、玉娇龙与酒馆中闹事的江湖英雄的力战、玉娇龙与俞秀莲在镖局大院里触目精心的十八般武艺比拼、李慕白与玉娇龙青翠竹林间意乱情迷的剑舞、碧眼狐狸破败窑洞里扭曲的伏击，每一处的打斗都为剧情的推进服务，每一处都有都有点睛之笔，人物的武术招式与出手都是角色性格的延伸，打出了古朴凝重的意境。聚星楼酒馆的大战，使玉娇龙认识了江湖上形形色色的"英雄好汉"，事实上，这些英雄好汉也并非像他们自我标榜的那样懂得礼数：不请自来的踩在板凳上态度高傲的"请教"玉娇龙，动手后好汉们也并非按照约定的一对一的原则而是群起攻之。这场酒馆乱战倒也满足了玉娇龙的江湖想象："到处都能去，遇到不服气的就打"。

以往大多数的武侠电影中，武打场面是随着剧情深入而愈加激烈的，相反地，人物的性格却一直是固定的。区别于以往武侠电影着重刻画的家仇国恨、舍生取义，《卧虎藏龙》更讲求江湖侠客的矛盾与情感纠缠。在李安的《卧虎藏龙》中，人物的内心在充满刀光剑影的江湖情境中逐步展开，将人性至于剑尖反复叩问，以非同寻常又非常细致化的方式将人性的幽微凸显出来。李慕白与玉娇龙的竹林一战，二人之间形成一种暧昧的互动，这一战，也成为改变二人关系的重要时刻。竹林里没有别人，只有随风摆动的竹影和二人的身影。在中华文化中，竹代表观音净瓶里的空性，虚竹以见真心。在竹影摇曳下，玉娇龙能够体会到李慕白收她为徒的真诚。几次玉娇龙险些失足掉下，都是李慕白将她拉起。在几次交手中，二人的互动愈加频繁和强烈，像李慕白和玉娇龙在对决中对同一根竹竿的控制，不但体现出二人在武功修为上的差异，也体现出二人心境上的不同。从竹林的格斗中可以看出李慕白的沉着和玉娇龙的骄纵，这样，武打成了表达人物性格的一种方式。这已经不仅仅是单纯的江湖追击，亦或师徒关系，而是"意乱情迷"的暧昧进展。

《卧虎藏龙》里纷争厮杀的战场是江湖，深不可测的人心也是江湖。正如李慕白在山间茶社对俞秀莲所说的那样："江湖里卧虎藏龙，人心里何尝不是；刀剑里藏凶，人情里何尝不是？"李慕白之所以封剑隐退，就是因为厌恶了江湖上的拼争，想要远离杀戮。他出世洒脱，唯一放不下的就是和俞秀莲的情。正如贝勒爷感叹的那样："面对情字，再大的英雄也是莫可奈何！"对李慕白而言，因为这份情，使他打破了内心的平静并重入江湖，本想报了师仇与俞秀莲退出江湖回归平凡生活，最终李慕白虽然一剑刺死了碧眼狐狸，但同时自己

也命丧碧眼狐狸的九转紫阴针。有意味的是，碧眼狐狸同样被"毒"所害，她当年杀死李慕白的师傅江南鹤，盗取武当绝学《玄牝剑法》，因为不识字只能按图索骥，十年练剑却只练得一身走火入魔的邪招。更没想到的是，她苦心调教、精心侍奉的玉娇龙，在八岁的时候就开始根据剑法中的文字练出了一身超过自己师傅的武功。这世间"唯一的亲"，也成为了她"唯一的仇"。碧眼狐狸在青冥剑被盗真实身份败露后，打算怂恿玉娇龙一起远走江湖，但却全然落空。在碧眼狐狸的眼里，杀生予夺，不择手段："想干什么就干什么，谁想拦我们，就杀他个痛快，就是你爹也一样……这就是江湖，恩恩怨怨，你死我活，很吓人，也很刺激。"她的江湖论正是邪道人生的另一种表述。她在临终之时的告白既可悲又可怜："什么是毒？一个八岁的孩子就有这种心机，这就是毒。"江湖上人心的暗涌，比所有的游戏都来得凶险，也更加残酷。

玉娇龙最终在武当山上以跳崖的方式圆满了她的江湖梦。从羡慕李慕白俞秀莲仗剑天涯的自由人生，不甘心听从父母之命做鲁君佩的憋屈媳妇，到相信并好奇师傅碧眼狐狸说的江湖凶险有趣，决心自己闯荡一番，盗走了青冥剑，没想到却因此掀起一场巨大的腥风血雨，想抽身，却已经是人人捉拿的江洋大盗。江湖并不是她想象中乌托邦式的不受政治、国家、礼教约束的虚拟社会，李慕白的死、俞秀莲的爱、罗小虎的痴、回不去的家、倒流不了的时光，玉娇龙曾经无惧的边界，此时已全部瓦解。玉娇龙的江湖行始于青冥剑又终于青冥剑，当理智与情感交汇碰撞后找不到出路，只有纵身一跃，才是红尘少女的真正解脱。

《卧虎藏龙》刻画了一个贴近普通人情感的，具有"平民"性的江湖，将一度能够上天遁地的仙侠拉回到地面上，把专以较量无极高低的门派高手还原为似曾相识的血肉之躯。是的，江湖本就不是供人逃避现实的桃花源，而恰恰是每个人每天都可能会经历的，避无可避的世间常态。即便是不可一世的玉娇龙、即便是超凡脱俗的李慕白，最终也不得不回归原本的轨道。

李慕白牵着马缓缓走入村庄。曲径、小池、古塘、青衫，电影开端弥漫着浓厚古中国写意味道的、烟火气息十足的景象，那就是江湖。

三、"武侠"的意境营造

电影利用视听技术对现实生活进行诗意挖掘，通过意境的营造让影像成为日常生活的诗意的栖居之地。正如伊芙特皮洛认为的"电影是日常生活的神话，这不仅由于它所表现的素材与它的功能，也由于它的文体形态。它的语言是平实的，这是一种必须从貌似浅显的贫乏的手段中汲取全部财富的语言，卑微叙事也要置于显微镜下。"[8]武侠电影则是通过借助剑术、武术、功夫等意象，来营造一种具有他者性质的，别样的、抽象的东方意境。

意境的营造首先体现在意象上。电影里的意象，是通过艺术形态表达创作者主观之意的物的形象。镖局外成排的白墙黑瓦江南徽式小院，是李慕白与俞秀莲求而不得的平静生活；山间茶社厚厚的白墙，是李、俞二人内心无法跨越的人伦心结；玉质发钗，是骄纵任性的玉娇龙最终的情感寄托。

从意象走向意境，是诗意的流动与升华。《卧虎藏龙》突破了传统的有限的象，避免了善与恶、正与邪在以往武侠电影中的二元对立，而是展现一种缥缈、绵长的境界。正如宗白华先生认为的"以宇宙人生的具体为对象，赏玩它的色相、秩序、节奏、和谐，借以窥见自我的最深心灵的反应；化实景而为虚景，创形象以为象征，是人类最高的心灵具体化、肉身化，这就是意境"。[9]以李慕白与玉娇龙经典的"竹林之战"为例，在汉民族的文化中，竹是特别的。苏轼曾说"宁可食无肉，不可居无竹"。中通外直、宁折不屈、不为逆境向上生长是中国古代文人赋予竹子特有的精神风骨。传统武侠电影的竹林格斗常取景竹的中下，意味着邪不压正。李安则取景竹稍，体现的是一种轻灵：以静制动、动中求静，静止的对峙与快节奏的打斗，凝滞与动感将戏剧的张力发挥到极致。

在景别上，传统的武侠电影通常会使用近景来展现格斗的暴力场面，但李安竹林中的格斗场面，大量运用的是远景与大远景，使格斗双方的动作始终受限于茫茫的竹林之中。大自然的浩伟，弱化了主体拼杀的暴力与激烈。在镜头调度方面，传统的武侠电影多利用宽银幕采用平行空间的横向调度，以此展现夸张的武打动作，李安的镜头则采用垂直空间的纵向运动，如玉娇龙踏着竹竿向竹尖飞奔，当即将上升到竹间的时候又被李慕白打下，在即将落地之时，又再度蹬着竹竿借助竹子的韧劲再次上升。反观李慕白，他几乎不用出招，只凭借竹子的韧性和特性便能够轻取玉娇龙。竹林的光影晃动、变化多端，不但提

供了眼花缭乱的视觉动感效果，同时又产生了一种浪漫的、婆娑的诗意。李、玉二人的比拼，在竹林的环绕下，形成了一种优雅的弧线，竹林随风影柔化了武打的杀气，玉娇龙被李慕白压制的那般挣扎式的"向下沉沦"，亦或是李慕白对玉娇龙留情的那般传道式的"向上提升"[10]，若即若离的武打场面表达出一种舞蹈般的唯美主义倾向。在这样的过程中，镜头始终随着主体的运动上升下降，凌空飞驰的剑客身影仿佛漫舞于云雾之间的舞者，它除了显示出轻功垂直飞跃的特殊之处外，也无限扩充了人们对轻功的臆想。另外一方面，在左右布满竹林的画面中，这种镜头的纵向运动让观众感觉到竹林有无限的高，又有无穷的深，预示了画面上方无限的空间，无限的画外空间使玉娇龙永远无法解脱。从而在有限的镜头中表达出一种无限的空间包容感，形成一种"天人合一"的境界。

另外，整部电影的色彩风格也体现了一种"羚羊挂角，无迹可求"的境界。李安在谈起《卧虎藏龙》的创作初衷时曾说，"我们希望创作出一些经典的中国水墨画的效果，因此我们用的是低反差的胶片，在布景和灯光上也都以此为标准。它是半现实、半抽象的，这就是中国人的审美观点，中国人不总说是'介乎象与不象、真与幻之间'吗？这也是创作这部电影的立足点——它的现实性将观众深深地融入剧情，而其虚幻则激活了想象的火花。为此，我们降低了画面的反差，仅使用中间色调，大部分地方我们舍弃了蓝色，特别是在夜晚，随着剧情的发展画面也变得越来越虚幻、空灵。"[11]就是本着这种"中国水墨画"的审美情趣，整部影片避免了以往悲剧电影所惯常使用极端的色调和高反差。在影片的前半部分，使用的是很普通的色彩效果：混合了橙色的浅浅的品红，即便是青红分明的宫殿，也通过后期色彩调和，将现代感强烈的青蓝色去掉，将红色调和成略带乳白色的葡萄酒色调，从而在整体上形成一种冷中带暖的色调。竹林之战避开了强烈明快的翠绿色，而是选择调和为较深沉的青绿色。选择不冷不暖的青绿色调，能够表达宁谧、恬静与平和的情感，竹林之战中大面积的绿色成为柔化打斗、渲染宁谧的主要元素。同时也通过这一抹绵延着欲说还休、飘逸隽永的气质的青绿，将人性深处暗涌的情愫引向幽冥之境。影片的后段中，同样也融入了一种变幻无常的绿色调，为的是渲染李慕白、碧眼狐狸的悲剧命运。纵观整部电影，只有闪回镜头的苍茫大漠混合着金黄和深红色的强烈反差的色调，那是玉娇龙与情人罗小虎之间的一段冒险的爱情经历，因此色彩浓烈。片尾玉娇龙跳崖的青灰水墨色调与大漠的深红相比，更体

现出一种一切回归寂灭的淡淡的悲凉之境。

事实上，在意境的营造中，造实境易，造虚境难。在实境的布局上，《英雄》（张艺谋，2002）做的更极致、考究；在虚境的营造上，《无极》（陈凯歌，2005）处理地更虚幻、缥缈。然而二者却很难在整体的美学效果上与《卧虎藏龙》相媲美。王国维说："境非独谓景物也。喜怒哀乐，亦人心中之一境界。故能写真景物、真感情者，谓之有境界，否则谓之无境界。"[12]写真景物也是要刻画出充实饱满的人物，烘托情感的厚重。《卧虎藏龙》中，青山隐约地徽式民居、城墙上灵动忽闪的飞影、竹林间轻快飘逸的对决，这种既有"错彩镂金"之美、又有"空灵放达"之意的浓厚中国文人画风格的场景都体现出虚实相生、情景相融的意境。尤其是影片最后玉娇龙以期自我救赎的武当山跳崖，在情节框架的深层做诗意的集结，让影像的充实与意境的空灵并存，有着浓墨重彩的悲剧美感。电影中并没有给出玉娇龙明确的结局，但却是因为这种开放式的结局，更有着"此中有真意，欲辨已忘言"的难以言说穷尽的复杂感。

四、结语

研究华裔移民的西方学者卡洛琳·卡帝埃（Carolyn Cartier）曾在专著中表达过这样的困惑："华裔离散族群有着惊人的绝对数量、他们的足迹遍及世界各大城市、海外华人在国民和国际经济资本中占有重要份额，以上种种使他们有别于其他国家的海外居民。然而，假如欧洲移民与资本流动在以上各方面皆要更胜一筹，那么我们又在何种基础上度量华裔离散族群的重要性？是否存在某种本质上的'中国性'来定义这个研究领域？"[13]

在此我们也许可以给予这样的回答：因为海外华人拥有其他移民文化所缺乏的统一的语言——汉语，以及先秦以来漫长帝国统治流传下的"根文化"。两者具有的维系力足以为海外人构建起一个"文化中国"，一个"想象的共同体"。因为需要穿梭往返于两个甚至多个国家、在不同文化之间进行沟通和协调，用更宽阔的多元视角去重新参与文化的改造、传承和颠覆，进而尽可能地弥合差异使它们能被不同文化背景的观众接受。或许可以这样说，作为"双重他者"的李安，他既尊重了传统，同时又谨慎的与传统保持着一定的距离。《卧虎藏龙》通过对侠客、江湖的重写，对武侠意境的创建与营造，反而将古典武侠社会呈现的更加立体。《卧虎藏龙》中的清朝，其实就是李安对古典中

国的基于想象的再次建构。通过对民族历史的回望与想象，站在今天的逻辑起点对清中期侠客与侠客所组成的江湖进行重构，进而诉说一个具有文化间性的民族的隐喻：一个既具有东方传统又符合西方逻辑的，完整而丰富的清代中国。电影中的"古中国想象"成功的跨越了中西方文化的界限，将多种文化杂糅为一体散播在作品的每个细微之处。正如李安自己所言，"在电影的想象世界里，中年的我可以与少年的我相遇，西方的我与东方的我共融，人与人的灵魂能在同样的知觉里交会，让亘古与现在合二为一，让岁月、种族、地域的差距在我们面前消失，让心灵挣脱现实的禁锢，上穷碧落下黄泉地翱翔于古今天地……"[14]。

注释

1　《卧虎藏龙》上映以来在美国收获 \$128,078,872 的票房总额，考虑到通货膨胀因素，换算后《卧虎藏龙》以 \$180,752,700 超越《绿巨人》的 \$174,482,700 成为李安所有电影中收获美国票房最高的作品。数据来源：向宇：《跨界的艺术》，上海大学博士论文，2011年，第256-257页。

2　转引自叶基固：《李安电影的镜语表达》，新锐文创，2012年，第191页。

3　安东尼·吉登斯：《现代性的后果》，译林出版社，2000年，第34页。

4　厨川白村：《苦闷的象征》，《鲁迅全集》第13卷，人民文学出版社，1973年，第30页。

5　周宪主编：《文学与认同：跨学科的反思》，中华书局，2008年，第214页。

6　厨川白村：《苦闷的象征》，《鲁迅全集》第13卷，人民文学出版社，1973年，第55-56页。

7　陈平原：《千古文人侠客梦》，百花文艺出版社，2009年，第161页。

8　王志敏：《电影美学：观念与思维的超越》，中国电影出版社，2002年，第155页。

9　宗白华：《美学与意境》，人民出版社，2009年，第190页。

10　叶基固：《李安电影的镜语表达》，新锐文创，2012年，第195页。

11　宋婷婷译：《进入龙的世界：导演李安谈卧虎藏龙》，《北京电影学院学报》2002年第4期，第68页。

12　王国维：《人间词话》，上海古籍出版社，1998年，第30页。

13　"The Chinese diaspora has been understood to be distinctive for its size in shear numbers, the ubiquity of Chinese settlements in urban areas on the world scale, and the significance of Chinese capitalists in national and transnational economies; yet if European migrations and capital flows are even more significant on these terms, then on what basis do we calculate the importance of Chinese diaspora? Does some essential 'Chineseness' define the field of study?" Laurence J. C. Ma and Carolyn Cartier ed., *The Chinese Diaspora: Space, Place, Mobility, and Identity*, Rowman & Littlefield Publishers, INC., 2003, p. 388.

14　张靓蓓:《十年一觉电影梦:李安传》,人民文学出版社,2007年,第147页。

参考文献

Ma, Laurence J. C. and Carolyn Cartier ed., *The Chinese Diaspora: Space, Place, Mobility, and Identity*, Rowman & Littlefield Publishers, INC., 2003.

王志敏:《电影美学:观念与思维的超越》,中国电影出版社,2002年

本尼迪克特·安德森:《想象的共同体》,上海人民出版社,2003年

鲁迅:《鲁迅全集》第13卷,人民文学出版社,1973年

张靓蓓:《十年一觉电影梦:李安传》,人民文学出版社,2007年

叶基固:《李安电影的镜语表达》,新锐文创,2012年

周宪主编:《文学与认同:跨学科的反思》,中华书局,2008年

叶朗:《美在意象与接着讲》,《文艺争鸣》2010年第16期

宗白华:《美学与意境》,人民出版社,2009年

宋婷婷译:《进入龙的世界:导演李安谈卧虎藏龙》,《北京电影学院学报》2002年第4期

李安:《卧虎藏龙》,美国:哥伦比亚影业,2000年

在精神与灵魂的临界点

——《生死疲劳》中农民形象蓝脸的"变脸"

李 梓 铭

精神と魂の臨界点
——『生死疲労』の農民像、藍臉の「変臉」——

概要：表象は文学の生命である。ゆえに、人物の形象はかなりの程度、小説の核心をなすものである。ある意味、優れた作品には必ず、一人あるいは数人の個性的で独特な人物がいて、その作品を支える大きな力となっている。海外における中国当代小説の研究では、研究者はしきりに作品中の活き活きとした、彼らにとっては異国情緒に満ち、あるいは彼らの中国イメージを満足させる人物に光を当てる。莫言の長編小説『生死疲労』（邦題『転生夢現』）は彼らが中国当代小説の農民像を研究するにあたって典型的な素材を提供している。本稿では、『生死疲労』の藍臉という農民像の研究が、英語世界のカフカの『変身』とその復活の過程においてそうであったように、人物像の審美的価値の変化や人物像の変化の根本的原因を見いださせ、変形する人物像が一定程度において意味の発展や空間の価値を高めていることについて考察した。これによれば、翻訳を比較研究することは、翻訳が受け入れられる過程において、西洋の学者が人物像に内包された意味を発見した独特の視点が、作品の審美的価値や精神に内包された価値を補い豊かにすることに役にたつものであるといえる。ある程度において、海外研究者の視点による研究は我々にヒントを与えるものといえる。

キーワード：農民のイメージ、変異、重層的価値、莫言著『生死疲労』

关键词：农民人物形象，变异，价值重构，《生死疲劳》

拥有五千年文明的华夏大地，一直以来是以农业为主的农耕国家，甚至在科学技术、经济飞速发展的当今时代仍然被称为"农业大国"，而几千年的经济形态也形成了中国农民特有的思维方式和心理特征。作为上层建筑之一的文学，尤其是中国现当代文学无疑将农民形象作为主要的描写对象。从五四新文化运动伊始，农民问题一直是中国现当代文学的主要题材。鲁迅的《阿Q正传》《药》《故乡》《祝福》等描绘了形态各异具有"国民劣根性"的中国农民形象；二十世纪四十年代毛泽东《延安文艺座谈会讲话》促使中国现当代文学农民形象发生巨大变化，赵树理的《小二黑结婚》《三里湾》，丁玲《太阳照在桑干河上》，周立波《暴风骤雨》等一大批概念化、公式化的农民形象逐渐占领文坛达到极致，成为服务政治意识形态的"农村新人"；上个世纪七十年代后期文化大革命结束，文学界迎来新时期文学，作家们对乡土文学的探索，使农民形象再次发生蜕变，张炜的《古船》，韩少功的《爸爸爸》《女女女》，陈忠实的《白鹿原》，莫言的《红高粱家族》等作品里成功塑造有特色的农民形象，新时期作家从人性角度深刻剖析农民的文化内涵，以现代意识和审美观念重新审视农民群体，结合当代语境发掘农民形象的审美特征。可以说，百年来，农民形象的变迁折射出民族精神的进化史。

历史的车轮驶入当代文明，复杂多变的社会环境赋予农民形象多面性的特征，而最能展现当下农民形象的文化内涵和审美特质的作家唯有"以农民身份，作为老百姓写作"的莫言莫属，从诺贝尔文学奖授奖词，我们窥见一斑，"在莫言那里，一个被遗忘的农民世界再度鲜活而完美地呈现在我们面前，即使它最刺鼻的气味也令人感到芬芳，哪怕令人震惊的冷酷也让人陶醉，而永远不会觉得乏味。"莫言以山东农村高密东北乡空间意象为地理坐标来揭示主体对社会、历史、人性的哲学思考。按照相对完整的故事时间构建起高密东北乡从古至今的历史变迁和社会全貌，我们可知发生在晚清时期的《檀香刑》里，山东农民保护胶东铁路抗德的故事；抗日题材小说《红高粱家族》叙述农民与革命之间的关系以及自然生命意识复苏与张扬人性复杂的农民审美特征；另外，从1950年至2000年历经半个世纪之久的农民与土地关系反映在《生死疲劳》的长篇叙述中，揭示出农村现代化进程中人文精神"种的退化"；而改革开放初期，乡村改革过程中农民生活的复杂性，与当下的矛盾冲突在长篇小说《天堂蒜薹之歌》得到深刻的诠释。莫言深入农民内心世界，探讨悲剧意识的根源，反思农村改革制度的利弊关系。由此观之，莫言的"高密东北乡"折射

出整个中国社会近现代史的全貌和农民形象的嬗变过程，这种"以小说代史"的创作方法，实现了历史与现实的对话，无疑使我们获得更为深广的历史判断、现实思考和对生命价值的深刻感悟。

一、译介过程中"蓝脸"人物形象的流变

莫言的"农民世界"描述了一群普通、生动、鲜活的农民形象。如《红高粱家族》里的余占鳌，《丰乳肥臀》里的司马库，《天堂蒜薹之歌》里的高马，高羊，《蛙》里的陈鼻，《生死疲劳》里的蓝脸等，他们质朴、本真的人物性格剥离了官方文学"农民世界"的意识形态外衣，展露出充满生命力的具体生存形态。《生死疲劳》蓝脸是莫言最钟爱的农民形象之一。莫言讲到，"这个人物，在我头脑中可以说深深埋藏了四十多年。"[1]莫言小时候曾经向"蓝脸"人物原型扔过石头，因为他是全国唯一没有加入人民公社的单干户，而这个人物最终没有挺过残酷的政治斗争，在文革中自杀身亡。通过长篇小说《生死疲劳》，莫言将这个单干户的形象复活在"蓝脸"身上，赋予他超人般的意志，逆流而上，如磐石屹立洪流一般，坚守他那三亩二分地整整三十年，最终盼到了改革开放后的土地改革，成为土地真正的主人。在莫言看来，"蓝脸是作为一个不变的象征。他的信念始终都没有改变，这个信念是农民就是要跟土地捆绑在一起。他受中国传统的儒家思想严重的影响，认为农业是万业之主。……再一个他坚信劳动，只有我自己种出来的粮食才是真正的财富。"[2]而这个"单干户，顽固地坚持，历史的轮回当中证明蓝脸是正确的。"[3]莫言说，"《生死疲劳》最终说明了什么？最终赞美了什么？我觉得是赞美了蓝脸这种坚持自己个性的宝贵的精神。"[4]另一方面，莫言认为蓝脸拒绝先进的生产工具，固执地使用古老农具耕种，从这点来看，他不代表先进生产力，也没有代表科学的发展方向，他实际上是一个守旧的倒退的悲剧英雄。"我真的没有把蓝脸这个人在自己心里完全理清楚，而且我觉得这也不是作家要承担的任务。"[5]由此观之，特殊历史时期的特殊人物寄托了作者复杂的思想情愫和对历史深沉的思考。那么，英语世界里的蓝脸又是一个什么形象呢？译介"再创造"过程中，译者赋予或消弭蓝脸哪些特征呢？让我们一起探究英文版《生死疲劳》里农民蓝脸的人物性格流变及其价值的重构过程。

故事发生在1950年元旦，地主西门闹冤死转世投胎成为生前长工蓝脸家

中干农活的驴，这个时间恰好是政府颁布《中华人民共和国土地改革法》，引导农民参加农业生产合作社，走集体化道路和实现共同富裕目标的日子。全村、全县、全省乃至全国农民都积极响应毛主席号召，加入合作社，将土地归集体所有，而作了一辈子地主家长工，刚刚获得土地的农民蓝脸却把土地看得比生命还重要，坚决不同意放弃土地所有权，拒绝加入合作社。

"没有什么好商量的，"蓝脸说，"亲兄弟都要分家，一群杂姓人，混在一起，一个锅里摸勺子，哪里去找好？""我不入社！我也永远不会跪在地上求你，"蓝脸耷拉着眼皮说，"政府章程是'入社自愿，退社自由'，你不能强迫我！"6

"What's there to talk about?" Lan Lian said. "Even brothers are dividing up family property, so what good is putting strangers together to eat out of the same pot?"
"I won't join! And I'll never get down on my knees in front of you!" His eyes were lowered as he continued. "Your Party regulations state, 'Joining a commune is voluntary, leaving it is permissible.' You cannot force me to join!"7

原文"政府章程"翻译成 Your Party regulations state（回译：你们的政府章程）增补物主代词"your 你们的"。从小说主人公蓝脸出场，译者葛浩文就将单干户蓝脸与其他入合作社的农民划清政治界限，这个政府甚至是其他农民的政府，与单干户蓝脸没有干系。此处译文的处理，一方面表明了单干户蓝脸特殊的政治立场，另一方面，无疑显示出译者意识形态的政治倾向性。

"所以我让你们入社，我是雇农，我怕什么？我已经四十岁了，一辈子没出过彩，想不到单干，竟使我成了个人物。哈哈，哈哈哈哈，"爹笑着，眼泪流到了蓝色的脸上。"他娘，"爹说，"给我烙点干粮，我要上访去。"8

"That's why I want you to join the commune. I'm a hired hand, what do I have to be afraid of? I'm forty years old, a man who never did much of anything. So what happens? I make a name for myself by being an independent farmer. Ha ha, ha ha ha ha." He laughed so hard, tears ran down his blue face. He turned to Mother. "Put some dry rations together for me," he said. "I'm going to appeal my case."9

故事时间进入1965年春，农村合作社在毛主席的建议下与工业相结合，组成人民公社，全村上至村干部，下至村民及蓝脸家人为消灭最后一个单干户费尽心思，而蓝脸毅然坚守自己的土地，丝毫没有动摇放弃土地的想法，面对村干部的威逼引诱，他只好上访讨说法。"单干户"译为 an independent farmer. independent 含有独立自主，有主见之意，通常与"freedom 自由"相关，而自由、独立是西方人追求的人生终极意义。将"单干户"译为此词，显示出向对美国《独立宣言》 The Declaration of Independence 致敬之意，表明了西方人眼中的蓝脸是重压之下追求独立，渴望自由的英雄。

接下来，历史的指针转到"文化大革命"，西门闹之子西门金龙成为造反派红卫兵头目，带领一些村里青年胡作非为。

> 他们买来红布，赶制袖标、红旗、红缨枪，还买来高音喇叭播放机，剩下的钱买了十桶红漆，把大队部的门窗连同墙壁，刷成了一片红，连院子里那棵杏树也刷成了红树。我爹对此表示反对，被孙虎在脸上刷了一刷子，使我爹的脸半边红半边蓝。我爹嘟嘟着骂，金龙冷眼旁观，置之不理。我爹不知进退，上前问金龙：小爷，是不是又要改朝换代了？
>
> 金龙双手卡腰，胸脯高挺，斩钉截铁般地说：是的，是要改朝换代了！我爹又问：您是说，毛泽东不当主席了？金龙语塞，片刻，大怒：把他的那半边蓝脸也刷红！孙家的龙、虎、豹、彪，一拥而上，两个别着我爹的胳膊，一个揪着我爹的头发，一个抢起漆刷子，把我爹的整个脸上，涂上了厚厚一层红漆。[10]

Jinlong stood off to the side watching with cold detachment when my dad cursed the youngsters. Throwing caution to the wind, he confronted Jinlong. Has there been another dynastic change, young master? he asked. Jinlong just stood there with his hands on his hips, chest out, and said curtly: That's right, there has been. Does that mean that Mao Zedong is no longer chairman? Dad asked politely. Caught unprepared, Jinlong paused before responding angrily: Paint the blue half of his face red! The Sun brothers—Dragon, Tiger, Panther, and Tiger Cub—rushed up; two held Dad's arms, one grabbed him by the hair, and the last one picked up the brush and covered his face with a thick coat of red paint.[11]

当看到西门金龙，过去地主西门闹的儿子，现为蓝脸的继子带领一群人来

造反，蓝脸不由自主地发出一系列动作"不知进退，上前问"，以及说话口吻"小爷、您"等唯妙唯俏地诠释出中国农民自古以来埋藏在内心深处惧怕权势的奴才心态。作为"新农民"，蓝脸们不管什么人执政，只要能够满足一己之私，吃得饱，穿得暖便是衣食父母，他们没有精神信仰、对革命的暧昧性和游离性正是"旧农民"阿Q身上"劣根性""国民性"的延伸。而译文中"不知进退"翻译成throwing caution to the wind（回译：不顾一切地），弱化了蓝脸内心激烈的矛盾冲突。"上前问"这个动作瞬间将继父高大，权威的形象粉碎殆尽，转而回到解放前长工卑躬屈膝的奴才嘴脸，由此观之，我们不得不佩服莫言的妙笔生花，深刻至极的人物内心描写，而译文却翻译成confronted（回译：勇敢地面对），将复杂多变的农民性格完全单一化了，把蓝脸诠释成面对突如其来的政治风暴，大义凛然，为了自己的梦想，勇敢面对一切困难的英雄。另外，蓝脸称呼自己的继子"您"，这种有悖伦理纲常的称谓由于英语没有对等的感情色彩词语，仅仅用asked politely（礼貌地问）加以解释，完全消弱了原文强烈的讽刺意味。可见，由于中英两种语言的不对等，译文无法完全呈现原文主题蕴意的深度，在一定程度上，也弱化了人物性格的审美效果。

文化大革命期间，蓝脸作为全国唯一的单干户被继子西门金龙打倒，游街示众，受尽身体和精神折磨。以下是蓝脸的儿子蓝解放看望蹲牛棚的亲爹蓝脸时的情景。

> 我到牛棚去找爹。这里是他的避难所，也是他的安乐窝。从那次在高密东北乡历史上留下了浓重一笔的集市游斗后，我爹几乎成了哑巴、呆瓜。爹才四十多岁，已经满头白发。爹的头发本来就硬，变白后更硬，一根根直竖着，像刺猬的毛。[12]

> So I went to see my dad in the ox shed, which had become his refuge, his place of safety. Ever since the marketplace parade that occupied such a notorious page in the history of Northeast Gaomi Township, Dad had become a virtual mute. Still only in his forties, he was completely gray. Stiff to begin with, his hair, now that it was nearly white, stood up like porcupine quills.[13]

原文"我爹几乎成了哑巴、呆瓜。"一句将蓝脸受迫害时变得人不像人，鬼不像鬼悲惨的外貌特征描写得淋淋精致。译文中将贬义词"呆瓜"省略，褪去了蓝脸人物身上"人性"贬义特征。一九七二年，文化大革命如火如荼地进

行着，蓝脸已经被亲人、朋友、乡亲们抛弃，被红卫兵迫害，成为被遗忘的单干户，但是他毅然守住在自己的土地，坚守着自己心中的那一份信念。

　　"不，要单干就彻底单干，就我一个人，谁也不需要，我不反共产党，更不反毛主席，我也不反人民公社，不反集体化，我就是喜欢一个人单干。天下乌鸦都是黑的，为什么不能有只白的？我就是一只白乌鸦！"他把瓶中的酒对着月亮挥洒着，以我很少见到的激昂态度、悲壮而苍凉地喊叫着："月亮，十几年来，都是你陪着我干活，你是老天爷送给我的灯笼。你照着我耕田锄地，照着我播种问苗，照着我收割脱粒……你不言不语，不怒不怨，我欠着你一大些感情。今夜，就让我祭你一壶酒，表表我的心，月亮，你辛苦了！"[14]

"No, independent farming means doing it alone. I don't need anybody else. I have nothing against the Communist Party and I definitely have nothing against Chairman Mao. I'm not opposed to the People's Commune or to collectivization. I just want to be left alone to work for myself. Crows everywhere in the world are black. Why can't there be at least one white one? That's me, a white crow!" He splashed some of the liquor up toward the moon and, in a voice as rousing, as stirring, and as desolate as I've ever heard, cried out, "Moon, you've accompanied me in my labors all these years, you're a lantern sent to me by the Old Man in the Sky. I've tilled the soil by your light, I've sown seeds by your light, and I've brought in harvests by your light…. You say nothing, you are never angry or resentful, and I'm forever in your debt. So tonight permit me to drink to you as an expression of my gratitude. Moon, I've troubled you for so long!"[15]

"众叛亲离"的单干户蓝脸，以酒拜祭长久以来给予他光亮、默默支持他夜间耕地的月亮之神，此刻百感交集、复杂深刻的情感只有寄托于原文"激昂态度、悲壮而苍凉"的文字描写来传达。译文分别以 rousing, stirring, desolate 三个形容词与之相呼应。Rousing 有"充满活力，使觉醒的"之意，而 stirring 则是"激动人心的，使人振奋的"的意思，两个词正好与"激昂态度"相对等，但是 stirring 通常会让信仰基督教的西方人联系到《圣经》里的教义：stirring of the dry bones 万象沉寂中忽现生机，这是否意味着身处政治风暴中的蓝脸将会涅槃重生，追求独立，梦想自由的信念终将实现，亦或受尽苦难的蓝

脸终究像耶稣一样重生，此处的译文给英语读者留下无限遐想的空间，浓郁的宗教色彩词语与他们的"期待视野"相吻合。desolate 除了"凄凉的"之意外，还有"孤单的"含义。从古至今，中西方文学里的英雄人物多以孤单形象示人，此刻的蓝脸已经不是中国文化意识形态中的普通农民形象，而是流变成符合西方人审美标准的英雄形象，这是西方对中国当代农民追求自由和独立自主形象的"剩余"想象。

故事时间来到改革开放初期1981年，此时的生产大队已经土崩瓦解，人民公社实存名亡，农村土地实行分田到户政策，蓝脸的土地被分到个人名下，这使蓝脸终究成为土地真正的主人。而坚决拥护人民公社、吃大锅饭的村干部洪泰岳面对自己的信仰一朝破灭，悲愤不已，失魂丧志。

> 洪泰岳悲愤交加，神志昏乱，遍地打滚，忘记了界限，滚到了蓝脸的土地上。其时蓝脸正在割豆，驴打滚一样的洪泰岳把蓝脸的豆荚压爆，豆粒进出，发出"噼噼啪啪"的响声。蓝脸用镰刀压住洪泰岳的身体，严厉地说："你已经滚到我地上了，按照咱们早年立下的规矩，我应该<u>砍断你的脚筋</u>！但是老子今天高兴，饶过你！"[16]

> Grief and anger drove Hong out of his mind, and as he rolled on the ground, he lost sight of boundaries. He rolled onto Lan Lian's land just as Lan was cutting down beans. Hong Taiyue, rolling on the ground like a donkey, rolled into the bean lattice, crushing the pods and sending beans popping and flying all over the place. Lan pressed Hong to the ground with his sickle and said unsparingly: "You're on my land! We struck a deal many years ago, and now it is my right to sever your <u>Achilles tendon</u>. But I'm in a good mood today, so I'm going to let you off."[17]

原文中"我应该砍断你的脚筋"一句，在译文中变成"我应该砍断你的阿喀琉斯之脚"。"阿喀琉斯"属于英文特有的文化词，此处的增补使译文增添西方神话色彩。阿喀琉斯（Achilles）是荷马史诗《伊利亚特》(《Iliad》) 中著名的英雄人物，他出生不久，母亲握住其脚踵倒浸在冥河水中，除未沾到冥河水的脚踵外，周身刀枪不入，长大后成为战无不胜的英雄。在著名的特洛伊战争中阿喀琉斯杀死特洛伊主将赫克托尔，扭转了希腊军队的败局，最后被太阳神阿波罗的暗箭射中脚踵而死。此处的译文向英语读者昭示，受尽困难的蓝脸已

经升华为与太阳神一样的英雄之神，蓝脸内在不屈不挠、排除万难、追求独立、向往自由的精神像太阳的光芒一样普照世间。

译者"作为主体占有了作品，并按照自己的需要改造了它，通过释放作品蕴含的潜能，使这种潜能为自身服务，通过实现作品的可能性扩大了自身的可能性。"[18]译者葛浩文在翻译过程中，按照西方人对中国当代农民的想象，采用改写翻译策略，在人物动作、语言、神态、外貌等方面解构小说主人公蓝脸人物形象，褪去人物性格中的人性弱点，将一个复杂的、本真的农民形象重构成一位追求自由，渴望独立、意志坚定的英雄、一位万人敬仰的战神。蓝脸在翻译过程中"脱胎换骨"为农民英雄，人物形象的审美流变在异域世界里衍生出新的生命力，文本的艺术构成价值在某种程度上被重新建构，这不仅是作品增值的部分，也为英语读者再解读文本而形成新的审美感受价值和精神内涵价值提供了必要的前提。另一方面，我们注意到，重构的农民英雄形象满足了英语读者的"阅读期待"和"视野融合"，补足了西方世界对当代中国社会历史背景下农民形象的想象，丰富了西方的多元化文学世界。

二、"蓝脸"人物形象在英语世界接受过程中的价值重构

2008年，莫言的长篇小说《生死疲劳》荣获美国第一届"纽曼华语文学奖"，可以说，这表明《生死疲劳》在英语世界的译介、接受、传播过程中受到西方世界的认可与赞誉。在异域文化接受过程中，《生死疲劳》蓝脸的人物形象、审美价值及其主题寓意通过西方人的视野得到充分的发掘，彰显出原著《生死疲劳》强大的生命力和巨大的阐释空间。

在美国汉学家史景迁（Jonatban D. Spence）看来，"蓝脸是个坚强勤劳而少言寡语的农民，他一直执着于个体单干，并拒绝加入任何社会主义劳动组织。"莫言试图通过小说人物蓝脸之口宣布自己的政治立场，"我并没有反对共产党"，蓝脸说过，"我并不想反对毛主席，我也不反对合作社和集体主义，我只想自己为自己干活"。但是这样苍白的话语在这样一个复杂悲惨的鸿篇巨制里显得极其脆弱。长篇小说《生死疲劳》无疑是莫言反映中国历史的一部政治性长剧，但我们不能否认它也是一部充满想象力的创造性小说，莫言以讽刺幽默和独特的政治病理展开叙述方式给读者带来强烈的震撼力[19]。

纽约大学比较文学系教授张旭东认为，从人物外貌特这来看，蓝脸的半边

脸是蓝色的，夜里发着幽光，夜里发着蓝，蓝是现代派的颜色，梦的颜色，所以蓝脸是个神话似的英雄。这个形象特征直抵主题意蕴，"蓝"是鬼魂特有的色彩，"蓝脸"就是大地的幽魂，守护土地的神灵，以坚守自己土地的"不变"信念来回应不断"变化"着的农村土地改革的历史变迁。小说中最感人的情景描写莫过于蓝脸晚上去看他的土地和牲畜。当时蓝脸的土地已经被公社土地圈围起来，唯一单干户蓝脸被逼入了一个黑暗、没有语言的地下世界，被迫借着月光耕种自己的土地。充满神秘史诗色彩的情景描写将原是地主西门闹长工的蓝脸升华为农民中的英雄人物神话形象，表达了莫言对农民怀有深厚的感情和内心的感伤主义：这个神是农民自己的形象，真实地象征着农民与土地血浓于水的关系。长篇小说《生死疲劳》终极关怀是："一切来自土地的回到土地"，蓝脸所代表深沉执着的人和土地关系的意义。[20]

与张旭东同样感受到蓝脸神性特质的海外学者，还有 Chi-ying Alice Wang 和陈颖（Shelley W. Chan）。美国普渡大学 Chi-ying Alice Wang 教授以为，莫言的《生死疲劳》赋予全国唯一单干户蓝脸某种隐秘的宗教元素。在小说结尾处蓝脸的墓碑上刻着：一切来自土地的都将回归土地，这与西方基督教《圣经》的教义形成强烈的合音：生于尘世，归于尘土，灵魂归于赐灵的上帝。（《旧约·圣经·传道书12.7》）(then shall the dust return to the earth as it was; and the spirit shall return unto the God who gave it)。蓝脸的一生以及小说主题都与人和土地有着无法割舍的联系，也许人们对于蓝脸死后，魂归何处的问题非常感兴趣。在莫言的文学世界，人的肉体死后归于大地，而灵魂则轮回转世，而非回归上帝。但是，无论佛教中的极乐世界亦或基督教里的安息之地，人的灵魂总是不知疲惫的在生生死死轮回中永不停息地反复出现。蓝脸，作为全国唯一也是最后一个单干户，表达了中国传统文化中农民热爱土地如同热爱自己生命一样的信念，因为生命来自于土地，只有拥有土地才能掌握自己的命运。实际上，人与土地的关系源于中国传统文化的《道德经》：

故道大，天大，地大，王亦大。
域中有四大，而王居其一焉。
人法地，地法天，天法道，道法自然。（《道德经》第二十五章）

天、地、人是构成道法自然的三种力量。在小说《生死疲劳》中蓝脸的一生尊重土地，视土地为生命，以拥有土地为人生的终极目标，从道教角度来

看，蓝脸遵循了天、地、人合一的自然法则，在他坚守土地三十年后，"道法"赐福于蓝脸成为土地真正的主人，因此，蓝脸死后，身体也归于他挚爱的土地。他信赖土地，扎根土地之中，这种"脚踏实地"让他有力量洞察隐秘在世俗背后的一切真相，也正因为如此，只有蓝脸能够认出不断轮回转世的东家地主西门闹的真正身份。

蓝脸坚持土地私有，这种信念与洪泰岳、西门金龙截然相反，他们的分歧甚至达到政治观念上的对立。洪泰岳在解放前是个乞丐，与给地主做长工的蓝脸一样没有自己的土地，但是洪泰岳却没有蓝脸那样坚守土地的信仰。西门金龙是蓝氏家族中第一个放弃土地主动加入农村合作社的人。他以拥戴毛主席，拥护农村合作社的名义，放弃土地断绝与继父蓝脸的父子关系，鞭打自己转世投胎成牛的亲生父亲西门"牛"，甚至惨绝人寰地纵火烧死西门"牛"，最后吃掉西门"牛"肉。而对于被人用红漆刷脸，遭受侮辱的继父蓝脸，西门金龙丝毫没有给予怜悯之情，甚至利用造反派红卫兵头目的身份命令下属将蓝脸的整个脸涂上红漆，威胁将蓝脸吊在树上。这个情节使西方读者很容易联想到十字架上耶稣受难的情景，被人出卖，受到迫害的耶稣遍体鳞伤，鲜红的血液从头上带刺的冠冕一滴一滴落到脸上。西门金龙恶魔般的"撒旦"形象与钉在十字架上受难的耶稣一般满脸红漆的蓝脸形成强烈震撼人心的对比[21]。由此推之，西门金龙是披着人皮的恶魔，而蓝脸则是魔鬼面孔下涅槃重生的神。

对蓝脸人物形象分析地更加中肯的海外学者陈颖（Shelley W. Cha），在《中国的颠覆性声音：莫言的小说世界》（A Subversive Voice in China: The Fictional World of Mo Yan）一书中论述到，对于大多数人来讲，蓝脸是个疯子，他与鲁迅笔下的"狂人"、塞万提斯小说中的唐吉坷德一样，与大多数人的行为背道而驰，行径怪异不入主流。鲁迅笔下的"狂人"在疯癫状态下洞察到了中国几千年来残酷的"吃人"现象，大声疾呼挽救孩子们。"狂人"往往是少数清醒的中国人，他希望唤醒沉睡的大多数，冲破禁锢自由的封建牢笼，然而，事实上，当"狂人"大病初愈后，拯救国人的梦想也渐渐消失了，当他彻底清醒后，又重新回到了主流社会中，成为愚昧沉默的大多数中一份子。与之相似，塞万提斯小说中的唐吉坷德沉迷于骑士小说，时常幻想自己是中世纪骑士，进而自封为"唐·吉诃德·德·拉曼恰"（德·拉曼恰地区的守护者），拉着邻居桑丘·潘沙做自己的仆人，"行侠仗义"，游走天下，做出种种与时代相悖、令人匪夷所思的事情，结果四处碰壁。但最终唐吉坷德从梦境中醒来，

回到家乡后悲惨孤寂地死去。相比之下，蓝脸没有生活在幻想中，他用实际行动向世人展现他的勇敢和坚守。蓝脸坚持单干的信念，仅仅出于朴实本真的想法，"亲兄弟都要分家，一群杂姓人，混在一起，一个锅里摸勺子，哪里去找好？"为此，蓝脸付出了巨大的代价，人们无法想象，在加入农村合作社，人民公社集体主义盛行的历史环境下，蓝脸拒绝放弃土地，坚持自己做主，成为全国唯一单干户所承受的压力与磨难。由此观之，蓝脸就是这个特殊历史时期的"狂人"。但是蓝脸的命运与鲁迅笔下的"狂人"和塞万提斯的唐吉珂德有本质差异，蓝脸的坚守最终获得了命运的回报，见证了人民公社瓦解，迎来农村土地改革后，蓝脸成为土地的真正主人。另外，鲁迅笔下的"狂人"希望通过呐喊唤醒麻木的大多数中国人冲破封建思想的禁锢获得自由和民主；唐吉珂德拥有骑士精神，敢于幻想，追求自由，希望通过自己骑士般的行动改变黑暗的社会，锄奸救苦；蓝脸与他们不同之处还体现在，蓝脸来自社会最底层，是一位隐士，他从来没有试图改变或拯救任何人。他只是想保住自己赖以生存的土地，保全自己的家人能够在恶劣的现实环境中生存下来。我们发现，无论是发出呐喊拯救国人精神的"狂人"，还是除暴安良的骑士唐吉珂德，在现实中既没有改变任何人、任何事，也没有实现自己的梦想，而蓝脸在坚守土地三十年后，赢得了土地的占有权，实现了自己的梦想。我们也必须看到，蓝脸人物形象也有喜剧性的一面，是双重荒谬性相互作用的结果。对于特殊历史时期的人们来说，蓝脸坚持单干的行为是荒唐可笑的，因为与集体、国家意愿相对抗的结果必然无路可走；对于读者而言，当人们疯狂地迷信农村合作社、人民公社，做出一些荒唐可笑之事时，唯有蓝脸保持头脑清醒，不随波逐流，坚守自己信念，并为此付诸行动。

陈颖注意到，莫言在长篇小说《生死疲劳》中颜色词的运用与人物性格和主题寓意之间的关系。长篇小说《红高粱家族》中，象征着追求自由，张扬个性的红色是莫言钟爱的颜色。然而，《生死疲劳》里蓝色成为正面色彩，红色却代表着疯狂年代里荒谬可笑的狂热思想和疯狂行为。文化大革命中，蓝脸继子西门金龙带来红卫兵用红漆涂抹蓝脸的脸，使他变成一半有着蓝色胎记的"蓝脸"，另一半是被红漆刷成的红脸，这使蓝脸变成人不人鬼不鬼滑稽可笑的样子。西门金龙对继父如此之举仅仅因为文化大革命就是要革走资派、地主、反革命、单干户的命，"全国一片红，不留一处死角"。"全国山河一片红了，只有咱们西门屯有一个黑点，这个黑点就是你！"蓝脸反驳道"我真他娘的光

荣，全中国的一个黑点。……我要好好活着，给全中国留下这个黑点！"在西门金龙和蓝脸一系列针锋相对的对峙中，无疑红色与蓝色，红色与黑色的两组颜色已经成为政治立场对抗的符号象征。

莫言在长篇小说《生死疲劳》中不仅赋予蓝色高贵纯色的蕴意，而且还有意向月亮致敬，将其与蓝脸人物形象的诠释紧密连接在一起。这点与鲁迅颇为相似，《狂人日记》中"狂人"通过月亮的圆缺和光亮的暗淡来暗示对社会及周围人的情感意象。在狂热的文化大革命时代，太阳被高度政治化，它是毛泽东的化身，神圣而不可侵犯；作为全国唯一单干户，蓝脸被禁止在白天耕种，三十年来，他一直在月亮的陪伴下夜间劳作。"牛啊，太阳是他们的，月亮是我们的"，由这句蓝脸与牛的对话可见太阳和月亮蕴含着不同的政治立场，也印证了文化大革命巨大的政治压力延伸出来的极大讽刺意味的荒谬感。当家人、朋友、乡亲们逼迫蓝脸放弃土地，加入集体合作社时，蓝脸老泪纵横，以酒祭拜月亮，"月亮，十几年来，都是你陪着我干活，你是老天爷送给我的灯笼。你照着我耕田锄地，照着我播种问苗，照着我收割脱粒……你不言不语，不怒不怨，我欠着你一大些感情。今夜，就让我祭你一壶酒，表表我的心，月亮，你辛苦了！"这段告白足以见得蓝脸与月亮之间的深沉情感，不禁令人感慨"在万众歌颂太阳的年代里，竟然有人与月亮建立了如此深厚的感情"。在中国传统文化里，阳，代表男性的阳刚之气；阴，则是女性特质的诠释。莫言在《生死疲劳》中对月亮的偏爱和深厚的情感可以理解为长篇小说《丰乳肥臀》对女性讴歌的延伸[22]。

国内学者对蓝脸人物分析总体来说不是很深入，虽有叶开在专著《莫言的文学共和国》"被遗忘的农民世界""诗意乡土与新旧农民"章节中提到《生死疲劳》的蓝脸农民形象，但仅限于点到为止。相比之下，国外学者从意识形态、主题蕴意、宗教角度，通过中西方小说人物形象对比，以历时和共时的研究方法全面剖析了人物性格特征，无疑对于重新发现蓝脸所代表的中国当代农民形象，在异域文化里的审美感受价值和精神内涵价值重新建构有着重要的研究意义，补充整合了中国当代小说中农民形象的探讨，也补足了西方对中国新农民形象的丰富想象。我们还注意到，王德威在《狂言流言，巫言莫言——〈生死疲劳〉与〈巫言〉所引起的反思》[23]一文中，探讨莫言的长篇小说《生死疲劳》命题意义时，借鉴国内学者李敬泽、吴义勤、陈思和等人的观点，形成

中外学者对同一部作品展开平等对话之势，这种国内外学者之间互证、互识、互补的研究态势，必将为中国当代文学的整体研究提供更高广的维度、更开拓的视野，也为中国文学走向世界搭建了更加宽阔的平台。

注释

1　张旭东，莫言：《我们时代的写作：对话〈酒国〉〈生死疲劳〉》，上海：上海文艺出版社，2013年，第138页。

2　张旭东，莫言：《我们时代的写作：对话〈酒国〉〈生死疲劳〉》，上海：上海文艺出版社，2013年，第141–142页。

3　张旭东，莫言：《我们时代的写作：对话〈酒国〉〈生死疲劳〉》，上海：上海文艺出版社，2013年，第139页。

4　张旭东，莫言：《我们时代的写作：对话〈酒国〉〈生死疲劳〉》，上海：上海文艺出版社，2013年，第156页。

5　张旭东，莫言：《我们时代的写作：对话〈酒国〉〈生死疲劳〉》，上海：上海文艺出版社，2013年，第184页。

6　莫言：《生死疲劳》，上海：上海文艺出版社，2008年，第22页。

7　Mo Yan, trans. Howard Goldblatt: *Life And Death Are Wearing Me Out*. New York: Arcade Publishing, 2006, p. 27.

8　莫言：《生死疲劳》，上海：上海文艺出版社，2008年，第100页。

9　Mo Yan, trans. Howard Goldblatt: *Life And Death Are Wearing Me Out*. New York: Arcade Publishing, 2006, p. 121.

10　莫言：《生死疲劳》，上海：上海文艺出版社，2008年，第137页。

11　Mo Yan, trans. Howard Goldblatt: *Life And Death Are Wearing Me Out*. New York: Arcade Publishing, 2006, p. 163.

12　莫言：《生死疲劳》，上海：上海文艺出版社，2008年，第169页。

13　Mo Yan, trans. Howard Goldblatt: *Life And Death Are Wearing Me Out*. New York: Arcade Publishing, 2006, p. 199.

14　莫言：《生死疲劳》，上海：上海文艺出版社，2008年，第285页。

15　Mo Yan, trans. Howard Goldblatt: *Life And Death Are Wearing Me Out*. New York: Arcade Publishing, 2006, p. 305.

16　莫言：《生死疲劳》，上海：上海文艺出版社，2008年，第336页。

17　Mo Yan, trans. Howard Goldblatt: *Life And Death Are Wearing Me Out*. New York: Arcade Publishing, 2006, pp. 350–351.

18　章国锋：《文学批评的新范式：接受美学》，海口：海南出版社，1996年，第34页。

19　［美］史景迁（Jonatban D. Spence），苏妙：《重生：评〈生死疲劳〉》，《当代作家评论》2008年第6期，第151–152页。

20　张旭东：《作为历史遗忘之载体的生命和土地：解读莫言的〈生死疲劳〉》，《现代中文学

刊》2012年第6期，第4-21页。

21　Chi-ying Alice Wang: Mo Yan's "The Garlic Ballads" and "Life and Death Are Wearing Me Out" in the Context of Religious and Chinese Literary Conventions. Angelica Duran, Yuhan Huang, *Mo Yan in Context: Nobel Laureate and Global Storyteller*. West Lafayette, Indiana: Purdue University Press, 2014, pp. 134-135.

22　Shelley W. Chan: *A Subersive Voice in China: the Fictional World of Mo Yan*. New York: Cambria Press, 2011, pp. 64-69.

23　[美] 王德威:《狂言巫言，巫言莫言:《生死疲劳》与《巫言》所引起的反思》,《江苏大学学报（哲学科学版)》2009年第3期，第1-10页。

以"人"为核心的表达

——李锐小说创作简论

翟 永 明

"人"を核心とする表現
——李鋭の小説の創作に関する抄論——

概要：李鋭の小説の創作は、一貫して人を核心として表現することを強調しており、それは徹底して人間性の豊かさと複雑性を表現することにつながっている。李鋭がこだわるのは、生命を原点とする人間観であり、人の生存の必要性を重視し、人の自然な本性を強調し、人の生命力の表象を遮るさまざまなものを力を尽くして取り除こうとする人道主義であり、そこには個々の生命に対する加護と配慮があふれている。ただし、李鋭のいう人の自然な本性の強調は、決して人を動物に逆戻りさせようとか、愚かな反知性主義を広めようとすることではない。彼の小説に反映されているのは真実が存在する生活であり、そこには人道主義的心情および哲学的昇華が内在されている。

キーワード：李鋭、人、自然な本性、個人の生命

关键词：李锐，人，自然本性，个体生命

　　"人"是什么？这是一个古老而崭新的命题，从古老的斯芬克斯之谜和写在太阳神阿波罗神殿上的箴言"认识你自己"到当今全球化时代人们对于人与自然、人与他人、人与自我重重关系的反省无不与此密切相关，它不仅是人生诸问题的核心，也是古往今来一切学科的中心问题。宗教问题，自然宇宙问题，探讨的是人在自然界中的地位；伦理学的核心是人的社会关系和人与人之间的道德规范；政治学和经济学讨论的是人的政治关系和经济关系；历史是对

107

人类经历的叙述和反思。可见，人类的一切思想就其实质来说，不过是对人自身，人的生活以及人的心理情感的思考，人是一切问题的中心。

作为一种重要的人类自我观照的艺术表现形式，文学自然也应以表现"人"、关注人类的生存状态和命运为最终旨归。古今中外的文学史也表明，"文学的存在方式最终取决于人的存在方式，文学艺术领域任何根本性问题都可以归结为对人的理解，任何文化都必然表现出创造者对自我的认识。人们按照何种方式生存与审美，必然与如何认识自己相一致。"[1]因此，文学即为人学这一理念在学界被广泛接受，正如钱理群所说："文学研究是干什么的？不就是研究'人'（研究作家其人，又通过作家的作品研究社会、历史上的人）吗？不理解人，又算得了什么研究呢？"[2]从宏观的角度看，人的本性即人性是文学的灵魂，从文学的出现到现在，文学的最基本的功能就是探讨人的性格，描写人的情绪，研究人的内心，文学史上的经典作品无一不以提示人性为矢的。所以文学作品必须关注人类心灵的隐密世界，对道德心灵问题进行永恒的探求，实现对人类终极价值的关怀，这是文学创作不可推卸的使命。而那些优秀文学作品也正是因为对人本性的恒久表达，才使我们能够越过久远的历史时空去领略当时人们的情感与心理状态，在共鸣中实现情感的微妙对接。

李锐的小说创作一直强调以"人"为表达的核心，自觉甚至偏执地在创作中表现"人"，表现个体生命的丰富性与复杂性。在他看来，"古往今来，文学的存在从来就没有减少过哪怕一丝一毫的人间苦难。可文学的存在却一直在证明着剥夺、压迫的残忍，一直在证明着被苦难所煎熬的生命的可贵，一直在证明着人所带给自己的种种桎梏的可悲，一直在证明着生命本该享有的幸福和自由。"[3]这就是李锐对文学的理解和在小说创作中一直坚持的准则，这种自觉使他的思考和表达始终聚焦于人，表现人的内心世界，展示人所具有的丰富本性，以自己对"人"及"人性"的独到理解构建起一个血肉饱满、元气淋漓的艺术世界，并在这种构建中传达着自己深刻的心理体验。

那么李锐作品传达出的是一种什么样的人性或人道主义呢？尽管像作家本人所言，在创作之前及创作过程中，不应有一个预设的概念性的理念存在，它将会对作家所营构的艺术世界造成很大的破坏。但是作为批评者，在对李锐整个小说创作的综合考察中，有必要对他某些核心的理念加以明晰，这不仅有利于加深对作品的理解，而且也会梳理出作家创作的基本特征。就目前的创作来看，"人"的概念之于李锐，是一种极为坚实的贯彻，既不是空洞的躯壳，也

不是失却了时空背景的"塑造",更不是被涂抹了某种油彩的"非人之人",而是活生生的、有血有肉富含情感的个体的人,正如他所说:"人只能是人自己,人只配有人的过程。"⁴由此可以看出,李锐所秉持的是一种以生命为本位的人性观,它与抽象的概念无关,是一种注重人的生存需要,竭力去除种种遮蔽张扬人的生命力的人道主义,具体的说,是强调人性的自然本性,避免社会性对自然性的压抑,张扬人的正常生理需求,并以此为基点,维护个体的价值与尊严,表现出对生命个体的呵护与关怀。

在李锐的早期作品里,即表现出了一种对"人"的关注,这是与上个世纪八十年代的创作潮流相应和的。在当时人们刚从"文革"的噩梦中醒来,在痛定思痛的反省中,人们意识到造成这场灾难的最重要的原因之一是对"人"的漠视,对个体情感的抹杀,这样的反思结果使得当时产生了重视"人"及"人性"的文学潮流,这一潮流几乎影响了所有的作家,李锐自然也不例外。《月上东山》批判了古老中国的生育观念,在一个家庭里,能否生育将直接决定一个女人的命运,兰英在刘家地位的戏剧性变化实际上正折射出中国封建传统文化对女人的漠视,女人更多的是被当作生殖的工具来繁殖后代,她们生命的意义不在自身,而在她们的生育能力,尽管作者写得较为内敛,但很明显有强烈的感情蕴含在内。《丑女》中的丑女只因在长相及婚恋上与别人"不一样",便遭到了村里人的嘲笑与指责,反映了乡村习惯势力对个性的扼杀。而《五人坪纪事》与《指望》却表达了作者在城乡问题上的思考。在当时,城乡差异已开始显现,城市的迅猛发展和乡村的相对落后使得人们的观念正发生着翻天覆地的变化,李锐就是在这种变化中寻求着对"人"的表达。《五人坪纪事》中当过兵见过大世面的狗蛋渴慕过城市的文明生活,但是乡村凝滞的生活环境根本不接受他那些城里人的行径,一口普通话因为相亲问题而彻底消失,漂亮的黑塑料凉鞋与白丝光袜子也在一次滚坡后被五人坪男女老少祖祖辈辈都穿的方口鞋所取代,更富戏剧性的是代表着现代文明的打火机最终被最原始的火镰所战胜,所有文明的生活方式在凝滞的乡村生活中都显得那么不合时宜,甚至滑稽可笑,强大的乡土生存方式再一次显现出它的力量,顽固的抵制着城市文明的入侵,狗蛋最终被这种充满惰性的生活所同化,回到了千百年来重复不变的生活轨道,心安理得的过起了"正常人"的生活。《指望》则表现出了对妇女生活道路的思考,极端的物质贫困使得村子里的人都渴望走出大山,过城里人的生活,女人们实现这种愿望的唯一途径是嫁一个城里人,但是由于男尊女卑的

意识的存在，使得她们的命运并未真正改观，嫁到城里的小玉的经历暗示，女人只有在经济上获得独立，才能在精神上与男人实现平等，才能真正摆脱前辈女人的依附命运。中篇小说《凤女》及《野岭三章》沿着这一思路进行了更为深入的思考。《野岭三章》用传奇的笔法描写了三代女人的悲惨命运，相似的婚恋道路暗示了传统的世代相袭与永恒束缚，在那样滞闷的环境中，女人要不屈服，要不沉沦，即使竭力挣扎，结果还是要回到原来的生活轨道上。《凤女》便反映了这样的事实，凤女由最初的屈服到大胆的反抗，在经历了数次的打击后不得不听任命运的安排，直至最后从内心里安于现状，小说最后凤女的一句"年轻人胡闹吧"直接道出了女性解放道路的曲折与艰难，传统中国文化像一张网，使得无数鲜活的生命泯灭其间。与这种对封建传统文化的批判不同，李锐的笔触还深入到当时的现实生活。《小小》与《"窗听社"消息》皆是对官僚主义的抨击，小小的死与陈主任的被排挤都揭示了官僚主义对人的残害，进而对麻木、沉闷、愚昧的生活进行了批判。

尽管李锐早期的小说在对"人"的表达上不乏深刻性，但是我们不得不注意到，在这种深刻的背后存在着当时流行的创作理念。虽然李锐并没有直接参与创作"伤痕""反思"小说，但在李锐小说创作风格形成之前，受当时创作潮流的影响是不可避免的，不论是对中国传统文化的批判，还是对现实弊端的揭露都与当时的主流观念相合拍，相异的创作背后隐藏着相似的社会性眼光。传统文化、封建迷信、城乡观念、官僚主义等这些当时的主流创作话语有其存在的必要性和深刻性，但它反映出的是作家们对人的社会性的强烈关注，尽管他们的作品中也有人的吃、喝、穿、住以及性的描写，但这些描写只是为了人的社会性表达而存在，作品的关注焦点依旧在政治、经济、文化层面，而未回到人的最本真的层面。这种对人的社会性的偏执表达反映了人们长期以来形成的根深蒂固的创作观念，这种观念虽使当时的创作对人性的表达不乏深刻，但对人的自然本性的漠视使这种深刻大打折扣。但是李锐的某些作品还是在一定程度上溢出了这种社会性表达而表现了人的自然本性的存在，《丢失的长命锁》表达了人摆脱束缚走向成熟的艰难，《霉霉的儿子》中自然淳朴的生活状态显现出人的一种强劲生命力，此外，山乡农村生存方式的沉闷凝滞及对现实生活的强大制约力以及人们难以压抑的欲望渴求都显现出向《厚土》凸显人性的自然本性的过渡痕迹。

《厚土》的出现标志着李锐小说创作风格的初步形成，在这部以山西贫瘠

的吕梁山为背景的短篇小说系列里，李锐表现了当地原始形态的生活，在这一点上与当时的寻根小说潮流类似，但不同的是，寻根小说家们更多地着眼于民俗、陋习，甚至荒蛮，在他们笔下，这些原始形态的生活成了某种民族文化的象征体，是一种抽象理念的具像化表现，而李锐《厚土》则真实地表现了实实在在的乡村生活与世世代代在这块土地上生存的人们。由于恶劣的自然环境，吕梁山中的人们生活极其艰苦，物质的极度匮乏使人们挣扎在生死线上，生存成了第一重要的事情，其它与生存无关的事情根本无法进入他们的生活。于是"食"与"色"便成了他们生活的全部，《厚土》诸篇就是紧紧围绕这两大欲望来表现人最基本的自然性需求，展现原始的人类生存，这也许是《厚土》能够逸出当时创作主流的重要特征，也是直到如今仍被许多批评家念念不忘的重要原因之一。（以今天的眼光来看，当初《厚土》被人们认定为深刻地剖析了民族文化心理的意义并不是那么重要，因为这一传统自鲁迅就开始了，而且在新时期得到许多作家的认同，它在许多作品尤其是寻根类作品中并不鲜见，因此这一点很难构成《厚土》最重要的价值，李锐本人也曾表达过类似的看法。）

在《厚土》中，"贫瘠、荒芜、苍凉、干旱"这些描述生活环境的词汇随处可见，严酷的自然环境造成了当地人的极端贫困，在漫无边际的黄土高原上，即使超常的劳作也仍然无法克服饥饿的威胁，人们匍伏在大自然脚下，像动物般苟延残喘地生活着。"食"的方面的欠缺，使得人在"色"的欲求上显得触目惊心。《厚土》中有很多性的描写，但人的这种最原始的本能在苦焦赤贫的乡村生活中以扭曲的形态而存在。苦难的生活使女性成了一种物质化的存在，可以当作生产资料来交换（《锄禾》、《驮炭》）；强势人物可以对女性随意欺辱与公开占有（《篝火》）；由于性的饥渴又无力娶妻造成兄妹父女乱伦（《青石涧》、《二龙戏珠》）；出于生存与繁衍的本能而忍辱负重（《同行》）；互换妻子睡觉以获得心理上的满足（《眼石》）。性的畸形存在折射出吕梁山民在最低生命需求层次上挣扎的不幸命运，一切所谓的道德、自尊在这里全是多余，贫困的生活使人们处于一种麻木状态，人们只是凭着一种本能为了活着而活着。

正是在对人的自然本性的描绘中，《厚土》为我们打开了一个未加掩饰的真实世界，这个世界中人们的真实生存形态极富震撼力，其所带来的厚重让一切浅薄的理性认识无处现形。这样，一贯为我们所重视的人性的社会本性在《厚土》中被推到了远景，甚至只是点缀，它们的存在根本无法对"厚土"般的生活产生影响，革命、主义、理想、激情等等话语在这里都被消融，这也就

是《厚土》时代背景之所以模糊的原因。《锄禾》中人们对黑胡子老汉戏文的喝彩与对学生娃所念的"知识青年到农村去"的嘲笑形成鲜明对比;《古老峪》中小李对"她"的吸引根本不是他所念的文件,而只是觉得他"念得好看";《合坟》中村里人对死去的知青的纪念方法居然是为其"配干丧"(结阴亲);《驮炭》中知青的俄罗斯革命歌曲最终被乡村略带"荤腥"的山歌取代。存在于"厚土"之外的人或事只能是呼啸来去的过客,他们的被提及往往也只是被当作谈资,面对挣扎在生存线上的人们,他们的力量如此渺小,难以留下太多的痕迹。

如果说《厚土》充分凸显了人性的自然本性,表现了人的自然生存状态,并以此为基点,将人的社会性只设置为故事背景的话,到了《无风之树》及《万里无云》中,这种社会性变成了一种与人性自然性对抗的力量存在。《无风之树》中,作者建立了一个奇异的乌托邦,在这个世界里,人在物质上的贫困自不必说,世世代代都是瘤拐的生理缺陷正是贫穷生活在人们身上打下的烙印,贫穷几乎使矮人坪的所有男人都成了光棍(队长尽管有老婆,但却是一个又聋又哑的傻子),在这种难以排挤的饥渴中,最后只能由队上出一袋玉米买了暖玉。从道德角度讲,"公妻"是丑陋而且有违伦理规范的,对暖玉来说,矮人坪的民间社会也对她的人性尊严构成了侮辱与损害,但是有意味的是,矮人坪的男人们在真挚的呵护暖玉方面又显现出对人性的尊重,在对苦难的抵制中,这种相濡以沫的情谊维护着一个自在的民间世界,这个世界按照一种奇异的法则获得了一种平衡。但是,权力者苦根儿却作为一种异质打破了这种平衡,他代表了另一种乌托邦——革命乌托邦,在他身上,阶级性已占据了他所有的思想,他的意图就是要整暖玉的黑材料,打破矮人坪特有的生存方式。作者用略嫌夸张的笔法描述了苦根儿严厉的生活戒律和不近女色的洁癖,在无限上纲的革命美学憧憬中,他作为"人"的情感已被完全抽干,更多的是作为一个社会符号而存在。因此,矮人坪社会虽不合人伦,但却充满了人味,苦根儿虽以理想和信仰为依托,却以对生命的忽视为代价,两下对照,显现出李锐对人性的社会性与自然性的态度。此外作品中的角色多有第一人称现身说法的机会,惟独苦根儿的章节,由叙述者从旁代言,更显现出作者的良苦用心。

与《无风之树》相比,《万里无云》显得相对比较驳杂,在倾诉的狂欢中,各种力量话语纠缠在一起,人性的自然性与社会性相互混合,但是我们依然可以看到人的社会属性对人的某些自然生存本性的压抑。作为山村唯一的文化人

张仲银，在改革开放的年代仍然没有从当年的知青生涯中走出，他的独白大量援引毛主席诗词及革命口号，从这一意义上说，他是另一个苦根儿，小说最后那场给村民带来巨大灾难的大火与他的这种文革情结不无关系。

与李锐"吕梁山系列"小说不同，他的"银城系列"对"人"的表现是通过对个体生命的强调来实现的。《传说之死》与《旧址》中李紫痕的对个体生命的维护与捍卫表现得最为明显与自觉。李紫痕所在的家庭，几乎交汇着银城一切势力的斗争，权力与私欲的渴望，家庭内部的倾轧，复杂严酷的阶级斗争，无不压制着个体生命的生存，唯一能超越各种利益关系的似乎只有李紫痕这个不平凡的女人。她不懂政治，也不善交际，她行为的准则只是依据善良的天性与对待生命的态度，即使在压制生命的强大力量面前，她也是用对每一个人的爱来呵护着趋于绝境的生命。为了抗起家庭的重担，她毅然选择了吃斋念佛；为了救从事革命活动的弟弟，在最严酷的环境下加入了共产党；解放初她顶着压力收养了反革命分子的后代；文革中又以悲悯的情怀收容了冬哥。这所有的行为在那些为现实利益争得你死我活的人看来近乎愚昧，但她无疑让饱受摧残的生命获得了一丝安慰。她虽然不理解革命，但她却比更多的革命者洞察了生命的事实，对生命她有着自己的理解："啥子时代也是一副肩膀挑起一个脑壳。"正是这种质朴的生命观念，才使她蔑视一切轻视生命的"理想"与欲望，尽管她最终无法挽救一个个鲜活的个体生命，但她试图维护个体生命尊严的行为却演绎着对生命本身的敬意。

与《旧址》相比，《银城故事》却以大力张显民间世界的生存状态来表现对遮蔽与禁锢个体生命势力的抵抗。尽管自上个世纪八九十年代始，人们在抛弃本质线性历史观、消解历史的必然性、重视边缘历史叙述等各方面已颇有声势，但像《银城故事》这样全篇以戏剧的偶然性贯穿并以将近一半的篇幅表现民间社会的历史小说着实不多。小说中不仅叙述了残酷的革命斗争，还描写了银城普通老百姓的日常生活，甚至不惜笔墨去展示别具银城地方色彩的牛、竹以及饮食习惯（如火边子牛肉等美味的炮制过程）。卑微却知足常乐的牛屎客，狡黠又不乏同情的蔡六娘，质朴憨厚的汤锅铺郑氏父子，低贱但又不敢小觑的乞丐势力，都构成了银城日常凡俗的生活场景。他们的存在不仅显示了李锐的民间立场，更表现出作者对个体生命的关注，正是对这些历来被理性历史遮蔽的个体的大规模展现，才揭示了历史烟云深处的诸多秘密，进而颠覆了传统的历史观念。

然而，必须要强调的一点是，李锐对人性自然性的强调会使人产生一种误解，那就是会认为他的小说创作着重表现的是人的生物性本能，与文学艺术实现对人精神的提升，净化人的心灵，引领人类逐渐摆脱自然与社会的束缚，走向更高境界的宗旨不符，甚至还会误认为他的作品意在将人还原为动物，显示出张扬愚昧的反智主义特征。这实在是对李锐作品的一种误读，没有领会李锐小说的深刻用意。李锐的小说创作是对长期以来人性的社会性对人的自然性压抑的一种反拨，而在他笔下，并不是彻底否定人的社会本能，他对人的大部分社会性是肯定的，他所批判的是极端化的社会性，是那些为了某些社会集团的利益而无视人的自然本性的社会性。同时他的作品也不是纯粹的表现人的吃、喝、住、穿以及性这些原始的本能，而是有着更多潜在的精神性因素存在。

首先，李锐小说所反映的生活是真实存在的，在这一点上与寻根文学不同。尽管寻根文学也是从原始形态的生活中寻求灵感，但是为了揭示民族心理的深层积淀，展示传统文化的优根与劣根，往往将所表现的生活抽象化甚至怪异化，虽然这会使作品的意蕴含量增加，但现实生活的失真也会使作品失去着力点，导致文本意义只是悬浮于作品表层而未真正深入下去。李锐的作品则不同，不论是严酷的自然环境描写，还是历史社会对人性的压抑以及生活于其间人的心理状态都非常真实，展现了人本真的生存状态。这些描写足以使人心灵颤栗，却又让人欲哭无泪，《锄禾》中民间社会人与人特有的关系纠结以及与外界社会的隔膜，《选贼》中"官"本位思想在民众心中投下的阴影，《驮炭》中下层社会男女之间奇异的情感关系，《送家亲》中祭神仪式的阴冷与女人内心的悲痛，《看山》中农民对生之无奈的忧伤感触等等，都极为真实，展现了"一个活生生的，真实的，半点不掺假的吕梁山"。[5]在李锐这些客观冷静的叙述中，我们看到的正是生命窒息的全过程和绑缚在这块厚土上的农民实出于无奈的内在心理特征。

其次，李锐小说在尽力展示底层人的吃、喝、住、行，表现人的最基本的生存需要与八十年代末的新写实小说有一定的相通之处，但是，新写实小说在表现日常琐碎的生活时，由于作者采取的是情感的零度介入，而且在削平深度模式的叙述中小说很难有升腾的力量。李锐作品的着眼点虽也是人的日常行为，但是在其中却蕴含着一种人道主义情怀，这种情怀使他的小说并没有始终低徊于人的生物性本能，而是有了很多情感亮色。《厚土》中作者的叙述口吻虽极其冷峻，但却并不等同于冷漠，在对那些令人心惊的苦难和凝滞的生活展

示中，我们可以体会到作者一种绝望与悲凉的情绪，而这种情绪直接来源于作家深刻的人道主义关怀。这种人道主义的关怀在《无风之树》中表现得益为明显，在作者所建构的矮人坪的畸形世界里，拐叔为了维护某种尊严的死与村人不顾苦根儿的威胁隆重地为其送葬的行为寄托着作者不尽的同情，尽管这种同情是暗潜在作者冷静的叙述中。正是由于这种人道主义关照的暗中存在，才使李锐小说中的人虽过着动物般地生活，但他们的日常行为却包蕴着丰富的"人"的情感与意义。

第三，由于李锐是个理智型的作家，因此他的小说作品中往往蕴含着很多理性的思考，这些思考使他的作品有了进一步的提升，从而拥有了某些哲学意味，在这一点上又与二十世纪九十年代盛行的欲望化写作区别开了。应该承认的是，九十年代出现的大胆表现人的物质及生理欲望的潮流，是对长期被禁锢的人的正常生理需求的敞开，表现出在市场经济下人对自由的向往。但是由于商品化带来的负面效应，这种对人的欲望的表达往往会成为一种商品包装，很容易沦为低层次的感官享乐的追求。李锐小说作品中对人的欲望的表达也很多，尤其是关于性的描写存在于他的大部分小说中，但是这些描写并不是简单的生物性需求，而是蕴含着很多哲学意味。《无风之树》中暖玉与矮人坪男人们有悖于人伦的性关系中蕴含着一种救赎意义，她是矮人坪唯一的亮色，不仅满足着那些男人们的性的欲望，而且更在精神上给他们以希望，在恶劣的生存环境中维护着人的情感与尊严。而《厚土》系列中的《秋语》与《看山》，则在强烈的生之欲望的背后有着更多生命意义的思考，他们在那"凝冻了一般，没有一丝的生气和活力"的日子里年复一年地衰老直至消逝的感受和那生于斯、也将死于斯的无望的悲哀，传达出的正是"前不见古人，后不见来者"的悲凉情怀，那"厚土"般凝滞的古老生活方式终要以最原始的方式，涵蕴一切，然后一切重归于寂灭。

从以上的论述中可以看出，李锐是在追寻人的自然本性与社会属性的和谐共存，他虽把批判的矛头指向了社会属性对人的自然本性的压抑，但却并未走向极端。在他的小说作品中，人的自然本性的表达并不是完全生物性的，对人的社会属性也不是简单否定。正是在这种追求中，表现出李锐创作实验的勇气，也许这种探索永远找不到答案，作品中的表达也无法达到非常完满，但李锐用他自己的方式对这一问题做出了回答，在当代文学创作中显现着独有的价值和魅力。

注释

1 裴毅然：《二十世纪中国文学人性史论》，上海：上海书店出版社，2000年，第14页。
2 钱理群：《沈从文〈看虹录〉研读》，《中国现代文学研究丛刊》1997年第2期。
3 李锐：《银城故事》，武汉：长江文艺出版社，2002年，第209页。
4 李锐：《厚土》，济南：山东文艺出版社，2002年，第261页。
5 李国文：《好一个李锐》，《文艺报》1987年1月3日。

"苦闷的象征"

——厨川白村与丰子恺对西方美学思想的接受与改造

陈 政　　梁 海

『苦悶的象徴』
——厨川白村と豊子愷における西洋美学思想の受容と改造——

概要：現代中国美学は、西洋美学という名の影響の下で確立された中国美学の新しい一部門である。しかし、中国の早期の美学用語が形成された理論的背景を考えるとき、そこに日本美学が果たした仲介と促進の作用を見逃すことはできない。本論では、『苦悶的象徴』を仲介として、「使用概念は似ているが、内包表現が異なる」「解釈モデルは似ているが、理論の核心が異なる」「芸術観念は似ているが、解釈の内容が異なる」という三つの異なる理論の受容と改造の方法を起点として、厨川白村が受容したベルクソンとフロイトの美学や、厨川白村の文芸美学と豊子愷の美学との間にある関連性と異質性について探っていく。厨川は西洋理論の名の下で、本体論の視点から出発して、社会批評と文明批評によって理論を構築することを目的とし、東洋式の表現方法によって芸術の本質を詳しく探り、これによって、文芸は「苦悶の象徴」であるという命題を引き出した。豊子愷は厨川理論の影響を深く受けて「人生苦悶説」をとるが、彼の芸術論の最終目標は大衆の美学教育にあり、より関心を持つのは価値論であって存在論ではない。豊子愷は人生を芸術創作の立脚点とみなし、芸術と人生の関係を日常生活の中に取り入れ、「人生の芸術」と「芸術の人生」を主張し、実践的特徴を持った文芸美学理論を引き出した。本稿は、三者間の理論を比較研究することで、20世紀前半の中国における文芸理論形成の複雑な筋道を明らかにする。

キーワード：『苦悶的象徴』、豊子愷、西洋美学、現代中国美学

关键词：《苦闷的象征》，丰子恺，西方美学，现代中国美学

一

在20世纪20年代和30年代，厨川白村在中国文学、艺术界具有重要和广泛的影响，日本学者实藤惠秀在《中国人留学日本史》中写道："厨川白村的文艺思想，一度成为中国文艺理论的准绳"[1]，这一论断并不夸张。其最具影响力的著作，就是鲁迅和丰子恺各自独立翻译的《苦闷的象征》，此书也是厨川白村文艺思想的集中体现。尽管目前看厨川白村的《苦闷的象征》是一部几近被遗忘的文艺美学著作。然而，按照王向远的说法，此书是"五四以后，特别是二十年代在中国流传最早、传播最广、影响最大的两种外国文论著作之一"[2]，包括鲁迅、田汉、胡风、冯至、郭沫若等人，都在回忆文章中谈到《苦闷的象征》在当时给他们带来的内心冲击和心灵震撼。不过，这部著作在20世纪四十年代之后很快结束了在大陆的影响力，直到20世纪八十年代才再次受到关注，从文艺心理学和文艺社会学等新的理论视角加以阐释和解读。在大陆寂寞的几十年间，《苦闷的象征》在台湾延续了其在华文世界的影响力。在台湾，从50年代开始，共出现5种新译《苦闷的象征》[3]，而丰子恺和鲁迅先生的译文也多次在台湾再版。由此看来，《苦闷的象征》绝非仅仅是一部在"学院"内受到关注的理论文本，而且是一部在中国产生广泛影响的重要美学和文艺理论著作。

与此同时，作为一部由日本学者出版的具有独创性的理论著作，其之于中国文艺美学的意义就更为独特。众所周知，现代形态的中国美学可以说是在西方美学话语影响下建立的一门新的学科，然而，我们在寻找中国早期美学话语形成的理论背景时，不能忽视日本美学在其中的中介与促进作用。所言之中介作用，即日本因为较早接触西方而先中国一步译介了大量西方美学著作，鉴于中日两国在地理环境和语言文化之间天然的近邻关系，日本学者的译介工作也成为中国学人接触西方美学的便捷路径，并影响了中国学人对西方美学理论的接受与选择，这在20世纪初期表现得尤为明显。而促进作用，则是指西方美学在进入日本后，经过日本学者的日本化或东方化改造，作为新的东方美学形态传入中国，这为中国学人接受西方美学提供便利的理解途径时，也提供了方法论和新的价值选择，并进而影响到美学中国化的进程之中。显然，促进作用的影响较为深远，从中国美学第一人王国维开始，到后来滕固、吕澄、蔡仪、徐复观、陈望道、范寿康、邓以蛰、胡风以及丰子恺，无不在其美学理论中体

现出日本美学的影响。具体到本文重点分析的《苦闷的象征》一书，正是厨川白村接受西方文艺思想之后进行的理论再创造。而作为译者的丰子恺在自己的美学思想中也深受厨川的影响。本文重在考察厨川接受的柏格森和弗洛伊德美学思想、厨川白村文艺美学以及丰子恺美学思想之间具有的关联性与异质性，由此展示20世纪上半叶，中国美学在民族化进程中的独特道路。

二

《苦闷的象征》何以能够引起中国学人的注意呢？鲁迅先生的一段话基本指明了原因："作者据伯格森一流的哲学，以进行不息的生命力为人类生活的根本，又从弗罗特一流的科学，寻出生命力的根柢来，即用以解释文艺，——尤其是文学。然与旧小说又小有不同，伯格森以未来为不可测，作者则以诗人为先知，弗罗特归生命力的根柢于性欲，作者则云即其力的突进和跳跃。这在目下同类的群书中，殆可以说，既异于科学家似的专断和哲学家似的玄虚，而且也并无一般文学论者的繁碎。作者自己就很有独创力，于是此书也就成为一种创作，而对于文艺，即有独到的见地和深切的会心。"[4]可见，厨川的理论主要接受了柏格森与弗洛伊德的美学思想，而在理论建构上能够采各家之长，并兼顾当时"自下而上"的美学研究潮流，引入了心理学美学的成果。

再具体看其理论思路。厨川的文艺观可以概括为："生命力受压抑而生的苦闷懊恼便是文艺底根柢，又文艺底表现法是广义的象征主义"[5]。厨川把生命力视为"人间生活的根本"，但是这顺应人自由冲动的"生命力"总是与受外界各种制度束缚的"强制压抑之力"形成冲突与纠葛，由此产生了人生的苦闷，这人生的苦闷既是柏拉图意义上的灵与肉的冲突，也是现代文明发展进程中个人与社会，自由与专制，情感与理性之间的纠葛与争持。但是，生命力又总是顽强地抗争着外界的压力，总是寻求突破，正是在与"压抑之力"的碰撞中，生命力迸发出无穷的创造力，而这种无时不刻存在的创造力也成为人生苦闷无尽的根源。因此，在厨川白村看来，人生的苦闷终归是难以避免的。但是，厨川并不因此认为本质为苦闷的人生其意义就是灰暗消极的，其道路就是平淡无味的。反倒是两种力之间的冲突纠葛造成了人生的"兴味"，使得生活具有了"意义"和"深的趣味"，而这"趣味"也是文艺产生的根源。正是在这一意义上，厨川得出文艺是苦闷的象征的结论，这就把人生苦闷问题与艺

术的本质问题之间的关联嫁接起来。既然人生本然的生活就是苦闷的，两种力之间的斗争不可避免，那么，作为人的艺术活动当然不可避免需要把苦闷表现于艺术作品内，将苦闷内化于艺术创作过程中。艺术家将苦闷"具象化"，以象征的方式，将深处的人生苦闷以一种"变容"的方式展现出来，形成艺术作品。

不过，厨川在《苦闷的象征》中重视的并非具体的艺术表现技巧或某种创作手法，而是重视对艺术问题本质的追问。厨川在文中说："所谓象征主义，决非单是前世纪末法兰西诗坛底一派所标榜的主义，古往今来一切文艺，都是用这意义的象征主义的表现法的"[6]，也正是在这一层面，《苦闷的象征》才能够作为一部一般文艺或美学理论著作。联系当时中国文艺理论著作极度缺乏体系的状况，加上厨川在运用西方美学理论概念时的那种高度个人化、东方式的言说方式，可以说厨川的理论如一股洪流，很快在中国文艺界传播开来。

《苦闷的象征》的基本观念也得到丰子恺的肯定，丰子恺同样持有艺术的根源实乃人生苦闷的说法，以至在翻译《苦闷的象征》二十年后，丰子恺在《〈读〈缘缘堂随笔〉〉读后感》一文中仍然写道："已逝世的文艺批评家厨川白村君曾经说过：文艺是苦闷的象征。文艺好比做梦，现实上的苦闷可在梦境中发泄。这话如果对的，那么我的文章，正是我的二重人格的苦闷的象征。"[7]在《绘画概说》中，丰子恺将"苦闷说"用于分析艺术史现象。他认为，中国绘画往往在乱世出现繁荣，但以往绘画理论研究者很少能够给予合理的解释，丰子恺则论证道："也许是日本艺术论者厨川白村所说，艺术是'苦闷的象征'之故。环境混乱，生活不安定，人心中的积郁无从发泄，便向绘画艺术的自由天地中去找求生趣。"[8]可见，艺术是苦闷的象征一说，基本是丰子恺赞同的说法。但是，我们并不能说西方理论与厨川白村的理论，以及丰子恺的美学思想之间，在理论内涵上是相同的，实际上，即便三者之间使用了同一概念或命题，也依然可以辨识出迥异的理论取向。但也正是由于三者之间具有的相似问题域，构成了三者之间比较的基础。

三

基于以上考虑，我们通过《苦闷的象征》这一中介文本，从"使用概念相似，内涵表述有别""解释模式相仿，理论内核变异""艺术观念类同，阐释

内容相异"三种不同的理论接受与改造方式入手，探讨西方美学、日本美学与中国美学之间的理论互动，以此展现中国早期美学理论生成语境的复杂性，从而达到窥一斑而知全豹的效果。

1．使用概念相似，内涵表述相异

"使用概念相似，内涵表述相异"即是说三者之间都使用了同一个或相类同的一些概念，这些概念往往是来自西方美学，但中日学人在使用时，将其理论内涵进行了新的阐释，由此构成了自己美学理论新的基础。比如厨川文本中居于核心地位，同时也是借用柏格森理论中的"生命力"概念，在实际解释过程中就出现了如此情况。

厨川白村与柏格森都持生命本体论的基本观点，但正如鲁迅所言："柏格森以未来为不可测，作者则以诗人为先知"，厨川的生命力是立足于人世间生活的生命力，其生命力消除了柏格森非理性的神秘化的倾向。柏格森认为生命最基本的特质就是"绵延"，表现为一种持续不断、经久不息同时不可分割的运动，这种经久不息的运动随着时间之流的绵延形成生命冲动，所有的存在都是这种生命冲动的表现，面对这种生命运动，科学理性是不能把握的，只有通过直觉才能真正体验和把握现实和世界的本质。由此看，柏格森的思想与理性至上的科学对立，同时有把生命现象神秘化的倾向，因此，柏格森非常重视从审美和艺术角度来论证自己的思想，因为艺术家可以"凭直觉的努力，打破空间设置在他与创作对象之间的界限，从而进入对象的内在生命之中"[9]。但是，柏格森同时也具有不可知论倾向，因为柏格森的本体论既不是物质也不是精神的，而是"生命冲动"，他以此对艺术活动进行了神秘化解释："创作或审美作为一种直觉活动，虽然也是对象的一种解释，但是直觉活动则是不可预见的，不可分析的"，[10]这种以直觉来解释艺术活动的理论，对非理性因素的强调，打破了以往的本体论美学和认识论美学的基本理论设定，使得哲学理论可以以更真实的态度来面对艺术和审美问题。但是也应当注意到，因为在柏格森理论中哲学的直觉和艺术、审美的直觉是一样的，故而"并没有什么特殊的关于美的感情"[11]，尤其是"我们所感到的任一情感都会具有审美的性质"[12]，因此艺术和审美只是较之其他领域更容易达到"观照的直觉"，并非意味着艺术与审美本身就比其他领域更具有某种特殊性。因此，尽管柏格森对现代西方美学具有重大的转型意义，但是，其理论依然具有很强的古典美学气质，可以说，柏格

森的美学思想基本仍然是作为哲学附庸的美学思想，而其论证思路，也同样显示出本体论美学与认识论美学的基本理论样态，在这一意义上，厨川和丰子恺的理论取向明显与之不同。

显然，厨川的生命本体论则并没有如此形而上和神秘主义的成分，厨川将自己的生命力立足于生活之上，立足于人生之上，"假使没有异方向的两种力量相触相打的葛藤（struggle），我们底生活，我们底存在，早已根本失其意义了。因为有生底苦闷，有战底苦痛，所以人有生的价值。"[13] 所以，厨川认为文艺就是书写人的生命体验，而这一生命体验可以通过象征即艺术的方式到达创作者与欣赏者的共鸣，而这种艺术的方式主要是"具象化"而不是概念化，是将"心象"通过"理知"、"感觉"化为作品，在这一意义上，厨川可以说契合了生命哲学创始人狄尔泰的观念，将注意力集中于"人的生命的具体存在"[14]。因此，厨川实质上采用东方"实用主义"式的方式对柏格森"生命力"加以借用，尽管厨川和柏格森都认为生命是延续不断的，并具有"创造性"、"能动性"和"自由"的本性。但是，厨川的理论还是缺少西方古典哲学那种形而上学意义上的本体论论证，即抛弃了柏格森哲学中的绵延和直觉概念，尤其是柏格森哲学中最为核心的"时间性"概念，但又未以其他新的概念进行补充和阐释，而是以诗化的语言对生命力进行描述，其理论形态虽然有文艺"本体"的前提，却并无西方哲学意义上的本体之实。

关于生命力的概念，丰子恺是通过阐释人生苦闷问题展示出来的，丰子恺在《关于学校中的艺术科——读〈教育艺术论〉》一文中谈到："原来吾人初生入世的时候，最初并不提防到这世界是如此狭隘而使人窒息的。只要看婴孩，就可明白。……孩子渐渐大起来，碰的钉子也渐渐多起来，心知这世间是不能应付人的自由的奔放的感情的要求的，于是渐渐变成驯服的大人。……我们虽然由儿童变成大人，然而我们这心灵是始终一贯的心灵，即依然是儿时的心灵，不过经过许久的压抑，所有的怒放的炽盛的感情的萌芽，屡被磨折，不敢再发生罢了。这种感情的根，依旧深深地伏在做大人后的我们的心灵中。这就是'人生的苦闷'的根源。"[15] 可见，丰子恺以更为通俗形象的语言，用"人的自由的奔放的感情的要求"来描述厨川的"生命力"概念，而"狭隘而使人窒息的"的"世界"则是指厨川的"强制压抑之力"。同厨川一样，丰子恺也认为，人生实乃是"苦闷"之旅，而艺术"就是我们大人所开辟以发泄这生的苦闷的乐园，就是我们大人在无可奈何之中想出来的慰藉、享乐的方法"。[16] 在这

一点上，丰子恺与厨川关于艺术的基本认识，以至于在语言表述和行文风格上都是非常近似的。

但是，丰子恺对苦闷尤其是生命力的解释与厨川、柏格森以至于弗洛伊德又具有根本的不同。无论是弗洛伊德的性本能说还是厨川的生命力，亦或柏格森的非理性理论，其理论背景都有一个共同点，那就是将苦闷问题归结到现代文明之于人自由和感性的束缚上，在这一点上，他们的理论具有较强的时代性。而丰子恺虽然提到了社会对"自由奔放感情"的压抑，但是，其生命力的理论内涵更为宽泛。丰子恺以天真的儿童和世故的成人对比，其笔下被束缚的生命力以及人生苦闷所显示的是人生的"无常之恸"，一种未发而又不能发之情，一种成人失去"赤子之心"的人生无奈感，这已经没有任何西方哲学框架下的物质与精神，理性与非理性之争，而是指向对人之为人和人生之路何为的思考，显示出不欲为而不得不为的"被抛"（thrownness）状态。在这一点上，丰子恺的理论尽管表面看缺少现代美学理论的严谨逻辑论证，但是深入程度上并不弱于任何一种理论。

2．解释模式相仿，理论内核变异

"解释模式相仿，理论内核变异"是指东方学人借用西方美学的理论框架解释其艺术观念，但在具体操作中往往改变了理论框架背后的概念内涵，也因此使得本来仅是面对某一问题，或在某一语境下而形成的西方理论，其解释有效性扩大化。当然，与之相反也会出现解释有效性缩小的问题。

厨川用"广义的象征主义"来解释文艺本质以及文艺创作问题，这实际上借用了弗洛伊德解释艺术和梦的理论框架，弗洛伊德认为艺术本质上是一种无意识活动，是一种"白日梦"，关于梦的法则也同样适用于艺术领域。厨川将弗洛伊德关于梦的工作方式，即"压缩作用"（Verdichtungsarbeit）、"转移作用"（Verschiebungsarbeit）、"描写"（Darstellung），简单加以改造来解释其广义的象征主义："凡一种抽象的思想或观念，决不能算是艺术。艺术底最大要件，在于它底'具象性'。即与某种思想内容通过了具象的所谓人物，事件，风景等生存着的事物而表现的时候，换一句话，与梦底潜在内容变装了，装饰了而出来的时候取同一的路径的，是艺术。赋与这具象性的，即名为'象征'。"[17]

仅就此看，厨川可以说只是照搬了弗洛伊德的释梦理论来解释艺术活动，

但厨川并不满足于此，而是对弗洛伊德理论的核心内涵进行了改换。弗洛伊德主张泛性论，将审美和艺术的本源归结到非理性的无意识层面，本能冲动成为艺术产生的原动力。现实原则与快乐原则之间的冲突在非压抑领域即艺术领域内释放，艺术成为人释放和升华本能欲望的一种替代性满足方式。可以说，无意识和利比多是弗洛伊德理论的核心概念，但这也正是厨川不赞同的。厨川将弗洛伊德的泛性论进行了改造，最核心的就是，就是将生命力概念替换了利比多概念。弗洛伊德将力比多归结为人类一切行为的内驱力，而厨川认为："我所不能不反对的，是他底要把一切归根于唯一的'性的渴望'的偏见，……但据我一人的意见，信为像本书开头所说似地把这当做最广的意义的'生命力底突进跳跃'为妥当。"[18] 显然，厨川的生命力概念在生命最高存在意义上，以及社会内涵上要高于弗洛伊德的欲望。弗洛伊德将一切艺术的根源归之于性欲，而所有的艺术作品最终只是性欲的升华，因此，无论多么伟大的艺术作品，其本来面目竟都是带着美貌面具的小丑，艺术成为人类掩盖性欲并发泄性欲的一个安全的"偷欢"场所，成为现代文明美好表象下的人性鄙陋的释放地。而厨川则将用向往"自由和解放"的生命力解释艺术的动力源泉，因此厨川的艺术本质上是美和崇高的，而弗洛伊德意义上的艺术，"所真正涉及的其实应该归入丑的范围"[19]。要言之，厨川以立足于生命本体论的"苦闷"，来纠正弗洛伊德泛性论的"苦闷"主张。

当然，丰子恺关于艺术创作以及艺术本源问题的思考要更为丰富，我们这里只谈他关于"象征化"问题的论述。在《艺术的创作与鉴赏》一文中，丰子恺对艺术象征化的解释基本是按照厨川的思路进行的："这人世的可笑的悲剧，引起了莫泊三的苦闷，他的无意识心理就借这件事象作为暗示他心中的苦闷的工具，创作出这人间苦闷的象征的《Necklace》来。"[20] 由此，我们也可以说，丰子恺事实上也接受了弗洛伊德的理论框架。但是，丰子恺在其理论中抛弃了厨川的生命力和弗洛伊德的利比多概念，或者说刻意去悬置这一具有本体论意义的概念，不再去过多追问苦闷是如何产生的问题，仅是进行一种在上文已提及的日常语言描述。这种理论处理方式，在不经意间把苦闷的内涵从形而上领域拉回到更易理解的实际人生。再如他对"广义的象征主义"的解释："又有以一小说或一戏曲的全部来代表人生的，也是一种象征主义。如但丁的《神曲》（Dante：《Divine Comedy》）便是其例。莎翁（Shakespeare）的戏曲，是大人生的象征。这等可说是超越素材的变化的伟大艺术的作品。"[21] 也是如此情

形。与厨川从生命力到人生苦闷再到艺术表现的步步为营式的论证不同，丰子恺直截了当提出了象征的最高内容应当是具有普遍意义的人生的观点，而没有将注意力放到"生命"本体问题的阐释上。从这一点亦可看出丰子恺艺术美学理论的基本取向和治学思路，从根本上讲，这一思路是丰子恺更关心价值论问题而非本体论与认识论问题导致的。而对价值论问题的关注使得丰子恺更自然地将注意力放到了艺术与人生关系的重大命题，而这也将是我们接下来要谈到的。

3．艺术观念类同，阐释内容相异

"艺术观念类同，阐释内容相异"，是指西方艺术观念为东方学人提供了一个新的理论问题域，而东方学人往往针对这一问题域提出了自己的见解和理论主张，表面看这些理论主张观点相似或相近，但由于阐释者往往剥离西方理论的具体语境，并将这些艺术观念或与本国文艺，或与自己的理论主张进行创造性的结合，从而表现出差异化理解和相异的艺术价值取向。

上文提到的艺术与人生问题，在西方艺术观念中出现了"为人生的艺术"和"为艺术的艺术"两种不同主张。显然，这两种主张在古今中外都有大批拥护者。厨川白村在《苦闷的象征》中也同样提及了两种艺术观念，在肯定"为艺术而艺术"的前提下，厨川也肯定了"为人生的艺术"。但是，厨川的"为人生的艺术"是以"为艺术的艺术"为前提的。因为厨川意义上的人生，是生命力本体论意义上的人生，是追求自由超越精神的人生，这样的人生自然不能够在日常生活中找寻，而只有在理想的艺术世界中才能存在。因此，厨川说"艺术为艺术自己而存在，即艺术在得营自由的个人的创造的一点上，方才'为人生的艺术'的意义也真能存在。"[22]故而，厨川的为人生的艺术实际上只能以"为艺术的艺术"为前提。不过，但凡提到为艺术而艺术，又总是让人想到艺术自律而排斥他律，想到对艺术自身独特规律的尊重而忽视社会背景的考察。但是厨川在这一点上还是辩证地认为："大艺术家底背后也不能无'时代'，'社会'和'思潮'。"[23]当然，厨川之所以不排斥两种对立的艺术观念，也是由于其生命力艺术本体论的基本设定，因此，在厨川的艺术理论中，所谓为人生还是为艺术，是理想主义与现实主义，这种区分是没有实际意义的，因为但凡文艺可以深入挖掘到时代和社会的潜意识，也即最原初意义上的生命力，则这样的艺术作品就是既面向未来，也立足现实人生的。因此，自律与他律，"镜"与

"灯"，实然与应然，在厨川那里是可以统一的，尽管这种区别在主客分立的西方文艺理论中非常根本，然而在物我同一的东方文化语境中，这种分别失去了其最根本的语境。

而丰子恺显然比厨川更重视艺术与人生的关系问题。尽管厨川在《苦闷的象征》中会不时谈起艺术与人生的关系，但是，厨川著作的根本兴趣并不在此，可以说，艺术与人生问题在厨川那里只是众多艺术根本问题的一个面向，只是涉及艺术的功能问题，是艺术本体论之后自然生发的次要问题。而作为艺术家的丰子恺，在艺术与人生问题上的认识则显得更为深切，对于丰子恺来说，艺术与人生是目的与手段的统一，是关涉艺术最为根本的价值取向问题。

作为文学研究会的成员，丰子恺并未对"为人生的艺术"持肯定态度，而是提出了"人生的艺术"与"艺术的人生"这一主张，正所谓："我们不欢迎'为艺术的艺术'，也不欢迎'为人生的艺术'。我们要求'艺术的人生'与'人生的艺术'。"[24]丰子恺之所以如此言说，是因为丰子恺持一种"大艺术观"，并因此注意到了各门类艺术之间的区别。丰子恺对各门类艺术采取兼容并包的态度，故而无论是传统的艺术形式，如绘画、文学，还是新的艺术门类，如电影和照相，亦或实用美术，包括东方独特的艺术形式，如书法和金石，都被丰子恺纳入到其艺术美学理论的思考之中。但是各门类艺术之间又有很大区别，而同一艺术门类的艺术作品，也会表现出不同的艺术水准，形成不同的艺术表现形式，我们不能一概将之归于一种艺术价值观念之下，而应当区别对待，所以任何艺术都会有人接受，但是不同的群体乐于接受的艺术层次是不同的。偏实用的艺术以及通俗艺术更为大众喜爱，而高雅艺术则为鉴赏家欣赏。

由于各类艺术都有其各自的"为人"的价值，丰子恺认为任何艺术实质上都或多或少有"用"的成分在。由此，为了理论的需要，丰子恺区分了"直接有用的艺术""和间接有用的艺术"，并以最具实用性的建筑与最具纯粹艺术形式的音乐来说明。"直接有用的艺术，有时具有极伟大的间接的效果。反之，间接有用的艺术，有时也具有极伟大的直接的效果。"[25]这是因为，直接实用的艺术，其"实用"实际上是小用，以希腊的神殿为例，建筑艺术"最大的效用，却是这殿堂的形式的全美所给与人心的涵养与陶冶"[26]，而表面看毫无实用的音乐，却也具有："乐者，通于伦理者也。……礼乐皆得谓之有德。"[27]的社会功效。因此，丰子恺认为，应当在认识上"把'用'字范围放宽，则间接的用与直接的用实在一样，不过无形与有形的区别罢了。"[28]故而得出了："凡艺

术（不良、有害的东西当然不列在内），可说皆是有实用的，皆是为人生的"[29]，"多数的艺术品，兼有艺术味与人生味"[30]的结论。在丰子恺看来，只有在艺术与人生两者之间真正做到统一，艺术品也才能在文与道，文与质，隐与秀，风与骨之间的完美统一，成为表现生命本真的艺术。

正是在这一意义上，丰子恺在艺术创作态度上，提倡活的艺术，正如朱自清的评价："能活用于万事，而与人生密切关联的艺术。"[31]这种艺术不似"温室中花朵"，是散发生活气息与充满生气的艺术。与之相应，在生活态度上，丰子恺认为应当做到"艺术的生活"，即"用处理艺术的态度来处理人生，用写生画的看法来观看世间"[32]，这种艺术化生活的理想，既有深厚的东方美学传统，也与当代西方日常生活美学理论的内在诉求相一致，比如扎卡里·辛普森就认为："人生之为艺术，就是坚持尝试把审美贯彻并实现于一个人的生活以及所见、所思之中"[33]，由此也可看出丰子恺高出常人的理论前瞻性。总之，以人生为艺术的立足点，丰子恺将艺术与人生的关系纳入到人世间的生活之中，从而得出一种更具有实践特质的美学理论。

西方"为人生的艺术"与"为艺术的艺术"两种艺术观念，是19世纪末期以来，在"美的艺术"观念确立后，出现的两种对立的艺术观念。而厨川受这一潮流的影响，以文学为中心，进行了新的解释。但是，厨川的艺术观念是为其社会文明批评服务的，正因为如此，表面看厨川支持自律艺术论，而实际上又对他律论表现出一种内在认同。而丰子恺艺术论的终极目标是大众美育，加之丰子恺集多种艺术创作为一身的独特身份，导致其艺术观念更为开放，故而较少被纯粹的理论问题束缚。因为他更多是从"广义的艺术"这一整体主义视角考察艺术与人生、生活的关系问题，并适时地将最新的艺术发展实践纳入到自己的理论思考之中，故而其"人生的艺术"与"艺术的人生"理论在浓郁东方美学色彩背后，实际上已经触及生活审美化这一前沿问题。

我们以厨川白村和丰子恺为例，通过以上三种不同的理论接受与改造方式的分析，粗线条地展示了西方美学、日本美学与中国美学在20世纪早期所体现出的理论交集与互动。显然，单纯的理论比较并非我们的目的，我们需要将关注的重心拉回到中国现代美学上，以丰子恺为中心，来重新审视中国20世纪前半叶美学理论的价值，这其中，以下几点值得注意：

其一，尽管厨川与丰子恺具有相近的理论问题域，丰子恺在理论观念上对

厨川文艺苦闷说也持赞同态度，但是，我们仍需看到，厨川与丰子恺美学理论的本质不同。可以说，厨川的文艺美学思想虽有东方式的理论言说方式，但在论证形式上更为西化。而丰子恺则对西方式的理论一直持谨慎态度，正因如此，我们看到一个对本体论问题规避的丰子恺，一个以关联型美学[34]为理论建构理想的丰子恺，一个力图走向美学中国化道路的丰子恺。其二，尽管丰子恺对中国传统艺术有深刻理解与认识，但是丰子恺并没有彻底回归传统，因为"从传统的中国文学艺术理论，在没有外来影响的情况下直接建立一种现代中国美学，是不可能的。"[35]而丰子恺在西方美学和日本美学影响下，以全新的视角重新审视中国传统美学的内在价值，其对艺术与人生关系问题的思考，正是中国古代生活美学理论和人生美学理论的现代新解。最后，更为重要的是，这一比较研究提醒我们，中国现代美学的发生语境问题上，除去西方美学理论的固有影响，我们亦不能忽视日本美学的中介作用，而这一中介作用也时刻提醒我们不能忽视中国美学自身的价值。正如上文所言，这一中介作用在王国维、滕固、蔡仪、吕澄、邓以蛰、徐复观、陈望道、范寿康等与日本美学有交集的学人身上体现得非常明显。同时非常有趣的是，这一批曾经留日的学人，大部分以研究中国美学思想为己任，可以说他们与日本学者共同构建了在当下国际美学理论界已经取得重要话语权的东方美学。面对当下文艺美学界唯西是论的倾向，这批留日学人对中国美学理论价值的再发现及其美学方法论，对于当下力图重新弘扬中华美学精神的中国美学界来说，具有重要的借鉴意义。

付记：本文为国家社科基金项目（14BZW124）阶段性研究成果。

注释

1　［日］实藤惠秀：《中国人留学日本史》，谭汝谦、林启彦译，北京：北京大学出版社，2012年，第203页。

2　王向远：《厨川白村与中国现代文艺理论》，《文艺理论研究》1998年第2期。

3　这一统计结果，参见工藤贵正、许丹诚：《厨川白村著作在台湾的传播》，《华文文学》2010年第4期。

4　鲁迅：《鲁迅全集（编年版）》第2卷，北京：人民文学出版社，2014年，第232页。

5　［日］厨川白村：《苦闷的象征》，丰子恺译，上海：商务印书馆，1925年，第16—17页。

6　［日］厨川白村：《苦闷的象征》，丰子恺译，上海：商务印书馆，1925年，第29页。

7　丰子恺：《丰子恺文集》第6卷，杭州：浙江文艺出版社、浙江教育出版社，1996年，

第110页。

8　丰子恺:《丰子恺文集》第3卷，杭州：浙江文艺出版社、浙江教育出版社，1996年，第159页。

9　牛宏宝:《现代西方美学史》，北京：北京大学出版社，2014年，第212页。

10　牛宏宝:《现代西方美学史》，北京：北京大学出版社，2014年，第212页。

11　[英]李斯托威尔:《近代美学史评述》，蒋孔阳译，上海：上海译文出版社，1980年，第51页。

12　[法]柏格森:《时间与自由意志》，吴士栋译，北京：商务印书馆，2009年，第12页。

13　[日]厨川白村:《苦闷的象征》，丰子恺译，上海：商务印书馆，1925年，第1页。

14　王岳川:《二十世纪西方哲性诗学》，北京：北京大学出版社，1999年，第49页。

15　丰子恺:《丰子恺文集》第2卷，杭州：浙江文艺出版社、浙江教育出版社，1996年，第225页。

16　丰子恺:《丰子恺文集》第2卷，杭州：浙江文艺出版社、浙江教育出版社，1996年，第226页。

17　[日]厨川白村:《苦闷的象征》，丰子恺译，上海：商务印书馆，1925年，第29页。

18　[日]厨川白村:《苦闷的象征》，丰子恺译，上海：商务印书馆，1925年，第9页。

19　牛宏宝:《现代西方美学史》，北京：北京大学出版社，2014年，第187页。

20　丰子恺:《丰子恺文集》第1卷，杭州：浙江文艺出版社、浙江教育出版社，1996年，第27页。

21　丰子恺:《丰子恺文集》第4卷，杭州：浙江文艺出版社、浙江教育出版社，1996年，第106页。

22　[日]厨川白村:《苦闷的象征》，丰子恺译，上海：商务印书馆，1925年，第97–98页。

23　[日]厨川白村:《苦闷的象征》，丰子恺译，上海：商务印书馆，1925年，第76页。

24　丰子恺:《丰子恺文集》第4卷，杭州：浙江文艺出版社、浙江教育出版社，1996年，第400页。

25　丰子恺:《丰子恺文集》第4卷，杭州：浙江文艺出版社、浙江教育出版社，1996年，第397页。

26　丰子恺:《丰子恺文集》第4卷，杭州：浙江文艺出版社、浙江教育出版社，1996年，第398页。

27　[清]阮元:《十三经注疏》，北京：中华书局，1980年，第1528页。

28　丰子恺:《丰子恺文集》第4卷，杭州：浙江文艺出版社、浙江教育出版社，1996年，第398页。

29　丰子恺:《丰子恺文集》第4卷，杭州：浙江文艺出版社、浙江教育出版社，1996年，第398页。

30　丰子恺:《丰子恺文集》第4卷，杭州：浙江文艺出版社、浙江教育出版社，1996年，第399页。

31　丰华瞻，殷琦编:《丰子恺研究资料》，银川：宁夏人民出版社，1988年，第250页。

32　丰子恺:《丰子恺文集》第4卷，杭州：浙江文艺出版社、浙江教育出版社，1996年，第15页。

33 Zachary Simpson: *Life as Art: Aesthetics and the Creation of Self.* New York: Lexington Books, 2012, p. 284.

34 所言之关联性美学借用了张法的说法，在《从世界美学的两大类型看美学的当下演进》一文中，张法认为非西方美学是一种关联型美学，以此区分西方美学的区分型美学。关联型美学有如下特点：关联、互渗、虚体体悟、活言。显然，这些特点在丰子恺美学理论中都能需找到踪影。参见：张法：《从世界美学的两大类型看美学的当下演进》，《学术月刊》2015年第4期。

35 高建平：《全球化背景下的中国美学》，《民族艺术研究》2004年第1期。

从《春香传》到《春香》

——文学经典的传播与演变

白 杨

『春香伝』から『春香』へ
——文学経典の伝播と変遷——

概要：小説『春香伝』は、韓国古典文学史における経典的作品である。その物語は中国の読者にもよく知られ、多くの戯曲形式に改編されて中国で上演された。2008年、中国の朝鮮族の女性作家である金仁順は、春香伝物語をモデルに、小説『春香』を出版した。「夢回故郷」（故郷に帰る夢をみる）という方式で、民族文化と民間習俗を歴史的に表現するという基本方針のもと、原作を大胆に改編し、現代女性の意識と歴史への回顧を取り入れた。『春香伝』から『春香』に至るまで、文学経典において伝播の過程で現れた意味の変遷は興味深いものである。

キーワード：『春香伝』、金仁順、『春香』、経典の変遷

关键词：《春香传》，金仁顺，《春香》，经典的演变

　　2008年，出生于中国东北的朝鲜族女作家金仁顺完成了她的第一部长篇小说作品《春香》。在此之前，她的中短篇小说创作已经在研究界倍受好评，并被誉为是"70后"的实力派作家；但《春香》的创作对她而言别具意义，这不仅是她第一次尝试完成长篇小说的成果，更重要的是，作为具有朝鲜族民族身份而"在汉语中间长大"的作家，她把这一次的写作经历视为是"一条特殊的回故乡、回历史之路"[1]。

　　当然，站在21世纪的时空中回望历史，那沉淀在浩荡岁月中的纷纭往事、

命运沉浮，深深地震撼着她。她要追问历史源何呈现如此面貌？她更渴望能代那些被大历史压抑的人们发出质疑之声。于是，《春香》虽然依托朝鲜古典名著《春香传》的原型铺陈演绎开来，但这部"故事新编"的作品却与故事原型相差甚大，它是一部极富个性色彩和时代气息的作品。金仁顺坦言："对我而言，《春香传》是个难以忘怀的故事——这个由家人讲述的故事，口吻中带有天然的亲近感，仿佛讲述者和听众跟故事里面的主人公们有着神秘的家族般的密码——但同时，这是个让人无法满足的故事……"[2]。作为东方古典文学中的经典性作品，《春香传》曾以多种文学艺术形式传播到中国，并深受人们的喜爱。曾有研究者系统地考察了《春香传》在中国的传播过程，指出最早的汉文译本是"由台湾人李逸涛翻译和再创作，于1906年出版。此后，朝鲜舞蹈家崔承喜的舞蹈表演、韩国的唱剧表演等都在中国亮过相。但《春香传》真正为中国观众广泛接受和认同，则要到1954年越剧移植《春香传》大受欢迎以后，随之引发的中国地方剧种集中搬演《春香传》盛况空前。"[3]中国观众对被移植的剧种《春香传》的喜爱，除了不同艺术形式本身的特色以外，还有一个共同的文化接受心理因素：这部作品讲述的故事，与中国古典文学作品中的诸多"才子佳人"、"有情人终成眷属"故事极为相似，从"梁祝"到《西厢记》，从"牛郎织女"到《牡丹亭》，类似的故事原型被不断演绎重述着，而《春香传》则为这个故事框架增添了一些异域的气息。金仁顺注意到了文学经典在传播中的这一特点，而且作为朝鲜族作家来说，这个故事对她更是有着独特的亲近感，她用"有着神秘的家族般的密码"来表达自己听到这个故事时的内心情感，但是另一方面，作为一个始终保持着鲜明的个性特色的作家，她意识到这个故事中的问题——"这是个让人无法满足的故事"！那么，"无法满足"的问题是什么？金仁顺重点提到了两个方面，第一，同中国那些题材类似的古典文学作品相比，《春香传》"尽管故事不乏戏剧色彩，但却流于单薄、局限，缺少跳跃飞扬的想象翅膀，其传奇性也难免要黯然失色。"第二，故事中的春香角色"完全是按照封建时代朝鲜男人的口味打造的芭比娃娃，……春香怎么可以这样可笑？符号化、模式化到失去了起码的人性，这个民间人物身上最最缺失的，恰恰是她的民间性。这个民间传奇，如果抛弃掉男性的虚荣自大和一厢情愿，这个女子以及她的故事，会有怎么样的可能性？"[4]这样的思考与兴趣成为她写作《春香》的动力，《春香》因此成为与《春香传》既遥相呼应，又各异其趣的作品，它赋予那个古老的故事以当下的时代性色彩。

在三四百年前的朝鲜半岛，女性没有选择自己命运的权利。被塑造成贞节烈女的春香，只能被动地接受男权文化对其生命意识的塑造，她美貌温柔、知情识趣，平日里与李梦龙琴瑟和鸣，遇到威胁时则忠贞不贰，从容赴死。但这个被男性话语塑造的"圣女"形象却缺少了自己的个性色彩，金仁顺尝试要写出一个"有血有肉"、"有独立的思想"的春香，她讲述的爱情故事因此呈现出完全不同的面貌。

《春香》中的香夫人是作品中对人物原型改变最大的角色，她在痛失真爱之后独自承担起经营香榭的责任。在以往的作品中，这样的花阁女角色常常会被塑造成被侮辱与被损害的形象，或者是作为放荡堕落的人物而受到伦理道德的批判。金仁顺则在作品中赋予香夫人坚强的个性，当李梦龙质疑香夫人和春香身处"贱业"时，香夫人语气平静地反驳道："市井之中，都认为嫁入豪门是女子最好的归宿，至于是不是能够生活得快乐，却很少有人理会。高宅大院铜门深锁，纵然富贵，又能有多少乐趣可言？香榭的名声也许为外界所不齿，但这是一个能够让人尽情呼吸、自由生活的地方。"在香夫人那里，父权社会制定的礼法与禁锢毫无意义，她重视个体选择的权利和切实的生命体验，这种意识耳濡目染地传授给春香，使春香也能摆脱传统故事中那个单一的形象，具有了更丰富的内涵。

在金仁顺的故事里，她尝试揭示一些生活中具有本质性意义的问题：婚姻并不意味着真爱，欲望也不能简单地等同于滥情。翰林按察副使大人、香夫人、李梦龙和春香等人都在不同的际遇中面对这些问题。如果把《春香》放在金仁顺的创作系列中来理解，我们会发现这是她始终关注并表达的主题。

金仁顺笔下的现世爱情大多带有一种惘惘的令人恐惧和悲伤的色彩，她冷静地讲述着一个个关乎爱情但实为"无情"的故事，因爱而生的困惑、懊恼、不忍甚至宿命的轮回，让人不由得心生悲怆。对爱、对人生、人性与人情，她有一种执拗的怀疑和感伤情结，在小说《彷佛依稀》中她借路易斯·辛普森的诗句这样描述对生命的感悟："不论它是什么，都必须有／一个胃，能够消化／橡皮、煤、铀、月亮、诗。／就像鲨鱼，肚里盛只鞋子。／它必须游过茫茫的沙漠，／一路发出近似人声的吼叫——"生命是如此粗砺的过程，尽管其中不乏月亮与诗的美好，但更多的时候却是在不适当的时空中的一种悲剧性的"遭遇"，就像鲨鱼吼叫着游过茫茫沙漠的情境，惨烈得痛彻心肺。

辛普森的诗句是苏启智临终前背诵给女儿新容（《彷佛依稀》）听的，一个

在情感伦理上背弃了妻儿的父亲，试图用这样的方式寻求女儿的谅解，然而他无法抗拒那冥冥中命运的安排，女儿原谅了他，却也同时踏上了那茫茫沙漠中艰难的情感不归路。苏启智去世后，新容默许了有妇之夫梁赞的追求，扮演起自己曾经最为痛恨的第三者的角色，而梁赞则成为苏启智的化身，让尘世中的爱恨情愁进入了新的轮回。这个故事里，他们父女的名字中似乎暗含着某种象征，作为父亲本应在女儿的成长中担任的"启智"责任，事实上反讽地成为一种伤害；而"新容"这个名字中寄寓的对未来的美好期待，也无望地落了空。谅解的达成竟是以如此暧昧残酷的方式，不能不让人产生许多人事的感叹！

金仁顺以往的创作中主要是侧重描写都市情感类小说，与《仿佛依稀》相类似的叙事模式是她能够成功驾驭并初步形成其特色的要素，在其它作品中读者能够感受到类似的阅读体验，如《彼此》中的黎亚非，新婚之日得知丈夫在前一天一直与前女友缠绵终日，虽然她"努力忘掉那个女人，但她的恶毒就像缓释胶囊里的药物颗粒，随着时间的流逝，持续地保持着毒性。而且这种毒性在他们上床时，会加倍地爆发，弄得她浑身无力，手足冰冷。"在终于逃离了无望的婚姻并与善解人意的周祥生相恋后，她原本可以获救的情感却因为一个近乎宿命的错误再次陷入绝境，黎亚非在婚礼前夕同前夫郑昊重见，竟莫名地与他重温旧梦，做了自己曾经最痛恨的事，不仅亲手断送了自己的幸福，也毁了周祥生的新婚憧憬。小说命名为《彼此》，和《仿佛依稀》一样，都暗含着一种冷峻的嘲讽，似乎在说两性关系中的伤害与被伤害，其实常常是很诡异的对调着，爱则是很虚无很脆弱的东西，使人成熟更使人迷惑。

比较而言，《春香》要演绎的是发生在朝鲜半岛的民间故事，金仁顺尝试藉此触摸历史。这不仅是她向自己的民族致敬的一种努力，也表现出尝试突破以往写作范式的愿望。在《春香》中，作者尽力搜集和复现了具有民族历史特征的一些要素，如盘瑟俚艺人在朝鲜族民间艺术传承中的作用，以及由衣食住行和端午节等民间节日习俗所呈现出来的民族文化特征，这些带着浓郁历史气息的因素赋予小说独特的美学意蕴，也使其比金仁顺之前的都市情感小说增加了一些历史的厚度。不过，金仁顺对《春香传》的"故事新编"，并不能仅仅停留于历史细节的增补，她有更强烈的"颠覆性"意图，这意图是要向朝鲜族女性被漠视的传统发出质疑之声。正是在这个层面上，主人公春香和她的母亲香夫人形象能够超越历史的晦暗隧道，具有了现代人的思想特质。然而问题是，春香母女即便具有了明确的自我意识，她们仍然无法摆脱女性在两性情感

中的悲剧性命运。日渐长大的春香对母亲香夫人有一种又恨又爱的矛盾情感，当她质问母亲："什么是好日子呢？你自称是香夫人，让我们每个人，甚至我和银吉也这么称呼你，你过的日子是好的吗？"表明她自己并不希望成为香夫人那样的人，然而她最终还是无法摆脱宿命的怪圈，她成为新的香夫人，漠然而沉静地与那些母亲的旧相识交好："我的客人不多，也不少。有几个是香夫人的旧识。他们对她的际遇感慨唏嘘，甚至会流出眼泪，痛哭失声，但他们无一例外地并不拒绝留宿在我的房间。"（《春香》）曾经的美好憧憬已是渐行渐远，她的未来充满了不确定性。我们发现，《春香》延伸了金仁顺都市情感叙事的思考，在从现实向历史的回溯中使对女性命运问题的审视变得更为严峻了。

有研究者曾经敏锐地指出，金仁顺是一个善于"用感性方式表达理性声音的人。"[5]这是她从一开始创作就表现出来并日渐走向成熟的特征。她喜欢以举重若轻的方式书写人生的困局，由此思考有关爱与追寻、爱与原罪或者是爱与救赎的关系。对婚恋状态中男女两性微妙心态的呈现成为她常常会触及的题材，不过她并没有以女性主义姿态将两性关系做对抗性的解读，虽然她对笔下那些男性明显具有防范心态，他们即便身份、地位各异，职业、阅历不同，却都有着一些会令女性感到不安的特征，比如见异思迁、游戏情场，又或者贪图虚名、自私霸道，缺乏必要的责任感和道德意识。我们注意到，金仁顺小说里的男性形象同女性形象相比，大多都缺乏鲜明的个性特征，他们只有一个笼统的面目，虽然穿插在不同的故事中，但本质上都是一个人或者说是一类人，作家在书写他们的时候是用眼睛观察的，而没有用心去感悟，因此很少会有细微的细节刻画，多用语言和行动来展现内心世界。尽管如此，金仁顺却没有简单地处理两性之间的冲突问题，她把反思的视角转向女性自身，使男女两性的线性对抗叙事变成了立体的动态关系，也把外审式价值判断引入内审性的视域中来。

那么，处在婚恋状态中的女性是如何陷入困局的呢？金仁顺首先是在社会一般的意义上返观女性，她注意到文化传统对女性角色意识的塑造和异化，作为朝鲜族女性作家，对这一点的感受尤为强烈，她谈《春香》的创作意识时曾说："选择成为什么人，选择过什么样的生活，这是三四百年前的朝鲜半岛的女人不敢想的问题，但春香的'选择'，却是我重述这个民间故事时，最重要的推动力。……我写《春香》，是在我的想象中对她的形象进行的定格，在我自己的文字镜像中，春香美艳或者平凡，都不重要，重要的是，她有血有肉，有

独立的思想。"[6]被金仁顺用现代意识武装起来的春香抗拒着朝鲜半岛女性的历史性命运，当经历劫难并失去了母亲香夫人的呵护之后，她并没有投入李梦龙的怀抱，而是果决地与其道别，勇敢地承担起保护"香榭"的责任。她抗拒传统女性"被选择"的命运，她的"新异"正揭示出传统女性生存境况的悲哀。

当然，作家也在更普泛的意义上思考女性的生存问题，如《月光啊月光》写一个年轻女孩与电视台台长的情感纠结，《云雀》写商人与虚荣的底层女孩的交往，前者写女性在权利结构中的被动处境，后者写物质利益对人性的损毁，都具有典型意义地阐发着女性在现代社会中的尴尬处境。事实上，由权利、金钱、传统、习俗交织成的社会网络并不仅仅威胁到女性的生存，但相比于男性，女性的确处于更被动的状态中。

不可否认，具有社会意义的反思显示了金仁顺观察生活的能力，而在此基础上对女性自我意识和心理症结的挖掘，则促成了她特有的写作风格。她笔下的男性常常是左右逢源，善于主动进攻型的，而女主人公却大多因为生活中的遭遇具有沉默内敛气质，不善或不肯与人沟通，有潜隐的交流障碍。《仿佛依稀》中的新容，《彼此》中的黎亚非，《桃花》中的夏蕙，《水边的阿狄丽雅》中的"我"，以及春香（《春香》），都无法顺畅地与人沟通。造成她们心理障碍的因素可能源自父辈的某种伤痛，如春香是翰林按察副使大人与药师女儿（即后来的香夫人）的悲剧爱情的结果，仆人银吉即便当着香夫人的面，也会直言不讳地说："你妈妈曾经想杀了你"。父辈的创伤性经历，以带有原罪意味的形式深深地影响了年轻一代的情感观念，使她们在情感生活中加倍小心、步步为营，她们从有残缺的生活反而走向了更极端的追求"纯粹"[7]情感的误区，而最终却无奈地发现自己不知在什么时候已然进入了一个岔道，如同博尔赫斯在《德意志安魂曲》中描述的那样："我们好比那个建了一座迷宫结果自己困死在里面的巫师。"追求纯粹的结果是导致更不纯粹的行为，爱的救赎其实无法实现。

对女性自我意识的挖掘，成为金仁顺小说特有的文化符号，她摆脱了一般意义上的社会性思考，能够促发某种具有哲理意味的沉思，也正是在这个意义上，她摸索出叙事的魅力所在。正如有研究者曾经指出的，金仁顺在探索中"试图从各种道路逼近小说的本质，重现小说的艺术魅力，这种冒险开拓的勇气是那些循规蹈矩的跟踪者望尘莫及的。"[8]《春香》的创作，可谓是又一次大胆而值得期待的探索。

付记: 本文为国家社科基金重大招标项目"百年海外华文文学研究"（项目编号11&ZD111）；
国家社科基金项目（项目编号14BZW130）；2013年度教育部新世纪优秀人才支持计划
（NCET-13-0242）阶段性成果。

注释

1　金仁顺:《关于〈春香〉的几段话》，原载《吉林日报》，参见中国作家网 http://www.
chinawriter.com.cn 2012年10月18日。

2　金仁顺:《关于〈春香〉的几段话》，原载《吉林日报》，参见中国作家网 http://www.
chinawriter.com.cn 2012年10月18日。

3　吴敏:《论作为东亚文化资源的"春香"故事》，《东疆学刊》2014年第1期，第16页。

4　金仁顺:《关于〈春香〉的几段话》，原载《吉林日报》，参见中国作家网 http://www.
chinawriter.com.cn 2012年10月18日。

5　周刚:《金仁顺: 悄然在小说的身后》，《吉林日报·东北风》2012年1月5日，第11版。

6　金仁顺:《关于〈春香〉的几段话》，原载《吉林日报》，参见中国作家网 http://www.
chinawriter.com.cn 2012年10月18日。

7　阎晶明曾在文章中探讨金仁顺小说中对情感纯粹性的描写，参见《文艺争鸣》2007年
第6期。

8　宗仁发:《追求有趣的小说》，《小说评论》2000年第2期，第35页。

论世界文学语境下的海外汉学研究

季 进

世界文学という名のもとで海外の漢学研究を論ずる

概要：David Damrosch は、「世界文学」を一種の関係とみなし、民族文学を翻訳という方法によって、グローバルな文学の伝播と読解という段階と空間へと推し進めた。本稿は、「世界文学」という理論を借りて、海外の漢学研究における「西洋主義」と「東洋主義」の傾向を再検討し、両者には共通点があることを指摘する。だれもが中国と西洋の差異を強調することに力を傾け、先進文明という西洋のイメージを形作り、往々にして中国と西洋の文学が対等ではないという現象を軽々しく、いとも簡単に「歪曲」あるいは「誤用」のせいにする。「西洋主義」に含まれたエリート本位の意識は、現代性というものが、知識人エリートの文化的なゲームにすぎないとする一方で、同時に日常生活と大衆実践を指向するということを見落としている。世界文学という名のもとで、民族文学の観念は、次第にその権威と概括力を失いつつあり、世界文学はある種の「微弱な本質主義」を露呈している。そのため、海外の漢学を認識し解読するというより広い空間が新たに開かれたのである。

キーワード：世界文学、海外漢学、西洋主義、東洋主義

关键词：世界文学，海外汉学，西方主义，东方主义

一、作为关系的"世界文学"

尽管近年来的研究一再揭橥，在西方，所谓的民族文学研究，特别是针对

第三世界的文学研究，不可避免地带有东方主义色调，几个世纪以来的文化陈规和学术惯性，潜移默化地侵蚀着知识的透明度和公正性，但是，这丝毫不妨碍人们，尤其是在第三世界内部，积极寻觅文学本土性和民族性的步伐与信心。一方面，我们可以把这种鲜明的反差看成是，东方世界试图在一个以西方为主导的全球框架中去积极实践和生产一种"真"的"个性"或曰"他性"的冒险；但是另一方面，这无疑也是一种巨大的焦虑，它来自于这些"迟到的国家文学"在进入世界文学体系之时，强烈感受到的自我标榜和吸引他者的需要。换句话说，他们在意的是其所提供的表述和形象，是否足以支撑其进入全球体系，其文学是否符合西方趣味，是否可以被西方快速地识别和定位。

无论我们如何理解这种"民族志"式的文学追求，有一点是可以肯定的，即这种思考模式的背后仍是中西的二元逻辑，或者准确地说，是由中西等级结构所牵制的。"本真"与"原初"虽意在排除西方影响及其宰制，但是，这种或出于地理决定论，或根源于文化本位的思考，从本质上讲同东方主义如出一辙，因此，人们很自然地将之称为"自我东方化"或"自我民族志"（auto-ethnography）。不过，诚如周蕾所指出的，"东方人的东方主义"毕竟不同于"西方人的东方主义"："像转过身来的菊豆将自己'引用'成物恋化了的女人，并向她的偷窥者展览她承负的疤痕和伤痛，这一民族志接受东方主义的历史事实，但却通过上演和滑稽模仿东方主义的视觉性政治来批判（即'评估'）它。以其自我臣属化、自我异国情调化的视觉姿态，东方人的东方主义首先是一种示威——一种策略的展示。"[1]

当然，周蕾的论述当中有过于理想化的成分，譬如我们可以诘问：这种示威到底是削弱了西方人的东方主义，还是事与愿违地强化了这种趋向，并在某种程度上促使它成为一种可被反复实践的技术（technology），一如离散族群所孜孜镌刻的个人创伤和民族苦难在愈演愈烈之际竟俨然升格为一种写作的"类型学"（typology）？但即使如此，我们仍应该充分意识到这一论说的起点并不在于举证"自我东方化"的合法性，而在于辩证：自我反思，极有可能变成一种自我中心主义；而自我东方化，反而是将文学置入了中西文化交流的关系网络之中予以思考。换句话说，在周蕾的观点中，一种蕴含真实性（authority）的民族文学，并不能换算成它在国际文化市场上的权威性（authenticity），相反，它仅仅只是一种修辞，建构了中西文化交流的起点。

这种自我臣属化（self-subalternization）的看法，作为后殖民论述的重要

基调，一方面联系着东方世界的殖民历史，另一方面也牵连着全球语境中无从摆脱的后殖民威胁。主体的焕发，对于曾经被殖民的第三世界而言，无疑意味着重新梳理和整合其与殖民者的关系。在这个意义上，第三世界文学进入全球体系，就被简化和扭曲成了处理中西关系。它的结果是开启了一种张爱玲所说的"包括在外"式的吊诡。第三世界文学，首先被理所当然地排除在了世界文学体系之外，也因此，其努力的方向从来都是如何进入，而不是从中凸显；其次，世界文学被折算成了西方文学。尽管就目前的文化格局而言，这种折算并不见得谬以千里，但是，从理论及其愿景来看，它当然乖离了歌德（Johann Wolfgang Von Goethe）最初提出"世界文学"时的初衷和构想。面对这种"包括在外"的局面，我们或许可以探问，是否存在一种本质上纯净的西方或东方文学？而"世界"又到底是谁的世界？文学甄选的标准又从何而来？

在这些问题的引导下，我们注意到达姆罗什（David Damrosch）有关"世界文学"的思考别其启发意义。通过重新梳理比较文学的学科史，达姆罗什指出："当前比较文学向全球或星际视野的扩展与其说意味着我们学科的死亡，毋宁说意味着比较文学学科建立之初就已经存在的观念的再生。"[2]这个简单的结论，至少揭示了如下几个方面的信息：第一，没有必要把"世界文学"看成是一个多么了不起的概念和发明，认为是观念进化和时代进步的结果，会赋予文学发展以革命性的影响；第二，也没有必要把它庸俗化为一个集合概念，认为它只是世界各民族文学的总和或经典文本的大拼盘，相反，它包含着具有历史针对性的文学思考内容；第三，"世界文学"的观念需要被放置在一个"永远历史化"的进程当中被理解和定义，其核心价值和任务不应该是去具体辨认哪些是世界文学，哪些不是世界文学，而是不断承受这个观念所给出的刺激，将之作为对各种复杂的文学关系思辨的起点。

正是基于以上几个层面，达姆罗什提出了关于"世界文学"的一种设计：即世界文学应该是一种流通和阅读的模式，并且是那些在翻译中受益的作品。[3]尽管就定义的完备度而言，这种表述并不严密，甚至问题重重，但是它重要的突破在于，从过去以地理或文学性为内核的坐标中疏离出来，引入了文学物质性的思考，并且特别就其介入当代生活的层面做了充分的论证。无论是阅读，还是传播，甚至翻译，文学的社会构造在其中被展示出来。当然，这里的社会，已经不局限在作品的原语环境，而是注意到其潜在的跨域特征。从某种意义来说，与其说达姆罗什重新结构了一个抽象的"世界文学"，毋宁说，他形

塑了一套具体的"关系"谱系,这个谱系不仅勾勒过去,同时更倾向于连接未来。简单地讲,达姆罗什眼中的"世界性",不是一种先天结构——这个论点试图在一开始就展示出一种巨大的包容力,但是其背后的动力却可能是具有危险的地理决定论,或者绝对多元主义论和文化相对论——而是一种后天的社会组织关系,它允许"世界文学"以一种渐趋融通的方式呈现,步步为营地接纳来自世界各地的文学,将所谓的民族文学以翻译的方式推进到全球文化传播和阅读的流程与空间当中。

严格地讲,达姆罗什的这些理解,不见得有多独特,比如印度庶民研究小组的观点早已指正,像"西方"这样的概念,实际上更多的是一种象征性建构,不一定要有一个具体的落实。[4]"世界"同样有它人为建构性的一面,不能看做是美国、中国、日本等等的总和。达姆罗什所谓的通过翻译、阅读、流通来达成的"世界性",实际上同我们一般所说的"经典化"过程也颇有类似之处。但是,他打破了过去那种想当然地把"民族——世界"做一个等级设置的思路,破除了"世界文学"精英化的迷信。平心而论,建设"世界文学",不是搞民主政治,把它作一个公平的分配,相反,它应该自成体系,从各种民族、阶级、性别的既定标签中脱离出来,在一个漫长的、广泛的历史淘选机制中去逐步完成自身。达姆罗什的观点,为我们重新审视海外汉学研究提供了新的可能,可以借此对世界文学与海外汉学的得失作出新的解释和清理,并就世界文学的理论建设和具体实践间存在的落差作出探索和思考。

二、反思"西方主义"

依据达姆罗什关于世界文学首先是一种流通模式的解释,我们可以说,至少在中国,过去几个世纪的文化构想中,始终存在一种清晰的单向思维。这种思维热衷于谈论中国文学"走向世界",而很少注意到"世界文学"的建构,也同时包含外国文学和文化进入中国。当然,这种思维的形成和发展有其特定的历史根源、文化个性和政治诉求,特别是进入19世纪中叶以后,社稷的颓唐,家国的不振,很容易让时人做出"中不如西"的判断或者假定。在这个层面上,外洋事物和理念的引入,在很大程度上是要疗救时弊,进而与西方同步,而非建设世界文学或文化。归根结蒂,拿来主义是内政,而非外交。这种观念,从陈小眉的《西方主义》到刘禾的《跨语际实践》,概莫能外。

这两本著作分别对20世纪中国不同时段内，那些出于本土需要而对西方话语进行有价值的扭曲（productive distortions）与戏仿（parodic imitations）的文化行为，进行了细致的考察。在作者看来，这些创造性的误用和发明（trans-creation），或者为中国形塑了一种"翻译的现代性"，或者实践了一种对官方话语的批判，从根本上颠覆了东方主义视域下中国作为"沉默他者"的形象，赋予了其主体能动性。不过，针对这种正面、积极的解读，史书美还是反思性地提出了批评。她说，这些研究显然轻易地遮盖了那种同时存在于"西方主义"之中全球视角，而过于强调了它的地区意识。"西方主义既是在地区层面上对西方的策略性挪用，又是全球语境层面上的文化殖民场所。……地区从来都不会与全球无关，而后者往往制定了地区语境下西方的表现。即便在国内语境下，西方主义话语也不能被简单地看作是只针对某种明确目标的反话语。"它同时也可能是一种凌驾于大众和传统士人的文化霸权。[5]

尽管"西方主义"也同时包含了一种"东方主义"式的全球视角，但是，史书美也指出，至少与帝国主义与文化殖民共谋这一点上，西方主义从来都不曾与东方主义同流合污。"的确，二十世纪中国思想界的一个共识是认为'天下'应该是一个贤人在位的世界，而中国必须是世界核心的一个部分。"[6]可以说，无论是近代中国的国家主义，还是天下观念，从来都是以道德框架为前提，而非武力和军事殖民为依托。一方面，这种和谐的世界观可以上溯到传统的乌托邦思想[7]，而另一方面，也毫无疑问地关切到彼时的中国处境，以及由此而生的文化反思。尽管我们没有必要将这种反思无限上纲到一种初步的"后殖民"解构思维，但是，至少要承认它对殖民话语做出了最大可能的利用、疏离，甚至超越。

不过，我们需要警惕的是，即使东方主义颇受诟病，但它本身也不会是铁板一块，至少它是一个历史性的产物。在萨义德（Edward Said）的定义中，它首先是一种西方探索东方的学问、知识，其次，才是这种学问背后的意识形态和文化霸权。[8]之所以要强调这一点，我是想说，西方主义不必因为其善良的道德和民主诉求，就显得高人一等。在探索知识这个起点上，西方主义与东方主义是一样的；而在调用殖民话语这个层面上，它同东方主义也无二致。它们共同致力于强化中西差异，以及建设一个先进的、文明的西方形象。实际上，顺着这个思路继续追问，我们又会发现，所谓的"西方"也好，"东方"也罢，从来都不是一元整体的，而是复数、零散的。在这个意义上，我们

有什么依据可以无条件地辩称中国人对西方的挪用就一定是"误用"？而什么才是真正的西方？又到底存不存在这样一个西方？相信通过对这一系列问题的反思，我们可以说，在"西方主义"的命名当中，不可避免地存在一种研究错位，即研究者以其全知全能的叙事视角，对他研究对象所表现出来的那种限制叙事做出了不恰当地概括或总结。简单地讲，研究者以其理解的某个整一的"西方"，要求和框定着历史中那些各式各样的"西方"，以至于轻易地将这种对比中出现的不对等现象，简单归纳为"扭曲"和"误用"。应该承认，在现代中国历史中，当一代知识人围绕民主、科学等等西方话语做出雄辩时，如果说他们不是全然，至少也部分地坚信，其所掌握和理解的西方是一个真正的西方。

除了全球意识的淡薄，"西方主义"另一个值得检讨的方面是，其深蕴的精英本位，或者说宏大叙事。这一点，从刘禾具有连续性的"跨语际研究"中可以看出来，其关心的焦点不是锚定在一代知识分子再造文明的尝试之中，就是指向帝国间的文化冲撞和政治斗争。这种研究的取径，虽然同整个20世纪中国文化人那种感时忧国的心路历程若合符节，但是，也毫无疑问地回避了如下一种认知，即现代性不可能仅仅只是上层社会和知识精英们叠床架屋的文化博弈和政治协商，它也同时指向日常生活和大众实践。之所以要把这个偏失指出来，我相信，不仅仅是出于查漏补缺的需要，同时也有助于揭示，在这种偏颇之下所隐匿着的意识形态结构。这种结构因为紧紧围绕着精英事件展开，因此其落脚点往往是历史上的某个大写日期。它们不是被视为时代的分水岭，就是某个具有转折性的文化时刻。这种对时间进行高亮化处理的方式，显然回避了历史事件展开所经历的漫长的动态过程。其后果之一，是将历史的多重缘起化约为其中某种因素的一元决定论。特别是当这个历史事件同中西文化碰撞的大背景结合在一起时，一元论就可能变身为西方决定论，或者说"冲击——回应"论。在针对刘禾"夷／barbarian"这个"衍指符号"所做的话语分析中，方维规清楚地指出，英国人尽管得势不让人地将一个翻译现象写入国际条约并予以限定，但是这"并不意味着可以无限夸大某些事件的话语效果，更不应该无视甚至否定历史观念在总体上的延续性"[9]。透过系统地追溯"夷"字的文化传统，以及其与西洋逐渐发生关系的话语历史，方维规指出，语词发生新旧递嬗的"实践史"，绝不能混同于其为某种历史条件所赋予的"文化效应"。简单地讲，结果不能替换过程。

正是在打破"大写日期"和"精英迷恋"这一点上，我认为，对"西方

144

主义"的反思特别有必要引入张真的"白话现代主义"（vernacular modernism）观念。在导师汉森（Miriam Hansen）的启发下，张真将此概念界定在"基于大众媒介的创作和观影模式"层面，认为"在中国语境中的影像白话展现了现代生活的方方面面。并且更重要的是，它找到了某些合适的表达形式，使其能够穿越各种严格的界限——包括文字与视觉、世俗与高雅、物质与想象、上流与底层、政治与美学，最后还有中国与世界的边境线。"[10]在张真看来，这种具有越界性质的文化景观和产品，切实地展示了一种阿巴斯（Ackbar Abbas）所描绘的"浅表的世界主义"："这种浅表性使得上海更能昭示西方大都市在现代性实践中所经历的矛盾冲突，与此同时，正是这种从'浅表'当中所获得的愉悦——而非通过对世界主义进行精英式和高屋建瓴的投入和建构——开启了大众文化的物质和社会空间。"[11]与此论述相似，近期叶凯蒂关于画报讨论也勾勒出，"世界"观念的到来，事实上还包含着一种娱乐的轨迹。这个论点，显然拆解或者说平衡了一般认为的世界是经由民族国家或者帝国主义而来的主流见解，揭示出了一种"世界即娱乐"的文化观。她说，印刷媒介，特别是其中的视觉媒体，与其所在的特定城市空间，共同构筑了一个初具规模的跨文化交会区（transcultural contact zone）。在那里，急速增长的环球通讯和娱乐作为一种软实力，展示出了一个不同视野的现代和文明世界。[12]事实上，回到达姆罗什所谓的流通说，应该看到，这个概念本身即意味着打破藩篱和填平沟壑。换句话说，世界文学不能只有板起脸孔的严肃面，它也应该具备这种"世界即娱乐"的大众面貌。

三、松动的"东方主义"

正如上文提及的，"东方主义"虽然历来颇受诟病，但也不见得就是铁板一块、了无变数。特别是随着阿帕杜莱（Arjun Appadurai）所谓的全球景观的急速蔓延，这种西方人的东方想象，已经逐渐演变成了一个"混血西方"对"混杂东方"的建构。[13]或许这个观念，从一开始就是一种假设，因为从来没有存在过什么纯净的东方或西方。它们从根本上都是杂处的文化，只不过我们的视线通常会被它们表面的地理界标所吸引。事实上，早于上世纪八十年代，西方社会有关其文明起源的论争，就一再泄露所谓的话语中心并不等于文学起源的信息。[14]如今，"黑色雅典娜"的观念和比喻，早已深入人心。特别是当亚

145

裔、非裔作家在离散语境下不断发声，甚至牵动西方文化界的神经之时，我们已经没有办法清晰地判别一些有关东方的构思和写作，是否纯然是出于猎奇和巩固文化等级秩序的需要。相反，这些少数族裔的写作，一再挑战西方的主流经典，为其注入新的可能。更重要的是，它也有可能松动那种既定的少数与多数的对峙，有望将两者容纳新变为一种更具"世界性"的"本土"体验。

应该说，全球语境下，国家文学和民族文学的观念已经渐渐丧失其权威性和概括力。跨太平洋／大西洋的文化位移，特别是其中的（后）移民／遗民潮，更是见证了多种文化观念在某个具体时空中冲撞、交融的事实。或者我们可以推论说，民族也罢，国家也好，从来都不是什么不容触碰的图腾禁忌，其吐故纳新、延异播散，终有一天会将自身变得面目全非。王德威说，"如果遗民意识总已暗示时空的消逝错置，正统的替换递嬗，后遗民则变本加厉，宁愿更错置那已错置的时空，更追思那从来未必端正的正统"，从而将"无"化"有"，另起炉灶地带出一种将"错"就"错"的可能。[15]套用这样的理解，我们不妨说，全球视域下的文化和人口位移，未必要受困于某一具体的政治疆界和时代格局，拥抱非此即彼的土地意识和时间观念。透过不断地勾画同时也拆解那个"想象的共同体"（imaged community），移民和后移民们，在其生活的本地，建筑着一套似幻非真的历史记忆，叙述出一番破碎的文化经验；在记忆与遗忘之间，不断去辩证和超越异乡与母国的伦理限度和情感基调，挑起一种"后忠贞论"（postloyalist）的可能[16]。正如张英进在分析罗卓瑶的移民电影《秋月》结尾处那未能背全的诗词时所指出的："这种背诵的努力本身就是一种主动的标志，一种对抗记忆遗失的尝试，一种向其祖先的致敬。另一方面，我们也可以这样认为，慧是有意识地从记忆中抹去了这首诗词的其余部分，……以这种方式解读的话，她的不记得便成了对意识形态质询力量的一种反抗行为：她之所以唤起中国文化的象征只是为了与其断绝关系，将它留在碎片与废墟之中。"[17]

这里，张英进的讨论仅仅揭示了离散族群与其文化母国间欲拒还迎的关系，我们或可进一步说，这种模棱两可的姿态，也同时出没于其与此时此地的关联之中。一方面，被记忆和背诵的诗句，以文化望乡的方式，拒绝着彻底地他者化或西方化；另一面，被遗忘和抹去的诗行，则试图淡化历史的印记，以改头换面的方式融入异地他乡。正是在这样一种欲进入而不完全进入，想超脱又不完全超脱的状态下，后移民在在见证了碎片的价值，强有力地解构着自我、他者、东方、西方、世界的整一架构，呼唤出一种"微弱的本质主义"

(weak ontology)。

这个观点，原先是学术界用来反击文化相对主义者的，因为文化相对主义者拒绝承认一切的普遍性，笃信事物都是被绝对差异包裹着的。此种论调，无疑会令比较文学学者难堪，其念兹在兹的"可比性"，甚至整个学科的理论根基，在某种程度上，都建基于不同文学和文化异中有同、可以相证互识互补这种认知的基础上。当然，比较文学学者也不可能天真到以为，一切文化都可以透明地、等值地兑换，所以才提出这种"弱的联系观"来解释文化间存在的近似性和对等性。此外，"弱的本质论"也对那种过于强调历史性和人为建构因素的思潮提出了质疑。无论是历史性，还是人为建构，都是为了强调一种现实的具体性，这种具体性是不能被简单地对接和等同起来的。因此，当全球化带来文化的平面和整一之时，有的理论家们就力主重返时代现场，依托历史记忆，来维持独特的自我。这种观点的潜台词，正是历史的不可替代、不可复制以及不可比较。但问题是，我们不能将历史同负载历史的媒介，譬如文字、图像、影音等等，混同起来。换句话说，历史不等同于具有历史印记的文化产物。事实上，当刘禾提出语言与语言之间不可能透明地互译和交流之时，她就多少有点混淆了两者。其中的问题在于，一是黄兴涛所讲的夸大了"虚拟对等"和"不可译性"，以不是百分之百的对等来否定基本对等、大体相当的存在之外[18]，二是放大了，或者说单一化了历史不可替换的本质，忽略了其表现形态的多样性，以及这些形态本身所具备的跨文化比较的特性。

正是出于对以上观念的修正，近期金雯提出了"多元普世论"(pluralist universalism) 的看法。通过建构一种"多元文化虚拟叙事"(fiction of multiculturalism) 的框架，她别出心裁地将郭亚力 (Alex Kuo)、严歌苓、阿拉米丁 (Rabih Alameddine)、张承志这些亚裔和中国作家放到了一个平台上予以讨论，不仅追溯文学翻译和传播的历史，也分析它们与政策性话语和多元文化政治理论间的关联，提出了中美两国在后冷战时期族裔文化政治上的可比性问题。[19]这里，我不想过多地复述其观点，而是想特别提出，翻译在这样一种全球政治和文化网络中的价值问题。诚如作者本人所指出的，像严歌苓这样的作家，其作品同时以翻译和原文的方式在国际文化市场上流通，表面上它们各有专属，分别指涉着不同语境中的文化政策，同时也受到不同的评价，但是，这两组信息不是彼此隔绝而是互有影响的。过去我们总是热衷于用安德森 (Benedict Anderson)"想象社群"的观念来追查民族国家起兴之际，报章媒体

以及由此而生的文本阅读，所带来的一种虚拟的共感和生命连接。如果继续套用这种说法来看待多元文化下的翻译，我们是否可以说，全世界的读者们现在正处于一种以"微弱本质"为特征的文本的引导下，建构着一种世界文学，以及全球共同体？如果这种看法成立，那么是否意味着"世界文学"及其内部构造存在的一种"微弱"的联系？这种联系在什么意义上达成，又在什么情况下消弭？这个全球共同体，同一般的民族国家之间又存在怎样的关联和不同？

当然，在有限的篇幅中我们根本无法回答这些问题，但是，"多重缘起"的观点显然值得我们重视和参考。提出其多重缘起的可能，其初衷同样在于打破国家文学的封闭结构，尤为重要的是，试图指出西方对东方的改编"不仅仅是迷恋'他者的象征符号'，而且是以语言的方式来接近可以确知的文化真相。"[20]这正是黄运特在《跨太平洋位移》一书中提出的，以语言问题作为切入点，来探讨美国对中国文化的调用历史。以语言为中枢进行讨论，首先肯定有其理论上的设计，此即鲍厄斯（Franz Boas）所提的"语言和文化人类学理论"。这个理论，有效质疑了那种认定在种族、语言和文化之间存在天然、生理联系的殖民思维，"即提出没有必要假定每种语言和文化天生对应着某个特定的种族，抑或每个种族及文化必然局限在一种语言之中。简言之，这三个现象随时可能产生紧密关联"[21]通过凸显语言的人为构造，而非生物本性，鲍厄斯显然使我们可以快速补充上面提及的刘禾"跨语际分析"的缺陷问题，即尽管过分强调人为性有可能造成翻译文化的虚无主义，但也有力询问了那种不假思索的生物语言学观念，以及渗透其中的对他者文化的蔑视。其次，从语言出发的考察，还有助于揭示跨文化研究的现实性和具体性。过去的跨文化讨论，总是倾向于展示抽象意义和文化层面的交互，即 migrations of cultural meaning，但从具体的语言出发，则有望将这种抽象性落实到更为可感可知的层面，此即黄运特所说的"文化意涵的文本位移"（textual migrations of cultural meaning）[22]。借着探索汉语的语言模式、汉字构造、语体色彩、语言质料及文字意涵，如何在一种镜像意义、现实挪用和人为创化及翻译删减的层面上，具体地参与和构造美国文学及其文化思维，黄运特实践了他所追求的那个对文本本身及其历史灵活性重现的工程。

不过，比起韩瑞（Eric Hayot）以主题学的方式来处理西方对中国及其形象进行想象的研究[23]，我们不得不说，黄运特的研究仍有其局限，即，这种挪用对西方而言，意味着迂回进入和重塑自我，但是对中国而言，其价值是什

么，作者语焉不详；第二，在方法论上，作者是否还是被某种不自觉的对等性所限制，例如文类的对称和学科的对应等等。韩瑞以"同情"为例，不仅有效证明了一个假象的"中国"观念，是如何帮助西方思考和理解众多有关现代生活的重要概念，其中包括世界历史、宗教融合、国家与个人、自然与尚古、身体与自我的关系等等，而且还表明这些观念并非单纯的欧洲式事件，对于理解中国的思想论述，它们同样扮演了重要的角色。对于后者，韩瑞突破了仅从单一历史文献或文学记录中取材提炼的论述方式，融小说、医案、游记、照片、绘画等材料于一炉，打破了比较文学研究中不成文的对称结构，以及这种结构背后的霸权模式，即以 poet 召唤诗歌，fiction 引导小说，将非英语世界的文字文本进行文类上的强行切分，而无视这些"文学"文本的演变史。

以往的比较文学学者惯于强调人同此心、心同此理的学科情感基础，认为文学的核心和出发点是情感，文学是具备可比性的。但是，需要追问的是，这些情感是否总是平等的，而且能够平滑地、不带任何意识色彩地传递到另一个国家和民族的人民那里？而在那里，人们又是否愿意不怀任何成见地接受它们，并与之产生共鸣呢？也许，情感并不是没有国界的，或者说至少有它的力有不逮之处，那么，在这个意义上，试图通过阅读来达成一种共同体的愿景，是否可能实现呢？世界文学真正的凝结力又在哪里呢？到底该用一种怎样的阅读模式和阅读体验，才足以把星散的民族、国家文学从其旧有的标签中解放出来，变成一种普遍财产呢？无论是有解，还是无解，相信正是对这些问题的不断追问，将有助于我们深化对"世界文学"的认识，把它从一个客体，变成一种刺激、一个意识，不断地回顾、反思中西文学的关系史，也反省后民族、后国家时代新的国际关系和文化交流，从而打开我们认识和解读海外汉学的更大空间。

注释

1   周蕾：《原初的激情：视觉、性欲、民族志与中国当代电影》，孙绍谊译，台北：远流出版，2001年，第248-249页。

2   大卫·达姆罗什：《一个学科的再生：比较文学的全球起源》，大卫·达姆罗什、陈永国、尹星主编：《新方向：比较文学与世界文学读本》，北京：北京大学出版社，2010年，第41页。

3   大卫·丹穆若什：《什么是世界文学》，查明建、宋明炜等译，北京大学出版社，2015年，第6页。

4　Gyan Prakash: "Subaltern Studies as Postcolonial Critism", *American Historical Review*, No. 99, 1994, pp. 1475–1490.

5　史书美:《现代的诱惑: 书写半殖民地中国的现代主义 (1917-1937)》, 何恬译, 南京: 江苏人民出版社, 2007年, 第153-154页。

6　黄克武:《近代中国的思潮与人物》, 北京: 九州出版社, 2012年, 第194页。

7　墨子刻 (Thomas A. Metzger):《序》, 黄克武:《自由的所以然: 严复对约翰弥尔自由思想的认识与批判》, 台北: 允晨文化, 1998年, 第 iv 页。

8　萨义德:《东方学》, 王宇根译, 北京: 三联书店, 1999年。特别是《绪论》部分。

9　方维规:《一个有悖史实的生造"衍指符号": 就〈帝国的话语政治〉中"夷／barbarian"的解读与刘禾商榷》,《文艺研究》2013年第2期。

10　张真:《银幕艳史: 都市文化与上海电影1896-1937》, 上海: 上海书店出版社, 2012年, 第4页。

11　张真:《银幕艳史: 都市文化与上海电影1896-1937》, 第70页。

12　Catherine V. Yeh: "Guides to a Global Paradise: Shanghai Entertainment Park Newspapers and the Invention of Chinese Urban Leisure", in Christiane Brosius and Roland Wenzlhuemer eds., *Transcultural Turbulences: Towards a Multi-Sited Reading of Image Flows*. Berlin and Heidelberg: Springer Publisher, 2011, pp. 197–131.

13　参阅阿帕杜莱:《消散的现代性: 全球化的文化维度》, 刘冉译, 上海: 上海三联书店, 2012.

14　刘禾:《黑色雅典娜: 最近关于西方文明起源的论争》,《读书》1992年第10期, 第3-10页。

15　王德威:《后遗民写作: 时间与记忆的政治学》, 台北: 麦田出版, 2007年, 第6页。

16　Tsai Chien-hsin (蔡建鑫): "Postloyalist Passages: Migrations, Transitions, and Homelands in Modern Chinese Literature from Taiwan, 1895–1945", Ph.D. dissertation, Cambridge, Mass.: Harvard University, 2009.

17　张英进:《影像中国: 当代中国电影的批判重构及跨国想象》, 上海: 上海三联书店, 2008年, 第312页。

18　黄兴涛:《"话语"分析与中国近代思想文化史研究》,《历史研究》2007年第2期, 第149-192页。

19　Jin Wen: *Pluralist Universalism: An Asian Americanist Critique of U.S. and Chinese Multiculturalisms*. Columbus: The Ohio State University Press, 2012.

20　黄运特:《跨太平洋位移: 20世纪美国文学中的民族志、翻译和文本间旅行》, 陈倩译, 南京: 江苏人民出版社, 2012年, 第3页。

21　黄运特:《跨太平洋位移: 20世纪美国文学中的民族志、翻译和文本间旅行》, 第8页。

22　黄运特:《跨太平洋位移: 20世纪美国文学中的民族志、翻译和文本间旅行》, 第15页。

23　韩瑞:《假想的"满大人": 同情、现代性与中国疼痛》, 袁剑译, 南京: 江苏人民出版社, 2013年。

第II部

歴　史

「歴史の視点から見た中国の対外観」
序論

三好 章

从历史观点上看中国外交

摘要：此序论主要试图将中国的"领土纷争"等问题从中国的"对外观"的历史发展上进行分析讨论，以明了其产生的历史思想根源。

纵观历史，近代以前中国几乎不曾与周边国家缔结过平等的国际关系。它们之间的关系基本上都是建立在"华夷思想"基础上的，以中国为中心的"册封"体制上的上下关系。

进入19世纪，大清帝国在西欧列强的船坚炮利下，被迫打开国门，缔结各种领土割让条约，开始了一种以西欧列强为尊的新型国家关系。对于清帝国来说，这是一种屈辱的国际关系。对于自国领土的认识并不因领土割让条约有丝毫改变。这种对于领土的认识也被后来的中华民国与中华人民共和国所继承，在二者共同的口号"复兴中华"中就隐藏着恢复疆土的渴望。

但是，第二次世界大战后，随着反对殖民斗争的高涨，包括中国的周边地域在内，众多国民国家纷纷成立，在对外关系方面，这些国家都主张互相平等的国际关系。因此中国与周边诸国在领土问题的认识上发生了分歧。

所以，如果中华人们共和国在创建强盛中国这个神话过程中，企图通过教育来不断培育与强化"大中华帝国"的国民意识的话，与周边各邻国的领土摩擦将不但不能改善，甚至可能激化。因此本序论主张为了避免战争，有必要对国民国家之间的国家关系进行历史性比较，从高屋建瓴的角度对之加以概观分析。

关键词：国民国家，中华帝国，华夷思想，国际关系

キーワード：国民国家、伝統中国、華夷思想、国際関係

はじめに

2010年代半ばの現在、中華人民共和国が大国化し、その周辺諸国ばかりか世界全体に大きな影響力を持つようになったことは、誰しも異論はあるまい。しかし、中国の国際社会における行動様式が時に別の国家と摩擦を生じ、その摩擦が中国国内において政治的、社会的に変動要因となっていることもまた、しばしば報道されている。それでは、そうした中国の行動様式の来源は、どのように理解すれば良いのであろうか。また中国の対応が、なぜ周囲の諸国からは圧力と見なされてしまうのか、そもそも中国は他者をどのように認識し、対応しようとしているのか、歴史学の視点から検討を加えてみたい。

歴史を通観してみると、中国には対等な国家関係を取り結んできた歴史的経験は存在しなかったことが容易に見てとれる。つまり、中国の対外観に「対等」という概念は存在したことがなかったのである。中国の歴史にあったのは、「華夷思想」やそれに基いて構築された冊封体制などであり、すべて「上下」の序列を前提とした関係のみであった。これこそが、儒教で最も大切な理念の一つである「礼」である。「礼」とは具体的には世界を統べることを「天命」によって義務づけられた「天子」を中心にした序列であり、「中華世界」にあっては、周辺諸国もそれに遵うことを自明のこととしてきた。従って、近代の波が寄せるようになった18世紀末、時の乾隆帝に対して英王ジョージ三世の使者としてマカートニーが要求した「対等」な国家間関係は、「天下」＝「世界」の統治者たる清朝にとっては問題外であった。それでも、これを「礼」を知らぬ「夷狄」のことゆえ、「三跪九叩頭」を免ずるという例外処理で対応し、大清帝国としては中華的世界観を主観的には保持することができた。しかし、そのおよそ半世紀後、アヘン戦争の敗北は「夷狄」に味わわされた屈辱そのものであり、その講和条約である南京条約は「夷狄」による「屈辱」を文字の上で確認させられることであった。それでも、それは外面的な「技術」では「夷」が長じているに過ぎない、との自己合理化、自己暗示によって、自らの精神的優位意識は揺らぐことはなく、従って内面的な意識変革には到りようもなかった[1]。別の言い方をすれば、自らを対象化することでしか得られない自省、覚醒、他者認識は生まれるべ

くもなかったのである。そのため、その後出くわすことになる数多くの不平等条約に対しては、強いられた「屈辱」、「恥」の上塗りという感情以外、抱きようがない。

　近代に足を踏み入れたとき、まず最初に直面したのが、強制された「対等」であった。その結果は自らが中心であった「世界」秩序を破壊され、ついで新たな「世界」のなかで「西洋」の下位に位置づけられ、さらに「東夷」であった日本の下位に貶められたという歴史的意識の経験が、近代中国の最初期からあった。それが、「五四」をメルクマールに前期後期に区分される近代中国であった。このため、中国ナショナリズムは「救亡」を掲げ続けることになり、その通奏低音として常に、自らが「世界」[2]の中心にあった頃を懐かしむ感情が一貫して存在していた。

　これは現在の中国外交では、しばしば摩擦となって表れる「領土」問題[3]に結びつく。それは、中華人民共和国が清朝を打倒して成立した中華民国の後継国家として、「中国」の「正統」なる統治者であることを主張するゆえからでもある。つまり、伝統中国あるいは中華帝国が影響力を持った範囲、すなわち「領域」を「領土」の範囲に重ね合わせて認識しているからである。しかし、領土と領域とは本来異なる概念であり、国民国家の成立要素としての領土を確定するためにはその再確認、再定義が必要不可欠である。このため、「領土」設定の根拠を歴史的に遡れば遡るほど、自らの周囲の「国民国家」群との間に問題が生じるのは、理の当然である。現在の国際的係争地のほとんどが、そうした相互に完全に対立する「領土」主張の結果であることは、言うまでもなかろう。しかも、「領土」そのものはそれぞれの国民国家にとってレーゾン＝デートルとなっている以上、そのままでは譲歩のしようがない[4]。けれども、もしも2国間で「領土」交渉を行えば、弱肉強食の世界が再現される。それを身をもって体験したのがヨーロッパ諸国であった。ヨーロッパでは、14世紀のイタリア戦争、そして17世紀の30年戦争を経て、小国であれ大国であれ一つの国家には他の国家から見て不可侵不可分の主権を持つこと、その主権がそれぞれの国家を構成する国民に由来すること、国家権力はその負託を受けているゆえ、それぞれの国家を構成する国民同士は対等であり、それぞれの国家は対等であるという理念が成立したのである[5]。これは、E. H. カーの『危機の二十年』[6]で詳細に論じられた

Utopianism としての対等な国際関係である。しかし、カーは現実の国際政治にある Realism に目をつぶることはしなかった。同書で論じられ、主張されているのは Virtual Reality[7] としての「対等」な国家間の関係を維持しつつ、屹立する大国の利害を如何に適応させるかであり、力による現状変更への警鐘であった[8]。

　国民国家は「寸土」をも争う性格を持っている。それは、国家創成の建国神話として、その「領土」は「父祖伝来の」あるいは自らの史書に記された「昔から」のものであり、神が約束した土地であり、そして一度失われたその土地は「血で贖う」ことによって「祖国」への「復帰」を望む「同朋」の期待に応える、あるいは応えたものとされるからである。これは、国民国家が、その規模と存在する歴史的時間の長短に関係無く、すべて本質として持っているものである。そして、国民国家が主権国家であることから、すでに20世紀前半から、その主権の来源としての国民の大衆化が進むと、しばしば主権者に媚びるポピュリズムが生まれた。デマゴークとしての「指導者」が出現し、大衆化した国民を自らの政権基盤の支えとしようとする。そうした指導者は、如何なるレベルにおいても出現する。

　Nationalism というイデオロギーの作用は、遠心力なのであろうか、それとも求心力なのであろうか。20世紀中国の Nationalism は「救亡」として性格付けられることが多いが、それによって、マイノリティの主張はマジョリティに糾合され、「共和」「一元化」が叫ばれてきた。そのような主張を維持するためには、現実に「統合」された地域を常に「一体」のものとして維持し続けねばならない。しかし、「分離」Nationalism が影響し始めると、崩壊後のソ連邦のように、無限の遠心力が作用することは事実である。これは、チェチェン、アブハジアなどだけでなく、もともと大ロシア主義に反発していた「ベラ＝ルーシ」やウクライナを見れば、容易に理解できよう。

　中華人民共和国が成立した20世紀中葉、そして「大国」化した20世紀末、世界は国民国家が歴史を重ねた末に成熟し、その内外できしみを生じ始めていた。欧米諸国では、すでに20世紀中葉にはこうした状況が明らかになっていた。それに対して、中華人民共和国を含むアジア・アフリカ地域で「国民国家」が建設され始めたのは、すでに相互の「対等」性を第一義とする Virtual Reality としての国家関係が取り結ばれた地球世界のもとでであった。

いずれの「国民国家」も大なり小なり持ち合わせている建国神話が、周囲あるいは遠隔地のそれときしみを生じても、力による現状変更は最悪の選択であり、可能な限り回避せねばならないという共通認識があった。そうした世界の状況の下に、「救亡」Nationalism の担い手レースの勝利者として、中華人民共和国が成立したのである。同時に、そこには、すでに消滅したはずの「帝国」理念が、建国神話として通奏低音を奏でながら蘇生した。建国神話が成立した「国民国家」が自らの過去を通観し、「適切」な「事実」に由来して創作され、教育によって「国民の記憶」として共有されてきたことは、いずれの国民国家にも共通である。ドーデが『月曜物語』におさめた「最後の授業」は、普仏戦争敗北後のフランス Nationalism を知る、恰好のテキストであろう[9]。

　繰り返すが、中華人民共和国が成立したころ、中国の周囲は、東南アジア諸国を中心に、すでに国民国家を志向し、実際に形成し始めていたのである[10]。国民国家は、Virtual Reality としての国家間の「対等性」を主張する[11]。しかし、大国としての再生を目指す中華人民共和国は、自身の国民国家創成神話に「中華帝国」の残像を含んでいる。それは、1949年以来の中国大陸における執政党である中国共産党が拠って立っている「国民」意識の根柢に、「救亡」Nationalism があることに由来する。中国共産党は20世紀中国における「救亡」Nationalism の担い手競争の勝者であることを統治の正統性の根拠とし、それゆえに、それを正当化する方向で「国民教育」のイデオロギーを管理していることもまた明らかである。従ってそこに、「大国崛起」のような中華帝国の記憶が通奏低音となっていることも、容易に想定される[12]。敗れ去った蔣介石も含めて、「一つの中国」を国共両党が主張するのも、そうした歴史的経緯を振り返ると、納得できよう。

I. 古代史から見る——「個別世界の成立」の時期

　問題を考えるには、中国のおかれた地域の歴史的変遷を概観する必要があろう。もちろん、そこには地域の伸縮、言い換えれば「中華世界」と認識された地域の範囲の拡大と縮小、外部世界との接触と変容が含まれる。ユーラシア大陸のさらに東方に位置し、時に「中華世界」と密接な関係をもったこ

とのある弧状列島も、当然ながらその一部に含まれる。従って、この歴史的概観の検討は、弧状列島に生きてきた日本人（どのように形成されてきたかという別の大問題をはらんでいるが）が、大陸と自らを含む大陸の周囲を如何に認識してきたのか、を合わせて問うことになる。

　「世界」とは自らが認識できる範囲であり、必然的に時間的空間的制約を受けている。従って、古代文明にまで遡れば、それぞれが別個の世界を形成してきたのであり、現在のカンボジアで、あるいは沖縄で紀元前後のローマ貨幣が出土したとしても、それでユーラシア大陸の東西が密接に結合し、活発な交流があったことを示す証拠になるわけではない。それらは、遥か遠くの別世界からやってきたものであり、その世界はカンボジアや沖縄の人たちにとって埒外そのものであった。そこに住む人々は[13]、ローマ世界を自らの世界と連関するかも知れない別の世界と認識しうるほどの、材料も知識も持ち合わせていないのだから、当然である[14]。

　ひるがえって東アジア世界を通観してみると、そこには屹立する「中華」の姿がある。もちろん、黄河流域から長江流域へと地域統合が行われたのであろうが、そこに周辺から多くの民族が流入し、交流と混淆を重ねるうちに「中華」が形成された。「漢」の成立である。言い換えれば、純粋な「漢」などはもともとは存在せず、ハイブリッドであることがはじめから内蔵された存在であった。成立した「中華」は混淆によるハイブリッド文化の常として、周辺に対して優位を占めるようになった。周辺の方が「中華」よりも広く多様であり、それゆえ周辺の諸民族一つ一つが持ち合わせていないものを、混淆によって形成されてゆく「漢」は、ハイブリッドに由来する多様性とそれを整理する秩序性とを持ち合わせるようになるからである。

　ここに「華夷思想」が生まれることになる。「華夷思想」は、「文化」の高低を基本的な物差しに、東アジア世界の多くの民族を序列化するものであり、中心には常に「中華」が置かれていた。当然である。「中華」の民が生み出した考え方であるから。そして、「中華」との距離によって自らの統治の正統性を確保しようとした周辺の民族は、自らが自立以前であることから、「中華」の文化をひたすら学ぼうとした。「中華」を統べる漢族は、この「文化」の高低を利用して同心円状の世界秩序を構築し、自らがハイブリッドの存在であるにもかかわらず、あるいはハイブリッドであるがゆえに、周

囲の諸民族の多くの要素を取り込み、自家薬籠中のものとし、大きな文化の集合体を作り上げた。そして、周囲の民族には、それぞれに欠けている部分が当然にあるのだが、それが文化的欠陥であると認識させる。繰り返すが、自らは「全き」存在であるが、周囲の諸民族にはその「全き」性が欠落しているのである。周囲の諸民族がミニ中華世界を冊封・朝貢体制の中で作り上げたとしても、ミニはあくまでもミニであり、ミニ中華世界では中心であり得ても、中国との比較では常に劣位に置かれることになるのである[15]。

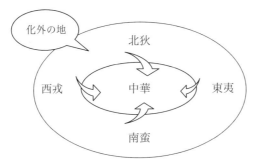

「中華世界」概念図

中華の周囲にある「四夷」（東夷、西戎、南蛮、北狄）は、「化外の地」（文化の及ばぬ地）に住むが、「中華」の文明を受容することで「中華」の民となる。

　こうした、中国の周辺諸民族は、中国に接触した当初は明らかに自らが劣位にあることを認識せざるを得なかった。しかし、やがてほぼ時期を同じくして中国からの精神的自立を始めていく。日本を例に考えてみれば、「漢委奴国王」[16]が金印を拝受したり、卑弥呼が銅鏡を魏朝の後ろ盾があることのシンボルとして下賜されたことを喜んだ時期から、菅原道真が遣唐使の中止を申立て、その理由である「もはや危険を冒してまで学ぶほどのものはない」との主張[17]が、それなりの説得力を朝廷内部に持つようになった意味を考えてみれば、国風文化の定着などを見ればわかるように、少なくとも東アジア世界、中国の考える「世界」の先端部分にキャッチアップしたとの自意識があったことは確実である。このことは、他の諸民族も同様であり、日本と同じく、漢字に学びながら独自の文字体系がこの時期の西夏・契丹・金などで相いついで構築されるようになり、それなりの実用性があったこと、さ

らにその後もそうした動きは活発化しこそすれ、衰頽しなかったことも、10世紀頃までに周辺諸民族の文化的自立の動きが明確となっていた事例として示している。これは、中国諸周辺民族の自立が古代中華文明の消化吸収によってなされたことであった。しかし、そうした「世界」の中心部にあった「中国」は、その後もハイブリッドとして周辺から様々な要素を取り込み続け、精神的には常に優位に立っていた。後述するように、周辺の諸民族も、モンゴルを除いて、漢文化の中枢部に入るとその中に熔解してしまい、キャッチアップしたと認識しつつ、時期的にも程度の差こそあれ、冊封・朝貢体制の中にあり続けた[18]。

　なお、ヨーロッパでは、ローマ文化の土着化が特に西ヨーロッパ諸国の形成と関わっているが、東アジア世界と異なり、中核にあったローマ帝国が崩壊し、雲散霧消して小都市・小国家の分立状態となったこと、ユニヴァーサルな権威としてローマ教皇が存在し、人々の精神的中心に居続けたことなど、東アジア世界とは異なった歴史展開があったことに留意しなければなるまい。

II. West meets East ── 18世紀末〜19世紀初の東洋と西洋

　非西欧世界、あるいはそことの境界地域においては、清朝、ムガル帝国、サファヴィー朝、オスマン帝国、ロマノフ朝、そしてオーストリア＝ハンガリー・ハプスブルク帝国など、多くの「帝国」が16世紀前後に成立してそれぞれの「世界」を統べ、そして19世紀中頃から、やはりそれぞれに寿命を迎え、そして20世紀初頭には、すべて消滅していった。それらの「帝国」は、いずれも「世界」を形成したがために、周辺との対等性を認識することはなく、自らを「世界」の中心に、他はその下位に設定してきた。ところが、17世紀半ば以来顕著となった西ヨーロッパ由来の国民国家＝主権国家体制は、そうした「帝国」のゆるやかな統合に対して厳格な統合要件を自他に課し、「帝国」を解体していった[19]。それらの国民国家は、主権の来源としての国民一人ひとりに不可分不可侵の基本的人権を承認するという、人類にとって普遍的と見なされてきた価値観から出発していることは言うまでもあるまい。

「歴史の視点から見た中国の対外観」序論

　一方、19世紀半ばの大清帝国は、アヘン戦争という衝撃にもかかわらず、「帝国」の物理的思想的枠組みを解体させることはなかった。それは、帝国主義諸国が清朝を「瓜分」することによって、独占を避けたこと、一方の清朝は「洋夷」の技術に敗れたのみであり、精神的には何等劣位にはないとの精神的勝利法によって、見たくないものに目を瞑ったのである[20]。しかも、清朝は自らの「領域」枠組みが継続した以上、亡びていないと考えても、あながち不当ではないかも知れない。それは、1861年の総理各国事務衙門の設置を経ても、変わるところはなかった。しかしながら、西欧世界が中国に「国際関係」への参入を強要したことは、「中華」には屈辱として認識された。それは、何度も指摘したように、中国には対等性をもって見た対外観などは、存在したためしがなく、もちろん実際の対等な国際関係などの歴史的経験は皆無であった。現実には、南京条約以降、不平等条約体制に組み込まれた中国は、西欧に対して比較劣位に置かれたのであるから、その屈折意識はただ事ではなかったはずである[21]。

Ⅲ. 「屈辱の近代」と中国ナショナリズム
　　──清朝の枠組みと国民国家

　結局、清朝＝「世界」あるいは「帝国」では Nationalism を担いきれなかったのである。なぜなら、「世界」あるいは「帝国」は多様性、多民族性を前提とするものであるが、その場合、Nationalism とはこの世にはありえない「一民族一国家」の神話に依拠しているからである。辛亥革命に際して、孫文が掲げた三民主義の中の「民族主義」が、その内実を「駆除韃虜」という「種族革命」に始まったことを想起すれば、克服対象であった「大清国」（ダイチングルン）の方が多くの民族を抱え込むには適していたのかも知れない。そして、民権主義の内実とされる「創立民国」といった場合、その「民」は一体、何を意味するものだったのであろうか。オスマン帝国末期に「統一と進歩委員会」（青年トルコ）を立ち上げたムスタファ＝ケマルらが「トルコ」人と言い立てなければ、オスマン帝国を「オスマン＝トルコ」と外部の人々が称するようになることはなかったのではないだろうか。しかし、一度「トルコ人意識」が刷り込まれ始めると、それは内外に不可逆的な反応を引

161

き起こしたのである[22]。

さて、理念としての「国民国家」と現実の多元性について考えてみると、上述したように、多民族の「帝国」は寛容と支配による共存を図らなければ存続し得ず、従って Nationalism とは無縁である。しかし、一旦国民国家ができあがると「国民」の等質性が追求され、マイノリティはマジョリティの参加におさまることが要求される。国際関係としては、そうした国民国家群が形成された結果、それらができるだけ平和裡に生きながらえるためには、Virtual Reality としての「対等性」に依拠せざるを得なかった。もし、その「対等性」を否定あるいは否認すれば、そこには弱肉強食の世界が展開される。しかも、第一次世界大戦後、民族自決論が定着するようになると、多くの地域で国民国家が成立し、さらに植民地独立の動きは、新たな国民国家形成を志向するものであった。第二次世界大戦以降は、特にアジア・アフリカ諸国の独立が相つぎ、それらは多くが国民主権をうたっている以上、「国民」の支持を得るためにはその意志を尊重せねばならず、言うならば、大衆化した国民国家群がそれぞれに分かりやすいイデオロギーとして、Nationalismを旗印に人々を統治することになった。中国も例外ではなかった。そして、こうした動きは容易に chauvinisme 化し、排外主義化したが、それはそれぞれの国民国家創成に関わる建国神話が内向きのものでしか成立し得なかったからである。そこに議会政治の未成熟、あるいは不存在という状況が加わると、明治日本において「国権」に「民権」が絡め取られていった状況[23]が、ここかしこで再現されるようになった。

辛亥革命＝「種族革命」によってできあがった中華民国では、「駆除韃虜」にかえて「五族共和」を掲げ、「瓜分」の危機の中での国民国家形成を志向した。明らかにご都合主義的なスローガンの変更であるが、成立した中華民国が清朝の領域をア・プリオリに領土にした結果の国民国家である以上、満洲族やモンゴル族を「駆除」できるはずがなかったからである。

IV. 中華人民共和国——「救亡」Nationalism の勝者

1949年10月、天安門上に成立を宣言された中華人民共和国は、その成立過程において、特に土地改革において得た大衆の支持を基盤としたが、それ

は階級関係の逆転であり、暴力による国家権力の奪取は、やはりその暴力行為に加担した「大衆」からの支持なのであった[24]。具体的には、かまびすしく喧伝された「翻身」が、革命主体への自己変革などではなく、実利獲得の表現であり、土地改革での様々な分配がその現実の成果であった[25]。

対外観ということで見てみれば、中国共産党とその国家である中華人民共和国が当初から中華復興 Ideology を掲げていたことは、「救亡」Nationalism の担い手競争の勝利宣言でもあった。中華人民共和国が打倒した中華民国も、国家の枠組みとしては「清朝」の後継国家であることにかわりはなかった。従って、中華民国も中華人民共和国も「一つの中国」論というフィクションを主張し続けることは、宿命付けられていたといっても過言ではあるまい。1971年10月の国連総会[26]におけるアルバニア決議案の採択、すなわち中国の代表権交替は、中華民国も中華人民共和国も、いずれもが「一つの中国」フィクションを主張した結果であった。そうしたフィクションは、世界中で共有されたイメージであるものの、台湾を実効支配したことのない中華人民共和国も、いまだに南京を首都とする中華民国も実態と乖離している。

さて、毛沢東時代の中国は、毛沢東流のハードな社会主義を追求し、惨憺たる結果を招いた。こうした毛沢東をマルクス主義者と見るより、あらたな王朝の君主、あるいは皇帝と見る方が良いのではないか、との指摘はしばしばなされている[27]。しかし、新しい「皇帝」の思いとは裏腹に、生産性は十分に向上せず、従って「屈辱」を晴らすには到らなかった。毛沢東が最晩年に発動した文化大革命も、主観はともかく中国と中国共産党を混乱に陥れただけだった。その後、1978年12月中国共産党第11期3中全会によって「改革開放」の幕が上っても、翌年3月には、ベトナムに対する「懲罰」戦争を仕掛けて失敗[28]するなど、「国威」発揚とはいかなかった。しかし、1992年の「南巡講話」[29]以降、表面的な経済発展は確かに眼を見張るものがあり、2008年の北京オリンピック、2010年の上海万博を経て、2010年代に入るとGDPは世界第2位へと膨脹した。そして、胡錦濤政権の頃からスローガンとして言われ始めた「和諧」社会は、未だに掲げられたままであり、その一方で「養光韜晦」の時期を終えたとして「大国崛起」＝大国化する中国があらわれてきた。その中国は、世界との対等性をどのように考えているのだろうか。

163

おわりに

中国には、Virtual としての対等な国家関係の歴史的経験はなく、歴史的経験はそのすべてが「上下」関係のみであった。そのため、「対等」な関係は「屈辱」以外の何物でもないと受け取られる。自らが上位にあってこそ、はじめて安心できるのである。それは、「対等」の結果、実際には下位に位置づけられた歴史的経験に由来する。また、領域≠領土であるにもかかわらず、国民国家としての中華人民共和国は、伝統中国あるいは中華帝国の「影響範囲」であった「領域」を「領土」と認識している[30]。

国民国家は「寸土」をも争うものである。それは、その「寸土」が「血で贖った」り、「父祖伝来」であったり、要するに遠い「昔から」自分たちのものであったという建国神話が根柢にあるからである。主権国家は主権の来源が国民であり、その国民が大衆化していった場合、独立運動の一時期には求心力として機能していた Nationalism が、遠心力として働くようになる。その現実は、ソ連解体後のザ・カフカース地方などを見ればよく分かる。すでに国民国家となって長い年月を経た連合王国でも、スコットランドの分離独立の要求があったし、バスクやケベックなど、そうした遠心力として Nationalism イデオロギーが働いているところは、枚挙に暇がないであろう。

中華人民共和国の成立し、そして「大国」化していった時期は、世界的に見れば国民国家が成熟し、その枠組みがきしみを発生させるようになった時期と重なる。消滅したはずの「帝国」が建国神話の中に蘇生している[31]中華人民共和国ではあるが、その周囲はすでに国民国家が成立しており、いずれも Virtual としての「対等性」を主張するようになっている。中華人民共和国が大国化した中国の国民国家創成神話を「中華帝国」の「国民」意識を土台に育て、教育による刷り込みを図ろうとすれば、摩擦は激化しこそすれ、緩和されることはない。

内政と外交とはコインの裏表であり、合わせ鏡である。対等性が Virtual Reality であるにせよ、力による現状変更、そして戦争という最悪の選択を決して行ってはならないという共通認識を相互に持つために、国民国家群による国際関係を歴史的に、相互比較的に、そして全体的に通観する必要があろう。

注

1 ）これこそが、魯迅の言う「阿Q」精神である。

2 ）ここであげる「世界」は、いうまでもなく「中華世界」のみであり、他の世界の存在
は視野に入っていない。

3 ）領土問題は、それにかかわるすべての国家間で共通して問題となるわけではない。例
えば、尖閣列島に関しては日本政府は固有の領土であり、領土問題は存在しないとする
が、領有権を主張する中国にとってみれば日本が不法占拠しているに過ぎず、領土問題
となる。これは、竹島を例にしても同様であろう。要するに、一方の国家にとってそこ
は不可分の領土であるだけでなく、他者によって「不当」にも占拠されていることが
「領土」問題なのである。

4 ）近代中国では、対外的に譲歩しようとした政治家は「漢奸」と罵詈雑言を浴びせかけ
られ、直情的な速戦論や打撃論がポピュリズム的に支持されてきた。その例は、李鴻章
や汪兆銘を挙げるまでもなく、枚挙に暇があるまい。日中戦争初期に、胡適ら自由主義
者が抗戦のためには時間が必要であり、軽挙妄動を慎もうと仲間と語らうと、高らかに
抗日ナショナリズムを主張する党派や勢力からは、「低調倶楽部」とさげすまれている。
現実を直視することは、エキセントリックに抵抗を叫ぶ人々からは惰弱な、時に裏切り
者とレッテルを貼られる行為であった。当然、そこには南宋における岳飛と秦檜が投影
されており、歴史上の人物を比喩的に用いることで議論を回避する、言い換えれば思考
を停止させて相手を批難する言動が内蔵されている。

5 ）こうした動きと並行して展開された宗教改革が、血みどろの宗教裁判という悲惨な経
験を共有するなかで、信仰の自由にたどり着き、それが国家権力は人々の内面に干渉し
てはならないという思想信条の自由に到達した事実を、忘れてはなるまい。

6 ）E. H. カー著、原彬久訳『危機の二十年』岩波文庫、2011年。原著は、E. H. Carr, *The Twenty Years' Crisis 1919–1939: An Introduction to the Study of International Relations*, 1939.

7 ）カーは、Utopianism と表現するが、国際連盟設立時の、各国の国力を投票権に反映さ
せるか否か、の議論の中で「一国一票」の原則に到達したことを挙げる。これこそ、現
実の国力を無視した Virtual reality である。

8 ）『危機の二十年』刊行の直後、第二次世界大戦が勃発したことは、カーの危惧が現実
化したことであった。力による現状変更は、「屈辱」の歴史的経験を神話化した地域に
おこりやすい。

9 ）ドーデの「最後の授業」については、田中克彦『ことばと国家』（岩波新書、1981年）
が、最も分かりやすい解説となろう。この短編が日本で流布するようになったのが敗戦
後であること、そうした日本のナショナルな事情がこの短編を受容させたことを指摘し
ている。そして、田中氏の指摘は、多くの読者が意図的に、あるいは無意識に見逃して
いた「最後の授業」の舞台のアルザスが低地ドイツ語地域でありながら、つまりそこの
登場する子供たちは学校の場において「フランス語」を Île-de-France からやって来た
アメル先生から習っていたのであって、それは彼らの母語ではなかったことが指摘され
る。現在ではフランスに帰属するように、独仏両国の係争地であること、短編の時間的

舞台が普仏戦争の敗戦直後であることを想起すれば、極めて政治性の高い作品であったことが容易に理解されよう。

10）この場合、特に東南アジア諸国においては、アジア主義日本による「解放」が触媒となって、旧来の植民地本国への抵抗と新たな支配者への抵抗が、それぞれの地域におけるナショナリズムの結集軸となっていったことを忘れてはなるまい。もちろん、「大東亜共栄圏」が実際には日本による新たな侵略に過ぎなかったことは否定できないが、そこにあった「アジア解放」の理念を、一人よがりであれまともに実行しようとした人々があったこともまた、事実である。アジア主義には「連帯」と「侵略」が共存していたのである。

11）Virtual Reality としての諸国家間の対等性については、上掲の『危機の二十年』における、国際連盟設立時の、国力による投票権の格差を認めるかどうかというあられもない議論に啓発された。

12）1971年秋、国際連合において「中国」代表権が交替したが、その時蔣介石も「中国」の代表に固執し、首都は南京であると主張し、「台湾」名での国連残留に同意するつもりはなかった。

13）もちろん、例外的に「ローマ世界」を「知って」いた者もあるかも知れない。しかし、それは顕微鏡的数字でしか表せないほどの人数であろうし、よしんばその地の人々に「ローマ世界」を知らせようとしても日常生活の中に「ローマ世界」が存在するわけでもなく、なくても生活に支障はない。よって、この時代の東アジア・東南アジア世界において、「ローマ世界」は共通認識として存在する別世界ではない。

14）ここで、もしそれらの「ローマ貨幣」が実際に「貨幣」として流通していたとしたら、という仮定が成り立つかも知れない。しかし、それはその中味である「銀」あるいは「金」、またあるいは珍奇性からくる稀少性がそうさせているのであり、子安貝を「貝貨」として用いていたことと、さほどの距離はない。もっとも、この議論は、「ローマ貨幣」が大量に出土すれば、との前提が付くことは言うまでもあるまい。

15）これに関して、檀上寛は中国世界を中心に「小天下」が周辺に連なる「大天下」を概念図として描いている（檀上寛『天下と天朝の中国史』岩波新書、2016年、128頁など）。本稿執筆中に目にしたが、伝統中国の対外観を考える上で、大いに参考になった。

16）なお、「漢委奴国王」の読み方として、檀上寛は漢には周辺諸民族に「国王」という称号を与えたことはないことなどから「委(倭)奴国」の「王」と読むべきではないか、「匈奴」と同様ではないか、と主張する（檀上同前書、77-80頁）。説得力のある議論である。

17）いうまでもなく、筆者は、日本古代史の常識として、道真が遣唐使として派遣されることによる朝廷での政治的地位の喪失、それに伴う時平らの勢力拡大に対して抵抗したのであり、遣唐使の廃止を主張したわけではないことは、承知している。

18）本来ならば、「秦漢帝国」以来、乾隆期まで詳細に検討しなければならないのだが、それは別の機会に譲りたい。

19）ここには、国民国家形成に、国家主権の来源であり保持者としての国民の創成についてきちんとした議論がなされなければならないが、これも別の機会に譲りたい。ただ、

こうしたプロセスが、一部本文でも触れたが、ヨーロッパ史における宗教戦争、宗教裁判など、血みどろの歴史とそれへの深刻な省察があったこと、そしてそれが人類の普遍的な価値観であることは、銘記せねばなるまい。

20）カエサルが述べたという、「人は、自分の見たいものしか見ようとしない」という言葉は、まさしく至言である。

21）こうした点は、日本など「小天下」を形成した地域とは異なっていた。日本は、中華を中心としていたそれまでの「大天下」を離脱して、西欧を新たな中心＝中華と見なせば良かったのである。しかし、長い時間自らが「中心」であり続けた中国は、そういうわけにはいかなかった。（拙稿「日中の教育交流史研究について」小島晋治ら編『20世紀の中国研究──その遺産をどう生かすか』研文出版、2001年所収）

22）国民意識、国家意識の刷り込みによる国民国家の創成神話については、1990年5月プラハの春で演奏されたクーベリックのスメタナ「わが祖国」の演奏記録が、雄弁に物語っている。これこそが、社会主義崩壊後の現代チェコ「ナショナリズムの創成」の姿であった。

23）尾鍋輝彦『二十世紀〈4〉明治の光と影』中央公論社、1978年、参照。

24）とりわけ、「人民裁判」では地主らははじめから有罪であり、死かそれに近い状況しか、待っていなかった。そこに参加した人々は、地主への暴力を工作隊によってあおられ、許され、裁判の途中で地主が死んでも、それは已むを得なかったことであり、人民の階級的怒りの表現として処理された。そして、参加した「人民」は、地主の死に関与した者はもちろん、傍観した者も「共犯」であり、あとは一緒に行くところまで行くしかなかったのである。ルイ16世やマリー＝アントワネットの処刑を見ていたパリ市民も同様である。暴力の堰が切って落とされると、すべてを押し流すまで止まらないのである。

25）W. ヒントン、加藤祐三・吉川勇一ほか訳『翻身──ある中国農村の革命の記』平凡社、1972年。本書には、その具体的状況が備に記されている。

26）上掲の E. H. カー『危機の二十年』の論法を敷衍すると、解散しなかった連合軍である国際連合でも、紳士同盟であった国際連盟同様、「一国一票」のシステムをとった。これは、「対等性」という Virtual Reality ＝ Utopianism によって国際世論を掌握し、安全保障理事会における5大国一致の原則＝大国支配という Power Politics ＝ Realism とのすりあわせ、落としどころを探るものであった。それは、最悪の選択としての全面戦争回避を最大の目的としていることは言うまでもあるまい。

27）前掲檀上寛『天下と天朝の中国史』。同書の中で、中国の歴代皇帝の特質として「狂気と信念」と表現していることは、的を射ている。「大躍進」という名の、国民大虐殺は、毛沢東の想念のなせる業であり、彼自身は理想社会を作るための犠牲としか認識していなかったと考えられよう。また、中南海にいると時間が止まったような錯覚に陥るとは、1945年春に北京を訪れた飯塚浩二の言である（飯塚浩二『満蒙紀行』筑摩書房、1972年）。飯塚の言に従えば、中南海に入った政治家は結局王朝の澱に足を取られ、自らも澱となっていくのである。

28）鄧小平が、ポル・ポト政権を倒したベトナムに対して「懲罰」を加える、と発言した

ことは、記憶さるべきである。明らかに中華意識であり、東南アジアに対する基本的スタンスが、「帝国」時代と何等変わっていないことを示している。

29)「社会主義市場経済」を、統治の仕組みを民の世界から切り離す宣言と理解すると、ますます伝統王朝の中国統治に接近してくる。マルクス主義で無理やり統一的な理解をしようとする方が無理なのである。しかし、民の世界の資本主義を放置したことで、あれほどの格差が出現したのであり、浮かばれぬ大衆は新たな結集軸を求めるやも知れない。

30) 雍正帝がビルマ攻撃主張の地方官を叱責し、その行動制止したことを宮崎市定は指摘する（宮崎市定『雍正帝——中国の独裁君主』中公文庫、1996年）。これは、「世界の帝王」としての対応であって、国民国家の大統領としてではない。しかしながら、これくらいの鷹揚さは、大国を意識するなら欲しいところではないだろうか。

31) もちろん、これは大なり小なり、いずれの「国民国家」も共有するものである。そうした建国神話と Nationalism イデオロギーは「過去に由来して、創作」され、教育によって「国民の記憶」になっていくのである。

「自治」と「友愛」

——日本統治期台湾における蔡培火の政治思想——

嶋田　聡

「自治」與「友愛」：蔡培火在日治時期臺灣的政治思想

概要：

Ⅰ．臺灣文化協會以前

1．關於臺灣同化會：在日治時期的臺灣，以改善臺灣人地位為目的的民族運動最直接的導火線，即1914年12月成立於臺北的「臺灣同化會」。該會在臺灣形成了「中日之間的橋樑」，也是為了增進臺灣人與日本人之間的情感而設立。因為臺灣同化會的成立，而使臺灣人能與殖民母國的政治家或有力人士直接合作，而形成了一股能與統治勢力相抗衡的力量。2．蔡培火與基督教：臺灣同化會解散後，蔡培火到日本留學，受到恩師植村正久牧師的指導而受洗成為基督徒。蔡培火後來在他的思想中成功地融合了儒家的「四海兄弟主義」與基督教的博愛精神。

Ⅱ．蔡培火的臺灣自治論

1．臺灣文化協會的成立：臺灣文化協會在1921年10月成立於臺北。受東京以臺灣留學生為主體的團體「新民會」為中心所發起的臺灣議會設置請願運動影響而成立。而文化協會刊物《臺灣民報》，也發源於當時於東京發行之《臺灣青年》。蔡培火在臺灣文化協會除了臺灣議會設置請願運動外，也致力於臺語羅馬字運動。2．走向共和主義的「東亞」構想：蔡培火於1937年出版專書《東亞之子如是想》。他在其中勇於力倡在當時中日之間面臨緊張關係的狀況下，確立「日華親善」立場這個難題。其要點在於以「同文同種」、「四海兄弟主義」為基礎的「東亞」這個想像的共同體如何將日本和中國包括進去。

關鍵詞：日治時期的臺灣，蔡培火，自治，友愛，日華親善

キーワード：日本統治期の台湾、蔡培火、自治、友愛、日華親善

はじめに

　蔡培火（1889–1983）は台湾の政治家、知識人であり、日本統治時代には台湾議会設置請願運動等の政治活動やさまざまな文化啓蒙活動の担い手であった台湾文化協会の創立以来の中心メンバーであった。本稿は蔡の日本統治時代全般にわたる政治思想についての研究である。

　当時の蔡の政治的主張は『台湾民報』等の言論誌に論文として掲載されたものや、1928年と1937年に出版した自身の2冊の著書（『日本々国民に与ふ』と『東亜の子かく思ふ』）、さらには戦後になって陳逢源、葉栄鐘ら数名と共同で執筆した『台湾民族運動史』などによって知ることができる。本稿ではこれらの資料を頼りに、まずは蔡の政治活動の源泉としての思想原理を分析し、それが蔡独自の「日華親善」をベースにした「東亜」構想にどのように結びついているのかを考える。さらには蔡の政治思想が「自治」（民族の自決）と「友愛」（民族間の融和と連帯）にもとづくものであることを検証し、それが当時の台湾人[1]輿論の一環として確かに存在していたことの歴史的意義についても考察する。

Ⅰ．台湾文化協会以前

1．台湾同化会について

　日本統治下の台湾における台湾人の地位改善などを目的とする民族運動の直接的なきっかけは、1914年12月20日に台北で成立した台湾同化会にあったといえる[2]。台湾同化会は、明治の元勲で自由民権運動の闘士としても知られていた板垣退助が、晩年に自ら台湾を訪れて実現させた民間団体であり、日台間の親睦交流を目的とするものであった。この時台湾人側の代表を務めたのは林献堂であり、会員数は全部で3178人、その内日本人は44人で、その他はすべて台湾人であった［蔡ほか1979: 20］。台湾人が同会に参加した動機としては、一つは板垣退助の声望によるもの、もう一つは林献堂の縁故者に対する呼びかけが功を奏したためではないかと推察されている［蔡ほか1979: 20］。

　台湾同化会が同会の趣旨として掲げた方針は、およそ次のようなもので

あった。「日本の国運は今後の外交にかかっており、東亜の安全を保つためには中日両国の親密な国交が必須」なので、「台湾を中日接触の橋梁となし、台湾の統治が成功するかどうかは日本植民政策の一種の試練であり、同時に中日両民族の離合の端緒であるので、台湾のことを特別重視するものである」。「植民地を統治するに、もし愚民を放置し、徒に法律をもって圧迫するならば、百年の災いを残すこと必至である」。「天は人の上に人を造らず」、「人種の上に人種を造らず」、「植民地の人民に対しても教育を施すことが必須」で、「善政」によって「その不平を解消」し、「同化主義」によって「台湾人、日本人双方の心を通わせ」、「社会的活動」や「利害を共有する」［蔡ほか 1979: 23］。

　こうして始まった台湾同化会であるが、当時の台湾人と在台日本人の間ではまったく異なる反応があったという。上記の会員数を比べてみても分かる通り、同会の成立を支持したのは圧倒的に台湾人の側であった。例えば、板垣が台中と台南両支部の発会式に出席して演説を行った際は、会場に詰め掛けた台湾人の熱烈な拍手喝采に迎えられたということであるし、前樹林庄長の黄純青は板垣の演説を聞いてその場で指を切って「同化会は慈母の如し」と血書をし、林献堂の甥の林仲衡は自ら詠んだ詩句の中で板垣のことを「自由の神」と表現したそうである［許 1972: 173］。

　それに対し、多くの一般の在台日本人および官警等の植民地統治勢力は同化会の理念に反対し、これを白眼視した。同会の正式な発会から1週間も経たない 12 月 26 日、反対派の在台日本人は「在台北日本人有志」と称して板垣のもとに代表を送り、同化会は台湾人の「利権拡張の機関」のごときものなので断じて容認できないとする「台湾同化会に対する意見」を提出した［許 1972: 173］。そして、12 月下旬に板垣が台湾を離れると同時に同会の参加者たちに総督府からの圧力がかかり始め、結局翌年の 1 月 26 日、「公安ヲ害スルモノ」という理由で当局に解散を命じられ、台湾同化会はその成立からわずか 1 カ月あまりという短命で消滅したのである［許 1972: 174］。

　この台湾同化会には、蔡培火も成立当初より運動に加わっていた。同会が成立する 9 カ月前の 1914 年 3 月、板垣退助が 1 回目に台湾を訪れてその同化思想を提唱した際、蔡培火は自らの情熱をかきたてられ、当時は公学校の教員という身分であったにもかかわらずこの運動に参加し、幹部の林献堂に

台湾人の知識向上のためにはローマ字の普及が必要であると提案したほか、同化会が台南で講演会を催した際には自ら演壇に立って弁舌をふるい、それによって当局から警告を受けたという［吉田1993: 122］。

　後に蔡は自著『日本々国民に与ふ』の中で、この当時のことを次のように振り返っている。

　　大正三年の末より大正四年の始めに掛けて、故板垣退助老伯が、真心から日本将来の為め、台湾に於ける和漢両族の和親協同を謀らむとて、遥々老躯を提げて、我が台湾に来られ、私の先輩林献堂氏、その他多くの内台人を会員にして、同化会を起された。私も、その時は、目的手段の点につき多くの不一致を発見したけれど、尚ほ老伯の誠意に動かされ、会員の末に加はつたのであった。（中略）然るに、当時の台湾官僚と民間の特権母国人は、この挙を蛇蝎視して、盛んに警告を発し密偵を派して、牽制運動を為した。私の友人、当時台中市の区長たりし蔡恵如氏及び数名の有力なもの、総督府の警視総長に、該会に参加すべからざるを厳論せられ、監禁同様に監視を附せられたと私は本人の直話を聞いた。当局の態度は此れに止まらず、会の成立一ケ月程後に、遂に禁止解散を命じて終つたのだ。［蔡1928: 86-87］[3]（下線引用者）

　下線部を見ると、蔡自身は同化会の「目的手段」に「多くの不一致を発見した」にもかかわらず、「老伯（＝板垣：引用者）の誠意に動かされ」て参加したと述べられている。ここでいう「不一致」というのは、第一に蔡がこの当時すでにローマ字の普及という日本人側とは異なる主張をもっていたこと、さらには台湾が日中の「橋梁」になるというのはあくまで「日本将来の為」であって、台湾人の側から要求したものではないということを示している。つまり、台湾人側はあくまでこの同化会に自らの政治的地位や文化的あるいは経済的水準の向上、もっと身近なレベルでいえば総督府による苛酷な支配が少しでも緩むことを求めているのであって、それとの交換条件として日中親善における台湾人の果たすべき役割があると、蔡自身が認識しているということである。この点については、ここまで度々引用している『台湾民族運動史』の中でも、同化会内部の日台間の「同床異夢」という言葉で表現されている［蔡ほか1979: 20］。いずれにしろ、蔡はこうした政治的思惑と、

板垣個人のもつ「真心」や「誠意」に動かされて同化会に参加したのであり、その部分に関しては前述した他の台湾人有力者たちと同様であったといえる。

また、この同化会が「台湾官僚と民間の特権母国人」の妨害にあい、結局は総督府からの命令によって解散させられたことは、その後の台湾民族運動にとって決定的に重要であった。なぜなら、それにより当時の総督府の専制政治が、台湾人だけでなく板垣退助のような自由民権思想をもつ日本の政治勢力に対しても敵対するものであることがはっきりしたからである。つまり、同化会の成立と解散は、数千人の台湾人運動家に日本本国には少数ながらも協力者がいることを示し、さらには総督府を中心とする「台湾官僚と民間の特権母国人」による支配が統治政治としては悪政であることを、本国の協力者たちとの対比において証明したのであり、それによってその後の台湾民族運動の世論としての方向性が定まったということである。

ここでひと言付け加えておかなければならないのは、そもそも台湾同化会は林献堂が日本で板垣退助と面会し、総督府統治勢力による台湾の苛酷な統治の状況を話して一度視察に来てほしいと要請したところから始まったということである。この最初の面談の際、すでに板垣は日本の国防上の問題から日本と中国が緊密に連携する必要のあることや、「日支親善のかけ橋」という自らが台湾人に対して望む役割についても言及している [許1972: 168]。さらには、こうした日本人の有力政治家らと結託するという方法は、林献堂が1907年に初めて日本を訪れた際、清国維新運動の中心人物で当時日本に亡命中だった梁啓超から直接勧められたものであった。この時梁啓超は林に対して、台湾における政治運動は「アイルランド人のイギリスに対する抵抗」、つまりアイルランド人が「イギリスの朝野と結」んでその統治の圧力を徐々に緩めることに成功したのに倣うべきと忠告したのであり [許1972: 176]、林のその後の政治活動もすべてこの穏健路線に沿って行われることになったのである。

以上、台湾同化会について一通り述べてきたが、この政治運動は日本人有力者の協力があったからこそ成り立ったとはいうものの、あくまでその仕掛け人は林献堂であり、台湾人参加者は日本人とは異なる目的を独自にもっていたので、やはりこれは一つの台湾人主体の民族運動だったといえるのでは

ないだろうか。蔡培火も台湾人の立場を代表して自らそれに加わったのである。

2．蔡培火とキリスト教

前述のように、台湾総督府は首尾よく自らの敵対勢力である台湾同化会を消滅させることに成功したが、それだけでは終わらずに、同会に関わった公務員を強制的に辞職させるという厳しい処置で対抗した。それにより蔡培火も公学校教師の職を追われたのである。

こうして無職となった蔡は林献堂から資金援助を受け、1915年2月に留学のために日本へと渡航した。日本へ到着後は、まず予備校で1年間勉強し、翌年の4月に東京高等師範学校理科二部（物理化学科）に入学、この在学中にキリスト教（プロテスタント）に入信して卒業と同時に洗礼を受けたという［吉田1993: 122］。

蔡自身のこの当時の心境などについては、『日本々国民に与ふ』の中で次のように述べられている。

　　惟へば、去大正四年の春また膚寒い頃でした、故板垣退助伯の主唱に
　　係る、我が台湾での社会運動、政治運動の魁たる同化会に加勢した廉
　　で、私は台湾官僚の忌諱に触れ、思ひ掛けなくも、東京に出るの機会を
　　与へられました。当時の私は、所謂同化政策なるものの仮面を看破し
　　て、帝国主義的政策の陰惨にして暴虐に充ちたるを知り、真に民族的憎
　　悪の念が、私の心全体を占領して終ひました。その後間もなく、日本基
　　督教会の牧師、故植村正久先生に近づくことが出来、その純真敬虔な信
　　仰、その懇篤友愛の指導に感奮して、以前の民族的憎悪の心を一洗し去
　　られ、儒教より受けたる根底浅き四海兄弟主義が、私の心に、より深く
　　より確かに植付けられました。［蔡1928: 24-25］（下線引用者）

この部分では、まず日本へ行ったばかりの頃の心境として日本人に対する「民族的憎悪の念」があったことが語られ、次の下線部分からは、それが日本基督教会の植村正久牧師に会ってキリスト教の信仰へと導かれるうちに一掃され、「儒教より受けたる根底浅き四海兄弟主義」が自身の心に「より深くより確かに植付けられ」たということが語られている。

「自治」と「友愛」

　ここでいう「四海兄弟主義」とは、「君子敬而無失、与人恭而有礼、四海之内、皆為兄弟為」（君子敬して失うこと無く、人と恭しくして礼有らば、四海の内、皆兄弟為り）［加地訳注2009: 273］という『論語』「顔淵」に記載されている一文からくる考え方であり、「四海同胞主義」などともいわれ、現在では「世界中の人々が兄弟のように仲良くする」というほどの意味で使われている。ただ、もともと根本的に差別道徳である儒教内においては、「兄弟」のような関係になるためには、厳密には自分だけでなく相手も「礼」をわきまえていなければならないのであり、それがない場合は親密に交際するどころか逆に「夷」（未開人、野蛮人）として遠ざけられてしまうのである。蔡自身が過去に抱いていたという日本人に対する「民族的憎悪の念」についても、根底にはこうした儒教道徳による価値判断がはたらいていたといえる。

　そして、植村正久牧師と出会い、「その純真敬虔な信仰」や「その懇篤友愛の指導」に接していくうちに、そのような「民族的憎悪」は一掃され、そればかりか以前からもっていた儒教道徳の「四海兄弟主義」までが、自分の中でより確固たるものになったということである。この変化とはつまり、蔡培火はここで初めてキリスト教による一神教的な博愛精神を体得したということなのではないだろうか。つまり、一神教の神を信じることにより、完全なる神の存在の前に不完全で罪を負った被造物としての人間の存在を対置し、そうやって人間自らを中間物ととらえることによって謙虚さを生み、人間同士の同胞意識や平等思想、さらには博愛精神を導き出すということである。こういう考え方は、人格神ではなく非人格的な宇宙の摂理である「天」を信奉する儒教道徳からは生まれてこないのである。

　例えば、本書『日本々国民に与ふ』の中には次のように書かれた部分がある。

　　人類は兄弟である。人類は、共通の生命を有し、共通の運命を有し、発展の前後遅速、其の差こそあれ、人類はまた共通の人格を有する兄弟姉妹である。人類の四海同胞主義は、人々の世界的雄飛の根基にして、また実に、世界的平和の源泉を為す。同胞主義の人間は、世界の人間であり、世界を所有する人間である。故に、同胞主義の人間は、世界の

平和と、人類の幸福に対する責任を感ずる。（中略）人類同胞主義者よ、
　汝等の往くところは世界の涯まで、汝等の活動は人類全体の為め、汝等
　の為すべきこと多し、汝等の存在永遠無限たれ。［蔡1928: 177–178］（下
　線引用者）

　これを見ると、蔡培火は先に「四海兄弟主義」といっていたものを「四海
同胞主義」といい換え、それを世界的な人類普遍の思想にまで拡大解釈して
述べていることがよく分かる。こうした思考の飛躍というのは、やはり儒教
における「礼」にもとづくのではなく、キリスト教的な博愛主義にもとづく
ものであるといえる。ただ一つ注意すべき点は、ここでは全人類の団結と友
愛を説いているが、あくまでそれは「兄弟姉妹」の関係性においてであり、
人類の完全なる平等を説いてはいないということである。つまり、これを日
台関係において見れば、日本人と台湾人は友愛の情をもって団結しなければ
ならないが、それは平等の立場ではなく、どちらかが「兄」でどちらかが
「弟」でかまわないということになる。その点にこそ、蔡培火が台湾の日本
からの「独立」ではなく、あくまで「自治」を求めるということの思考の根
源があるといえるのではないだろうか。
　また、日台間の友愛の情については、次のように述べられている。

　　諸君の曾て為されたいと望んだことを、台湾にも為させるやうにす
　れば、問題は悉く簡単化すると思ふ。諸君が自己の生存を欲するやう
　に、台湾人の生存を重んじ給へ。諸君自ら個性を尊重されかしと思ふや
　うに、台湾人の個性をも認められよ。また諸君自ら活動して、自己を表
　現されたいならば、台湾人からその自己実現の機会を奪ふこと勿れ。
　［蔡1928: 179–180］

　ここには、「あなたの隣人をあなた自身のように愛せよ」（『聖書』「マル
コ」）というキリスト教の教えと、「己の欲せざる所は、人に施すこと勿れ」
（『論語』「顔淵」）という儒教の教えの両方が見てとれる。つまり、ここでも
蔡は儒教とキリスト教を思考の中でつなぎ合わせるということを行っている
のである。
　では次に、蔡の台湾自治に関する主張を具体的に見ていく。

II．蔡培火の台湾自治論

1．台湾文化協会の成立

台湾文化協会の成立は、蔡培火が日本留学時代に関わった政治活動に端を発するものであった。蔡はこの期間中に教会を起点にして中国からの留学生や日本人の信徒との交流を深め、牧師・植村正久の紹介で知り合った衆議院議員・田川大吉郎や尾崎行雄ら革新派の政治家からも政治的な支援を求め、台湾人の同志とも協力しながら台湾の政治問題と社会改革の方針について研究するようになる。そして、他の台湾人留学生らと啓発会（1919年）、次いで新民会（1920年）を結成し、蔡自身が中心となって東京に台湾青年雑誌社を設立して月刊誌『台湾青年』を編集発行した。その創刊号には台湾総督・田健治郎からの題辞のほか、東京帝国大学教授・吉野作造、明治大学学長・木下友三郎、男爵・阪谷芳郎などからも激励文が寄せられたという［吉田1993: 122-123］。この『台湾青年』という雑誌は、後に『台湾』（1922年4月〜）と改称し、さらには1923年4月15日から台湾民報社発行の『台湾民報』に一元化され、1927年から島内での発行が許可されると、1930年3月からは台湾人資本である大東信託と業務提携して『台湾新民報』と改称した。そして1932年4月15日からは日刊新聞へと生まれ変わり、「台湾人唯一の言論機関」などと称されるほど影響力のある新聞メディアにまで発展したのである。

さて、新民会の活動についてであるが、その活動拠点としては蔡培火が管理者の植村正久牧師から借りた東京富士見町教会が当てられた。集会では同会員の台湾人留学生たちにより、台湾総督の専制政治を法的に認める六三法の撤廃や、台湾自治の要である台湾議会設置運動などについて激しい議論が繰り広げられた。1920年12月、この台湾議会設置運動が新民会会員全体の努力目標となり、以後蔡培火は林献堂と協力しながら積極的に運動を推し進めることになる。そして翌年1月30日、178人が署名した台湾議会設置請願書を、蔡の友人である貴族院議員・江原素六、衆議院議員・田川大吉郎の紹介を経て第44回帝国議会貴族院と衆議院に提出した。この第1回の請願書の内容は、民選議会の設置により島民に代表を選ぶ権利を与え、総督府の施政と予算の審議決定権を要求するものであった。同請願書はその後、貴族

177

院請願委員会に上程されたが、当時の台湾総督・田健治郎が席上で「台湾統治の方針に違反するもの」と述べたために不採用となり、衆議院請願委員会にも上程されたが、こちらでは審議すらされなかったという［吉田1993: 125］。こうして第1回の台湾議会設置請願運動は失敗に終わったが、この運動はその後も毎年のように続けられ、1934年8月に正式に断念されるまで、合計15回（最後は1934年2月〜3月）にわたって継続された。

　1921年10月、台湾文化協会が台北で成立し、蔡培火は蔣渭水とともに専務理事に指名された。ちなみに、この時同協会の「総理」に推されたのが林献堂である。会員数は同協会が成立してから1、2カ月の間に1200人に達し、その内約300人が台湾医専および台北師範の学生であったという［許1972: 203］。台湾文化協会は表向きは台湾人の知識向上の促進をうたう組織であり、その活動は主に各地に「読報社」という新聞雑誌閲覧所を設置したり、各種の文化講演会などの巡回挙行や夏季学校の開設、台湾語ローマ字化の普及などに携わるものであった。ただ、同協会は前述の台湾議会設置請願運動の母体となっており、その機関誌の役割を果たしていた雑誌『台湾青年』（1922年4月からは『台湾』）も当局から「本島人ノ思想ヲ撥発セシメントシ」と危険視されていた［許1972: 212］。

　そのような中、1923年12月16日、台北地方法院検察官長・三好一八の指揮のもと、台湾議会期成同盟会関係者の一斉検挙という事件が起きた。後にいう「治警事件」である。同会の中心メンバーであった蔡培火も蔣渭水らとともに逮捕され、数十日間拘束されることとなる。

　この時、蔡は獄中で次のような「台湾自治歌」を作って胸中を明かしたという。

　　愛する蓬莱の美しい島
　　祖先の基業ここにあり
　　我らが田畑を拓いて樹を植え
　　代々苦労を重ねてきた
　　理解せよ
　　理解せよ
　　我らは開拓者だ

愚かな奴僕ではない

台湾の自治を急げ

公事は我らが司る

新高山は崇高にして扶桑を覆う

我らの意気を高く揚げ

<u>熱烈に全身で郷の血族を愛す</u>

なぜ旺盛なる強権を恐れることがあろうか

誰がこれを阻止するか

誰がこれを阻止するか

皆ともに起ちて自治を唱えよ

同じ意見を標榜せよ

百般の義務を尽くした我らこそ

自治の権利を受けるのだ［吉田1993: 126–127］（下線引用者）

　ではここからは、蔡培火個人としての台湾自治に関する具体的な主張を見ていくことにする。まず、「治警事件」の起こるひと月ほど前の『台湾民報』（『台湾』の後継誌）に、蔡は「母国人同胞に告ぐ」という一文を掲載しているが、その中では台湾を「東洋に於ける往来の要衝地」さらには「全東洋の縮図」とした上で、台湾文化協会の趣旨を次のように語っている。

　　　台湾は三十年近く以来、実に内地人、<u>山内人（敢て生蕃と言はず）</u>並に我々本島人の共同家庭であつて、爾来此の家庭の状如何、これは見る人に依り自ら甲乙の判断を下すであらうが、併し現状のまゝでは到底満足すべきにあらずと一致するに相違ありませぬ。我が台湾文化協会は実に<u>本島社会生活上の欠陥</u>を洞察しこれが救拯の任に与らむとして創設されたのであります。吾儕は文化的社会生活の基礎を各人の善良なる個性を潤達せる人格の上に置くものなれば、個性尊重及び人格完成を以て我が会員活動の第一義と為し我が協会存在の根本使命と致します。［蔡1923a: 11］（下線引用者）

　まず、ここで注意すべきは、自分たち漢族系住民（「本島人」）が台湾へと渡ってくる以前から台湾に住んでいた原住民たちのことを蔡自らが「山内

人」というふうにいい換えた上で差別化していることである。つまり、当時使われていた「生蕃」という呼称には文明化されていない野蛮人というような意味合いがあったため、蔡はわざわざ「人」という字を含む「山内人」という呼び名に換え、自分たちと同じ人間であることを強調したのである。このあたりに蔡自身のキリスト教的博愛精神が表れているといえる。そして、目下の台湾社会が「内地人」（在台日本人）、「山内人」、「本島人」の「共同家庭」で構成されるとするくだりは、前述の「四海兄弟主義」にも通じるものがある。

　また、台湾文化協会の設立目的が「本島社会生活上の欠陥」の修復にあるというところからは、逆に「山内人」を一時的に除外し、あくまで「内地人」と「本島人」との間の可能な限りの平等を目指すという、同協会の活動方針を分かりやすく読者に伝える蔡自身の論述的工夫が見てとれる。なぜなら、その後で述べているように、この「社会生活」とは「文化的社会生活」を意味するのであり、その生活が都市部などの「平地」で営まれるものと仮定すれば、「山」でのみ生活を営む「山内人」をひとまず対象外とすることの正当性が一応成り立つからである。それがつまり、「生蕃」を「山内人」といい換えたもう一つの理由なのであろう。

　同様のことは、先に引いた「台湾自治歌」からも分かる。その中で蔡培火が「祖先」といい、「開拓者」といっている「郷の血族」とは、他ならぬ「本島人」たる漢族系住民のことなのである。したがって、台湾の自治に関する蔡の政治的主張とは、まずは「本島人」に「内地人」と限りなく同等の権利を与えた上で、「内地人」「本島人」「山内人」の三者が文化程度の差による上下関係を有しつつも家族のように結びついた社会を目指すということになる。これがつまり、台湾文化協会がおもに一部の住民である「本島人」のみの文化的向上を趣旨としながらも、「台湾」という呼称を用いる正当性のからくりなのである。

　また、蔡培火が生涯の大半にわたって強く主張し続け、台湾文化協会の重要な活動の一環としても掲げられていた「台湾語ローマ字化の普及」については、これが漢族系住民の中でも多数派である福建系住民（閩南人）の話す閩南語を対象とするものであることにも注目される。つまり蔡は、民族文化の高度な文明化のためには必ずその民族言語が文字をもたねばならないと考

えていたのであり、それがすなわち蔡にとっての文化政治における「自治」の根源となるものであった。その観点からまずは「本島人」、中でもとりわけ当時の台湾の人口構成において最大勢力であり蔡自らも属する閩南人の一般大衆が文明化される必要があり、そのためにこそ「台湾語（閩南語）ローマ字化の普及」は必ず実現しなければならないものだったのである。

　このローマ字運動の趣旨に関して蔡培火は、前掲論文と同じく『台湾民報』に掲載された「新台湾の建設と羅馬字（二）」において次のように述べている。

　　社会は連帯の社会であつて、人間は思想によつて動く人間である。各人の健全なる発達によらずんば、社会国家の進歩がなく、本島に於ける多数文盲者の精神生活を向上せしむるでなければ、我が国家生活の調和は得て望むべからず内台人の融和は遂に其の端緒をさへ見出し得ないであらう。

　　予輩は、文盲な本島人にのみ羅馬字を普及せむとするものでなく、有志の内地人にも覚えて貰ひたい所存である。内地人に語（「羅」の間違い：引用者）馬字を用ひて、盛んに台湾語を稽古して貰ひたいのである。（中略）予輩は実に小にしては内台人の融和、大にしては全東洋の平和を一日も早く実現せむことを希望する真面目さから斯くは申すのである。

　　（中略）

　　羅馬字の普及は実に台湾文化の基礎工事である。有識者は此れに依つて、その思想その友情を一般の本島人に伝へることが出来、無識者は此れに依つて、現代文明の恩恵を速かに浴することが出来る。一方に本島人が此れに依つて国語を学ぶ便利を得、即ち羅馬字の通信教授による国語学習の機会を多く加へられ、内地人はまた此れに依つて、台湾語を稽古するの良補助を与へられて、結局双方共、島内に於ける二大用語に習熟して相互の意見友誼を十分に交換することが出来るのである。[蔡1923b: 14]（下線引用者）

最初の段落から見ていくと、まずこのローマ字運動の目的が現今の台湾社会を構成する「各人の健全なる発達」、具体的には「本島に於ける多数文盲

者の精神生活を向上」させることにあると述べられる。そして、台湾ローマ字は「本島人」だけでなく「有志の内地人にも」普及させ、彼らが台湾語（閩南語）を覚える一助となし、「内台人の融和」さらには「全東洋の平和」の実現を目指し、「無識者」に「現代文明の恩恵」を与え、双方が「島内の二大用語に習熟」することにより内台人「相互の意見と友誼を十分に交換することが出来る」ようになるのだという。

　そもそもこの台湾ローマ字というのは蔡培火の発案によるものではなく、もともとはキリスト教長老派教会の宣教師が台湾で布教活動をするために考案されたものであった。しかもそれは蔡によれば、1636年頃「本島人」よりも前に「山内人」に伝えられたものだという［蔡1923a: 12］。こうした歴史的事実を考慮すれば、先の引用文中の「本島に於ける多数文盲者」というのは「本島人」だけでなく「山内人」も視野に含んでいることは明らかであるし、台湾ローマ字の復活と普及が台湾全体の文明化に欠かせないものであるという蔡の主張もより説得的となる。そして、在台日本人の有志にも台湾ローマ字を覚えて台湾語（閩南語）を習得してもらい、それによって「内台人の融和」が促進されるばかりか、「全東洋の平和」の実現にもつながるのだという。このあたりはやや思考が飛躍しているようにも思えるが、前節で見た台湾同化会の趣旨が反映されたものと考えれば理解できる。つまり、蔡の思考の中では、台湾の自治（＝民族的自立）と「日中の架け橋」という当時の台湾人に求められていた国際政治上の役割とがセットになっているのであり、日本側が台湾の自治を認めることにより「内台人の融和」が進み、さらにはそれによって「日華親善」も強化されて最終的には「全東洋の平和」につながる、ということである。

　では次に、台湾文化協会がその後どうなっていったか、次項において詳しく見ていこうと思う。

2．共和主義的「東亜」構想へ

　当時すでに蔡培火と「言説同盟」［若林2011: 111］関係にあった植民学者の矢内原忠雄は、自著『帝国主義下の台湾』（1929年）の中で次のように述べている。

文化協会は久しく唯一にして且つ全本島人的なる民族運動的団体であつた。然るにマルクス主義的傾向を有する二十名許りの台湾無産青年会が大正十五年暮に成立し、その一派は連温卿氏指導の下に文化協会に潜入し陰謀的行動を以て文化協会幹部の地位を乗つ取り、昭和二年一月会則を改正し委員制度の下に統制を厳にし、「大衆文化実現」を以て綱領とし、文化協会の組織及方向を無産階級運動に転回した。かくして文化協会の分裂を来たすの形勢となり其創設者たる旧幹部一派は遂に脱会して新団体を組織することゝなり、同年（昭和二年）五月二十九日台湾民党なる政治結社を結党したが、総督府は六月三日治安警察法によりて之を禁止した。その理由は綱領中の「台湾人全体の政治的経済的社会的解放」なる文句が民族的反感を挑発して内台人の融和を妨害すといふにあつた。［矢内原1929: 245］（下線引用者）

　まず、なぜここに矢内原の同著を引用したかというと、先に述べたように蔡培火と矢内原はともにマルクス主義唯物論を真っ向から否定するリベラルな「自治主義」論者であるという点において「言説同盟」の関係にあったということ、さらには、それゆえ蔡ら台湾文化協会旧幹部の視点からこの一連の歴史的経緯を簡潔に述べていることを理由とする。その証拠に、下線部分において矢内原は台湾無産青年会のメンバーたちが「陰謀的行動を以て文化協会幹部の地位を乗つ取」ったという表現を用いている。
　また、この当時のことについて、蔡自身は後に出版した著書『東亜の子かく思ふ』（1937年）の中で次のように述べている。

　我々お互が多かれ少なかれ、現今右翼的脅威を感じつゝあると同様に、大正の末期から昭和の初年頃まで、左翼的暴風に曝されたのであります。当時私自身も左翼分子から、暴力を以て見舞はれることだけはなかつたが、有らん限りの無実な中傷と誹謗、排斥と侮辱とを彼等より受けたのであります。否、それだけならまだよい。社会正義、国利民福に反した特権諸勢力と抗争すべく、私共が折角永い間に苦心して組織した民衆の勢力、無理解な官憲や特権者達の力を以てしても撹乱し得なかつたその民衆の、左翼勢力の為め完全に根本から破壊されて了つた事は、

呉々も遺憾に思ふ次第でありました。［蔡1937: 98］（下線引用者）

つまり、ここで「左翼的暴風」といっているのが先に見た矢内原の指摘する
台湾無産青年会メンバーたちの「陰謀的行動」であり、「左翼勢力の為め完
全に根本から破壊され」た「私共が折角永い間に苦心して組織した民衆の勢
力」というのが台湾文化協会のことである。

　では再び前掲矢内原の引用文に戻るが、1927年1月の会則改訂後に作ら
れたという「大衆文化実現」という綱領については、それまで台湾文化協会
が趣旨として掲げていた「民衆の知育」とは似て非なるものである。なぜな
ら、当時の左翼的文脈からいえば、この「大衆」とはプロレタリア（無産階
級）のことであり、階級闘争から革命を経てやがては「独裁」へと至る社会
的歴史主体のことを指すからである。ちなみに、後のほうで矢内原も書いて
いるように、台湾文化協会を脱退した蔡培火ら「旧幹部一派」が新たに結成
した台湾民党の綱領においては、従来の同協会の趣旨とそれほど変わりない
「台湾人全体の政治的経済的社会的解放」という文言が用いられていた。た
だ、「政治的経済的」という文言からも分かるように、以前より強く政治色
を打ち出してきたという変化は認められる。

　その後の流れとしては、蔡培火は蔣渭水とともに1927年7月に台湾民衆
党を結成、1930年8月からは台湾地方自治連盟の幹部を務めるが、これが
台湾民衆党の党規に触れるものとされ、蔡は同党から除名された。そして
1931年、台湾文化協会と台湾民衆党が相次いで当局によって解散させられ、
蔡が所属する台湾地方自治連盟が台湾における唯一の政治結社となったので
ある。

　ではここからは、先にも一部引用した蔡培火の著書『東亜の子かく思ふ』
の内容について、より詳しく見ていきたい。

　この本が出版された1937年という年は、盧溝橋事件（7月7日）を発端
として日中全面戦争へと突入していく東アジア史における一大転換点にあた
り、本書もそうした時代の切羽詰まった状況の中で書かれたものである。ち
なみに、本書の本文末尾には著者自身による「昭和十二年、一九三七年五月
三十一日燈下、希望に燃えて擱筆」［蔡1937: 232］という末筆文が付けられ
ており、本書の初版が発行されたのは盧溝橋事件からおよそ1週間後の7月

15日である。したがって、本書の内容は日中戦争前夜の国際的な危機の分析や、日本がその状況をどう乗り越えるべきか、さらには日本国民が主体となってどのようにして中国との衝突を回避して「日華親善」を打ち立てていくべきか、などについての提言が中心となっている。

まずはじめに、本書の表題にも使われている「東亜」の対象範囲と、その言葉が示す象徴的意味概念についてであるが、蔡培火は本書の「緒言」の中で次のように述べている。

> 今日の日本は完全に東亜なる大家族の長兄となつたのだ。日本は先づ実力、武力に於いて東亜の長兄になりました。これからは何卒徳望に於いても従来以上により良き長兄とならればことを熱望致します。長兄に力あり、また徳も備へて始めて此の東亜の大家族が破滅から救はれます。[蔡1937: 17]（下線引用者）

この文中には3回「東亜」という言葉が登場しており、そのどれもがそれを「大家族」にたとえ、日本をその「長兄」とするという文脈において使われている。したがって、ここでいう「東亜」というのは日本を内に含み、また日本とある種家族的な関係にある国々や地域の総称ということになる。そして、日本は「武力に於いて」その「長兄」になり、今後は「徳望に於いても」よりよい長兄になることを願うという文脈からは、この「東亜」という言葉が単に「アジアの東部」というだけでなく、そこに日本が立派な「長兄」として君臨すべき場所という意味としても使われていることが分かる。もちろん、本書は日本国民に「日華親善」の必要性を訴えることを趣旨として書かれたものなので、この「東亜」の範疇には当時の中華民国も「大家族」の一員として含まれている。

例えば、日本と中国の関係については次のように表現される。

> 日本と中国とは人種的にも、文化的にもまた経済的にも兄弟の邦でありまして、それが兄弟互に親しまずして却つて札附の英国と親しみ、而して相互の怨を深める結果になつても省みないとは、全く思慮浅い極みではありませんか。軍国的、帝国的暴威を印度で振つて居る英国は、正義と自由とを愛する人類共同の怨府であつて、義理人情の何れから考へ

ても、日本も中国も共に将来何時か印度三億の隣人の為めに、その独立
の声援をなすべき立場に在る筈であります。[蔡1937: 36]（下線引用者）

　これを見ると、まず日本と中国は「兄弟の邦」であるとされる。そして、
イギリスの圧政に苦しめられているインドは「隣人」と表現されている。つ
まり、インドは東洋の国ではあっても「東亜」の「大家族」の範疇には含ま
れてはいないことになる。このように「東亜」の国や地域を一つの家族にた
とえ、台湾人である蔡培火はその「子」として自ら思うところを申し述べる
というのが、本書の表題『東亜の子かく思ふ』の意味するところである。
　さて、前掲引用文の中でも「英国は、正義と自由とを愛する人類共同の怨
府」とあるように、とくにこの第二章「悪魔の祭壇に上る勿れ」において
は、西洋の科学的文化生活やそこから発展してきた資本主義、帝国主義等の
思想に対する批判と、その魔の手から東洋を守らなければならないという主
張が随所になされている。
　例えば、第二章第一節の末尾において「西洋諸民族は、殆ど完全にその科
学的文化生活の虜となつたが、我々東洋諸民族は幸にも、尚ほその感化、害
毒を受けること少なく、今の中になんとかすれば、まだ助かりさうに思ふの
であります」[蔡1937: 23]と述べられ、続く第二節では次のような主張が
展開される。

　　近代都市文明、科学的文化生活よ、汝は阿片の如く人類を荼毒し、世
　界を滅亡に導くべき悪魔の頭であります。左翼のマルクス主義も右翼の
　資本主義、帝国主義も、何れも汝の産みたる同腹の妖孽たるに過ぎませ
　ぬ。[蔡1937: 23]（下線引用者）

蔡はこのように述べ、まずは科学的唯物論に反対するという一宗教者として
の立場から左翼マルクス主義と資本主義さらには帝国主義に対する批判を
行っている。
　さらには、左翼マルクス主義とファシズムに関しては第四章「道は左にな
く右にも在ることなし」のなかで、それぞれ両思想に対して批判的な立場で
書かれた専門書を引用するかたちで論が展開されていく。
　まずはファシズム批判から見ていくが、そこでは当時「唯物論全書」シ

リーズの一冊として三笠書房から出版されていた今中次麿・具島兼三郎『ファシズム論』が引用されている。引用箇所については、おもに当時のイタリアとドイツにおける状況を分析し、そこから両者に共通の性質を導き出している部分である。紙幅の関係で、ここではそのいくつかの箇所を原著に即して紹介するに留めるが、引用箇所はざっと以下の通りである。

　（イタリアにおいて：引用者）ファッシスト政権獲得後すでに十年以上になるけれども、なほそのイデオロギー的意味が明瞭でないのは、その勢力の基礎が隠蔽されており、そしてファッシズムが今日の現実的様相を反映する以外に、自ら何らの理想を創造し得ないためである。そのことは云ふまでもなく、ファッシズムが反動的な資本主義の支配を、労働階級の上に強化せんがための道具に外ならないことを告白してゐるものである。［今中・具島1935:39］

　私見によれば、ファッシズムは資本主義の一般的危機の段階に於て労働者に対する懐柔政策の経済基礎を喪失したブルヂョアジーが必然的に要望するところの政治形態である。［今中・具島1935:118］

　この全体国家の理論はそれを主張する人々の主観的意図の如何に拘わらず、我々が問題にしてゐる資本主義の新たなる段階に於ては、ブルジョアジー^{（ママ）}にとって次のやうな利用価値を持つ。

　（一）国家の名を以てすれば人民の如何なる生活領域にも自由に干渉することが出来るからブルヂョアジーはこの点を利用して利潤経済の存在を脅かす凡ての人々の生活、特に労働者階級の生活に自由な干渉を行ふことが出来ること。

　（二）しかも、都合のよいことにこれに対する労働者階級の絶対服従を理論的に基礎付けることが出来ること。国家の干渉し得ない個人的自由の領域なるものが認められてゐた場合に起こるであらうやうな理論上の不都合は此処にはもはや存在しない。［今中・具島1935:141-142］

　産業資本家や金融資本家のやうな近代的勢力と、農業地主などの封建的勢力の対立の間に官僚と軍閥とが介在して、次第に保守反動的な政権を作りあげて行つたこと。他面には大衆生活の間に発生してくる農民や

プロレタリアや中産層などの生活的危機の深化が、彼らを駆つて次第に、ナチスと共産主義に向はしめたこと。ナチスは益々右翼諸党の勢力を侵略して膨張し、共産党は社会民主党からの移動分子によつて膨大し、自由主義諸党からも次第にその両翼への転向者が増大して、彼ら自身次第に無力化して行つたこと。そして最後に上にあげたやうな保守的勢力とナチスとの妥協が出来たときに、ここにヒトラア政権が成立した。しかしこの妥協は、ナチス自身の主義的な後退によつて成立したと云ふことがとくに注意すべきことである。[今中・具島1935: 283-284]

　さて、こうして引用箇所を並べてみると、これらの共通点としてファシズムの背後には必ずといっていいほど「ブルヂョアジー」（資本家・地主階級）や「保守的勢力」の存在が暗躍していることが指摘されているのが分かる。つまり、その点こそが蔡培火のファシズム理解の要であるといえる。では、本書『東亜の子かく思ふ』の読者は、ファシズムに対抗するためにはマルクス主義革命によって「ブルジョア」や「保守的勢力」を打ち倒せばいいではないかと思うであろう。しかし蔡はそれを見越したかのように、次節においてマルクス主義に対する徹底した批判を行っている。そこで引用されるのが、矢内原忠雄『マルクス主義とキリスト教』である。
　本書には、かなり広範囲にわたって矢内原の『マルクス主義とキリスト教』からの引用が見られる。したがって、ここでもその要点の部分だけを原著に即して下に列挙してみる。

　　マルクス主義はただに特定の経済学説若くは政治行動たるに止まらず、之等を網羅しその根底を為す処の一の世界観である。その方法論としては唯物弁証法を、その歴史哲学としては唯物史観を、その実践上の政策としては階級闘争をもつ処の広汎なる一の思想体系である。若し一言にしてその特徴を言ひ表せばそは科学的世界観である。（中略）即ち見ゆるものを知るのがマルクス主義の精神であつて、見えざるものを信ずる宗教の精神とは正反対である。
　　マルクス主義は自然と人類との対立を認めない。人類をも自然の一部として総合的に観察する。併し乍ら自然科学が人類をば単なる自然物と

して取扱ふに対しマルクス主義は特に之を社会として把握し、殊に社会の構造をば静態的に分析するに止まらず之を発展の姿に於て把握する。［矢内原1932: 31-32］

　科学即ち知識の領域にはその性質に基く限界がある。マルクス主義はかかる限界の存在をも承認しない。彼等はいふ、活動を離れて実体なく現象を離れて本質はない、活動即ち実体、現象即ち本質、現象以外に又現象以上に実在するものはない、唯一の実在は感覚せらるべき現象にして感覚を離れて実在なく否感覚のみ実在である、従つて一切は科学によりて知悉せらるべき者であり、科学によりて知悉せられざる者は実在でないと。この唯物的認識論には私は同意するを得ないが、ここには議論の深入りを避ける。ただ彼等の問題とする処は飽く迄認識の問題知識の問題であることに注意しなければならない。［矢内原1932: 34］

　唯物史観は個人の意識行動並に社会的変革の事実をば偶然的発生なりとせず、之等を規定する統一的原因、人類歴史の起動的勢力の存在を主張する。而して社会の物質的生産力がそれだといふのである。［矢内原1932: 127］

　人の生活の最も根本的なるものが衣食にありとせば、人の尊厳は何処にある乎。そはただに人の尊厳感に反するのみならず、又人の生活の事実にも反する。衣食なければ人は生存しないけれども、思惟し詩作し神を拝する以前に先づ衣食するには限らない。又衣食すればそれによりて思惟し詩作し神を拝し得るものでもない。人の尊厳感は動物と共通なる色食の本能的事実よりは来らない、そは神より賦与せられたる霊性に基く。動物的存在に甘んずるものはいざ知らず、霊性の偉大に眼覚めたるものは、歴史の原動力を以て物質的生産力なりとすることは人間の名にかけて信じ難きところである。［矢内原1932: 131-132］

　吾人は社会改革について道徳的及信仰的問題として無関心たるを得ないけれども、社会改革の効果の限界については明白なる認識を有たねばならない。社会改革は凡ての改革の根源ではない。それによりて神の国を実現せしめ得るものではない。すべての革命の根源は心の革命、た

ましひの新生であり、神の国の実現はキリスト再臨によりてのみ実現する。我等は『凡て為し得べき善は励みて之を為すべき』が故に、社会公共の正義に立脚する改革運動に関心するのみ。（中略）

　キリスト教は革命の宗教である。そは個人を革命し社会を革命し自然を革命する。壮大にして整然、能くマルクス主義の匹敵し得る処でない。ただ正義の神公道の神摂理の神を信ぜざる、軟弱な私的な利己的な基督者のみが、マルクス主義の革命的理想主義に目を丸くするのである。[矢内原1932: 164–165]

　以上が、蔡培火が引用している矢内原によるマルクス主義批判の主要な論点である。こうして一通り見てくると、蔡が引用した矢内原の論点とは、結局のところマルクス主義は唯物論（したがって無神論）に立脚しているので人類普遍の思想たり得ず、キリスト教に遠く及ばないばかりか、両者はまったく交わるところのない別物だということである。そして蔡は自らの補足として、マルクス主義の階級闘争について「暴力を以て圧制しなければ、行われぬ位のことならば、それは真理でも何でもない筈であります。況や自由でないことは、言ふだけ野暮であります」[蔡1937: 99]と述べている。

　こうして見てくると、やはり蔡培火の政治思想とは、あくまで自由主義的な「自治」論であったことが分かる。そしてそれは、本稿第Ⅰ節第2項および前項でも紹介した通り、キリスト教の博愛精神によって拡大解釈された「四海兄弟主義」、すなわち「四海同胞主義」としての「大家族主義」にもとづく民族共和の思想を基盤とするものであった。したがって、現今の状況においていかに「日華親善」を進めるべきかという問題については、次のように主張される。

　日本と中国との関係は、誠に同文同種、唇歯輔車の間柄でありまして、国家としてお互は独立した別々の存在であるけれども、地理的にも、人種的にも、文化的にも、また経済的にも、真に不可分の関係にあります。これらの関係こそ、根本的のものであって、日華親善を運命づけるものであります。[蔡1937: 167]（下線引用者）

つまり、「地理」「人種」「文化」「経済」どの観点から見ても日本と中国は

「自治」と「友愛」

密接不可分の関係にあり、したがって「日華親善」は両国にとっては運命の
ようなものだという主張である。

また、この「日華親善」を世界的な視野で見た場合の重要性については、
次のように説明している。

　　同文同種であるから、所謂「大同小異」の関係にあります。然るに小
　異を捨てずして大同を失はしめるのは、愚かの極みと謂はねばなりませ
　ぬ。特に今後国際競争の激烈たるべき傾向に鑑みて、如何に日華親善が
　必要であり、必然であるかを知るべきであります。中日親善して、而し
　て両方共同一致して、多くの我が東亜の被圧迫民族の為めに、自由平等
　を世界列強に対して主唱する時、両国の世界的地位は、英米のそれを凌
　駕すること数等たるべきを確信します。[蔡1937: 167-168]（下線引用
　者）

　まず、前半部分の「国際競争」を考えた場合の「日華親善」の必要性とい
うのは、当時の日本が置かれていた孤立した国際環境を考慮してのものであ
る。そして、後半の下線部分の「中日親善して」「共同一致して」「多くの
我が東亜の被圧迫民族の為めに、自由平等を世界列強に対して主唱する」と
いうのは、蔡培火が一運動家としてこれまでもおもに台湾で取り組んできた
し、これからも日中両国の要人に自ら働きかけて実現していこうとすること
であるといえる。なぜなら、蔡自身が「東亜の被圧迫民族」の一つである台
湾人だからである。

　また、蔡培火は中国において日本語学習熱が高まっているのに日本では中
国語の研究が奨励されないことを憂い、当年4月1日から台湾島内の新聞紙
面からいっさいの漢文を排除するという暴挙に出た当局の政策に対しては、
「斯る仕草は、威を示すに充分であり、徳を失するにも充分であるが、政策
的成功を期するには僅かの実益さへも疑はしい」[蔡1937: 177]と激しい口
調で批判を加えている。やはり日中両国国民の「衆善外交」を主張する蔡に
とっては、言語はもっとも重要な要素の一つだったのであり、それは前項で
見た台湾文化協会における「内台融和」の考え方とも一致するものである。
そう考えると、この危機的状況下に「日中親善」を実現する場所として蔡に
よって構想された「東亜」とは、初期の台湾同化会の頃から続いてきた蔡自

191

身の「自治」（＝民族自決）と「友愛」（＝民族間の連帯）をめぐる思考がより大きな空間において展開されて生み出された仮想共同体といえるのではないだろうか。

おわりに

　本稿ではここまで蔡培火の日本統治期における政治思想について一通り見てきたが、最後にその歴史的な意味について考えてみたい。

　まず、蔡の台湾「自治」論は、1914年に成立した台湾同化会にその発端があった。これは林献堂の招きにより日本の自由民権論者・板垣退助が来台して実現したものであり、継続期間1カ月ほどの短命の団体ではあったが、数千人規模の台湾人運動家らの熱狂的な支持を得たという点では、台湾近代政治思想史においてきわめて重要な意義をもつものであったといえる。蔡自身も日本統治期を通して、この台湾同化会の成立趣旨の一つであった台湾を「中日接触の橋梁」にするという民族融和の思考を自らの政治原則として変えることはなかった。

　そもそもこの台湾同化会は、林献堂が1907年に初めて日本へいった際、清国維新運動の中心人物で当時日本に亡命中だった梁啓超から「アイルランド人のイギリスに対する抵抗」に倣うべきとのアドバイスを受けて構想されたものである。これはつまり植民地母国の有力政治家らと結託して徐々に植民地における統治圧力を弱めるという抵抗方法であり、例えばその後開始される台湾議会設置請願運動などはすべてこの考え方にもとづき、日本内地の政治家らの協力によって継続されたのである。したがって、同運動の中心的推進者の一人であった蔡培火も、日本内地の政治家や有力者らと積極的に交流を深め、それによって自らの政治活動を展開していったのである。本稿でもとりあげた蔡の2冊の著書の「序」にそうした日本人の名前が並んでいることからもそれが分かる。

　林献堂も蔡培火も民族的抵抗という部分においてはこうした穏健路線をとっており、それが当時の「唯一にして且つ全本島人的なる民族運動的団体」であった台湾文化協会、さらには「台湾人唯一の言論機関」であった『台湾民報』系のメディアにおいてもある程度共有されていたことは、台湾

人輿論に与えた影響という面において非常に重要なことであった。なぜなら、この穏健路線が台湾人輿論の中心として確かに存在したことによって、統治者と被統治者との全面衝突は回避されたといえるからである。

また、蔡培火が自由主義的「自治」論者であったという点も歴史的に見て重要である。なぜなら、本稿第II節第2項でも見てきたように、蔡が自著『東亜の子かく思ふ』の中で矢内原忠雄の論を援用しながらマルクス主義唯物論を徹底的に論破したことは、台湾人輿論の左傾化を食い止めるのに多大な貢献をしたと思うからである。ちなみに、蔡と「言説同盟」の関係にあった矢内原の代表作『帝国主義下の台湾』は、当時の島内では禁書になっていたが、日本に留学した台湾人青年らによって広く読まれ、「その後の台湾人インテリにとって、バイブルとなった」［王1970: 131］そうである。

本稿第II節第2項では、蔡培火の「東亜」構想について考察した。結局これは蔡独自の拡大解釈による「四海兄弟主義」、つまりは「四海同胞主義」をもとにした「大家族」の中に日本と中国を囲い込むことにより、両国の全面衝突を回避させるための仮想共同体であったといえる。したがって、本項のタイトルでいう「共和主義」とは、蔡においては「四海同胞主義」のことを指すものとする。

では最後に、日中戦争勃発後から日本の敗戦までの蔡培火について述べる。日本軍による大陸侵略が進展するにつれ、総督府からの政治運動に対する弾圧も強まったので、蔡は家族とともに東京へ避難し、その後1942年には上海へと逃れている。日中戦争の終結直前には、蔡は田川大吉郎とともに戦争の平和的解決のために重慶国民政府へ談判にいくことになったのだが、その直前に日本の敗戦を迎えたのである。こうしたことからも、蔡は上述の「中日接触の橋梁」という台湾人としての国際政治上の役割を最後まで果たそうとしていたことが分かる。

註

1）本稿においては特別な説明がない場合、「台湾人」および「本島人」とはおもに当時の台湾に住む漢族系住民のことを指すものとする。蔡培火自身も多くの場合どちらもそのような意味として用いているので、本稿でもそれに倣うことにした。

2）日本による領台最初期の武装および非武装抵抗運動については、本稿の論述対象とす

るものとは性質が異なる事象であるので、本稿においてはとくにとりあげないことにする。

3）本稿では引用文の旧字体は新字体にあらため、旧仮名遣いはそのまま表示するものとする。以下同様。

参照文献

今中次麿・具島兼三郎［1935］『フアシズム論』三笠書房

王育徳［1970］『台湾』弘文堂

加地伸行訳注［2009］『論語』講談社学術文庫

許世楷［1972］『日本統治下の台湾――抵抗と弾圧』東京大学出版会

蔡培火［1923a］「母国人同胞に告ぐ」『台湾民報』第11号、11–13頁

蔡培火［1923b］「新台湾の建設と羅馬字（二）」『台湾民報』第14号、12–14頁

蔡培火［1928］『日本々国民に与ふ』香柏社書店

蔡培火［1937］『東亜の子かく思ふ』岩波書店

蔡培火・陳逢源・林柏寿・呉三連・葉栄鐘［1979］『台湾民族運動史』学海出版社

新改訳聖書刊行会訳［1970］『聖書 新改訳』日本聖書刊行会

中島利郎［2005］『日本統治期台湾文学小事典』緑蔭書房

矢内原忠雄［1929］『帝国主義下の台湾』岩波書店。復刻版［1997］、南天書局

矢内原忠雄［1932］『マルクス主義とキリスト教』一粒社

吉田荘人［1993］『人物で見る台湾百年史』東方書店

若林正丈［2011］「台湾との関わり――花瓶の思い出」鴨下重彦・木畑洋一他編『矢内原忠雄』東京大学出版会、108-129頁

チャン族における婚姻慣習の記憶

——史詩「木吉珠和斗安珠」と入贅婚——

松岡正子

羌族的婚姻习惯的记忆：史诗《木吉珠和斗安珠》与入赘

摘要：本论文对羌族婚姻的原形进行了考察，并得出以下结论。第一，羌族婚姻的原形可以从古来盛行的"入赘"中看出端倪，它在史诗《木吉珠和斗安珠》中也有记载，被认为具有自由恋爱，走婚，在女方劳动，双系居住等要素。第二，在北邻的黑水藏族的婚姻中，残存着更加鲜明的原型要素。第三，就双系婚姻（居住）而言，它与家族制度与，遗产继承等紧密关联。

羌族主要有"正聘"（娶媳妇），"入赘"（招女婿），"抢婚"（抢亲）这三种婚姻形式。娶媳妇本来是模仿以"父母之命，媒酌之言"为原则的汉族的传统。虽然男方的经济负担很重，但利于宗族的繁荣与共同体的维持，所以出现了指腹婚，童子婚，调换亲等多种多样的方法而直到1990年代还依旧被采用。

入赘则是古来就在羌族中盛行的婚姻方式。男子在妻子家劳动 2－3 年，按照与娶亲同样的方式准备婚礼，女婿有权继承遗产。在北邻的黑水藏族的婚姻中，甚至还有经过自由恋爱，男方往返于女方家，或者与女方同居共同劳动，男女双方达成共识购，男方可以带妻返回自己家。这种方式在史诗《木吉珠和斗安珠》中也有描述。西邻的嘉绒藏族也与黑水藏族同样，男方在女方家居住的案例也相当多见，因为他们主要以直系家族或者是核家族等小规模家族为基本单位而通常由长子（部分男女）继承遗产。羌族虽然原则上由兄弟平分遗产，但是若女儿留在父母家，也可以享有与男子同等的继承权，这种入赘婚或者是双系的婚姻的盛行，与家族制度和财产继承有着紧密联系。对其进一步的考察将成为今后的研究课题。

关键词：入赘，史诗《木吉珠和斗安珠》，家族制度和财产继承

キーワード：婿入り婚、史詩「木吉珠和斗安珠」、家族制度と財産継承

はじめに

　本稿は、チャン族の婚姻慣習の原型について、史詩「木吉珠和斗安珠」の分析や、居住地域が隣接する黒水チベット族やギャロン・チベット族の婚姻との比較を通して考察するものである。

　四川省のチャン族は、チベット高原東端の海抜2千数百メートルの高山峡谷地帯に居住する。人口30万9600万人（2010年）、四川省西部の阿壩蔵族羌族自治州の茂県、汶川県、理県、松潘県および綿陽市の北川県、平武県などに分布する。商代の「羌」の末裔ともいわれ、四川西部の岷江流域に定住して2千年以上を経る。固有の言語をもち、白石を崇拝し、シピ（シャーマン）が伝える独自の宗教をもつ。漢族地区とチベット族地区の中間に位置し、歴史的に中国王朝側の最前線とされて長期にわたって漢文化の影響をうけている。そのため「漢化」の進んだ民族集団であるといわれる。それをよく示す一例が彼らの婚姻慣習である。1950年代の報告によれば、チャン族の婚姻は「父母之命、媒酌之言」（親が婚姻を決め、仲人の媒介を経て成立する）と「門当戸対」（同程度の家柄や経済力をもつ家を選ぶ）を原則とし、結婚の成立までには幾つもの儀礼のプロセスを経なければならない［西南民族大学西南民族研究院編2008c (1954)］。これは、まさにかつての漢族の伝統的な婚姻そのものである。

　しかも、このような婚姻は、男性側にかなりの経済的負担と煩瑣な手続きを強いるものである。山間の痩せた土地に暮らすチャン族集団が本当にこのような婚姻を行っていたのか、あるいはこの原則のもとに何らかの方法がとられていたのではないか、そもそも漢族の影響を受ける前の婚姻とはどのようなものだったのか等、様々な疑問がうまれてくる。

　チャン族の婚姻については、従来、各地域の習俗として記されたものが多く、1950年代に西南民族大学西南民族研究院編［2008c (1954)］にまとめられて以来、総括的な分析はあまりなされていない。しかし近年、俞主編［2000］によって法学的視点からの整理がなされた。それによれば、チャン族の代表的な婚姻形式は「正聘」（嫁入り婚）、「入贅」（婿入り婚）、「搶婚」（略奪婚）である。

　そこで本稿では、「正聘」「入贅」「搶婚」の婚姻形式についてその特徴を

整理したうえで、以下の2点から検討を加える。第一は、旧い婚姻形式が描かれているとされる史詩「木吉珠和斗安珠」についての再検討である。第二は、これまであまりとりあげられていない黒水チベット族やギャロン・チベット族の婚姻慣習との比較である。特に、黒水チベット族はチャン語北部方言を母語とし、習俗がチャン族と類似していることから西南民族大学西南民族研究院編［2008c（1954）］ではチャン族として分類され、チャン族の旧来の形をよく残すものと報告されている[1]。

Ⅰ．チャン族の婚姻慣習に関する先行研究とその問題点

チャン族の婚姻慣習については、1950年代に西南民族大学西南民族研究院編［2008c（1954）: 388-394］が報告されており、最も基本的な資料である。近年は、俞栄根主編［2000］『羌族習慣法』第4章「婚姻関係中的習慣法」（以下、俞［2000］）に法学的視点から整理されている。これは、西南政法大学の俞教授以下、龍大軒、李鳴らが1980年代後半から1990年代にかけてチャン族地区で実地調査を行い、その第一次資料と先行の文献資料に基づいて慣習法研究の視点からまとめたものである。さらに李鳴［2004］は、チャン族の婚姻慣習に関する史的考察を行い、龍［2012］は、俞［2000］の婚姻慣習を補充整理し、その社会的効能を指摘する。

これらによれば、龍［2012］は、1953年「茂県人民法院関於婚姻状況的報告」に基づいて、茂県チャン族の1950年代の婚姻を「正聘」と「入贅」に大別し、前者は女性が男性に嫁ぎ、夫方に居住する「正式」な婚姻で、後者は、男性が女性側に入り、妻方に居住する「非正式」な婚姻であるとする［龍2012: 1-4］。ただしこの正式、非正式とは、漢族の伝統的な婚姻形式を正式とする龍ら記述側（外部者）の判断であり、チャン族自身の言葉ではない。また特殊な形式として「搶婚」（略奪婚）と「転房」（寡婦が夫の兄あるいは弟に嫁ぐ）もとりあげる。

また、李鳴［2004］は、チャン族社会が「母系氏族、家長奴隷制、封建領主、封建地主」の4段階を経たとするマルクス主義歴史理論に基づいてチャン族慣習法の歴史的考察を行う。民間故事の「兄妹成親」や「羊角花的来歴」が乱婚や群婚から一夫一婦制への移行、血縁婚の禁止を反映していると

し、史詩「木吉珠和斗安珠」には母系制から父系制への過渡期の状況、すなわち妻方居住から夫方居住への移行が反映されているとする。注目されるのは、婚姻の類型を夫方居住と妻方居住の2タイプに分け、妻方居住がより旧い形式で、清代から民国期にかけても盛行し、「贅約」（契約書）を交わすことで法的効力をもっていたとする点である。ただし、旧い形式とする入贅がなぜ近年まで盛行したのかについての言及はなされていない。

　ところで中華人民共和国の婚姻法については、1950年に「婚姻法」（50年婚姻法）が制定され、漢族伝統の「父母包辦」「門当戸対」を原則とする結婚が否定され、結婚と離婚の自由、一夫一婦制、男女平等が明記された。さらに改革開放後の1980年には、人口抑制をめざした一人っ子政策の普及のために晩婚晩育の奨励と計画出産が義務付けられた（80年婚姻法）。また2001年には、1990年代以降の急激な経済発展のもとで変化し始めた男女関係や結婚観、家族観を背景とした家庭内暴力や虐待、遺棄行為に対する救済規定およびこれらの原因による離婚での配偶者に対する損害賠償請求権が記された。このように国家の婚姻法は、1950年代以降の国家の政策、および都市を中心とした社会や個人の意識等の変化に対応して修正されてきた。

　しかし、民族地区の、特に農村部の婚姻では、近年まで伝統的な意識や慣習が根強く残り、国家が制定した婚姻法よりも共同体内部の婚姻慣習がなお優先されている。配偶者の選択にあたっても、本人の同意あるいは選択が最優先されるものの、親の勧めも重視されており、さらに親の同意や「紅爺」（仲人）による申し込み等の手続きも、簡略化の傾向は顕著であるものの、なお必要である。また結婚の成立には、法律上の結婚登記よりも共同体の承認が優先されており、登記の遅れや、未登記の例も少なくない。そのため、俞［2000］や李鳴［2004］、龍［2012］らの研究は、民間で根強く行われている婚姻慣習法を国家の「婚姻法」のもとでどのように調整するのか、結婚の登録など国家の婚姻法に基づく考え方や行為を民族地区においてどのように普及させていくのかを目的とする。よって彼らの論文では、チャン族の慣習法に対して成文法や漢族的意識に基づいた適不適の評価がなされている場合があることに留意しなければならない。

Ⅱ．チャン族の「正聘」

「正聘」は、女性が男性に嫁ぎ、婚礼後は夫方に居住する嫁入り婚である。「父母之命、媒酌之言」「門当戸対」の原則のもと、「訂親、議婚、過礼、成親」の段階を経る。兪［2000］は、このような嫁入り婚をチャン族の正式な婚姻として「正聘」とよび、「封建婚姻制度」の影響を受け、漢族同様の原則に則るものであるとする。

龍［2012］によれば、正聘には婚約と婚礼の違いによって6つの形式がある。懐妊時に婚約する「指腹親」、数か月の嬰児時に婚約する「娃娃親」、1～12、13歳までに婚約する「童子親」がある。このうち子供時代に婚約して成人（14～15歳）した頃に式をあげる「童子親」が最も一般的である。チャン族社会で婚約は強い拘束力をもっており、相手が死亡しない限り破棄できない。破棄する場合は、結納額の倍の補償や村内の長老たちに詫びる宴を開くことなどが必要で、その後に村内の他者と結婚することは認められない。婚姻は一族の結束と繁栄に不可欠であり、「姨表」（母の姉妹の嫁ぎ先）や「姑表」（父の姉妹の嫁ぎ先）との婚姻が奨励された。また、労働力を得るために成年女子を男児の嫁に迎える「童子婚」や、貧困家庭の女児を将来の嫁として買う「懐抱婚」、2つの家の兄弟姉妹どうしが2組の夫婦となる「調換親」も行われた［龍2012: 2］。このように高額な結納の回避や労働力の獲得など直面する問題の解決のために様々な婚姻形式が考えだされ、黙認されていた。

婚姻儀礼のプロセスにおいても、漢族の影響を強く受けている。漢族の六礼である「納采」（申し込み）→「問命」（名前と生年月日の占い）→「納吉」（婚約の成立を伝達）→「納徴」（結納）→「請期」（男性側が婚礼の日取りを申し入れる）→「親迎」（嫁迎え）に倣って、チャン族では、①幼児期に「訂親」（申し込みと婚約）、②成人に達したら「議婚」（結納額と婚礼日の決定）、③「過礼」（結納）、④「成婚」（嫁迎えと婚礼）が行われた。ただし、正式な場面には必ずチンクー酒を飲むという彼らの慣習は守られており、①を「吃許口酒」と「吃小罐罐酒」、②を「吃大罐罐酒」、④を「做酒」とよぶ。また伝統の食品「猪膘」（豚の燻製肉）も正式な場の必需品とされた。

「正聘」は、1990年代まで旧来の慣習がほぼそのまま行われた。以下に四

川省阿壩蔵族羌族自治州における事例をあげる。事例1の理県通化郷（漢族との雑居地区）と事例2の茂県黒虎郷（住民のほとんどがチャン族）は1950年代、事例3の汶川県綿虒郷簇頭寨は1980年代の記録である。

事例1．理県通化郷は、雑谷脳河の南岸に位置し、人口1995人（1951年）、チャン族861人（43.16％）と漢族1120人（56.14％）ほかからなる民族雑居地区である。婚姻は「父母包辦」「門当戸対」を重視し、男性側が主導する。①男性側は対象を決めた後、紅爺（仲人）をたて、チンクー酒1甕を用意して女性側に申し込む。②女性側が同意したら、男性側が酒2甕を用意し、女性側の母舅（母の兄弟）や一族、隣人とともにこれを飲んで婚約が成立し、「彩礼」（一般に10〜20両の銀）を決める。③中秋節の翌日に男性側が彩礼と物品を贈り、婚礼の日を決める。④農閑期12月に婚礼を行う。前夜、新婦側では「花夜」（全村の女性を招く宴）を開き、夜通し「鍋庄舞」（囲炉裏を囲んで踊る伝統の舞）を踊る。新郎側も宴を開いて分担を決める。当日の朝、新郎側は馬と花嫁籠を引いて嫁迎えに行く。新婦側の女性たちが嫁迎え一行に様々な名目で金銭を要求し、新郎側はそれにこたえる。新婦は泣いて家人と別れ、一族の男性に背負われて籠に乗り新郎宅へ。到着後、新婦は新郎の兄弟従兄に背負われて新居に入る。神棚の前で天地、祖先を拝する。三日後の「回門」では、新婦は新郎に付き添われ、猪膘16斤（1斤＝500g）をもって実家に戻る。新婦は12月末まで実家に留まり、12月27、28日に夫側に戻り同居を始める［四川省編輯組1986: 93-94］。

事例2．茂汶羌族自治県[2]黒虎郷は、県西北部の山間に位置し、人口1563人（1959年）、ほぼ全員がチャン族である。婚礼のプロセスは、事例1とほぼ同様で、婚礼後に実家に戻った新婦が夫側に戻るのは、数か月から数年後である。事例2では、男性側の経済的負担が時代とともに増加したことが報告されている。清末、男性側は①で5吊200銭を贈り、山羊1匹を解体して19両2銭の銀を贈った。また①②でも必ず宴席を設ける。貧者でも10卓以上、富者は20〜30卓準備する。結納金は、民国初期の1920年代で50〜150両の銀、1940年代にはアヘン数十〜数百両に達した。貧家の男性は結納等の負担ができないために、婚前の数年間妻方で働き、婿入りした［四川省編輯組1986: 109］。

これらによれば、1950年代までは旧来のプロセスがふまれ、「不落夫家」

（婚礼後、新婦は実家に戻り、数か月後、数年後、あるいは妊娠するまで実家に留まる）が行われていた。

事例 3．1980年代の汶川県綿虒郷簇頭寨での婚姻である。綿虒郷は、岷江上流西岸にあり、簇頭寨とさらに周辺の4つの村落を併せた河西五寨はチャン族居住区の最南部に位置し、南部方言区のチャン族のなかで最も伝統的な文化が保持された地域の一つである。簇頭寨では、1980年代になっても従来の父母主導による婚姻が行われ、当事者たちは自分の意志を表すことはできるが決定権はなかった。儀礼の手順は、①男性側の紅爺が「一封糖」（10の点心）をもって申し込む。②内諾の後、紅爺が酒1斤をもって女性側を訪れ婚約の日を決める。③2～3年後、新郎と紅爺が酒3斤をもって女性側と結婚の日を決める。新郎と紅爺が酒7、8斤をもっていき、女性側の母舅ら一族と酒を飲んで婚約が成立。④結婚式は「花夜」「正円」「回門」の順に行われる。婚礼の2日前に、両家では神棚に「神衣」を掛け、母舅ら一族が集まって酒を飲む。神衣とは、蓮花図案を木版印刷した赤と青の切り紙で、シピが作り、吉祥如意を表す［四川省編輯組1986: 188–194］。

以上のように、1980年代に至っても結婚までのプロセスは1950年代とほぼ同様である。またシピがなお活動している地域では、シピは2人の「生辰八字」（相性）を占い、神命を聞く［王・李・汪1992: 230–231］。また1950年代初期には、双方の「庚貼」（生年月日を干支で記したもの）を神棚の香炉の下に置いて、7日間、家内で器皿が割れなければ神意に適うとして結婚が許されており、神意が婚姻の可否を決定する［龍2012: 4］。これは六礼の問名に相当するものであり、六礼のチャン族版といえる。

旧来の婚姻慣習は、1990年代中期頃まで根強く続けられた。1990年代後半に理県蒲渓郷蒲渓村で行った筆者の調査によれば、蒲渓村では、90年代初期にも幼児期の婚約が多く、結婚の相手はほとんどが村内あるいは郷内の出身であった。1990年代の蒲渓村は127戸、うち大蒲渓57戸（上寨31、下寨26）、半坡26戸、大寨27戸、小火地17戸（現在はない）である。最も古い上寨と下寨は韓姓40戸、王姓10戸、その他の姓からなるが、長期にわたって韓と王の2姓間で婚姻が繰り返された。母方との婚姻関係は幾代にも重ねることがよいとする慣習が根強くあり、2つの家族間で兄弟姉妹を交換して2つ以上の婚姻を成立させる「換親」や、婿入りも複数あった［松岡

2000: 171–198]。

　このように、婚姻は村内あるいは郷内という狭い範囲で繰り返され、共同体における耕地と人口のバランス、労働力や財産の維持が婚姻によって調節されてきた。大蒲渓では父母の決定による婚約を通して、上寨と下寨の韓姓と王姓の間で結婚を繰り返し、婚姻による人の移動が狭い圏内での人の交換という形につくりあげられていった。また、大蒲渓では一戸あたりの平均家族数は4〜6人で、兄弟が多い場合や老親が亡くなったら分家する。財産は兄弟による平等分配である。兄弟姉妹が多くて土地が少ない家庭では、女性は嫁ぎ、男性は長男から順に婿入りする。女性が家に留まる場合は、女性が財産を継承し、婿を迎える。

　婚姻慣習が変化し始めたのは、出稼ぎが恒常化し、婚姻圏が拡大した1990年代後半から2000年代以降である。耿静［2014］によれば、南部方言区の中で伝統的な文化がよく保持された汶川県雁門郷蘿蔔寨では、1990年代中期以降、出稼ぎにでる若い男女が増加し、それに伴って大きく3つの変化が顕著になった。その一は、若い女性の意識の変化である。配偶者を自由恋愛でみつける者、配偶者の条件に経済的な豊かさや、持ち家がある等をあげる者、外地で漢族と結婚して村に帰らない者がでている。その二は、婚姻儀礼の簡素化である。人民公社時代は、婚礼の宴は食堂に親戚友人が集まって落花生2皿と湯を飲むことで終わりだったが、2000年代に入ってからは、従来の「許口酒」、「小酒」、「大酒」（吉日に男性側からは酒肉米、女性側からは母親手製の衣装を贈る）、「説断酒」（シピが結婚の日を占う）のうち、「許口酒」の省略、「大酒」の贈り物交換をやめて男性側が結納金8000元を渡すのみとする、あるいは申し込みと婚約、結納を同時に行うなどもある。その三は、婚姻圏の拡大である。近年は若者のほとんどが外地に出稼ぎにでており、男女とも出稼ぎ先で漢族あるいはチャン族以外の民族と自由恋愛して結婚する者がでている［耿静2014: 189–191］。

　これらの変化は、以下のことを示す。第一に、若者の多くが自由恋愛を選択するようになると、仲人を通した申し込みや婚約式が省略され、結納金を準備して婚礼の日を決めるだけとなり、婚礼前の儀礼がほぼ不要となる。第二に、近年は婚礼が新郎新婦両家によって都市のレストランで行われることが増え、その場合は村民による仕事の分担はない。ただし共同体への結婚の

披露は必要で、結婚式前夜にそれぞれが村内で宴を開き、レストランにも村民を招くことが行われている。第三に、共同体の維持のために婚礼が果たしてきた役割はすでに大きく減じている。2000年代以降、若者の多くが出稼ぎにでて年間を通じてほぼ村落にいない。さらに2008年の汶川地震後、県城やその周辺の農村に家屋を購入し、一家をあげて移住する住民が増えている。村の空洞化、実質的な解体が顕著である。

　出稼ぎの増加と恒常化、移住などで共同体の崩壊が進んだことで、婚姻は一族や共同体とは関係なく、個人的な問題として行われるようになった。自由恋愛の一般化や婚礼儀礼の簡素化はその表れであろう。ただし結婚相手を従来の範囲で探す傾向はなお根強い。知り合いの多い地域であれば安心だからだという。一方で、経済水準の向上とともに女性側の要求が高くなり、結納や女性の持参財はますます高額となり、結婚式も年々豪華になっている。

　茂県雅都郷赤不寨村大瓜子寨の陳Ｐ（男性31歳）は、母の実家のある黒水出身の女性（26歳）と恋愛し、2010年26歳で結婚、4歳の娘がいる。祖父（87歳）は国家幹部で、父（55歳）は外地で順調に商売していたが両親の世話のために帰郷し、息子である陳Ｐと弟は成都で木材加工場を経営している。大瓜子寨でも富裕な一家である。陳Ｐは結納金として新婦側に8888元を贈り、村民と親戚友人を招いて被災後に新築した自宅で婚礼を行った。婚儀にかけた費用は10数万元に達した。

　また同寨の女性（28歳）は、2014年に中学時代の同級生と恋愛し、双方の両親の同意を得て婚約、すぐに同居して妊娠した。2016年5月、婚礼前日に女性側は全村民を招いて村の集会場で宴会を開いた。婚礼当日の朝、新郎一行がロールスロイスを連ねて嫁迎えに来た。県城の男性宅へ移動して両親に挨拶し、新婦は珊瑚や玉石の首飾りや指輪、耳飾りなどを姑から贈られた。その後、両家の親戚友人を招いて県城のレストランを貸し切って婚礼が行われた。新婦の両親は数十万元の持参金を用意した（松岡2016年調査）。

　以上のように、被災後加速化した村落の空洞化や解体は、一族間の縛りを緩くし、婚礼プロセスの簡略化を促すとともに、親の援助のもとで当事者の意志を重視した都市型の婚姻が増えている。しかし一方で、女性が実家から出ていくという形は根強く残っており、婚出前夜の村人を招く宴には旧村に戸籍を残す多くの村民が村に戻ってきて参加する。冠婚葬祭には必ず参加す

るという伝来の習慣が、若者を含む村民の多くに村への帰属意識としてなお
強く残されていることを示すものである。

III. チャン族の「入贅」とキャロン・チベット族の「入贅」

1. チャン族の「入贅」

「入贅」は、男性が女性側に入り、妻方居住する婚姻である。兪［2000］
によれば、古くから最も多く行われてきた婚姻形式の一つであり、例えば
1950年代の茂県蚕陵郷木耳寨では30戸のうち5人以外はみな入贅で、その
原因は、男性側では兄弟が多いが土地が少ないために分家できない場合が
最も多く、女性側では娘はいるが息子がいない場合が最も多い［兪2000:
84-87］。

入贅する男性には現地のチャン族と外来の漢族の別があり、さらにチャン
族男性には、兄弟が多い者と権勢をもつ者の別がある［李鳴2004: 37］。チャ
ン族と外来漢族の入贅には、大きな違いがある。現地のチャン族の場合は、
まず妻方で数年働き、労働が結納として換算され、結婚に至る。成婚には、
仲人をたてて申し込み、家門の同意を得て（社会的な効力をもつ）、「贅約」
（入贅契約書）を交わす。契約書では「公平、誠信、自願」が原則で、男女双
方の権利と義務は同等であると記される。

茂県南新鎮白水寨の夏Qの「贅約」には、「3年満期の労働を経た後、宴
席を設けて婚姻が成立し、6年満期で水田などが分け与えられて分家する。
義務は、結納（酒席の経費）を納める、女性側の排行に従って名をかえ、子
供の姓は母方とする、まじめに働き、岳父母を養って葬儀をとり行う、家庭
の慣習に従う。権利は、婚姻の成立と岳父の財産の継承権を得る」とある
［李鳴2004: 35-37］。

ここでは次の2点が注目される。第一に、チャン族男性の入贅は、嫁入り
婚と同様の手順をとって行われ、婿の地位は実子と同等で、岳父の財産継承
権を得ることである。これは、入贅が正聘と同様の位置づけであることを示
している。第二は、婚前に女性側で2〜3年間無償労働する「労務婚」であ
ること。まず妻方で2〜3年間働き、その労働力を結納に換算し、婚礼をあ
げる。さらに年季を満たしたら妻子を連れて分家する。龍［2012］は、これ

は史詩「木吉珠和斗安珠」の内容と合致しており、この形式の形成が早期であったことを示すものであるとする。

　これに対して外来漢族の場合は、身寄りも経済力もない者が、まず女性の家で2〜3年働いて、働きぶりを認められたら「贅約」を交わして婿となり、妻方の姓になって排行もかえる。単なる労働力として扱われ、何の権利もない悲惨な境遇である［李鳴2004: 35–37］。この「贅約」を交わす習慣は、漢族の入贅の増加が背景にあったのではないかと考えられる。チャン族の入贅には必ずしも贅約は必要ではなかったからである。四川に入る漢族が増えたのは明末清初の「湖広填四川」[3]以降であるが、清末民初になると当地でアヘン栽培が広まり、流入する漢族が急増し、外来漢族の入贅も増加した。ただしチャン族は婿にも実子と同等の財産継承を認めていたため、婿をいれた財産の分配は一族間でしばしば大きな問題となった。「清末明初に入贅の規範化とプロセス化が進んだ」［李鳴2004: 37］というのは、この時期に贅約が普及したことを反映しているのではないかと考えられる。

　では、なぜチャン族の入贅は盛行したのか。1950年代の報告によれば、チャン族の家庭は、2世代からなる核家族が最も多い。1952年の統計では、蘆花（黒水）県や理県、汶川県の一戸あたりの平均人口は3〜5人、茂県雅都郷は4.76人で、両親と子供からなる家庭が約59.6%で最多を占める。すなわち兄弟が複数の場合は分家が行われており、母舅が主導して財産は兄弟に均等に分けられた。ただし娘が実家に留まる場合は同様に財産の継承権をもち、嫁ぐ場合は数十両の銀を持参財とした［西南民族大学西南民族研究院編2008c (1954): 383–385］。これは現在も同様である。茂県雅都郷での松岡の1999年、2016年の調査によれば、雅都郷では男子が生まれたら将来の分家のために家屋の準備を始める。2008年の被災後、息子のいる家庭では経済的に可能な範囲で、息子のために県城あるいはその周辺部に家屋を購入した。また、息子が故郷に戻ってこない場合は、娘が婿を迎えて家を継ぎ、嫁取りとほぼ同様の手続きが行われている。

　入贅が盛行した原因は、このような女性が財産継承権をもつことにあるのではないか。しかも女性が実家に留まるのは、かならずしも息子がいない場合に限られてはおらず、息子が幼い場合は姉が婿をとり、後に分家する場合もある。家族構成の状況に応じて双系的な婚姻が実施され、それに応じた財

205

産継承が行われていたようである。権力をもつチャン族男性が同時に何人も
の富家の女性の婿となって女性側の財産を手に入れたという事例は、女性が
財産を継承することが少なくなかったことを示している。

2．ギャロン・チベット族の入贅

　チャン族の入贅は、隣接するギャロン・チベット族のそれに類似してい
る。ギャロン・チベット族は、四川省西北部の大渡河上流域の峡谷地帯に定
住し、農業を営む人々である。総人口は約37万人（2013年）で、四川省の
阿壩蔵族羌族自治州の馬爾康、金川、小金、理、汶川、および甘孜蔵族自
治州の丹巴、道孚等の各県に分布する。ボン教を深く信仰するが、言語や習
俗、特に山神を祀る祭山会や白石信仰などにチャン族との関係が指摘されて
いる[4]。また、嘉絨人（ギャロン・チベット族）は、チャン族の史詩「羌戈
大戦」の先住民戈人であるとする説があり[5]、「羌戈大戦」では狩猟民であっ
たチャン族が農耕民の戈人に農業技術を学んだと伝えられている。

　西南民族大学西南民族研究院編「嘉絨蔵族調査材料」によれば、1950年
代、ギャロン・チベット族の中心部分である五土（卓克基、松崗、党壩、梭
磨、綽斯甲。1950年代はギャロンの総人口の約半分を占める）の婚姻は、
次のようである。

　　　結婚は自由である。……彼らは、一生のうち夫あるいは妻以外に異性
　　の友人がいない者は人に笑われ、恥と感じる。男女は様々な出会いを通
　　じて相手をみつけ、男性が女性の家に行って同居し、あるいは密かに通
　　う。双方の両親は口を挟まない。同居後、2人が結婚に同意したら双方
　　の親につげて許可を求める。もし両親に反対されたら、まず一族の長老
　　を通して親の許可をもとめ、うまくいかない場合は2人で頭人の下に逃
　　げ込んで解決してもらう。もし同居中に合わなくなったら、自由に別れ
　　てよい。しかし同居中に妊娠したり、子供が生まれたりした場合は、男
　　性は必ず女性を娶るか、婿に入る。さもなければ男性は養育費を負担す
　　るだけではなく、女性に慰謝料を支払わなくてはならない。結婚までの
　　儀式は簡単である。14〜15歳の頃に相手をみつけ、双方の親が同意す
　　れば婚約して女性側で同居し、1〜2年後に女性側で婚礼を行う。同居

して子供が生まれたら正式に結婚する地域もある。恋愛後に婚約し、自由に往来する場合もある。新年には両家が酒肉を贈りあうが、それほど経費はかからない。

女性が嫁ぐ場合は、女性側の母舅が男性側を呼んでラマの占いで婚礼の日を決める。当日、男性側は仲人あるいは兄弟数人が嫁迎えにいく。新婦側では女性たちが入口に立って門を閉め、嫁迎えの一行に水をかける。嫁迎え隊は3〜5斤の酒を贈って家に入り、新婦を馬にのせて戻る。新郎家の式ではラマが読経する。3日後新婦は里帰りしてそのまま実家に留まり、3〜4か月から1〜2年間たって夫方に戻る。子供が生まれたら、新婦側は持参財を贈る。[西南民族大学西南民族研究院編 2008a (1954): 107–113]

以上のように、婚前に何度か恋愛をし、一定期間、男性が女性のもとで同居する、あるいは女性のもとに通う。2人が結婚に同意したら、妻方で婚礼を行って妻方で暮らす。上記のように男性側に嫁ぐ嫁入り婚もある。李紹明 [1995] によれば、家の継承が双系制であるため、女性が男性を迎える婚姻が多い。男女を問わず、第一子が家を継ぎ、家長となり、両親と同居する。男女が同等の継承権をもつ。家族は家長の意向に従う。一般に一夫一婦制で、各戸の平均家族数は5〜6人であるため、兄弟姉妹がいる場合は、男子であれば寺院に入ってラマになり、あるいは婿入りし、女性は他家に嫁ぐと報告する [李紹明1995: 844–847]。

西南民族大学西南民族研究院編 [2008a (1954): 11–17] では、ギャロン・チベット族で入贅が多いのは、頭人から各戸に分けられた畑が数人の家族を養う程度しかなかったため分割することができず、一人の子供（多くは第一子）だけ家に残して、残りの子供は男子であればラマになり、他家に女子と同様に嫁がせたりした。その結果、丹巴県梭坡では約80％が入贅だとする。松岡の2016年調査でも、梭坡郷莫洛村では家長が女性で、男性が女性側に入る事例が少なくなかった。彼らには嫁入り婿入りという区別はなく、どちらも同じ結婚であるとし、昔からこうだという。当地では、女性を家長とする慣習はかなり古いと考えられる。

このようにギャロン・チベット族の婚姻には、チャン族の入贅との共通点

として、自由な恋愛、入贅が嫁入り婚と同様に行われる、女性も財産を継承する慣習があることなどがあげられる。

ただし、ギャロン・チベット族のなかでも漢族との接触が多い地域では、1950年代にすでに当事者による自由な恋愛と結婚は次第に父母が決める結婚にかわりつつあった。理県や大小金県、汶川県等漢人地区に近い地域では漢族の影響を受けて配偶者は父母が決める形式にかわりつつあり、汶川一帯では婚姻はすでに完全に「父母之命、媒酌之言」であった。またボン教の影響も強く、婚約時にはラマが占って合わなければ行わず、婚礼にはラマが必ず呼ばれて読経した［西南民族大学西南民族研究院編2008a (1954): 107-112]。

IV. 史詩「木吉珠和斗安珠」の記憶

木吉珠（木吉卓、木姐珠）は、天神阿巴木比達の三女で、チャン族の斗安珠（熱比娃）と結ばれてチャン族の始祖となり、様々な決まりごとを作ったとされる。また木吉珠の史詩は祭山会など重要な儀式においてシピによって唱えられてきた［陳安強2010: 144-146]。汶川県綿虒郷簇頭寨では、「花夜」で紅爺が「接親詞」（嫁迎えの歌）で、あらゆる決まりごとは始祖木吉珠が定めたものであり、遵守しなければならないと次のように謳う［四川省編輯組1986: 189-190]。

> 世事万事有来由、羌人婚配説従頭、理不講時人不知、須将此事暁衆人。
> 自古男女皆婚配、此制本是木吉興。所有規矩她制定、后人不敢有減増、
> 一代一代伝下来，羌人古規須遵行。

木吉珠伝説については、これまで宗教習俗と民間文学の2つの視点から研究されている［王永正・王田2007]。前者を代表するのが銭安靖のシピの経典調査であり［銭1987: 83-88]、婚姻習俗から分析したものには、兪［2000]や李鳴［2004]、王永正・王田［2007] がある。後述するように、史詩は前半の婚姻部分と後半の人間界の創造部分からなるが、兪は前半の自由恋愛について婚姻の理想を描くものとし、李は前半の労務婚を母権制との関連からのべ、王らは後半部分の諸規定について分析する。後者については李明主編［1994: 92-98] がある。木吉珠の史詩には複数の版本があり、『木姐珠與

斗安珠』（1983）や「木姐珠和斗安珠」（1998『中国民間故事集成・四川巻』下、所収）などに収集されている。また王明珂は、木吉珠のことは汶川県の綿虒や雁門、龍渓等を中心に語られており、茂県や北川県、理県、松潘県などではあまり聞かないと報告する［王明珂2007: 46-47］。確かに木吉珠の史詩では、「大還願」を10月1日に行うといい、これは南部方言区での日時であり、北部方言区では5月であることから、これが汶川を中心とした南部方言区で唱えられたものであることが推測される。

　以下では、シピ経典が最もよく収集された『羌族釈比経典』上［2008］の「木吉珠和斗安珠」（muteetʂu ŋia təuŋætʂu）を用いる。全17段からなり、内容から前半1～12段の恋愛から結婚までと、後半13～17段の人間界の創出に分けられる［四川省少数民族古籍整理辦公室主編2008a］。

　前半第1～12段は、チャン族青年と天女の難題モチーフ型婚姻譚である。その難題解決はまさに「刀耕火種」（焼畑）の技術の獲得プロセスでもある。

　第1段は、天界の木吉珠のこと、第2段は、人間界の斗安珠のこと、第3段は、2人が人間界の龍池で出会う、第4段は、9月30日の「還神願」の時に、斗安珠が木吉珠に連れられて天界に行き、羊圏に潜む、第5段は、10月1日「還願」の日に、斗安珠が天神に木吉珠との結婚を願う、第6段から第12段までは、斗安珠が天神から6つの難題をだされ、木吉珠の助言を得てすべて解決すること、第6段は難題一で、九溝の火地の樹木を一日ですべて伐り終える、第7段は難題二で、九溝の火地を一日ですべて焼き尽くす、第8段は難題三で、九溝の火地に九斗の種を一日で撒き終える、第9段は難題四で、九溝の火地に撒かれた九斗の種をまたすべて拾い集める、第10段は難題五で、天庭で九斗の種の過不足をはかり、第11段は不足の種子を再度火地から集める、第12段は難題六で、凌冰槽で山頂から落とした石と木芝を受け止める。木吉珠は6つの難題に対してそれぞれ解決方法を斗安珠に教えて助け、ついに結婚の許しを得る。

　このように、前半では、①当事者による自由な恋愛、②妻方（居住）での数々の試練＝労働、③妻方の親の許可と持参財の付与、④夫方居住への移行が描かれる。チャン族で盛行した入贅は、まさに上記の②～④に反映されている。また自由恋愛については、龍［2012］が「容認性乱」と報告するチャン族の男女の交際がそれに相当すると思われる。「1950～60年代以前、チャ

ン族地区の男女の性的関係は非常に自由で、非常に混乱していた。彼らは時間や場所、対象に関わりなく、狩猟や祭祀活動、集会等の機会を利用して、男女が密に会って山奥の洞穴などで数日間ともに過ごす。このような状況は一般的であるだけでなく、容認されている。娘が父母や祖父母にむかって数日外出したいといったら、年配者はそれを止めないどころか、猪膘や饅饃（麦粉製のマントウ）をもたせてやる」とある［龍2012: 5］。

　以上のように、木吉珠の史詩の前半部分はチャン族の入贅の要素を語るものであり、非正式とされた「入贅」と「性乱」と記された恋愛が彼らの婚姻の原型であったと考えられる。

　後半は第13〜17段で、チャン族（人間）が木吉珠の教えを受けて様々な技術を習得して人間界を築いていく過程が語られる。汶川や理県、茂県の「花夜」で長老が語る木吉珠は、人間界創造の主人公として登場する。

　第13段は、天神が人間界に嫁ぐ木吉珠に千種の獣や種々の樹木三斗ずつを与え、どこに植えるべきかを教え、さらに「天界を去る時、決して振り返ってはならない」と告げる。母神も家内で守るべき様々な禁忌を教える。囲炉裏の近くで犬を吠えさせない、豚小屋で神を祀らない、水甕を尿布で拭かない、「鉄三足」（五徳）の上に尿布を掛けない、腰かけの上で虱をつままない、5個の白石を屋上の「ナサ」に置き、神旗を3方向にさすなどを必ずおぼえて守るようにという。第14段は、木吉珠が父母の言いつけを忘れて何度も振り返って天界をみたために、天神からもらった禽獣は彼らの前を進んでいた一部しか残らず、教えられた樹木の場所も間違え、母からの教えも忘れて家内の禁忌を犯したために、2人は人間界で大変な苦労をする。第15段は、3年後、虱まみれで病気になって風貌がすっかり変わった木吉珠が天界を訪ね、父母に間違いを犯したことを詫び、錫拉祖師に駆病を願う。第16段は、錫拉祖師が3個の白石を囲炉裏で焼いて鏵鉄を作り、柏香樹（ヒノキ科の常緑樹）を燃やして病邪を祓う。第17段は、天神が神剣で天地を切りわけ、人間界と天界が2度と往来ができないようにする。斗安珠は石を積み上げて三層の「碉房」を作り、1階は畜舎、2階は住居、3階はナサを設置して白石神を祀る、さらに天界での難題解決で習得した技術で焼畑を行い、多くの食糧を得、家畜を放牧する。10月1日大還願にはナサの白石の前で神々を祀り、斗安珠は羊皮鼓を打ち、木吉珠は歌い踊り、以後、チャン

族は繁栄する。

　後半は、持参財や禁忌、白石を用いる祭祀法、シピによる祭祀と病気治療、家屋の建設、焼畑や放牧の技術など、生活に必要な様々な技術を後世に語り伝えるものである。ただし他の版本では前半の婚姻譚が中心で、後半は概して短く、後日談の位置づけである[6]。木吉珠伝説は、民間では、後半部分の長短を調整しながら、前半の恋愛の自由と結婚までを謳う物語として語られていたと思われる。

V．黒水チベット族の婚姻慣習

　黒水チベット族は、四川西部の海抜3000メートル前後の高山峡谷部に居住する集団である。チャン語北部方言を母語とし、風俗習慣が茂県雅都郷のチャン族と同様であったために、1950年代の西南民族学院の調査ではチャン族とされた。1950年代の統計では、人口は、大黒水（現在の黒水県の49の谷間）約2万3600人と小黒水（現在の松潘県の小黒水溝の4部落）約6700人を合わせて約3万300人で、当時のチャン族総人口の約46％を占めた。1950年代の調査によれば、その婚姻慣習にはチャン族の旧来の婚姻の特徴が残ると指摘され、次のように報告されている。

　彼らは自由な恋愛と結婚を基本とし、父母が決めた婚姻の場合にも必ず本人たちの同意が必要である。結婚までのプロセスや婚礼は簡単である。結婚後は妻方に2〜3年住み、子供ができてから夫方に移る。ずっと妻方居住する場合もある。妻側の持参財は、子供が生まれてから夫側に贈られる。婚約の解除も、離婚も可能である。離婚の場合は、言い出した方が相手側に銀や食糧で賠償し、頭人にも銀を贈る［西南民族大学西南民族研究院編2008c(1954): 394］。

　ここには、まず妻方に数年間同居し、労働によって妻子を得る代価を支払い、その後、夫方に移るという双系的居住がみられる。ただし自由な恋愛と結婚については十分な説明がない。于式玉「黒水民風」は1940年代の恋愛と結婚について次のように報告する。

　　　婚姻は自由である。女性は16、7歳になったら自分で相手を選ぶ。通

訳の王麻子によれば「（黒水では）男性が女性を得る最も簡単な方法は、女性を好きになったら、早朝、河辺に水を汲みに来た彼女を拉致することだ。彼女が同意すれば恋愛が始まるし、拒否されたらあきらめる」という。男性は女性の同意が得られたら、自由に彼女の家に通い、あるいは同居する。その後、2人の関係が確定したら、男性は女性を自分の家に連れて行く。それが男性側の一員になる、すなわち結婚を意味する。女性の両親が意見を挟むことはない。交際中に感情があわなくなれば別れることができる。別れをきりだすのが男性であれば女性側に銀6両を払い、逆の場合は女性が男性側に銀9両を払う。［于2002 (1945): 549］

　ここで注目されるのは、男性による女性の拉致という「略奪」が自由恋愛の手段として認められていることである。ただし恋愛を始めるには略奪した女性の同意が必要である。同意とは男性が彼女のもとに通ってくることを許すことである。彼らの社会では、互いに異なる相手と何度も恋愛することがあたりまえであり、処女の重視という価値観はない。男性が女性のもとに通うことは、雲南モソ人が恋人（アチュ）を生涯数人もち、男性が女性のもとに通うという母系制の恋愛と同じである。しかしモソ人と違う点は、最終的に2人の関係が安定したら男性は女性を自分の家に連れ帰って家族や一族、村民にお披露目し、その社会の承認を受けて夫側の家族として同居する点にある。また交際中に別れることや離婚も自由である。別れをいう権利は男女双方に認められており、関係の清算は賠償による。

　さらに于式玉は現地で目にした婚姻の事例を次のように記す。

　　結婚は多く、新年に行われる。食べ物が比較的豊富で、客を招くには最も都合がよいからだ。毎年ブタを殺して猪膘をつくるが、内臓類は保存できないので新年にこれで客をもてなし、同時に新婦を迎えれば一挙両得で経済的であると彼らはいう。私（于）が初めて麻窩に行った時に泊まった家は、老夫婦と末の息子刀吉の3人家族だった。刀吉は20数歳で、すでに2人の女性のもとに通ったことがあったが、ついに3人目の伊領斯寨の女性を自分の家に連れてくることになった。父の客拉は、「息子はもう何回か女性のもとに通ったが、とうとう新年に彼女を家に迎えるよ！」といった。農暦1月12日（新暦2月6日）、我々が役

所から客拉家に行くと、ちょうど老夫婦が忙しく婚礼の宴の準備をしており、客拉は火鍋を準備し、妻は粉をこねて饅頭を焼いていた、「明日が「吃酒」です、刀吉が新婦を迎えるので皆さんもどうぞ」といわれた。次の日、朝食をとって客拉家に行くと室内には何の変わったところもなかった。しばらくして一人の見知らぬ女性が糸を撚りながら入ってきた。その女性が新婦で、昨夜のうちに来ていた。新婦は普段着のままで、刀吉もふだんと変わらなかった……私がお祝いに2本の針を渡すと、刀吉は恥ずかしそうに受け取って横の男性（女性の兄弟）に渡し、男性は新婦に渡そうとしたが受け取らなかったので、付き添いの女性に手渡した。新婦のふるまいは終始控えめだった。食事の時には下座に座り、姑が盛った飯を一膳食べた。姑と嫁は互いにとても遠慮していた。次の日、新婦は刀吉の頭髪を梳き、数日後には姑の髪を梳いており、すでに家族の一員だった。黒水はチベット仏教を信仰する地域であるが、嫁迎えの日にラマを呼ぶことはない。新郎は事前に甥（13歳）を新婦のもとへ嫁入りの日にちを聞きに行かせる。当日、新婦はまるで自分の家に帰るように歩いてやってくる。客拉家は黒水では中の上程度の家であるが、嫁取りはとても簡単であった。[于2002 (1945): 549–550]

　以上の記述から彼らの自由恋愛とは、自由に相手をみつけて、一定期間、特定の女性のもとに通い、合わなければ自由に別れることができ、生涯に複数の恋愛対象をもつことである。また結婚とは、双方の同意によって男性のもとに移り（あるいはそのまま妻方居住）、親類を招いて「吃酒」（酒食でもてなす）し、一族の承認を得ることである。また、松岡の1991年調査によれば、黒水県麻窩郷西爾村では、かつて娘しかいない家では婿を迎えたが、婿は実子同様に財産を継承するため、男性は結婚前に女性側で数年間働いてそれを結納とする。

　ただし、子供に対しては独自の社会的価値観がある。于[2002 (1945): 550]によれば、黒水地区では結婚も離婚も自由であり、何度離婚してもかまわないが、子供には必ず公認の父親がいなくてはならない。公認の夫がいない妊娠は恥であり、堕胎しなければならない。これに対して西北の拉蔔稜チベット族では、女性は夫がいてもいなくても、子供ができたことで蔑視されるこ

とはない。黒水地区は西北のアムド・チベット族地区に近く、人々の外見もよく似ているが、社会の貞操観念の基準に違いがある、という。しかし、これは貞操観念という問題ではない。松岡の1991年調査によれば、黒水チベット族と同様の慣習をもつ雅都郷のチャン族は、結婚後、新婦は実家に戻り、1〜2年経って妊娠したら夫方に移る、女性の持参財も子供ができてから男性側に贈る。つまり、女性も男性も、子供ができるまでそれぞれの実家と相手方の両方に属し、子供ができてはじめてどちらに属するかを決める、これを「結婚」の成立とみなしたために子供の父を明らかにする必要があったのではないかと考えられる。

　以上の黒水の婚姻慣習から、チャン族の婚姻の原型については次のように推測される。男女は、様々な機会を利用して相手を選択する。双方が合意したら、一定期間、男性が女性のもとに通う、あるいは女性側で同居する。男女双方とも別れる権利をもち、生涯に複数の対象をもつ。恋愛から結婚に至るまでは双系的な居住を行う。居住する側の一族を招いて承認を得ることが結婚を意味する。婚前に妻方で数年間働き、妻方居住の場合は妻が受け継ぐ財産権を継承する、夫方居住の場合は数年間の労働を結納（妻に相当する代価）とし、満期後、妻子を連れて分家する、あるいは夫方に戻る。木吉珠の史詩にはこの原型が反映されているといえる。

　松岡の2016年調査によれば、黒水に隣接する茂県雅都郷赤不寨村大瓜子寨でも、1950年代初期まで「搶婚」（略奪婚）がよく行われていた。大瓜子寨はかつて黒水県に属し、ギャロン・チベット族の蘇永和土司の頭人に支配されており、黒水が1953年に解放された後、58年に茂県の管轄となった。大瓜子寨は海抜2千数百メートルの河谷部にあり、高山部の黒水よりも経済的に豊かであった。そのため現在も続く黒水チベット族との婚姻は、男女とも大瓜子に婚入する者がほとんどである。

　陳M（女性74歳）によれば、大瓜子寨では、彼女の母の世代、すなわち1950年代以前は「搶婚」が多かった。若者は17、8歳になると数人が一群となって黒水に行き、狙っていた未婚の女性を「略奪」して連れて帰る。女性が拒否すればそれまでで、逃げなければ同意したとみなされる。男性側の両親は息子が女性を連れてきたので喜び、その日に全村民を招いてチンクー酒をふるまう。これが婚礼となる。女性側の一族も、もし頭人に訴え出れば、

大変な銀が必要になるので認めるしかない。一般に、17、8歳で結婚して実家に戻り、男性が妻のもとに通う。20代初めに妊娠して夫方に移って子供を産み、同居する。男性は結婚前から同居するまで、頻繁に女性のもとに通って、妻方で働く。女性の実家は、子供が生まれてから装飾品や衣装などの持参財を夫側に贈る。陳Mの身近にも略奪婚が当たり前のようにあり、父の2人の妻もともに黒水から連れてこられた。そのうちの一人である陳Mの母は水車小屋で麦を挽き終わって帰宅する途中に連れてこられた。楊Dの母は友達と廟会に行った帰りに一人だけ連れてこられた。事前に相思相愛の男女が打ち合わせて略奪婚を装う場合も少なくなかったともいう。「搶婚」という男性主導の「自由恋愛」で始まり、女性の同意後、男性が女性のもとに通い、妊娠したら男性側に移って酒を用意して宴を開き、集団の承認を得るという形が一般的であったことがわかる。

ところで兪［2000］や龍［2012］は、チャン族の「搶婚」を次のように紹介する。搶婚とは男女双方の成婚の表現形式の一つである。女性に結婚を強要するものではない。男女が恋愛し、女性が幼児期にすでに婚約している場合や既婚の場合には慣習法では婚約の解除も離婚も認められないため、双方で事前に時間と場所を示し合わせておき、男性が数人で刀銃をもって女性を男性宅に連れて行き、即成婚する。その後、女性の婚約者側、あるいはもとの夫側と交渉して賠償金を支払う。その額は双方の勢力や搶婚した男性側の経済力によって決まり、万一妥結しなければ、両家の一族をまきこんだ武闘に発展する恐れもあった。政府は結婚と離婚の自由を認めた「婚姻法」と現地の慣習法との調整の必要から、茂県法院が「略奪婚は、現状では唯一の自由婚姻の形態である」とみなした。そのため80年代までこの習慣が残った［龍2012: 3-4］。これは、1980年代までチャン族地区においては自由恋愛という習慣がすでになくなって久しいものの、黒水チベット族や北部の雅都郷ではそれがなお黙認されており、また他地域でもかつての記憶として伝えられていたことを示すものである。

おわりに

本稿では、史詩「木吉珠和斗安珠」の語りや、チャン族、黒水チベット

族、ギャロン・チベット族の婚姻慣習を比較し分析することによって、チャン族の婚姻の原型について次のように考察した。

第一に、婚姻の原型は、旧くより盛行してきた「入贅」にみいだされ、史詩「木吉珠和斗安珠」に描かれた自由恋愛、妻問い、妻方での労働、双系的居住の要素をもつものである。第二に、黒水チベット族の婚姻に、より鮮明に原型の形式が残されており、ギャロン・チベット族の第一子相続による双系的婚姻にも類似している。第三に、双系的婚姻（居住）については、家族制度と財産相続に密接に関連するものである。

先行研究によれば、チャン族の婚姻形式には「正聘」（嫁入り婚）と「入贅」（婿入り婚）、「搶婚」（略奪婚）があり、「正聘」が一般的であるとされる。しかしこれは、「父母之命、媒酌之言」の原則に基づく漢族の伝統的な婚姻に倣ったものであり、男性側に大きな経済的負担を強いた。ただし一族の繁栄や共同体の維持には適しており、この原則のもとで指腹親や娃娃親、童子親、童子婚、懐抱婚、調換親、転房など多様な方法が創出され、1950年代、80年代と中華人民共和国の婚姻法が制定、修正されて伝統的な婚姻慣習が否定される一方で、1990年代後半まで根強く行われた。

これに対して「入贅」は、旧くから盛行した形式であるとされる。しかし、清代から外来漢族の入贅が増え、婿入りした男性は単なる労働力として扱われたため、入贅は「正聘」ができない者がやむなく行う婚姻形式であると説明されるようになった。ところが本来のチャン族男性の入贅では妻方で2〜3年間無償で働き、その労働力を結納に換算して嫁入り婚と同様の手順で婚礼をあげ、実子と同等の地位を得て財産継承権も得るものであった。また史詩「木吉珠和斗安珠」に語られたもの、すなわち自由恋愛の後、男性が女性のもとに通い、あるいは同居して働き、合意したら妻を夫方に連れ帰るという内容は、チャン族の入贅の要素を反映しており、黒水チベット族の婚姻は、それを現実の婚姻として継承したものといえる。

さらに、ギャロン・チベット族の場合は、黒水チベット族と同様に、複数の相手と恋愛して男性が女性のもとに通い、あるいは同居して働くという形を経て、2人が結婚を決め、妻方で居住することが多い。このような「入贅」あるいは双系的婚姻の盛行は、家族制度と財産継承に深く関わっている。ギャロン・チベット族は直系家族あるいは核家族という小規模家族を基

本単位とするために、男女に関わりなく第一子に家を相続させる。チャン族の場合も財産の継承は兄弟による均等分配が原則であるが、娘が実家に留まる場合は息子の場合と同等の継承権が認められる。また娘による継承は、かならずしも息子がいない場合に限られてはおらず、現在もかなり広くみられる。家族制度や財産継承と婚姻の関係については、今後の課題として検討したい。

注

1）黒水チベット族は、1950年代の調査ではチャン語北部方言を母語とし、チャン族の習俗をよく残すとしてチャン族とされた。しかし、清末民国期にギャロン・チベット族の土司および頭人の支配をうけ、チベット仏教を信仰するようになったため、その後の民族識別では彼ら自身の希望によるとしてチベット族に認定された［西南民族大学西南民族研究院編2008c (1954): 394］。

2）阿壩蔵族自治州茂汶羌族自治県は、全国で唯一の羌族自治県として、茂県、理県、汶川県の3県が合併して1958年に成立したが、1987年に阿壩蔵族自治州が阿壩蔵族羌族自治州になった時に茂県に戻った。

3）明末清初の戦乱によって人口が激減した四川省に対して（康熙24年（1685）四川省総人口約9万）、清朝は「康熙33年（1694）招民填川詔」の詔書をだして湖南や湖北、広東などから大量の移民を四川におくった。

4）ギャロン・チベット族については、魏強［2014］、李茂・李忠俊［2011］、賛拉ら［2008］等に詳しい。祭山会については松岡［2017: 214-230］参照。

5）馬長寿［2003 (1994)］、石碩［2009: 246］、高琳・石碩［2012: 94-96］等に詳しい。

6）四川省編輯組［1986: 161-167］では、これを抄訳して初会、定情、朝天、求親、砍地火、焼火地遭難、火地播種、揀回菜種、定親完婚、人間創業の10段に分ける。

参考文献

陳安強［2010］「羌族的史詩伝統及其演述人論述」『民族文学研究』2010年第2期、141-147頁

陳啓新・董紅［1993］「中華民族搶婚習俗研究」『中南民族学院学報』（哲学社会科学版）1993年第6期、43-48頁

高琳・石碩［2012］「伝説的発現、版本流変與文本価値――以岷江上遊羌族的"羌戈大戦"伝説為例」『烟台大学学報』（哲学社会科学版）第25巻第1期、92-101頁

耿静［2014］『汶川蘿蔔寨田野調査報告』民族出版社

李鳴［2004］「羌族婚姻習慣法歴史考察」『比較法研究』2004年第4期、27-41頁

李明主編［1994］「木姐珠與熱比娃」『羌族文学史』四川民族出版社、92-98頁

李茂・李忠俊［2011］『嘉絨蔵族民俗志』中央民族大学出版社

李紹明［1995］「四土嘉絨蔵地区社会調査」『嘉絨蔵族研究資料叢編』四川蔵学研究所、
　　844-847頁

龍大軒［2012］「羌族婚姻習慣法述論」『広西師範大学学報』（哲学社会科学版）第48巻第
　　2期、1-7頁

羅世澤・時逢春捜集整理［1983］『木姐珠與斗安珠』四川民族出版社

冉光栄・李紹明・周錫銀［1985］『羌族史』四川民族出版社

馬長寿著、周偉洲編［2003（1944）］「嘉絨民族社会史」『馬長寿民族学論集』人民出版社、
　　123-164頁

馬会［2015］「搶婚故事的概念及源流」『赤峰学院学報』（漢文哲学社会科学版）第36巻第
　　12期、47-50頁

松岡正子［2000］『中国青蔵高原東部の少数民族　チャン族と四川チベット族』ゆまに書房

松岡正子［2017］『青蔵高原東部のチャン族とチベット族──2008汶川地震後の再建と開
　　発』論文篇、あるむ

銭安靖［1987］「羌族宗教習俗調査四則（羌寨婚礼）」『宗教学研究』83-88頁

石碩［2009］『蔵彝走廊──文明起源與民族源流』四川人民出版社

四川省編輯組［1986］『羌族社会歴史調査』（中国少数民族社会歴史資料叢刊）四川省社会
　　科学院出版社

四川省少数民族古籍整理辦公室主編［2008a］「木吉珠和斗安珠」『羌族釈比経典』上、四
　　川民族出版社、78-146頁

四川省少数民族古籍整理辦公室主編［2008b］「斗安木吉結婚」『羌族釈比経典』上、四川
　　民族出版社、882-887頁

王康・李鑑踪・汪青玉［1992］『神秘的白石崇拝──羌族的信仰和禮俗』四川民族出版社

王永正・王田［2007］「釈比経典"木吉卓"及其羌族婚俗的表征」『西南民族大学学報』
　　（人文社科版）2007年第9期、46-49頁

魏強［2014］『嘉絨蔵族信仰文化』中央民族大学出版社

西南民族大学西南民族研究院編［2008a（1954）］「嘉絨蔵族調査材料」『川西北蔵族羌族社
　　会調査』（民族改革與四川民族地区研究叢書）民族出版社、1-142頁

西南民族大学西南民族研究院編［2008b（1954）］「草地蔵族調査材料」『川西北蔵族羌族社
　　会調査』（民族改革與四川民族地区研究叢書）民族出版社、143-268頁

西南民族大学西南民族研究院編［2008c（1954）］「羌族調査材料」『川西北蔵族羌族社会調
　　査』（民族改革與四川民族地区研究叢書）民族出版社、269-442頁

俞栄根主編［2000］『羌族習慣法』重慶出版社

于式玉［2002（1945）］「黒水民風」『李安宅、于式玉蔵学文論選』中国蔵学出版社、526-
　　565頁

賛拉・阿旺措成、夏瓦・同美［2008］『嘉絨蔵族的歴史與文化』四川出版集団、四川民族出
　　版社

中国民間文学集成全国編輯委員会編［1998］「木姐珠和斗安珠」『中国民間故事集成・四川
　　巻』下、新華書店、1111-1117頁

戦前日本の中国語教育と
東亜同文書院大学

石田卓生

战前日本汉语教育与上海东亚同文书院大学

摘要：本文以上海东亚同文书院（大学）为例，讨论了战前日本的汉语教育活动。

战前日本的汉语教育，一般是被视为服务于侵略中国的，它既没有专业性的研究，也不重视教授法，只不过是一种实用工具教学。事实上，战前日本对汉语教育并不积极，当时，日本教育界和社会只重视欧美语言教育，因此不能论定汉语教育就是和侵略中国关系紧密。

另一方面，当时从事汉语教育活动的学者和教员们事实上对改善汉语教授法和研编汉语课本是做了很多努力的。比如东亚同文书院中日教员曾经的合作教学，一起编撰口语课本《华语萃编》和一些尺牍课本等。

另外，东亚同文书院升格为日本旧制大学也是尤其值得我们重视的。当时，汉语并没有被视为大学的一门学科。在日本的大学教育里，把汉语作为一个语言专业，东亚同文书院应该说是首创。

关键词：东亚同文书院大学，汉语教育，外语教育，职业设计

キーワード：東亜同文書院大学、中国語教育、外国語教育、キャリアデザイン

はじめに

本稿は、東亜同文書院（後に大学）を通して、戦前日本の中国語教育の変遷を捉えようとするものである。

東亜同文書院は、日本と東アジア諸国の交流に取り組む東亜同文会が、

1901年上海に開設した高等教育機関である。中国ビジネスに携わる人材の養成を目指していたことから、当然、中国語を重視した教育が行われ、敗戦によって閉校を余儀なくされるまでに5000人近くの卒業生を輩出した［大学史編纂委員会編1982: 84-85］。

　その中国語教育について、京都帝国大学と東京帝国大学両校の教授として戦前から活躍していた倉石武四郎は、「支那語の中等教員の資格を与へられるのは、はじめ、外国語学校東亜同文書院に限られてゐた様である」［倉石1941: 119］[1]と述べている。これは東亜同文書院が有力な中国語教育機関と見なされていたことを示すものであろう。

　戦前における日本の中国語教育は、善隣書院、東京外国語学校、旧制高等商業学校の第二外国語、そして東亜同文書院の四つが柱となっていたとされる［六角1988: 24］。しかし、善隣書院は近代的学校ではなく漢学や書道も教える私塾であった。東京外国語学校は、文字通りさまざまな外国語を扱う学校であって、中国語はその一学科にすぎず、また、旧制高等商業学校も全学挙げて中国を専門とするものではなかった。それらに対して東亜同文書院は、中国に特化した高等教育機関であった。

　日本の中国語教育史については、六角恒広による多数の研究成果がある［六角1988, 1989, 1991, 1999, 2002］。それらは、戦前の中国語教育について、日本の中国への進出や侵略を基盤として成立したものであり、日本人が中国大陸で生活していくのに必要な表現を身につけるために、「進歩も発展もない停滞性のなかで中国語教育がおこなわれた」［六角1988: 417］というものだったとしている。加えて、外国語教育について、さまざまな社会生活を支えるためだけのものを「実用語学」とし、学術活動に寄与するものを「文化語学」とした上で、中国語は実用語学であったとしている［六角1991: 1］。

　たしかに、日本の中国への進出や侵略には中国語が必要であった。しかし、そうであるからといって、その教育活動のすべてを進出や侵略との関わりでまとめるのは、侵略を経て敗戦に至った歴史的経緯を現代から評価しようとする結果論的な姿勢ではないだろうか。

　また、果たして戦前日本の中国語教育は本当に停滞状態にあったと言えるのだろうか。この停滞とは、科学的教育法もないまま、またそれを構築しようともせず、日常表現を「芸の道での稽古と同じ」［六角1988: 418］ように

ひたすら覚えるのみであったということを指している。

　そのような捉え方に疑問を抱くのは、実際には教育法や内容についてさまざまな取り組みがなされていたからである。後述するように、東亜同文書院をはじめとして多様な中国語教育活動が展開されていた。

　以上のような問題意識に基づき、本稿は戦前日本の中国語教育活動の特徴や、それが置かれた状況を、東亜同文書院を事例として明らかにしたい。

Ⅰ．近代日本の中国語教育

1．中国進出・侵略と中国語

　明治政府のもとで近代化を推進した日本は、はじめ清国を脅威としていたが、1895年日清戦争の勝利によって、それまでの畏敬の念が一変して侮りとなり、1900年義和団事件での8カ国連合軍への参加や1905年日露戦争の勝利によって自信を深めると、清国内での権益獲得を欧米諸国と争うようになった。1911年に発生した辛亥革命によって清朝が倒れ、1912年に中華民国が成立しても、1915年対華21カ条要求や1917年西原借款などさまざまな圧力を中国に加え、1919年五四運動のような中国民衆の反発を招いている。その後も1928年済南事変、張作霖爆殺事件、1931年満洲事変、1932年「満洲国」建国、1937年盧溝橋事件というように中国への侵略行為を繰り返したのだった。こうした執拗な圧迫は、中国側に田中メモランダム（田中上奏文）のようなものを事実であると誤認させてしまうほどであった。

　前述したように、こうした動向と中国語教育の間に強い関係性を見る向きがある。しかし、実際には、中国を侵略するのに必要な中国語に通じた人材の養成は常に後手に回っていた。

　明治政府の中で中国語教育の必要性を最初に認めたのは外務省である。1871年日清修好条規をめぐる交渉を契機として漢語学所を設置した。これは1873年文部省に移管されて東京外国語学校となるが、実態は江戸時代の唐通事の焼き直しであり、そこで教えられた中国語は標準語的な役割がある北京語ではなく、南京語であった［六角1988: 35–64］。

　東京外国語学校で北京語教育が始まるのは1876年である［六角1988: 135–138］。この後、1878年長崎県立長崎中学校清語学部［東京外国語大

学史編纂委員会編1999: 905-906]、1880年興亜会支那語学校［六角1988: 183-193]、1884年上海の東洋学館、後に亜細亜学館［佐々1980; 六角1988: 272-295; 熟2011］が開設されていく。この頃、参謀本部派遣による北京への語学留学が行われているが、軍人専用のものではなく、東京外国語学校の学生が多数を占めていた。これとは別に、軍は清国各地へ将校を派遣したが、その目的は語学習得ではなく、情報活動であった［関2016]。陸軍内の教育機関を見ると、明治期の陸軍幼年学校では中国語はカリキュラムに入っていない。

　このことについて陸軍教育総監部『陸軍教育史　明治別記第11巻　陸軍中央地方幼年学校教育之部（明治三〜四十五年）』は次のように述べている。

　　尋常中学校ニ於ケル外国語学ハ英語ヲ以テ成規トセリ然ルニ陸軍軍事ノ講究ハ欧州強国中其陸軍ノ精鋭ヲ以テ鳴レル独逸仏蘭西ノ兵事材料ニ参照スル所最モ多ク又隣邦ノ語学ハ常ニ之ヲ講習シ不時ノ用ニ応セサル可ラス而シテ隣邦語学ハ其種類二三ニシテ足ラサルモ其最モ必要ナルハ支那及露西亜語トス東洋到ル処近来英語ノ用途モ亦頗ル多シト雖モ此語学ハ中学卒業者ヨリ採用セル候補生ノ既習スル者多キヲ以テ特ニ幼年学校ニ於テ教育スルノ必要ナシ且支那語ニ至テハ文字相同シキカ為メ士官学校ニ於テ初テ之ヲ教授スルヲ以テ遅シトセス故ニ幼年学校ニ於テ教授スヘキ語学ハ仏蘭西独逸及露西亜語ノ三ニシテ生徒トシテ必ス此一語学ヲ修メシムルヲ要ス而シテ軍事研究上最必要ナルハ仏国ノ語学ナリトス［高野2004a: 253]

　このように中国語の必要性自体は認識されていたものの、優先されるのはドイツ語やフランス語、ロシア語であった。後に日本の中国侵略が激しくなるにつれて、陸軍幼年学校の後身である陸軍士官学校予科（後に陸軍予科士官学校）でも中国語が教えられるようになったが、日中戦争以降は語学の時間数自体が減少したこともあって、軍内教育機関での中国語教育は常に小規模なものであった［江利川2006: 281-282]。上級学校の陸軍士官学校本科では中国語の授業こそあったが、ドイツ語、フランス語、ロシア語のいずれかを学んできた陸軍幼年学校出身者はそれを継続することが常であったし、また後述するキャリアデザインの問題もあっておのずとドイツ語、フラン

ス語、ロシア語が主流となった。それは陸軍大学校においても同様であり、1886年から1899年まで中国語の授業自体が存在していなかった[2]。

　もちろん、軍には語学将校と呼ばれる者もおり、その中には中国語の専門家もいた。しかし、これは語学に優れた人材を東京外国語学校など、軍の外部に出向かせて学ばせる極めて限定的なものでしかなかった。

　このように陸軍では組織的に多数の中国語に通じる人材を養成するといった教育は行われていなかったのである。他方、イギリス海軍に範を取った海軍では、よく知られているように英語教育が一貫して重視されており、やはり中国語教育が重視されることはなかった。

　こうした盛んとは言いがたい明治の中国語教育は、1886年さらに大きく後退している。主要な中国語教育機関東京外国語学校が廃止されたのである。その結果、日本の高等教育レベルでの中国語教育は高等商業学校に第二外国語としてわずかに残っただけであった。前述したように、これと同時に陸軍大学校でも中国語はカリキュラムから外されている。中等教育レベルの県立長崎商業学校では存続していたが、一地方の小規模のものでしかない[東京外国語大学史編纂委員会編1999: 905-906]。この中国語教育の空白期間は実に10年の長きにわたって続いた。

　注目するのは、この中国語教育の低調期間に日清戦争が起こっていることである。開戦後、当然のことながら中国語通訳が必要となるが、ここで雇われたのは民間人である日清貿易研究所卒業生であった。この研究所を運営した荒尾精や根津一は陸軍将校であったが、研究所の実態はビジネススクールであり[石田2016b]、軍が直接関わる組織ではない。こうしたことから明らかとなるのは、日本は清国と戦うにもかかわらず、その国の言葉である中国語に通じる人材の組織的養成をほとんど行っていなかったということである。

　そうした人材難が影響したのであろう、「露西亜、支那、或ハ朝鮮ト云フコトニ至ッタナラバ、今日デハ完全ナル学校モナイ、完全ナル教員モ居ラナイ」[柏田1896b: 139] という状態に直面していることが認識されるようになり、日清戦争が終わって間もなく外国語学校の必要性が主張されるようになった。

　1896年1月13日、第9回帝国議会貴族院に近衛篤麿、加藤弘之、山脇玄

を発議者とする「外国語学校設立ニ関スル建議案」が提出されている。

> 征清ノ大捷ハ頻ニ中外交通ノ繁忙ヲ促スニ至レリ今日以後外政上ニ工商
> 業上ニ及学術上ニ於ケル中外ノ交通ハ日ニ益隆盛ナラサルヲ得ス而シテ
> 是時ニ際シ先ツ要スル所ノモノハ外国語ニ熟達スルノ士ナリトス然ルニ
> 今日外国語学ノ教授ヲ以テ専務トスル所ノ学校ハ官私共ニ殆ト之ヲ見ル
> 能ハス豈遺憾トセサルヘケムヤ故ニ政府ハ速ニ外国語学校ヲ創立シ英仏
> 独露ヲ始メ伊太利西班牙支那朝鮮等ノ語学生ヲ育成セムコトヲ要ス依テ
> 政府ハ適当ナル計画ヲ定メ之ニ要スル経費ヲ明治二十九年度追加予算ト
> シテ本期ノ議会ニ提出セラレムコトヲ望ム茲ニ之ヲ建議ス［近衛・加
> 藤・山脇1896: 31］

同16日、衆議院にも柏田盛文によって「外国語学校設立ノ建議案」が出
されている。

> 今ヤ我ガ国ハ一躍シテ東洋ノ表ニ雄視シ宇内生存競争ノ衝路ニ当ル固ヨ
> リ百般ノ事物一大刷新ヲ加ヘテ膨脹的ノ資性ニ順応スルノ準備ヲナサ、
> ルヘカラス殊ニ列国ノ事情ヲ詳悉シ其ノ観察シ談笑ノ際外政ニ商略ニ光
> 栄ヲ発揮シ利益ヲ拡充スル敏快ナ手腕ヲ保ツノ人材ヲ養育スルヲ要ス魯
> 清韓ノ如キハ将来益〻密接ノ関係ヲ有スルノモノニシテ今猶其ノ言語ヲ
> 教授スルノ学校ナク外交モ商業モ殆ント模索以テ之レニ応セムトス樽俎
> ノ際折衝ノ時麻姑ノ癢ヲ掻クノ快ナキハ豈雄資ノ一大欠点ニアラスヤ英
> 独仏ノ如キハ頗ル流行ノ観アルモ要スルニ科学ヲ研究スルノ階梯ニ過キ
> ス今総テ是等ノ語学ヲ専修セシムルノ必要アリ茲ニ学校規定ノ要領及学
> 課表ヲ添付シテ参考ニ供ス政府ハ速ニ採納シテ設立ノ挙アラムコトヲ望
> ム［柏田1896a: 137］

これらは日本の外国語教育全般に対する意見であるが当然、そこには中国
語も含まれていた。

この運動は実を結び、1897年4月22日勅令第108号で「高等商業学校ニ付
属外国語学校ヲ付設ス」［大蔵省印刷局編1897: 387］とされたように高等商
業学校付属外国語学校が設立され、さらに1899年には高等商業学校から独
立して東京外国語学校（現東京外国語大学）となった［東京外国語大学史編

図1　陸軍通訳出動学生送別記念

1937年10月30日東京霞山会館にて。第二次上海事変時に通訳として従軍することになった学生は東京に集められ、東亜同文会・東亜同文書院幹部の見送りをうけた。前から2列目向かって左から2人目津田静枝（予備海軍中将、後に東亜同文会理事長）、同3人目大内暢三（東亜同文書院院長）、同4人目岡部長景（東亜同文会理事長）、同5人目阿部信行（予備陸軍大将、後に東亜同文会副会長）。学生服姿は東亜同文書院生。（原田実之『出蘆征雁』）

図2　学徒出陣直前の
　　　第42期生小崎昌業

1943年11月滋賀県実家にて。北野大吉東亜同文書院臨時院長は、学徒出陣が決まった学生を家族に会わせるために帰省させた。写真はその際のもの。[小崎2016: 43-44]

纂委員会編1999: 82-83］。そして、これらに清語学科が置かれ、中国語を専門とする教育が行われたのである［六角1988: 224-264］。

この頃、東京外国語学校以外にも宮島大八による詠帰舎（1895年）、その後身、善隣書院（1898年）［六角1988: 204-223］、近衛篤麿を会長とする東亜同文会による南京同文書院（1900年）や東亜同文書院（1901年）、拓殖大学の前身、台湾協会学校（1900年）［六角1988: 202］といった中国語を教える学校が開校しており、日清戦争前に比べると中国語教育は飛躍的に拡大している。

しかし、そうした教育機関によって中国語に関する人材養成が充足したわけではなかった。東亜同文書院では、日露戦争が始まると第1期生の多数が卒業と同時に通訳として動員された。さらに1937年第二次上海事変の際には、学生の陸海軍への志願通訳が行われた。同年8月に日本軍が中国に上陸すると、翌月には学生が通訳として従軍し始めている。図1は第二次上海事変時、図2は1943年学徒出陣時の東亜同文書院生の姿である。こういった学生の動員は、平時における軍内での人材養成が十分ではなかったことを意味する。

このように日本の中国語教育の展開と中国への進出や侵略は、必ずしも同期していたわけではなかった。中国大陸での軍事活動で民間人である東亜同文書院関係者が度々臨時動員されなければならなかったのは、軍内の中国語人材が不足していたということであり、組織として中国語教育に積極的ではなかったことを示している。また日本の中国語教育の主な担い手が商業系の学校であったことにあらわれているように、中国語教育は日中ビジネスのために行われていたのであって、軍事的な侵略と直接結びつくものではなかったのである。

２．外国語教育とキャリアデザイン

　戦前日本の外国語教育において、中国語はどのような状況におかれていたのだろうか。

　近代国家にとって教育は欠かすことのできないものである。近代国家を成立させる人々の国民としての意識といった国家への帰属意識は自然発生するものではなく、国家による教育によって形成されるからである。例えば、現代の日本の「教育基本法」[3] は教育の目的を次のように定めている。

　　第１条　教育は、人格の完成をめざし、平和的な国家及び社会の形成者として必要な資質を備えた心身ともに健康な国民の育成を期して行わなければならない。

　ここでは平和国家日本の国民としての人格の陶冶が教育の目的とされている。これを広義の教育とすると、その実現には国民一人ひとりが自主的な社会生活を営む状態が成立しなければならない。それには、さまざまな具体的な目標を設定した教育が必要となる。これを狭義の教育とすれば、それは読み書きにはじまり、一般的な教養であったり、さらにさまざまな分野での専門的な知識や技能であったりする。言い換えれば、社会人として生活していくのに必要なキャリアデザインのための教育である。そして、この中に外国語教育が含まれるのである。

　戦前の教育についていえば、次に引く「教育ニ関スル勅語」（教育勅語）がある。

朕惟フニ我カ皇祖皇宗国ヲ肇ムルコト宏遠ニ徳ヲ樹ツルコト深厚ナリ我
カ臣民克ク忠ニ克ク孝ニ億兆心ヲ一ニシテ世々厥ノ美ヲ済セルハ此レ我
カ国體ノ精華ニシテ教育ノ淵源亦実ニ此ニ存ス爾臣民父母ニ孝ニ兄弟ニ
友ニ夫婦相和シ朋友相信シ恭倹己レヲ持シ博愛衆ニ及ホシ学ヲ修メ業ヲ
習ヒ以テ智能ヲ啓発シ徳器ヲ成就シ進テ公益ヲ広メ世務ヲ開キ常ニ国憲
ヲ重ジ国法ニ遵ヒ一旦緩急アレハ義勇公ニ奉シ以テ天壌無窮ノ皇運ヲ扶
翼スヘシ是ノ如キハ独リ朕カ忠良ノ臣民タルノミナラス又以テ爾祖先ノ
遺風ヲ顕彰スルニ足ラン
斯ノ道ハ実ニ我カ皇祖皇宗ノ遺訓ニシテ子孫臣民ノ倶ニ遵守スヘキ所之
ヲ古今ニ通シテ謬ラス之ヲ中外ニ施シテ悖ラス朕爾臣民ト倶ニ拳々服膺
シテ咸其徳ヲ一ニセンコトヲ庶幾フ［大蔵省印刷局編1890: 402］

　これは天皇を敬いつつ道徳的な人格を陶冶することが教育の目的とされて
いる。もちろん、それはあくまで広義の教育の目的であり、それを実現する
には、やはり臣民一人ひとりが社会生活を営んでいかなければならず、その
ため「教育勅語」は「学ヲ修メ業ヲ習ヒ以テ智能ヲ啓発シ徳器ヲ成就シ進テ
公益ヲ広メ世務ヲ開キ」というように、狭義の教育すなわちキャリアデザイ
ンのための教育の必要性も述べている。
　現代であれば社会的評価の高い学校での学歴を得ることがキャリアデザイ
ンの端緒となる。教育制度がまだ整備されていなかった明治時代初期には、
次のような欧米に倣った洋風の学校で教育を受けることがそれに相当した。

　　なにしろ洋学校だから、先生は全部、アメリカ人、イギリス人、ドイ
　ツ人、フランス人である。当然講義も教科書も全部英独仏語である。日
　本語は一切通用しない。
　　授業科目も無論そうである。「歴史」とはヨーロッパ史のことである。
　「地理」とはヨーロッパ地理のことである。日本という国なんぞはどこ
　にも存在しない。なんのことはない、ヨーロッパの学校がそっくり東京
　に引越してきて、生徒だけが何故かチンチクリンの日本人、というのが
　洋学校というものである。
　　これはたしかに、しかたのないことである。日本には法律学も経済学

も物理学も化学もなんにもない。西洋人に教えてもらうよりしようがなかった。[髙島2008: 53]

　教員が日本語を解さない欧米人である以上、欧米言語習得が必須であった。これは軍隊も同様である。日本陸軍はフランス陸軍やドイツ陸軍を、日本海軍はイギリス海軍をモデルにして洋学校同様の教育が進められた。陸軍内部の教育機関では、前述したように中国語も教えられたが、モデルとしたのがドイツ陸軍であったこともあって、ドイツ語偏重の組織であり続けた［江利川2006: 264-290］。陸軍の中で成功と目されるようなキャリアを形成するにはドイツ語が重要だったのであり、出世にほとんど寄与することのない中国語は傍流にすぎなかった。

　こうした欧米人が欧米言語を用いて行う教育の到達点は、留学することによって欧米の教育そのものを受けることである。例えば、東京駅を設計した辰野金吾や英文学の夏目漱石はイギリス、陸軍の秋山好古や松井岩根はフランス、森鷗外はドイツに留学している。

　明治時代も後半になると、1903年夏目漱石が帝国大学講師となったように日本人が直接教育を担当するようになり、欧米言語の実用面での需要は漸減していったのだが、欧米言語を中心に構築された日本の教育システムから欧米言語教育が消えることはなく、進学試験や文官試験などで課せられることによって社会的成功を収めるために不可欠な科目となった。こうして学歴を基盤とした日本人のキャリアデザインにとって、欧米言語は極めて重要な存在となったのである。

　欧米言語教育は、もともと欧米の知識や技術を導入するために始まったものであり、この点において完全に「実用語学」であった。前出の「文化語学」というような印象は、欧米言語教育偏重のキャリアデザインが確立することによって、世間的に学歴エリートの権威が高まり、即物的な実用面だけでなく、専門性に基づく学術や形而上の文化面での活動が進められるようになってからのことである。それが極端化すれば、実用から離れ、一般社会から乖離した高等遊民となった。欧米言語教育を受けた学歴さえあれば、遊民ですら高等と見なされる権威が生じたのである。

　見てきたように戦前日本の教育は、構造的に欧米言語に重きを置くもので

あった。そうした状況において、中国語は世間的に成功と見なされるキャリアデザインに対して益するところがなく、当然のことながら重視されることはなかったのである。

3. 日本の中国語教育の展開

戦前の中国語教育は重要視されるものではなかったが、そうであるからといって決して停滞状態にあったわけではない。

藤井省三『東京外語支那語部——交流と侵略のはざまで』[1992] によれば、1920年代の東京外国語学校では、当時一般的であった会話例文集的な実用性重視のテキストに換えて、中国の現代文学作品を収録した中国文化自体を学ぼうとする読本的テキストが作られ、中国語の文化語学化が試みられていた。

それ以外にも、倉石武四郎の取り組みがあった。彼が中国留学からの帰途、「訓読を玄界灘に投げすてて来た」[倉石1941: 191]、と決意したのは有名であるが、これは古典に限ったことではない。彼は中国の言葉についての学術的取り組みについて次のように説明している。

> 支那語学を改革して、いはゆる漢文も支那語も一元的に統制し、国力の進展に伴ひ、学術の発達に貢献しようと努める[倉石1941: 187]

古ければ「漢文」、同時代であれば「支那語」と呼ばれ、時には中国語を日本語に無理に似せた訓読によって読まれることもある中国人の言葉を純然たる外国語として扱おうとしたのである。

彼は1930年京都帝国大学で魯迅『吶喊』の「頭髪的故事」をテキストとして授業を始め、さらに中国人教師も交えて「現代小説」「唐詩」『長生殿』『詞選』『毛詩』『華語萃編』『国語』『紅楼夢』『説文解字』を訓読ではなく中国語で音読して教えた[倉石1941: 195-199]。これら教材のうち、魯迅の文章と「現代小説」、『華語萃編』（後述する東亜同文書院の中国語テキスト）は同時代の中国語である。

このように戦前の日本の中国語教育は、キャリアデザインの上では不利な状況にありながらも、関係者たちは向上に努めていたのである。

II. 東亜同文書院の中国語教育

1. 東亜同文書院中国語教育の基礎

　上海の東亜同文書院を運営する東亜同文会の中国における教育活動は、もともと南京で始められた。1899年東亜同文会会長近衛篤麿は両江総督劉坤一と会見して協力を取り付け、1900年3月両江総督府が置かれている南京に南京同文書院を開設した。

　南京同文書院が教えた中国語は南京語であった[4]。これは清の中央政府ではなく、地方を司る総督の協力のもとに設立されたことが影響していたのであろう。しかし日本の中国語教育が20年以上前に北京語に転換していたことからすれば、それは明らかに時代遅れのものであった。南京同文書院の開設準備は東亜同文会幹事長であった退役陸軍少将佐藤正によって進められたが［近衛1968: 488-494］、中国語教育活動について経験のない彼には多様な方言がある中国の言語事情についての見識が欠如していたと思われる。また、東亜同文会には北京語を教える支那語学校を運営した興亜会系の人々も含まれていたが、彼らが合流したのは、南京同文書院の開設と同じ1900年3月であり、南京同文書院の開設準備には旧興亜会の経験は生かされていなかった。

　こうして南京語教育を始めた南京同文書院であったが、佐藤が運営から身を退いたことや義和団事件など学校内外の混乱の影響もあって、教育体制を整備することができなかった。

　そうした状況を打開するために招聘されたのが、上海の日清貿易研究所の運営に参画した経験をもつ根津一である。彼は1899年に近衛と初めて会見した際、「此の種の人材養成の地は、上海を以て最も適当なり」［東亜同文書院滬友同窓会編1930: 392］と進言しているように、上海での教育活動を持論としていた。1900年5月東亜同文会幹事長兼南京同文書院院長に就任した根津は、両江総督劉坤一、湖北湖南総督（湖広総督）張之洞と会見するなど積極的な活動を始め、翌年5月に江南機器局近くの高昌廟桂墅里（現上海第九人民医院）に東亜同文書院を開設した。この校舎は、劉坤一や張之洞と近しい盛宣懐の下で活躍した郷紳経元善によって経正書院、経正女学校として建てられ、後に羅振玉の東文学社として使われたものであり、中国側の協

230

力があったことをうかがわせる［石田2007］。

　根津が主導したことによって、東亜同文書院の教育内容はビジネススクールであった日清貿易研究所のそれを踏襲することになった。佐藤の南京同文書院の教育は、「支那語学を教ふると共に商工業其他事務必須の学業を修めしむる」［近衛1968: 491］や「主として支那語を教へ、理財商業等に必須の学科を授くるものとす」［近衛1968: 492］というもので、中国語以外の教育には特徴がみられないだけでなく、「各個教練」「小隊教練執銃」「中隊教練」［近衛1968: 494］といった軍隊の基本教練が課せられているなど、学校としての性格は曖昧模糊な

図3　御幡雅文『華語跬歩』内表紙（1903年、文求堂書店）

ものであった。しかし、東亜同文書院は商務科を中心としたことにあらわれているように、中国ビジネス専門家を養成するという明確な性格をもつものであった。

　中国語教育については、東京外国語学校出身、陸軍参謀本部派遣で北京留学をした元日清貿易研究所教員御幡雅文が北京語を教えた。中国語テキストは後述の『華語萃編』などが作成される以前は、日清貿易研究所で使われた御幡の『華語跬歩』を用いている［石田2009］。また御幡の教え子である日清貿易研究所卒業生青木喬や高橋正二が中国語教員を務めた［石田2016a, b］。

　この時、日本国内の中国語教育の中心は東京外国語学校であったが、前述したように、この学校は1886年に廃止されてから10年間の空白期間を経て1897年に再建されたばかりであった。さらに、中国語を専攻する学生は一学年には10～20人程度しかいない[5]。それに対して東亜同文書院は、1901年入学の第1期卒業生60人、第2期卒業生76人、第3期卒業生72人というように多数の学生が中国語を第一外国語としていた［大学史編纂委員会1982: 84］。また、御幡、青木、高橋たち中国語教員は日清戦争や台湾総督府、商社の中国支店での活動経歴があるなど実地での中国語使用経験が豊富であり、開校当時の東亜同文書院は規模、内容ともに日本国内の中国語教育機関をはるかに上回るものであった。

2．東亜同文書院中国語教育の特徴

　御幡雅文によって立ち上げられたという点に注目すれば、東亜同文書院の中国語教育は彼の出身校である東京外国語学校を源としている。しかし、上海という立地もあって国内からの教員招聘が難しかったこともあり、次第に独自色を強めていった。

　独自性がよくあらわれているのがテキストである。国内で有名であった宮島大八『官話急就篇』、その改訂版である『急就篇』、あるいは東京外国語学校系のテキスト[6]はほとんど使われず、東亜同文書院教員が作成したテキストを使用した。テキストのスタイル自体は、会話テキストは会話例文集、文章語テキストは手紙文や電報、ビジネス文書などの例文集といったように、戦前の中国語テキストによく見られるものであり、ことさら珍しくはないが、中国語の変化や教学経験を踏まえて、度々改訂したり、新たなテキストを作成し直したりしていた［石田2016a］。

　そうした専用テキストの中でよく知られているのは、北京語会話テキスト『華語萃編』である。真島次郎、松永千秋、清水董三、鈴木択郎、熊野正平、野崎駿平たち日本人教員と、朱蔭成、述功、程樸洵たち中国人教員によって、1年生用の初集から4年生用の四集まで作られた。1916年に刊行された後も中国事情や中国語の変化を取り入れて度々改訂されている。

　他には高橋正二による発音教材『北京官話声音譜』［高橋1905］があり、さらに青木喬や清水董三、福田勝蔵たち教員によって文章語テキストが作られた（石田2016a）。

　注目すべきは、これらのテキストを作った東亜同文書院の日本人教員が、この学校の卒業生であったということである。真島（第1期生）、松永（第4期生）、清水（第12期生）、鈴木（第15期生）、熊野（第17期生）、野崎（第18期生）、福田（第20期生）がそうであった。高橋と青木も無関係ではなく、東亜同文書院の前身ともいえる日清貿易研究所の卒業生である。東亜同文書院は教材だけではなく、教員も自校で養成していたのである。

　その授業の実態を見てみよう。

　東亜同文書院の中国語教育について、よく取り上げられるのは、先輩が後輩に発音を教える「念書」と呼ばれる発音練習である。しかし、これは学生による自主的な課外活動でしかなく、学生の熱心さを示してはいるものの、

学校としての教育自体をあらわすものではない。本稿では学校の授業自体を見ていきたい。

東亜同文書院は、たしかに中国語教育を重視していたが、現在の外国語教育で好ましいとされているようなマンツーマンでのトレーニング、あるいはレベル別の少人数授業ではなく、一クラス30〜50人程で行われて

図4　東亜同文書院の中国語授業風景（1920年代）
長衫を着た中国人教師が教壇に立っている。その傍らのスーツ姿は日本人教員。[写真帖編纂委員編1929]

いた。意外にも授業規模は大きかったのである（図4）。

授業は日本人と中国人の教員がペアとなって進められていた。『華語萃編』を使った会話の授業では、低学年は中国人教師が音読し、それについて日本人教師が訳をつけるなどして説明するが、学年が上がるにつれて日本人教員の役割が漸減し、換わって中国人教員が中国語だけで講義するようになっていた［愛知大学五十年史編纂委員会編1998: 23-24］。これが何時から行われていたのかははっきりとはわからないが、1915年入学の鈴木択郎の回想では、すでにこのスタイルが取られており［愛知大学五十年史編纂委員会編1998］、その頃までには定型化していたと考えられる。

文章語の授業では、1920年代までは日本人教員がテキスト本文を訓読するという漢文教育のスタイルが採られていたが、後に日中教員がペアとなって中国語音で発音するものへと変わっている［石田2016a］。

さて、明治時代中頃までの外国語教育では、正則と変則という二つの教授法のいずれかが採られていた。正則とは、外国語を用いて外国語を教えるもの、変則とは日本語を用いて翻訳中心に教えるものである。「正」の字をあてられた正則の方が良いとされているかのような呼称だが、外国語で外国語を教えるというのは、まったくの初心者に対しては必ずしも効果的とは言えない。これを東亜同文書院について考えると、中国語を初めて学ぶ1年生に

233

図5 安河内弘『華語萃編』初集 左：内表紙、右：第23課冒頭
（1917年、東亜同文書院）

対しては主に日本語で授業を進める変則によって教え、理解の進んだ上級学年では中国語主体すなわち正則で教えており、学習進度に合致するバランスのとれた授業であったことがわかる。

　さらに、注目すべきなのは、こうした中国語教育に明確な目標が設定されていたということである。東亜同文書院では、学生に「調査旅行」いわゆる「大旅行」と呼ばれるフィールドワークを行わせ、その調査結果に基づいて卒業論文に相当する「調査報告書」を作成することが課せられていた。これは日本国内の学校で行われていた引率者がいる短期間の修学旅行とは異なり、学生たちだけで1〜2カ月にもわたって中国をはじめとするアジア地域を調査するというものであった。1907年から1944年まで実施されており、そのうち1916年から1935年にかけての調査結果は「支那調査報告書」[7]として伝えられている。その内容は中国に関する百科事典『支那経済全書』[8]や『支那省別全誌』[9]の編纂に利用されるほどのものであり、そうした調査を実行しうる語学力を身につけることが東亜同文書院生には求められていた。つまり東亜同文書院の中国語教育には「大旅行」を行うという具体的な目標が設定されていたのであり、このことによって向学心を喚起させ、結果として

教育効果を向上させていたのである。

このように東亜同文書院では、卒業生が教員となって独自テキストを作成、改良しつつ、中国人教員と協力して北京語教育が行われていた。これに中国語が必須となる「大旅行」という目標が設定されることによって、授業規模が大きいにもかかわらず学生は実用に足る語学力を身につけていたのである。

3．東亜同文書院中国語教育の問題とその克服

こうした東亜同文書院の中国語教育にも、もちろん問題はあった。

東亜同文書院出身の教員坂本一郎（第20期生）は卒業直後の自身の中国語の能力について、「中国語は聞くことと話すことと読むことには一応自信があったが、語学的に考えて見るとわからぬことばかり」［久重福三郎先生坂本一郎先生還暦記念行事準備委員会編1965: 170］と述べている。これは文法的な理解を指している。

前述したように、東亜同文書院内では会話や文章語について独自の中国語テキストが多数作成されたが、すべて例文集の域を出るものではなかった。それは、あるシチュエーションでは、どのような言い回しや文章が適当であるのか、といった具体的なコミュニケーション能力を培うには効果的であったが、なぜそのような表現が使われるのか、ある表現はどのような仕組みなのか、といったような構造的な理解を促す言語学的内容ではなかったのである。

こうした問題は、東亜同文書院が1918年支那研究部という学内研究機関を設置し、1920年中国研究雑誌『支那研究』[10]（後『東亜研究』[11]と改題）、さらに1928年中国語教育研究雑誌『華語月刊』[12]を刊行するなど学術研究を進めていく中で克服されていく方向にあった。

『支那研究』と『華語月刊』には、中国語の音声関係の文章が31編、文法関係が19編、方言関係が18編、中国語教育全般について18編など、教員による多くの研究成果が掲載されている［石田2010: 233–235］。これは学内の中国語研究が、確実に進展していたことの証左である。例えば、やはり書院出身の教員内山正夫（第34期生）はウェード式をベースに中国語のローマ字表記を新たに考案しているし［内山1943］（図6）、鈴木択郎や熊野正平は文

図6の資料（縦書き）

華語月刊の新羅馬字表音方式

内山正夫

一、まへがき

月刊の第一一五號に於て筆者は近き將來に月刊に使用すべき及び月刊の内容がその新表音方式の採用を中心として大刷新を加へらるべきことを豫告いたしておいた。

華語月刊に對する今回の大刷新は久しく行はれるべく久しく行はれたかつたのであるが、それが最近になつて刷新の可能性が確信さるるに至つて、その新が急速にその實現が促進されたのである。

新表音方式の「羅」と稱する所以は別にこの方式のピンらい起全部が新しい創案に係はるものであるといふ意味では、なくして從來使用して來たものに割に割して意をなすのであるから、それは法律常例に即して使用して行く方法には何も變化はない。

以下筆者は全執部の熟心な討論の末決定された新表音方式決定の惡情及び新方式使用上の約束等に關して登表を試みる。（なほこのうち約束事項だけは別に一……五頁にわたる。）

二、新方式決定の必要

漢字學か性質特性といふ問題當は一時頓ち清溝されたとは言へるか、今後は性質特性による新方式を決定することは怜も注音符號に反對の意を表明するものないが今後は毛頭ないであらう。現今日本に於て支那語教授上には注音符號を使用してゐる向もまた一様であるとは以前都々に月刊寺號にこれを使用してゐるのであり又各方面都々は性質符號を主として、確に民國十五年頃から性身授上には性音符號を採用して今日に及んでゐるのであつて今後という方式は性身授上には其制定當初より軟授に採入して今日に及んでゐるのであつて今後という方式に對する注音符號は法律常例を避いて使用して行く方法には何も變化はない。

さてしから性陽寺院の性音符號による新方式決定の必案は委譲にあり、質数の關係上簡單に速べてみる。

図6　内山正夫「華語月刊の新羅馬字表音方式」冒頭（『華語月刊』第117号、1943年）

表1　鈴木択郎『標準支那語教本初級編』文法表解

主語	介詞	直接賓語	述語	間接賓語
家父	把	一本華語詞典	給	我

法的な解説を付けた中国語テキストを著している。鈴木択郎『標準支那語教本初級編』では、文の構造を表形式で説明している。例えば、「家父把一本華語詞典給我」という本文について「文法表解」を付けている（表1）[鈴木1938(1934): 98]。

熊野正平『支那語構造の公式』は、「支那語がもと単音単綴語であって、語尾変化と云ふが如きものもなく、又従来の文法書に於けるが如く『詞』を本位とせず、『語』を本位として考ふる時、成分も極く僅かで比較的総合的処理に便利である」[熊野1935: 自序1]という考えに基づき、次のように九つの「語」によって中国語の文法を解説した。

本型態公式作成に当つて採られた成分は「語」を単位として

1. 主語　　　　　　　　　　（人走）
2. 述語　　　　　　　　　　（人走）
3. 賓語（直接、間接）　　　（我吃飯; 我給你 錢一錢＝直、賓, 你＝間賓）
4. 補足語　　　　　　　　　（他是人）
5. 形容詞性付加語（形、付）（許多的人往西一直的走）
6. 副詞性付加語（副、付）　（許多的人往西一直的走）

及び別に

7. 介詞　　　　　　　　　　（我把他打）

8．連詞　　　　　　　　（我和他……）
9．助詞　　　　　　　　（人走了）

の九者である。助詞は「語気」を表すのみで構文型態に内面的に関する
所はない。従つて特に其が為に公式数を増すことは省略に従つた。[熊
野1935: 自序に続く頁]

　こうした教員の取り組みは、熊野が、「数年来本院学生に課せる文法教課
本」[熊野1935: 自序 1] と述べているように、東亜同文書院の中国語教育
に反映されていたのであり、大正時代にこの学校で学んだ坂本一郎が指摘し
たような言語学的アプローチの欠如という問題は昭和期に入ると解決されつ
つあったのである。

　この学内での中国語研究の深化と中国語教育の展開は、教員の学術的な取
り組みだけでなく、学校の体制の変化にもあらわれた。それは旧制大学への
昇格である。東亜同文書院は国外に設置されたため、直接の監督官庁は外務
省であった。創立当初、卒業生は学士相当と自称していたものの制度上は私
塾でしかなかった。これが1921年旧制専門学校に昇格して正式な高等教育
機関となり、さらに1939年には最高学府である旧制大学へと昇格した。

　本稿で見てきたように、戦前日本の教育では欧米言語教育が重要であ
り、旧制大学で中国語を第一外国語として専門的に扱うことはなかった。そ
うした状況の中で、全学規模で中国語を専門的に扱う東亜同文書院が旧制大
学になったことは特筆すべきことであり、日本の教育の中で中国語教育と欧
米言語教育が対等に位置づけられたという極めて大きな意味をもつもので
あった。

おわりに

　これまで明治時代から敗戦までの日本の中国語教育は、専ら実用を重視す
るものとされ、さらに日本の中国への進出や侵略と密接な関係があったと捉
えられてきた。対照的に欧米言語教育は文化や学術的活動を進めるものとさ
れ、中国語教育よりも高尚とされていた。

　しかし、本稿で見てきたように、そうした理解は正確ではない。

表2　戦前日本の中国語教育関係年表

年代	東亜同文書院関係	国内の中国語教育	そのほか
1870		**南京語教育** 1871.2　外務省漢語学所（南京語） 1873.5　漢語学所文部省移管、外国語学所（南京語） .11　外国語学所、東京外国語学校（南京語）に 1874　外務省派遣北京留学 **北京語教育に転換** 1876.9　東京外国語学校北京語教育開始 1879.11　陸軍参謀本部派遣北京留学	
1880		1880.2　興亜会支那語学所（〜1882） 1881.2　東京外国語学校南京語教育廃止 .12『官話指南』 1884　上海東洋学館（亜細亜学館〜1885） 1885.9　東京外国語学校、農商務省東京商業学校語学部編入 1886.2　東京商業学校、語学部廃止	1883.4　東京大学、英語による授業廃止 1886.3　帝国大学令 1887.10　東京商業学校、高等商業学校に
1890	1890.9　上海日清貿易研究所（〜1894.6）、御幡雅文『華語跬歩』（日清商会蔵版）	**空白時期（1886〜1896）** 1897.9　高等商業学校、中国語教育再開 1898.6　詠帰社（善隣書院） 1898.12『北京官話談論新編』 1899.4　東京外国語学校	1894　日清戦争 1897.6　東京帝国大学、京都帝国大学
1900	1900.3　南京同文書院（南京語） 1901.5　上海東亜同文書院（北京語）『華語跬歩』（東亜同文会蔵版） 1905　高橋正二『北京官話声音譜』 .9　小路真平茂木一郎『北京官話常言用例』 1907　「大旅行」はじまる	**専門学校中心の中国語教育** 1903.4　東京外国語学校、専門学校昇格 1904.8『官話急就篇』 1905　長崎・山口に高等商業学校	1901　海軍兵学校入試英語書取会話廃止 1904　日露戦争

　日本の中国への進出や侵略と中国語教育との関係は必ずしも緊密なものではなかった。大陸での大規模な軍事活動の度に、民間人である日清貿易研究所卒業生や東亜同文書院生を通訳として急ぎ動員しなければならないほど、平時の中国語教育は等閑視されていたのである。

　そこには欧米言語教育を偏重するという日本の教育そのものの構造が横たわっていた。欧米言語教育自体は近代化を進めるための知識や技術導入という実用面に重きを置いて始まったものである。そうして出発した教育は、そのまま欧米言語教育を重視する学校制度を形成し、社会生活を営む上で重要

年代	東亜同文書院関係		国内の中国語教育		そのほか	
1910	1910	朱蔭成序『北京官話教科書』	1915	伊沢修二『支那語正音発微』	1911.10	辛亥革命
	1916.7	『華語萃編』初集				
	1918.4	青木喬『支那時文類編』				
1920	専門学校					
	1921.7	専門学校昇格	1921	大阪外国語学校	1922	中国、文言
		青木喬『現代支那尺牘教科書』	1923	神谷衡平他『標準中華国語教科		文教科書廃
	1924	『華語萃編』二集		書初級篇』		止
	.1	青木喬『改輯支那時文類編』	1924	『官話談論新編』		
	.5	青木喬『現代支那尺牘教科書』	1927	『井上支那語辞典』天理外国語		
	1925.3	『華語萃編』三集		学校		
		清水董三『北京官話旅行用語』	1929	神谷衡平『現代中華国語読本』		
	1928.3	青木喬『支那時文類編』第1輯		宮越健太郎『支那現代短編小説	1929.10	世界恐慌
	.7	『華語月刊』創刊		選』		はじまる
	1929	清水董三『重念』				
1930	1932	青木喬『支那時文類編』	1933.4	宮越健太郎他『最新支那語教科	1931.9	満洲事変
	1933.2	福田勝蔵『商業尺牘教科書』		書』	1937.7	日中戦争
	.4	『華語萃編』四集		.10『急就篇』		はじまる
	1933	華日辞典編纂開始				
	.2	福田勝蔵『商業尺牘教科書』				
	1934.3	鈴木択郎『標準支那語教本』				
	.4	福田勝蔵『商業応用文件』				
	1935	熊野正平『支那語構造の公式』				
	1936.1	鈴木択郎『標準支那語教本高				
		級編』				
	1937	福田勝蔵『普通尺牘文例集』				
	1938	『支那語試験問題解説』				
	大学としての中国語教育					
	1939.4	大学昇格				
1940	1943.11	『華語月刊』停刊	1944	諸外国語学校、外事専門学校に	1941.12	太平洋戦争
	1946.4	学生・教職員引き揚げ		諸高等商業学校、経済専門学校		はじまる
				に	1945.9	日本降伏
						文書調印

となるキャリアデザインに大きな影響を与えるものとなった。社会的な成功を収めるためには、社会的に評価の高い学校で教育を受けなければならず、そのためには重要な試験科目として課せられる欧米言語を学ぶことが不可欠だったのである。

　欧米言語教育が文化や学術方面の活動へとつながったのは、欧米言語偏重の教育活動が蓄積されるにつれて、実用にとどまらないさまざまな文化面などに影響を及ぼすようになった結果である。もちろん、欧米言語教育それ自体が文化的であったり、学術的だったりしたわけではない。

そうした教育の世界において中国語教育が重要視されることはなかった
が、それでも、これに携わる人々は真摯に活動に取り組み、東京外国語学校や
倉石武四郎などによってテキストや教授法を進歩させていこうとしていた。

　その一つの事例として東亜同文書院を見ると、開校当初より国内には存在
していなかった大規模な中国語教育が行われていた。そこでは会話や文章語
のさまざまな中国語テキストが作成されただけではなく、日本人教員と中国
人教員が協力して授業が進められていた。これに中国各地でフィールドワー
クを実施する「大旅行」が、具体的な目標として組み合わされることによっ
て大きな成果を上げていたのである。また、教員たちの教育経験の蓄積や研
究が進展するにつれ、戦前の中国語教育では、あまり考慮されていなかった
文法面について配慮する教育が行われたり、ウェード式を改良した発音表記
の考案がなされたりするなど、独自性の強い中国語教育が展開されていた。

　さらに、東亜同文書院は1939年旧制大学に昇格しているが、これは欧米
言語教育によって学歴エリートを選別する日本の大学教育の中で、中国語教
育を軸に据えたという点において実に画期的なことであった。しかし、こう
した中国語教育の取り組みと発展は、戦争の激化によって1943年から学徒
動員、学徒出陣が始まるなど、十分な教育活動が行えない状況に追い込まれ
ていったのである。

付記：本稿はJSPS科研費基盤研究(C) 26370747助成による「東亜同文書院の中国語教育
についての実証的研究」の研究成果の一部である。

注

1）引用文中の旧字体は新字体に改めた。以下同。
2）『明治別記第八巻陸軍教育史陸軍大学校之部（自明治十五年至四十五年）』によれば、
　　1886年「教則ヲ改正シ外国語中支那語学ヲ除キ独語学ニ改ム」[高野2004b: 13]、1899
　　年1月12日「教科目中支那語学ヲ加フ」[高野2004b: 14] とある。
3）「教育基本法」は1947年公布、施行され（昭和22年法律第22号）、2006年改正された
　　（平成18年法律第120号）。現行法第1条の「必要な資質を備えた」の部分が、旧法で
　　は「、真理と正義を愛し、個人の価値をたつとび、勤労と責任を重んじ、自主的精神に
　　充ちた」となっていた。
4）学生であった内藤熊喜は、中国語教師を「秀才の王という南京の人」[大学史編纂委
　　員会編1982: 82] と回想している。南京同文書院第2代院長根津一は、東亜同文書院に

収容した元南京同文書院生の中国語学習について、「南京ニテ一応官話ヲ練習シタル上之ヲ土台トシテ北京官話ヲ練習セルガ為ニ進歩甚ダ遅々タリシ」[東亜同文会編1905: 45-48]と報告している。以上から、南京同文書院では南京語が教えられていたことがわかる。

5）東京外国語学校本科清語科全学年の学生数は、1897年8人、1898年9人、1999年34人、1900年30人、1901年40人、1902年64人である［東京外国語大学史編纂員会編1999: 96]。

6）東京外国語学校教員による教材には次のようなものがある。神谷衡平・清水元助[1923]『標準中華国語教科書』初級編、文求堂書店。神谷衡平・清水元助[1924]『標準中華国語教科書』中級編、文求堂書店。神谷衡平[1929]『現代中華国語読本』前編、後編、文求堂書店。宮越健太郎・杉武夫[1933]『最新支那語教科書』作文篇、外語学院出版部。宮越健太郎・杉武夫[1934]『最新支那語教科書』会話篇、外語学院出版部。宮越健太郎・清水元助[1934]『最新支那語教科書』時文篇、外語学院出版部。宮越健太郎・井上義澄[1935]『最新支那語教科書』風俗篇、外語学院出版部。宮越健太郎・内之宮金城[1936]『最新支那語教科書』読本篇、外語学院出版部。

7）東亜同文書院[1996]「中国調査報旅行告書」（マイクロフィルム）雄松堂。

8）東亜同文会編[1907-1908]『支那経済全書』全12輯、東亜同文会編纂局。

9）東亜同文会編[1917-1920]『支那省別全誌』全18巻、東亜同文会。

10）東亜同文書院支那研究部[1920-1942]『支那研究』通巻62号、東亜同文書院支那研究部。

11）東亜同文書院大学東亜研究部[1942-1944]『東亜研究』通巻5号、東亜同文書院大学東亜研究部。

12）東亜同文書院支那研究部華語研究会[1928-1943]『華語月刊』全119号、東亜同文書院支那研究部華語研究会。

参照文献

愛知大学五十年史編纂委員会編[1998]『大陸に生きて』風媒社

石田卓生[2007]「東亜同文書院高昌廟桂墅里校舎について」『愛知大学東亜同文書院大学記念センター オープン・リサーチ・センター年報』第1号、93-108頁

石田卓生[2009]「東亜同文書院の中国語教材――『華語萃編』以前について」愛知大学現代中国学会編『中国21』Vol. 32、東方書店、157-174頁

石田卓生[2010]「東亜同文書院の中国語教育について」『愛知大学東亜同文書院大学記念センター オープン・リサーチ・センター年報』第4号、215-239頁

石田卓生[2016a]「東亜同文書院の中国語文章語教育について――愛知大学東亜同文書院大学記念センター所蔵テキストを中心に」『愛知大学東亜同文書院記念センター報』（同文書院記念報）Vol. 24、119-142頁

石田卓生[2016b]「日清貿易研究所の教育について――高橋正二の手記を手がかりにして」『現代中国』第90号、日本現代中国学会、51-64頁

江利川春雄［2006］『近代日本の英語科教育史——職業系諸学校による英語教育の大衆化過程』東信堂

江利川春雄［2016］『英語と日本軍——知られざる外国語教育史』NHK 出版、Kindle 電子書籍

内山正夫［1943］「華語月刊の新羅馬字表音方式」『華語月刊』第117号、東亜同文書院支那研究部華語研究会、6-14頁

大蔵省印刷局編［1890］「教育ニ関スル勅語」『官報』第2203号、国会国立図書館デジタルコレクション『官報』1890年10月31日、第 2 コマ、http://dl.ndl.go.jp/info:ndljp/pid/2945456/2（2017年 5 月11日）

大蔵省印刷局編［1897］「勅令第百八号」『官報』第4142号 国会国立図書館デジタルコレクション『官報』1897年04月27日、第 2 コマ、http://dl.ndl.go.jp/info:ndljp/pid/2947429（2017年 6 月11日）

小崎昌業［2016］『小崎外交官、世界を巡る——東亜同文書院大学、愛知大学から各国大使・公使としての軌跡』愛知大学東亜同文書院ブックレット、あるむ

御幡雅文［1903］『華語跬歩』文求堂書店

柏田盛文［1896a］「外国語学校設立ニ関スル建議案」『官報』号外、第 9 回帝国議会衆議院議事速記録第 9 号、内閣官報局、137頁

柏田盛文述［1896b］「第七 外国語学校設立ノ建議案（柏田盛文君提出）」『官報』号外、第 9 回帝国議会衆議院議事速記録第 9 号、内閣官報局、137-140頁

加藤弘之述［1896］「第四 外国語学校設立ニ関スル建議案（公爵近衛篤麿君外二名発議）」『官報』号外、第 9 回帝国議会貴族院議事速記録第 4 号、内閣官報局、31-34頁

熊野正平［1935］『支那語構造の公式』東亜同文書院支那研究部

倉石武四郎［1941］『支那語教育の理論と実際』岩波書店

近衛篤麿・加藤弘之・山脇玄［1896］「外国語学校設立ニ関スル建議案」『官報』号外、第 9 回帝国議会貴族院議事速記録第 4 号、内閣官報局、31頁

近衛篤麿日記刊行会編［1968］『近衛篤麿日記』第 2 巻、鹿島研究所出版会

佐々博雄［1980］「清仏戦争と上海東洋学館の設立」『国士舘大学文学部人文学会紀要』第 12巻、55-76頁

写真帖編纂委員編［1929］『東亜同文書院卒業写真帖』第25期生、東亜同文書院

鈴木択郎［1938 (1934)］『標準支那語教本』初級編、東亜同文書院支那研究部

関誠［2016］『日清戦争前夜における日本のインテリジェンス——明治前期の軍事情報活動と外交政策』ミネルヴァ書房

大学史編纂委員会編［1982］『東亜同文書院大学史——創立八十周年記念誌』滬友会

髙島俊男［2008］『天下之記者——「奇人」山田一郎とその時代』文藝春秋

高野邦夫［2004a］『陸軍幼年学校（一）』近代日本軍隊教育史料集成第 1 巻、柏書房

高野邦夫［2004b］『陸軍大学校』近代日本軍隊教育史料集成第 7 巻、柏書房

高橋正二［1905］「序」『北京官話声音譜』東亜同文書院

東亜同文会編［1905］「春季大会記事」『東亜同文会報告』第68回、東亜同文会

東亜同文書院滬友同窓会編［1930］『山洲根津先生伝』、根津先生伝記編纂部

東京外国語大学史編纂委員会編［1999］『東京外国語大学史——独立百周年（建学百二十六年）記念』東京外国語大学

原田実之（作成時期不明）『出蘆征雁』原田実之文書、愛知大学東亜同文書院大学記念センター所蔵

久重福三郎先生坂本一郎先生還暦記念行事準備委員会編［1965］『中国研究——経済・文学・語学』非売品

藤井省三［1992］『東京外語支那語部——交流と侵略のはざまで』朝日新聞社

藤田佳久［2000］『東亜同文書院中国大調査旅行の研究』大明堂

熟美保子［2011］「明治17年における上海の日本人街——亜細亜学館設立をめぐって」『経済史研究』第14巻、大阪経済大学

宮島大八［1904］『官話急就篇』善隣書院

宮島大八［1933］『急就篇』善隣書院

安河内弘［1917］『華語萃編』初集、東亜同文書院

六角恒広［1988］『中国語教育史の研究』東方書店

六角恒広［1989］『中国語教育史論考』不二出版

六角恒広［1991］「中国語教育の二つの道」『中国研究月報』Vol. 45, No. 2、1–11頁

六角恒広［1999］『漢語師家伝——中国語教育の先人たち』東方書店

六角恒広［2002］『中国語教育史稿拾遺』不二出版

『大旅行誌』にみる
書院生の「ことば」へのまなざし

——大正期以前の記述より——

塩山正純

东亚同文书院生眼中的"语言"和"文化"：
以大正期以前《大旅行志》的记述为中心

摘要：日本明治维新的时代，随着中国和欧美列国之间的政治交流日益增强，作为中西之间交际工具，北京官话也逐渐占据了优势地位。旧时南京时代的同文书院曾经的南京官话教育，也随着书院校址迁移到上海之后，因时制宜地开始使用起《华语萃编》等北京官话的教材教授汉语了。该时期东亚同文书院的学生，走遍中国国内和南方的周边地域做了大量的现地调查并写出的报告，就是这一教学所取得的重要成果。现在一般认为，对于第二语言的习得，只有在不依赖母语和母文化的条件下，才能获得从客观的角度观察目的语言文化事象的能力。东亚同文书院的学生通过该校课程的学习，获得了客观观察自己和周围彼此不同的文化的能力。那么，他们对以汉语为主的各种语言和周围的文化事象，到底有着什么样的印象呢？本文以该书院学生大调查的成果《大旅行志》为核心资料，简析了东亚该书院的学生即当时部分日本年轻的知识分子，他们是怎样描写近代中国的语言文化交流事象的。本文主要考察的话题如下：该时期日本人对中国语言的说法、北京的语言、对北京话的向往、与中国人士的会话记录、关于官话的描述、与访华西洋人接触的记录、关于协和语等语言接触现象的记录。

关键词：东亚同文书院生，大旅行志，语言和文化，官话，语言接触

キーワード：東亜同文書院生、大旅行誌、言語と文化、官話、言語接触

はじめに

　東亜同文書院の書院生たちは、中国を学問的フィールドとする書院での学業の集大成として、中国およびその周縁地域における大旅行調査に出かけた。日本が明治になった頃には、中国と諸外国、とくに欧米列強とのコミュニケーション・ツールとしての共通言語の地位は北京官話が獲得していた[1]。もともと南京時代の同文書院は南京官話を教授したが、書院が上海に移転してからは、すでに時代の趨勢がそうであったように北京官話がスタンダードの中国語となり、東亜同文書院では『華語萃編』などのテキストによって北京官話が教授された。同時に、書院生たちが書院のカリキュラムの目玉たる大旅行調査に出掛けるために、専ら「東亜同文書院の学生の旅行調査に向けた言語的備え」として北京官話で書かれた『北京官話旅行用語』なる書物も活用された。同書院において教授された中国語は基本的に北京官話であり、書院生たちは北京官話を習得して、これをコミュニケーション・ツールとして引提げ中国各地に出かけていったのである。現在的な考え方では、一般的に母語以外に新たな言語を習得すると、ただその言語が話せるようになるというだけではなく、母語の文化背景だけではなく、新たに習得した外国語の文化背景も合わせもち、母語・自文化に依らない客観的な視点が身に付くと言われる。これが彼らが学んだ百年前の時代にも当てはまるとすると、母語である日本語に加えて、第二言語である中国語、この場合は当時の中国における共通言語であった北京官話にも相当程度通じて、大旅行に出かけた時にはすでに複眼的に自他の言語・文化を見つめる視点を備えていたであろう彼ら書院生は、中国語をはじめとする様々な言語やその周囲の事象について、どのような視点でどのような印象を語ったのであろうか。『東亜同文書院大旅行誌』（以下『大旅行誌』）の記録から言語に関するキーワードを追いながら、読み解いてみようとするものである。

Ⅰ．大旅行調査を前に学んだ『北京官話旅行用語』

　東亜同文書院の中国語教育は、同学院の学業の集大成である「大旅行」と密接にリンクしていた。つまり、「大旅行」の様々な場面で用いることがで

きる中国語の修得が、「大旅行」前の書院生にとっての重要な課題であり目的であった[2]。そしてテキストの中でもより一層「大旅行」に特化した『北京官話旅行用語』は、全32課からなる会話テキストで、リアルな場面設定による実践的な会話で構成されている。例えば第八課「隴海路線」の一節で学習する以下のような会話も実際の行程のひとコマで交わされたであろう。

> 甲中國人吳某：（在鄭州火車上）這位先生上那兒去啊。
> 乙學生：我是解漢口上的車，這到鄭州換隴海車到徐州，您在這兒上車，是上那兒去啊。
> 甲：我也是到徐州，打算換津浦車到天津去。
> 乙：那麼偺們倆人同路好極了，請教您貴姓。
> 甲：好說，姓吳未領教您納。
> 乙：賤姓和田，嘍，這個車站可是不小。
> 甲：這一站原是京漢路的中心點。
> 乙：鄭州既然是京漢的要站，怎麼又在汴洛路的裏邊，又是隴海路的過站，那是怎麼回事啊。
> 甲：鄭州夾在汴洛路的中間兒，汴是汴梁城，就是開封府的古名兒，開封在從前沒有鐵路，因爲省城的地方兒，交通很不便的，所以解鄭州造一條鐵路通到開封，（後略）

交通の要所としての鄭州は『大旅行誌』の記述でも度々登場するが、なるほど今泉［1995］が「各課文すべて旅行者（書院生）が各地で遭遇する場面での様々な相手との問答を想定してつくられたものである」と言うだけあって[3]、『北京官話旅行用語』は活き活きとした会話のやり取りで各場面が描かれている。書院生たちは各地を廻った実際の行程でも、様々な場面で予めインプットしたこのような想定問答を駆使したコミュニケーションを持ったであろう。

書院生による大旅行調査の旅の記録である『大旅行誌』には、彼らが見聞した様々な事象や、そのときどきの心情が非常にリアルに記録されている。そして数こそ極めて多いという訳ではないけれども、中国語の達人でもあった彼らが中国の津々浦々で現地の人間と交わしたやり取りの様子や見聞きしたことばも筆写されている。ここからは、彼ら書院生が『大旅行誌』に残し

た記録をたどり、彼らが各地を旅するなかで出会った「ことば」にまつわる様々な事象について、どのような印象を持っていたのか、順を追って見て行きたい。

II. 『大旅行誌』における記述 (1)
——中国のことばは「なに」語だったのか

　現在、日本ではメインランドの中国で話されている言語である「漢語」を一般的には「中国語」と呼んでいるが、当時の日本人はどう呼んでいたのだろうか。官話、土語、郷談、方言など口語のバリエーションを示す個別の分類はともかく、東亜同文書院では中国のことばの総称を初期には清語と称し、のちに華語、支那語、中国語というふうに時期により異なる名称が用いられた4)。一方で書院のメインの中国語テキストは『華語萃編』と名付けられたその名称が不動であった。公式にはこのような名称の変遷があった訳であるが、書院生たちは『大旅行誌』のなかで中国のことばをどのように記録してきたのであろうか。まず「清語」については、当時としてもすでに馴染みのない名称であったのか、わずか一カ所で組織名称「清語同学会」[大旅行誌 7：189]5)とその説明として言及されているのみである。「華語」はことばそのものを指す名称として使われる場合も散見されるものの、総じて「嘗て華語萃編で教はつた通り」[大旅行誌13：344]や「華語萃編通りの挨拶がすんで」[大旅行誌14：216]というようにテキスト名称を指すものがほとんどである。「中国話」は、案内役の中国人が英語で説明を続けるのを面倒に感じた書院生が内心「中国語でやってくれよ」と思う場面で"中国話倒好"と言ったり[大旅行誌 8：228]、日本語の達者な中国人との会話の場面で日本語だけで用が足りることを喜んで「中国話は不要だ」[大旅行誌 9：119]と言う場面などで散見されるが、その一方で「中国語」は一度も使われていない。これらの名称がわずかな用例しか確認できなかったのとは対照的に、いわゆる中国のことばを表していたのは「支那語」であった。「支那語」の用例には例えば以下のようなものがある。

　(1)　稍々日本語を解するが如しと雖も我等の支那語の方却て方便なり［大

248

旅行誌 6：193]

(2) 日本に留学して居たが、去年の革命の時帰国したのだと云ふ。然し未だ極めて初歩な日本語で、我々に取ては却て支那語で話した方が楽であるが、日本語で話しかけられて決して悪い気持はせん。[大旅行誌 6：247]

(3) 執照見せて何だか話掛けて来るが一向解からぬ、八人の支那通互に顔見合せて呆然たりだ。支那語を桂墅里で二年習つた、一寸は自信ありと如何に力むも駄目、一語さへ通ぜぬ。南北言語の不同は予期の上とは言へ、今更その不便を感ずると共に悲観の嘆声さへ洩した。[大旅行誌 7：205]

(4) 殊に日本留学生の多きは支那中首位にあり、余等の訪問せる役所の上官の如きは皆巧みに日本語を操り、余の如き支那語に拙なき者にありては便利此の上も無かりき。[大旅行誌 7：321]（下線引用者）

　上記のうち (2) と (4) はいずれも日本留学を経験した中国人青年の言語について日本語と対照して記述したものであるし、(3) は中国というエリアを当然カバーして通用すると期待していた「支那語」が南洋では全く通じないという南北差を実感したことについて記述したものである。東亜同文書院では中国語を表すものとして幾つかの名称が用いられたが、書院生に定着していたのは「支那語」だけであったことが分かる。

Ⅲ. 『大旅行誌』における記述 (2)──北京のことばへのあこがれ

　書院では、南京に設立された当初こそ南京官話が教えられていたが、中国における政治・外交面での重要性ゆえに、外国とのコミュニケーションの手段としての地位が北京官話[6]にシフトし、またそれにともなって日本の中国語教育においても、明治中期にはすでに北京官話がメインになっており[7]、上海の東亜同文書院で教授される中国語も早期にすでに北京官話となっていた。現在のように人口の流動の激しい時代ならいざ知らず、当時の上海は呉方言地域のど真ん中にあり、街角で北京官話が通用する環境ではなかった。ここで北京官話を教授された書院生は自分たちが学んだことば、そしてその

ことばが使われている北京への思いが否が応でも募ったのである。書院生たちの北京官話へのあからさまなまでのあこがれの数々を見てみよう。

(1) 今日は午後隆福寺を観に行く。夕べには北京班の安着祝をする筈、ボーイを招んで諸般の準備を命ずる、難澁な支那語と流暢な北京語、俄かに嚢裡の声音字彙を取出す要あり。慚愧、但純粋な北京音を聞くのは一種の快感を覚える、僕の天下は矢張り北京ぢや。[大旅行誌7：113]

(2) 殊に私たち旅人を喜ばして呉れたのは、教室で習つた支那語そつくりの美しい官話がよく通じる事である。銭荘の掌櫃的も「您来了、請坐您哪。」と愛嬌を振り巻き、人わけ行く拉車的も「借光您哪。」と謙遜なものだ。北京語のおだやかさは、京都辯にたとふ可く、上海語の荒々し喧騒は、江戸つ子のベランボウ式か。何にしても北京はなつかしい所だ。[大旅行誌13：686]

(3) 何分船中には、支那語を解する日本人無く、只僅かに日本語を解する支那人買辨を通訳として交渉仲で中々はかどらぬから書院の学生さんに是非来て通訳をやつてくれと言ふのである。日頃鍛へた支那語の腕前はこの時と思つたが、よく考へて見ると俺等の習つたのは東京辯ならぬ純粋の北京語だので、相当の官吏か軍人ならいざ知らず、こんな田舎ぺの兵卒に通じるわけがない。所が幸の事にM氏は、重慶に住する事八星霜、四川省の土語位朝飯前だとて、自ら進んで通訳の重任に当られる事となつたので漸く事なきを得た。[大旅行誌15：619]

(4) 英語を学んだものはロンドンのピカデリーの黄色い霧をニューヨークのマンハッタンをブロードウエーの不夜城を、フランス語を学んだものは花の巴里のオデオンの夜、ノートルダムの鐘さては独乙語のベルリンやユングフラウの霊峯を、伊太利語のローマの廃墟ナポリの煙、ベニスのゴンドラを、それぞれにその国語の都を憧れるのであらう、それと同じ気持で北京語を学んだ僕等は北京を四年ごし、你要那個の昔から紅楼夢の今日まで憧れてゐた。否、清楚な北京語に飢ゑてゐた。[大旅行誌17：638]

(5) 北京は何と云つても中国の都である悠容迫らざる偉大さがある。（中略）殊に北京語の軽いひゞきはたまらない。[大旅行誌17：639]

(6) 北京滞在中の住処として北京公寓を定めた。所謂下宿屋である。我々は学校で北京語を習つて居ても実用に充分役立たないのが不満の一であつた。今我々はそれが実用に大いに役立つ燕京に来て居るといふんだから言語の上から云つても北京はたしかに憧れの都であつた。［大旅行誌17: 666］

(7) 北京。あゝなんと私達の耳になつかしく響く言葉だらう、中学に入つて始めて地理の時間に老大国の都北京を知つてからどんなに好気心にかられたことだらう。それからどうしたはづみか支那に来る様になり毎日々々支那人に接しては殆んど其の人毎に北京の人を思つた。学校で教はつてゐる支那語が明瞭と解つてくると北京の人に会いたいと云ふことは書院に入学してからの願であつた、北京語の通じない上海にある私達に取つては北京は日頃の憧憬の的であつた。私達はいつも、まだ見ぬ恋人を慕ふ様に北京を恋ひ慕つた。北京に遊んだ上級生の北京の話しはいつも私達の北京を慕ふ心をいやが上にも強くさした。［大旅行誌15: 697］

(8) 北京官話の流麗をさる大家の奥方に、上海方語の喧騒を市井の商賈に例ふれば、今朝耳にするこの高低広狭流止抑揚定らざる広東土語なるものは、正に兇鳥の羽音に決起する海南の水賊とでも云はうか。かの鴉片戦争も亦海南の馭舌と南蛮の繞舌との衝突に端を開いた。［大旅行誌18: 35］（下線引用者）

　上記 (1) から (8) を見てみても、北京のことばや北京の街そのものについての記述、例えば「純粋な北京音を聞くのは一種の快感」「僕の天下は矢張り北京」「私たち旅人を喜ばして呉れたのは、教室で習つた支那語そつくりの美しい官話がよく通じる」から、喜びの気持ちが行間に溢れ出て来そうなほどである。さらに「掌櫃的」（お店の番頭）や「拉車的」（人力車夫）の言葉遣いにもどこか奥ゆかしさがある、と褒めそやす。書院生たちは「俺等の習つたのは東京辯ならぬ純粋の北京語」であるという自負とともに、「田舎ぺの兵卒に通じるわけがない」という記述にも見られるように、都のことばを操る人間が田舎者のことばをどこか見下すような態度も持ち合わす。注目すべきは十把一絡げに中国人を見下すのではなく、北京語を解さない田舎者

を見下している点である。そして「ロンドンのピカデリーの黄色い霧」以下、世界の言語を引き合いに中国の「国語の都」である北京への憧れも吐露している。北京は彼らにとって「悠容迫らざる偉大さ」をもった「憧れの都」に他ならないのであった。そして、極め付きは (7) に記された北京への思い、「北京語の通じない上海にある私達に取つては北京は日頃の憧憬の的であつた。私達はいつも、まだ見ぬ恋人を慕ふ様に北京を恋ひ慕つた」という一節であろう。

その一方で、「上海語の荒々し喧騒は、江戸つ子のベランボウ式」、さらにその喧騒は「市井の商賈」にも例えられ、広東語に至っては「正に兒鳥の羽音に決起する海南の水賊」に喩えられる始末である。その他の地域、とくに上海のことばについて否定的な記述に終始するのは、北京への憧れの裏返しということになろうか。

IV.『大旅行誌』における記述 (3) ——中国人と会話する

また『大旅行誌』の記述には、書院生が学習した『官話指南』や『華語萃編』『急就篇』といったテキストの名称も折りに触れて現れ、訪問先や旅の道中で彼らが現地の役人や船頭・苦力その他の中国人と交わした会話についても断片的にではあるが記録されている。

(1) 旅順　粛親王への謁見［大旅行誌11: 34］[8]
　　書院生：久仰大名。我是上海東亜同文書院的学生……賤姓岡。今日特来
　　　　　　拝望王爺大人来了。如今幸得拝望王爺大人実在光栄的很哪。
　　粛親王：您的口音很好々々。
　　書院生：那児的話呢。

これを記述した書院生は、同行予定の二人が諸事情で不参加となり、『官話指南』を使って学習した記憶を頼りに、一人で親王に謁見した。彼が落ち着いて「流調に（?）」挨拶したところ、親王から「発音が宜しい」とのことばを賜る。咄嗟に謙遜して"那児的話呢"と返答するも、これでは官話の嗜を忘れた返答であったのである。親王からは笑みを含んだ表情で、ここは"豈敢"と言うべきであったと指摘された。言語の階層の違いを意識した相

応しい表現の選択、というなかなか高いレベルでの反省である。

(2)　広東　孫文訪問［大旅行誌14: 297]9)
　　書院生：您是孫閣下麼，久仰的很，今天蒙閣下的不棄実在感謝不尽了。
　　孫文：啊諸位是東亜同文書院的学生幸会幸会。

　知人のつてにより、孫文を訪問したときの場面である。面会時、孫文の質素な服装に驚き感服し、書院生が緊張で廻らぬ口ながらに挨拶すると、孫文からは意外にも比較的純粋な北京官話で応答があったことが感想として述べられている。

(3)　京兆順義県　知事訪問［大旅行誌15: 316]10)
　　書院生：我們是在上海東亜同文書院的学生，這回我們貴国内地游履来
　　　　了，路過貴治，特意過来拝会県長来的。
　　県知事：豈敢々々。兄弟呀早就知道貴書院。貴書院的学生的中国話都很
　　　　好。
　　書院生：那児的話呢。我們只知道眼面前児的話。

　当該書院生の「大旅行」調査で初めての県知事訪問の場面を記録したものである。この書院生は慎重を期してテキスト『華語萃編』の本文をなぞって挨拶する。県知事からは想定通りの応答があり、心中ひそかに喜ぶ。それに続く知事の質問に対しても、うまく謙遜の表現を使ってセオリー通りの回答ができたケースである。

(4)　陝州（現・三門峡）　船頭との船賃交渉［大旅行誌16: 173]11)
　　書院生Y：我們得吃飯，因為給過船費，你們回去罷。
　　船頭：你們的船費是二十五塊，你們不給了，我們不能回去。
　　書院生T：潼関県々長是我們的好朋友若是你們不聴我們的話，我們一定
　　　　要打電報潼関県々長。

　大旅行の道中に黄河の川下りを終えた書院生が船頭と船賃交渉をする場面である。書院生Yは15弗で話をつけようとするが、船頭らが納得しないので、書院生Yは15弗を投げ出して「おれ等は御飯を食べなくちやならぬ、船賃もやつた事だからお前等も帰りなさい」と言った。書院生Yの発話につ

いて仲間の学生はその中国語が「三年間の苦心の勉強の結果流石は流暢だ」との高評価を与えている。聞く耳を持たない船頭に書院生Yは殴り掛からんばかりの勢いとなるが、それを遮って書院生Tが、県知事の名刺を出してかまをかけると、船頭にわかに慌てだし、結局のところ20弗で話がついた。日頃の書院での中国語の授業では出来の良くなかった書院生Tではあるが、現実のコミュニケーションの場面で意外な能力を発揮して大活躍するのであった。

　このほか、『大旅行誌』では、会話を記録する場合、会話をしているいずれか一方、例えば「巡官相手にコツコツした支那語で御愛想を述べて」やったあとの署長のひと言だけを書き留め、「学生們鬧的風潮利害的很」[大旅行誌17: 517]のように、相手の中国人とのやり取りを日本語で描写して、それに対する相手の発言だけを記録した例が多い。また、治安の悪化を理由に行き先の変更を求める山西運城の現地の役人との交渉時に、書院生が口にした「你們無論怎麼説我們不敢回河南去的我們今児晩上上道尹那児交渉去就是了你們再不要説甚麼」[大旅行誌17: 567]という言葉や、その返答から相手の学識や経歴を瞬時に判断するために立派な北京語で観測気球的に発する「労大駕蒙抬愛実在対不起感謝不尽, 你到上海或漢口那児去過了没有」[大旅行誌14: 151]という言葉など、自分側の発言だけを記録したような例も数多い。
　いずれにしても、これらの会話は、グループで協力してこしらえたもの、テキスト片手に行われたものである。彼らの発した中国語は、テキストの例文そのままの表現ではあったかも知れないが、『大旅行誌』に書き留められた通りのこれらの会話が本当に交わされていたのだとすると、彼らの会話のコミュニケーション能力は相当の訓練を積んでこそ得られるレベルの高いものだということが見てとれる。
　一方で、広い中国のことであるから、「広東人が恐ろしい目付で話し合つて居る面のにくさ。あれでも支那語かとがつかりする。賊眉鼠眼とは此の事かと思い当る。広西の山奥で英語も分らず北京語も通ぜす、全く困りはてることだらうと取越苦労をやる」[大旅行誌3: 404]ものがあったり、または「今日迄習ひ憶えた我等の支那語も此処に来ると中学のリーダー巻の一の四、五頁どころ程の価値もなく」[大旅行誌17: 170]感じたりして、方言のきつ

い南方などを巡った折りには自分たちが身につけた官話がいくらも通じず途方に呉れてしまう経験をした場面を記したものも数多い。

Ⅴ.『大旅行誌』における記述(4)──書院生たちの「官話」像

言うまでもなく『大旅行誌』は旅の記録であって言語に特化して記述されたものではない。しかし、そこに記されたことばに関するキーワードを丹念に拾い集めてみると、『大旅行誌』の記述が全体として言語事象に対してどのようなイメージを形成していたのか、一定の傾向が見てとれる。彼ら書院生の官話に関する総体的な記述といえば第一に、第18期生による「支那は国土に於て日本より遥かに広大であつて、殊に言語系統が全く異なり、普通教育が十分に普及せぬが故に、甚だしく意志疎通に不便と不都合とを感ずる。標準語としては北京官話、南京官話等があるも之は殆んど上流人士、知識階級に限られ、南方には特異の広東語など存し、各省には各土語が存し其の言語系統の全く別箇のもの或ひは大いなる差異があるから、各地方人の間に意志疎通に甚だしき不便を感ずる」[大旅行誌13: 731]であろう。これは恐らく教室で概論的に教授されたものをなぞったものであろうが、当時の中国の口語に関わる情況を客観的に記述した好例と言えよう。

一方で出掛けた先々での直感的な記述ということになると、数えきれないほど多く、特徴的なものだけに限っても以下のような例を幾つも挙げることができる。

(1)　どうやら漢口に帰りさうだそれならこんなに心配はせぬこれ船頭奴!!と嚇しても此辺の土人だ、北京官話なんて粋なことばが通ずるものか。[大旅行誌2：41]

(2)　チツポケな二三十軒の飯事の様な町、然しあの苦力の言葉の立派さ。官話を使う此処の苦力は、濁音出気音ばかり使つてる上海の苦力よりも上品だ。[大旅行誌3：3]

(3)　知県張氏は頗る北京官話の解る人にて気持よし、彼れ自ら貴国と敝国とは由来同文同種なりなどと云ふ、K生曰く。[大旅行誌5：312]

(4)　漢中の雑貨商に北京の男が居た言語が官話指南通りだから殆んど毎日

の様に請安に行つた。［大旅行誌5：348］

(5) 二名の人相悪き仏蘭西将校らしい奴が応柄に迎えた仏語は分らず英語は先方が通ぜず支那語は通訳の支那人が土人なれば官話も通ぜぬそこで一場の筆談を初む我等を軍事探偵と思ひ種々なる訊問を支那人を介して初む［大旅行誌5：348］

(6) 京奉鉄道と京漢鉄道は正陽門を隔てゝ脚下に轟つてゐる。此内城外城に幾十万の支那人が尽く北京官話を使つて、不正確な声や、腔調児では物事が辦じられぬ処は、北京と云ふ感じが一層深くなる。［大旅行誌6：3］

(7) 現任民政長は姚詩峯と云ふて温厚篤実の好爺だ。平民主義で非常に質素の人らしくも見えた。山東省に職を奉ずる事二十余年と聞けば必らずや為国為民の父母官であらう。彼れ口にする処は流暢なる北京官話なれば四方八方の間話に一層の花が咲く。［大旅行誌6：96］

(8) 衙役訪問もやつたが、知府殿頭は大分古い、前清時代の官吏上りだとの事だ、然し幸ひ南京官話は話せる、日本語も一寸出来ると云ふに年頃二十五六の留学生がまあ通訳の勢を取つて呉れたから割合には話も続いた。［大旅行誌6：348］（下線引用者）

とくに (5) などは、支那語の枠の中にカテゴリーとしての官話があるということに対する書院生の認識を記述した好例であろう。じつはこうした言語事象の印象が記録されることは目新しいことではなく、近世・近代以降の西洋人の東洋への旅行記のなかでもことばに関する記録が数多く見られる。例えば『大旅行誌』からさかのぼること約100年、フランスの東洋学者ドギーニュがその紀行文のなかで北京を記述した箇所でも「官話」について言及していることが確認できるように[12]、言語を専門的に記述したものではなくても、記述がちりも積もって山となれば、その総体として形成されるイメージは侮れない存在になり、一定の価値をもつのである。

VI. 『大旅行誌』における記述 (5) ――在華欧米人との出逢い

19世紀以降の中国では、数多の西洋人が中国に居住して様々な方面で活躍していた。西洋人の中国における活動・活躍の詳細については稿を改めて触れることとして、ここでは『大旅行誌』が、ことばをキーワードとして記述しているものを中心に紹介してみよう。

(1) 宣教師なるルイスと云へる人はシャツ一つになりて怪しき支那語を以て土民を監督しつゝ自ら設計して西洋風の大病院を建築中なりき［大旅行誌1：60］

(2) 此処で不図米国宣教師に遇つた。彼が吾等生存競争の一コンペテイターかと思へば矢張り何となく敵視するやうな感じがせんでもなかつたが永らく支那臭い中を通り越して来た吾等には今は又何となく懐かしい様な気がした、馬鹿に英語を話して見たくなつたのでぼつ〲と初め出した、処が永く支那語のみを操り来つた吾等はどうもうまく英語が出ない、中にはアンド那個と云ふ清米句が出た、続いてはイエス不錯と云ふ名句も吐かれた、これらを前提として清米句はどし〲と出されたが驚いたことは、該米人の支那語に熟達してゐたことである、彼はこの清米句を悉く了解せるのみならず支那語のみの会話と来たら又素敵にうまい、怪不得、彼はこの地に住む十五年余ださうな、話しに実がのつて、遂に吾等は翌日彼の住宅に到るべく勧められた［大旅行誌2：110］

(3) 偶一洋人轎車に乗りて来態々吾々を訪問に来てくれ候、「ウキリアム」と申す英国の宣教師でこの城内に教堂を有する由にて候、支那に来てから十五年になり信者も百名計りありとか、支那語の巧みなのに驚き候［大旅行誌3：80］

(4) 「君は何所へ行かれるのです？」不意に太い英語が耳をついた。「漢口へ！」反射的にこう答へた自分の眼にヘルメットを被つた四十前後の外人が朧ろに写つた。外人は自分の前に腰かけて居た。「みんな漢口へ行くのですか？」外人は語を重ねて僕等の仲間をじろりと見まはした。「えゝ、漢口で別れますがそこまではみな一緒です。」会話は船の寂寞を破つて暫く続いた。米国宣教師ジョンソン君は巧みに支那語をも操つ

た。通州に寂しい居を構へて一身を布教に捧げて居るそうだ。初めは僕等を支那人だと思つて居たそうだが日本人だと知つてから語はコロネーション、デイのジヤパニーズ、ランタン、プロセツシヨンに及んで日本の提灯行列は非常に奇麗だなど云つて賞めて呉れた。［大旅行誌 5：72］

(5) 次に仏国宣教師の経営して居る天主堂に行く。宣教師は打見たる所五十ばかりの厳丈な体格の人で、此種の人に常に見る容貌ではあるが何となく神々しく見えた、そして着物から靴まで支那風を装ふて居て巧みに<u>支那語</u>を語つた。聞けば此地に来て七年になるのだそうな。［大旅行誌 7：233］

(6) 英国の領事が来ると言ふことで大に驚いて用意をした。例によつて川村の室を応接間にして片附けたが来て見ると領事ではなくつて書記か何かの支那人だつたには気ぬけがした。しかも甚失敬な支那人で午後回拝に行つたら居なかつた。支那人は居なかつたが領事と云はれる英国人に会つた。何でも之から内地に入るものらしかつた。もう一年も此処に居るんださうだ。随分毛唐は尻が長い。僕等は二十日の晩に来て明日は出発しやうと云ふのでさへ居過ぎた〜〜〜と言つて居るのに領事の男は西蔵へ這入る積りだと言つて一年も入口にぐづ〜〜して居る。宣教師も古い方には二十年か三十年かになるさうだ。僕等がやつと目指す打炉炉迄来たと思ふと彼等は西蔵へは何時這入るのかと尋ねる。僕等はそんなに長く居たら<u>支那語</u>がうまいのも無理はないと思つて居ると彼等は<u>支那語</u>ばかりか<u>西蔵語</u>でも一つどことかの言葉でも話すと云ふ。僕等が思つて居るよりは常に彼等は一歩先の事をやつて居る。［大旅行誌 8：405］

(7) 拟此地の布教状態はと見ると米人コービン氏経営の教会を中心としたやく八十人も収容出来ると云ふ大病院と大学程度のミッションの学校がある。（中略）牧師コービン氏も立ちて<u>支那語</u>を以て堂々と辯じてゐた。［大旅行誌12: 410］（下線引用者）

イギリスの外交官について記述した (6) を除いては、いずれもキリスト教の在華宣教師について記したものである。キリスト教の在華宣教師たちが近代の中国で残した功績は逐一記すまでもないが、ここに挙げた例に共通するのはいずれも彼ら西洋人の言語能力の高さについて言及していることであ

る。(1) は国籍・名前を記さないものの、「怪しい」ながらも西洋人が支那語で建築現場の監督まで行っている様子を目にしたときの感嘆の気持ちを記している。(2) のアメリカ人宣教師も名前は記されないが、書院生の英語と中国語の混淆したそれこそ怪しげな言語を悉く理解するにとどまらず、さすが在中15年の年季だけあって「支那語に熟達してゐ」て「支那語のみの会話と来たら又素敵にうまい」と感嘆する気持ちが述べられている。(3) のイギリス人宣教師ウィリアムについても、やはり在中15年の年季ゆえの「支那語の巧みなのに驚」かされている。(4) のアメリカ人宣教師ジョンソンも「巧みに支那語をも操つた」ことが取り上げられている。(5) のフランス人宣教師はカトリックの活動の特徴である「着物から靴まで支那風を装ふ」現地化の様子が描写され、さらに在華7年にして「巧みに支那語を」話すことも記されている。また (7) も同じく西洋人宣教師の言語能力に関する記述である。(6) はイギリス人の外交官であるが、「支那語ばかりか西蔵語」までもこなす言語能力に関する指摘もさることながら、書院生たちが注目したのは「二十日の晩に来て明日は出発しやうと云ふ」自分たちのせっかちな気質とは対照的に、このイギリス人外交官には好い意味での「尻の長さ」があり、ものごとを長いスパンで観察する特長を有しているという点である。おそらく書院生たちの意識としては、ひとりこのイギリス人のみならず、「常に彼等（西洋人：筆者注）は一歩先の事をやつて居る」ということを特に記して称賛していると言えよう。

Ⅶ. 『大旅行誌』における記述 (6) ——言語接触の事象の記録

　当時の満州地区では日本語と中国語の言語接触の産物である言語事象があった。これを金水［2014］は「満州ピジン」と呼んでいる。そして『大旅行誌』にも満州地区を廻ったグループによって、この言語事象の特徴が記述されている。本稿では最も的確にその特徴を捉えているであろう2つの記述を取り上げる。まず1つ目は、大連における「你呀」を取り上げた次の記述である。

　　　大連に上りて否満洲に入りて劈頭第一に耳にして然も驚異の感に打た

259

るゝは此一語なるべし、蓋し此ニーヤは支那語の你呀と同一にして、其用法を見るに日本人が下級支那人に対して用ゆると共に又支那人より日本人を呼ぶに用ゐらるるが如し。日本人が「ニーヤライ〜〜」と東洋車を呼ぶかと思へば路傍の車夫苦力の如きは亦恬然として日本人を呼ぶにニーヤと言ふ、其関係恰も平等にして両者の間に位置の差別を認めざるが如し之を譬ふれば日本語の君に相当すべし、或人説を為して曰く露人の統治時代には未だ曾てこの語を聞かず未だ一人の支那人ありて露人に向ひてニーヤと呼びしを聞かず、日本人の統治に移りてより始めてこの語を生ぜり、而して此奇異なる用法を有するニーヤはやがて日露両国の対清経営に於ける政策上の大相違を示すものなりと、然り従来俄国人の重圧主義の下に潜みたる清人は未だ曾てスラヴ人に対してニーヤと称する程の勇気無かりしなり、然も一転して吾が愛撫の下に帰するや即傲然としてニーヤと呼ぶ我戦勝の余威を以てして尚且然り、恩に狎れて恩を忘れ徒らに自ら尊大なるは清人の常なり彼れ露西亜の対清外交政策の常に優勝なる地を占めたりしもの蓋し此間の消息を知悉せしに依るものならむか否か。［大旅行誌1：127］（下線引用者）

　満州における言語接触で生じた現象の特徴の一つとして、金水敏［2014］も「你呀」を取り上げ、「「你呀」は合弁語の中でも「侮り難き猛威を」ふるっていると言い、「你」は中国語の二人称単数の代名詞であるが、合弁語ではこれを「中国人」の意味ととって乱用し、「私の処の你呀」「貴下処の你呀」「魚やの你呀」「野菜やの你呀」「煙突掃除の你呀」「靴直しの你呀」、などと使用すると言う。なお、「呀」は本来終助詞なので、主語や目的語など、文末以外の位置で「呀」を用いるのも、中国語の文法からはずれている」と指摘する[13]。大連は満州の海からの玄関口にあたるが、はやくも5期生が1907年の調査で訪問した時点では、すでにこれほどの紙幅を割いて記録するほどに、こういった言語事象が広く観察されるようになっていたであろうことが分かる。また、さらに広範囲にこの満州における「ピジン」的言語事象の用例を紹介する記述もある。

　　当地は土着の民少く多く北清の移民にして多少土語訛あれども官話を

自由に適用するは爽快なり然るに茲に北満一帯に通用する奇妙奇的烈の
　　　言葉あり我的掌柩的有、睡覚的没有、大々的辛苦、カヘロー々々々的
　　　有、我的飯々少々的有、慢々不行的哪、不よろし、などの如くその的字
　　　を用ひ邦語を加味せるは可笑にして当地に於ても盛に通用し支那人間
　　　は勿論日本人との対話には普通官話よりも却つて便利なり［大旅行誌
　　　4：301］（下線引用者）

　この引用文中にある「有」は漢字で表記されてはいるが、張守祥［2012］
が「助動詞「である」「です」「だ」の作用に代替する「〜アル」付の話し方
だけを「助動詞としてのアル」と命名することにする」と言い[14]、用例とし
て「日本兵3：今支那兵隊一人も強いもの居ないぺけある。」「日本兵：娘
それ何するあるか。」を挙げる所謂「〜アル」語であろう。同じく引用文中
で下線を付した"我的、掌柩的、睡覚、大々的、不行（ぢやないか）、飯々、
少々的、飯々、有"は、金水［2014］が中谷鹿二の『日中合辦語から正しき
支那語へ』（1926年）から列挙する合弁語（満州ピジン）の特徴的な語彙と
も一致する[15]。とくに「掌柩的」については、金水［2014］でも「「掌櫃的」
（チャンクイデとも）は普通、番頭と訳されているが、時には「支配人」ま
たは「主人」等の意味になり、主として商人に対する敬称語である。ところ
が合弁語では相手が男でさえあれば官吏でも軍人でも用い、また中国人でも
日本人でも男性を見れば「掌櫃的」と呼びかける。特に人力車夫などが「掌
櫃的車要不要（＝旦那、車乗らないか）」などと乗車を勧めるのは誰でも聞
き馴れていることであろうと言う」と詳細に記述しているように、極めて特
徴的な例の一つであると言える。そして、とくに言語に特化した調査をして
いた訳ではない彼らが、複数言語が混在する社会である満州のこの言語事象
について、はっきり「当地に於ても盛に通用し支那人間は勿論日本人との対
話には普通官話よりも却つて便利なり」と書き記していることから、上海が
本拠地でこの地域に馴染みのない書院生にとっては、非常に目新しく注目す
べき現象だったであろうことがうかがえる。

さいごに

　ピジン中国語 (?) らしき言語事象や、会話など実際に発話された中国語について は、『大旅行誌』の記述として残っているものは決して多いとは言えない。しかし、個別の記述でそれぞれに、満州では各地のコミュニケーションの中で所謂ピジン中国語などが話され、特に日本人と中国人とのコミュニケーションにおいては中国語や日本語よりも通用していたことなどが語られており、先行研究が指摘する当該地域の当時の状況についてかなり正確に記録していることが見てとれる。少ない用例だけで、すぐに当時の言語事象がどうこうと言うことはできないが、ピジン中国語について非常に正確な記述をしていることから、その他の事象についての記述もそれなりに信用できるであろうことの傍証にはなると思われる。とくに中国域内の共通言語としての官話に関する記述は、実際の会話の記録こそ少ないものの、キーワードとしての「官話」で語られるその内容は、書院生が訪れたその時その場所における「官話」のそれぞれのイメージや地位を詳細に物語っている。中国各地を巡った彼らがキーワードとして記述する官話は、当時の状況を反映して、ほぼ例外なく北京官話であった。そして『華語萃編』『北京官話旅行用語』『官話指南』といったテキスト本文をなぞった会話が各地での実践でほぼ通じているなど、テキスト本文が地方での使用にもたえる内容であった、つまり当時の共通語を正しく記述していたことも証明している。彼らは言語学を調査しに各地を巡ったのではないため、ことさらにことばだけを取り上げて記述している訳ではないが、むしろ視野の広い旅の記録の自然な文脈のなかで、ポロリと語られる記述の端々に彼らの意識的・無意識的なことばへのまなざしが見てとれるのである。

注

1) 高田 [2001] では、官話の規範としての地位が、南京のことばから、時代の変化によって北京語（北京官話）にとってかわられる過程を、ウェードの『語言自邇集』成立の過程とあわせて詳細に説明している。また張美蘭 [2007] は明治初期の日本における中国語教育について述べるなかで、1870年代にはすでに日本の中国語教育が南京語から北京語へと転換したことを指摘している。東亜同文会の誕生が1898年であるから、

日本の中国語教育においては、中国語イコール北京官話であったと言える。

2）石田［2009］第二章参照。

3）今泉［1995: 19］参照。

4）今泉［1995: 12］参照。

5）以下、『大旅行誌』からの引用出典は、東亜同文書院編［2006］『東亜同文書院大旅行誌』オンデマンド版の巻数と頁数を、［大旅行誌　巻数：頁数］として示す。なお引用文中の旧字体は新字体に改めた。

6）本稿ではとくに断りのない場合、「北京官話」は北京で使われているオフィシャルでスタンダードなことば、という意味で用い、言語の南北の差異を言う場合には、広い意味で「北京語」も含むこととした。

7）高田［2001］及び張美蘭［2007: 133］参照。

8）当該部分［大旅行誌11: 34］の原文は以下の通り。

万羽氏は先刻所要にて大連に行かれ、又王府の顧問役をして居らるゝ小平氏は恰も大連の病院に入院中なので、自分は一人で親王と謁せねばならぬ。……「官話指南」を覚えて居ればよいが……。気を鎮めて「久仰大名。我是上海東亜同文書院的学生……賤姓岡。今日特来拝望王爺大人来了。如今幸得拝望王爺大人実在光栄的很哪。」と流暢なる（?）御挨拶をした迄はよいが王爺大人に「您的口音很好々々」と御賞めに預かり、官話の嗜を忘れて「那児的話呢」と謙遜した、王爺一寸笑を含まれて「那児的話呢」は俗語である故に「豈敢」と言はる可きであると言われる。しまつた。「豈敢」と言へばよかつたと思ふても後の祭り、又々腋の下に冷汗をかいた。然し其の後直ぐに「未だ貴国に留学して二年の月日しか立ちませず官話は仲々話せません。何ふぞ王爺大人俗語を使ふ処は御恕し下さい」と申し上げ、「很好々々」と賞められて漸く気が落ち付いて来た。

9）当該部分［大旅行誌14: 297］の原文は以下の通りである。

下后孫逸仙訪問に出かける、中西折衷とでも云ひたい太きな構への建物だ、刺を通じて暫く応接間に待つてゐるとやがて取次らしい兵士がやつて来て孫翁の事務室まで案内して呉れた、先づその質素な服装に驚かされた　感服させられた。您是孫閣下麼、久仰的很、今天蒙閣下的不棄実在感謝不尽了、と廻らぬ口ながら挨拶すると啊諸位是東亜同文書院的学生幸会幸会と比較的純粋な北京官話で云つか呉れたので占めた！

10）当該部分［大旅行誌15: 316］の原文は以下の通りである。

初めての県知事訪問だから慎重を要すると云ふ所で直ちに華語萃編の文句をそのまゝ受け受りすることにする、衙役びつしり眼を白黒させ乍ら賢こまる。（中略）名詞を出して、我們是在上海東亜同文書院的学生、這回我們貴国内地游履来了、路過貴治、特意過来拝会県長来的。と切り出した。豈敢々々。兄弟呀早就知道貴書院。とやられしめたと心中ひとかに喜ぶ、そして又県知事閣下が続けられる、貴書院的学生的中国話都很好さあげつけられては答へぬわけに行かぬ。那児的話呢。我們只知道眼面前児的話とか何とかいつてそれからうんと知事をあげつけてさて今晩の宿屋を探してくれと頼み入る……

11）当該部分［大旅行誌16: 173］の原文は以下の通りである。

幸にして無事陝州に到着せしものゝこれよりは船賃の交渉だ。吾等は十五弗を与えて帰

263

さうとするけれど船夫等はいつかな聞かず。Y兄十五弗を投げ出して曰く。「我們得吃飯、因為給過船費、你們回去罷」（おれ等は御飯を食べなくちやならぬ、船賃もやつた事だからお前等も帰りなさい）三年間の苦心の勉強の結果流石は流暢だ、それでも仲々に聞きそうにもない。「你們的船費是二十五塊、你們不給了、我們不能回去。」（貴方等の船費は二十五弗です、もしそれだけ下さらなければ私共は帰れません）と。「生意気だ、なぐらうか」とのY兄の言を殊勝らしく遮ぎつてT兄、潼関県知事の名刺を出して、「潼関県々長是我們的好朋友若是你們不聴我們的話、我們一定要打電報潼関県々長」（潼関の県知事さんはおれ達の友人だから若しお前等が話を聞かなけりや電報で潼関県知事様に知らしてやるぞ）と言葉を入れた。船夫等は赤くなり青くなる。遂に二十五弗を二十弗として帰らす。まあ九分通りの吾等の勝利、と言ふ所だ。日頃支那語ではお目玉のみいただいてゐるT兄も面目俄かに揚る。

12) ドギーニュDeguignes［1808: 391, 292, 394］参照。なお原文で「官話」は"Kouan-Hoa"と表記されている。

13) 金水［2014: 115］参照。

14) 張守祥［2012: 64-66］参照。

15) 金水［2014: 112-116, 117-118］参照。なお「不行」について金水［2014］の用例の表記は「不行（ぢやないか）」である。

主要資料

東亜同文書院編［2006］『東亜同文書院大旅行誌』全33巻（オンデマンド版）、愛知大学
東亜同文書院華語研究会［1936］『北京官話旅行用語』改訂6版、東亜同文書院支那研究部

主要参考文献

石田卓生［2009］「東亜同文書院の研究」愛知大学大学院中国研究科博士学位請求論文
今泉潤太郎［1995］「東亜同文書院における中国語教学──「華語萃編」を中心に」『愛知大学国際問題研究所紀要』103号、1-25頁
金水　敏［2014］『コレモ日本語アルカ？──異人のことばが生まれるとき』岩波書店
高田時雄［2001］「トマス・ウェイドと北京語の勝利」狭間直樹編『西洋近代文明と中華世界』京都大学学術出版会
張守祥［2012］「「満洲国」における言語接触──新資料に見られる言語接触の実態」学習院大学『人文』10号、51-68頁
張美蘭［2007］「明治時代の中国語教育とその特徴」愛知大学現代中国学会編『中国21』Vol. 27、131-152頁
ドギーニュ　Deguignes［1808］*Voyages a Peking, Manille et L'ile de France : Faits dans l'intervalle des années 1784 à 1801.*

東亜同文書院大旅行とツーリズム

――台湾訪問の例を中心に――

岩田晋典

The Great Journeys of Toa Dobun Shoin College and Tourism:
A case study of a research trip to Taiwan in the 1930's

Abstract: The Great Journeys were month-long research trips conducted from 1907 to 1942 by Toa Dobun Shoin College students to complete of their studies. Under guidance of professors, they planed travel routes, set up teams and headed for different provinces in China or even further to the surrounding regions. They were able to use ships or railways in some areas, but it was not unusual for them to travel on foot through rural areas for many days. The research diaries are full of descriptions of hardships, such as fatigue, hunger, sickness, bedbugs and robbery. On the other hand, the Great Journeys were carried out in modern times when tourism became popularized in industrialized countries. This paper examines the Great Journeys in terms of tourism by comparison of the reserach diaries of a Great Journey team that traveled in South China and Taiwan in 1932 with other tourism media of the same time period. The analysis shows that there are common discourses between the two media and it is reasonable to consider that the Great Journeys were influenced strongly by tourism. Although the students usually stress how hard the research trips were and some students complained frankly about being identified with tourists on a pleasure trip, the Great Journeys were a modern practice enabled by tourism that had been spreading and developing at the same time.

Keywords: Toa Dobun Shoin, Great Journeys, tourism, Taiwan

キーワード：東亜同文書院、大旅行、ツーリズム、台湾

はじめに

東亜同文書院の書院生が行った「大旅行」（以下、大旅行調査と呼ぶ）は、卒業研究のための周遊型フィールドワークであり、書院生自身や関係者によって同学における勉学の集大成と位置づけられていた。1907年から1943年にかけてほぼ毎年、班ごとに分かれた書院生が夏季の数カ月間それぞれのルートを調査旅行し、調査地域は中国大陸を中心にした広大な地域をカバーすることとなった。大旅行調査の調査日誌は『大旅行誌』として毎年編纂され、結果として全33巻のシリーズに結実している。本稿の主な分析対象となるのがこの『大旅行誌』である。

大旅行調査のルートは都市から都市へ移動する形で構成されていたが、都市間の移動が徒歩であることは珍しくなく、基本的に大旅行調査は「旅は憂いもの辛いもの」を地で行くものであった。少々誇張すれば、灼熱の太陽のもとフラフラになって歩き続け、やっと農家の小屋に泊めてもらい、土匪の襲来に怯えながら体調の悪い仲間の看病をしつつ、南京虫と一緒に朝を迎える、という具合である。『大旅行誌』シリーズは、こういった天候、衛生、治安の面での苦労・困難の記述で溢れている。大旅行調査は苦難や危険に満ちた冒険の性格を強く帯びていた。

大旅行調査が行われた20世紀前半は、19世紀の交通インフラが世界各地に普及し、ツーリズムが地球規模で展開していった時代である。大日本帝国とその周辺地域もその例に漏れず、内地から中国大陸とくに満州、朝鮮半島への旅行は、ある程度大衆化の様相を呈していたし［白幡1996］、新聞社主催の団体旅行も人気を博していた［有山2002］。また、植民地住民に内地を視察させる「内地観光」も行われていた[1]。帝国日本の領土内では観光が活発に行われていたのである［ルオフ2010］。本稿が主な対象とする台湾についても同様で、帝国日本による統治のもと台湾は船舶を通じて周辺地域と連結され、台湾島内では多様な鉄道が緻密なネットワークを築いていった[2]。

本稿の目的は、こうした時代的背景をふまえ、大旅行調査をツーリズムの側面から考察することにある[3]。具体的には、台湾への大旅行調査の一つを取り上げて、同時代の観光メディアと比較対照することを通じて、大旅行調査とツーリズムの関わりについて論じたい。

台湾を訪れた大旅行調査は一定数存在するが、本稿では第29期生・第21班が1932年に実施した調査の調査日誌「南華・台湾の旅」を主な考察対象とする。この日誌に焦点を当てるのは、台湾が主な調査対象地域であったことのほかに、同時期の観光メディアが利用しやすい状況にあり、比較分析を試みやすいと判断したためである。

Ⅰ．書院生の台湾訪問と「南華・台湾の旅」

1．書院生が台湾に求めたもの

大旅行調査全体で見れば、全ルートのうち約12％が台湾を通過している。台湾を訪問したルートは1930年代に増加の兆しを見せるが、大旅行調査が行われた期間全体に見られるようになっている［岩田2017: 222–223］。

書院生は好んで、工場設備、博物館類、医療・教育施設、そして蕃社などを訪れている[4]。こうした好みが生じた背景として、東亜同文書院がそもそもビジネススクールであったという事実がまず想起されるが、それ以外にも、帝国日本の臣民としてその統治下で進む近代化あるいは国力の発露のようなものに意識が向いたということも考えるべきである。記述に表れた書院生の行動は、帝国日本による台湾の植民地化（近代化／日本化）を確認することを特徴としていた［同上］。

それは書院生に限った話ではなく、こうした近代的インフラは台湾総督府交通局鉄道部による『台湾鉄道旅行案内』などの当時の旅行案内書でも各地の見どころとして紹介されていた。また、日本による近隣諸国・地域の近代化／植民地化が重要な観光対象になっていたという事実は台湾に限った話ではなく、内地から満州や朝鮮への団体旅行においても同様の傾向が見られた［有山2002］。

その一方で、書院生の調査日誌には、名所旧跡を見物して回る観光旅行的な行動も多々含まれている。たとえば台北から台湾神社と北投温泉に日帰り旅行する書院生は少なくなかったし、台南では鄭成功廟や安平のゼーランディア遺跡も訪問先として好まれていたようである。中国大陸を回る調査日誌でも名所巡りの記述は頻繁に見られるが、台湾や大連の場合はそれにも増して帝国の一部として"日本"を味わえる場所であったことは大きかった。

浴衣・下駄・畳は書院生の記述の中で“日本”を示す不可欠の記号であった
と言っても過言ではない[5]。

2.「南華・台湾の旅」

　こうしたことをふまえてみると、本稿で焦点を当てる第29期生・第21班
の調査日誌「南華・台湾の旅」に記述された旅行行動は、大旅行調査におけ
る台湾訪問の特徴を典型的な形で表していると言っていい。ひょっとすると
第21班の旅行は極端なものかもしれないが、たとえそうだとしても、台湾
における大旅行調査とツーリズムの関わりについて分かりやすい事例を提供
している。

　「南華・台湾の旅」は、東亜同文書院大旅行誌第24巻『北斗之光』（愛知
大学、2006年）に含まれている。『北斗之光』は、第29期生が1932年に実施
した大旅行調査の調査日誌集として、1933年（昭和8年）3月に第29期生自
らによって編纂されたものだ。『北斗之光』には合計で24の調査日誌が収め
られている。第29期生第21班による「南華・台湾の旅」はその一つである
が、上海から南方に向かった日誌は同巻の中でこの一編のみとなっている。
それが理由かは不明であるが、「南華・台湾の旅」は相対的にみて多くの分
量を占めている。頁数からすれば、『北斗之光』全451頁のほぼ10%に当た
る46頁となっている。

　写真についても同様である。他の大旅行誌とは異なり、『北斗之光』では
巻頭に全調査の写真が一括して掲載されているが、写真用の全24頁の中で
「南華・台湾の旅」に関するものは3頁の割当となっている（図1）。

　「南華・台湾の旅」の執筆者「第21班」として名が記されているのは、中
島有吉、稲垣信行、鹿島満周、枝村栄の4名である。中島と稲垣は、5名か
らなる「大旅行籌備委員」のメンバーでもあったことが『北斗之光』巻末の
写真から判る。ただし、編集委員には加わっていない。

　第29期生が大旅行調査を実施した1932年は藤田が言う大旅行調査の「制
約期」に当たる。この期間は、1931年の満州事変をきっかけに、中華民
国国民党政府からのサポート体制（ビザの発行や危険地帯での護兵の付添
い）が崩れ、大旅行調査が限定されるようになった期間である［藤田2011:
67-68］。

図1 『北斗之光』に掲載された第21班の写真の一部

「南華・台湾の旅」には「予備調査の日数が与へられなかった」(449)[6]という記述があり、大旅行調査の企画段階に差し障りがあったことがうかがえる。第21班4名のうち2名が「大旅行籌備委員」のメンバーであったにもかかわらず予備調査が十分にできなかったという断りからは、1931年の満州事変、翌1932年の第一次上海事変ならびに満州国建国という政治社会状

況の変化の中で、第21班の大旅行調査準備作業において何らかの「制約期」を象徴する展開があったと推定できる。

事実「南華・台湾の旅」の中国大陸に関する箇所には、その時期に日本国民として同地域に滞在・旅行することがけっして容易ではなく、むしろ緊張感の伴うものであったことが分かる記述が少なくない。

香港では、書院の先輩から「満州事件及上海事件」が現地邦人社会に与えた悪影響について知り（419）、総領事館でも「南支一帯の抗日状況」について情報収集をしている（425）。また、「悪劣」な乗客がいる広九鉄道で日本人が現地人に殺された事件についての記述もある（426）。広東、汕頭、厦門の箇所でも「排日」や「抗日」の話題が繰り返し現れる。

「南華・台湾の旅」の大旅行調査は6月7日に始まるが、最終日がいつであったのかは、はっきりとした記述がないために不明である。台湾出国は最短で6月28日と考えられる。かりに台湾滞在が28日に終わったと考えると、旅行全体の21日間のうち7日から18日までの前半が「南華」すなわち珠江デルタ（香港・広東・マカオ）に、続く後半の19日から28日までが台湾島に当てられている。

大旅行誌には、各班の調査日誌の冒頭頁に調査旅行の経過地リストと路線を示す小さな地図を掲載しているものが多いが、『北斗之光』では若干体裁が異なり、地図があるべき箇所は班員一同の写真が占めている。

「南華・台湾の旅」の場合、経過地リストに記された地名と本文中に記された訪問地には若干の齟齬が見られる（表1）。た

表1 経過地リストと実際の訪問地の比較

リストの経過地	実際の訪問地
上海	上海
香港	香港
広東	広東
香港	香港
澳門	汕頭
高雄	厦門
猫鼻頭（×）	高雄
台南	台南
嘉義	嘉義
阿里山	阿里山
日月潭	魚池（○）
新竹（×）	日月潭（水社）
台北	台中（○）
基隆	台北
門司	角板山（○）
長崎	
上海	

注：訪問地のうち経過地リストに記載がないものに（○）を、経過地リストのうち実際には訪れなかったものに（×）を付けた。台湾以外は網掛けにした。

とえば、経過地リストではマカオ（澳門）は広東に行った後で香港（二度目の訪問）から向かうというスケジュールになっているが、本文の記述では最初の香港訪問時にマカオに足を延ばしたという順序になっている。

また、台湾南端の岬、猫鼻頭については、本文では東側対岸の鵝鑾鼻として言及されたうえ、悪天候のために「憧の黒潮躍る帝国最南端」（434）の同岬の訪問を断念したとある。さらに新竹は立ち寄ることすらせず、その代わりに日月潭から台北に行く途中で台中で数時間過ごしている。

こうしてみると、「南華・台湾の旅」の冒頭に見られる「経過地」は実際に訪問した場所ではなく、調査実施前に計画したルートであり、訪問予定地をそのまま掲載したものと理解できる。

「経過地」にはない魚池・台中・角板山の三箇所のうち魚池と台中は宿泊のためだけに立ち寄っている。魚池[7]は、日月潭のダム工事のために出来た「バラック」ばかりの小さな町である。彼らは集集線・水裏杭駅（現在の水里駅）からバスに乗り換え悪路を進んだ末に、やっと午後8時にたどり着き、ダム工事労働者たちが飲み騒ぐ「お祭り気分」の中、「今宵一夜の仮宿」として「魚池旅館」に宿泊している（442）。

台中での宿泊は、水社から午後7時に到着してから午前1時半発の台北行の列車に乗るまでの5時間程度の利用であった。駅で「大勢の客引が屋号の入つた提燈を高く差し上げて盛に自己宣伝をやりながら客の袂を捕へてゐた」（445）という光景には、当時のツーリズムの充実ぶりが表れているようで興味深い。

角板山は、今日の日本の観光メディアが取り上げることはほとんどない場所であるが、1930年の『台湾鉄道旅行案内』に「蕃情視察の最適地」とあるように［台湾総督府交通局鉄道部1930: 97］、戦前は蕃社の見学地として著名な場所であった[8]。同案内書には、角板山が手押し軌道で大渓街から約3時間でたどり着くこと、蕃童教育所や物品交易所、製茶工場、蕃人の耕作地などがあること、そして物品交易所では「珍奇な蕃産物」が廉価で購入可能であることなどの説明がある［同上］。端的に言えば、角板山は鉄道網に組み込まれ土産物も販売された観光地であった。

Ⅱ. 第21班の台湾旅行の特徴

　第21班が訪問した主な場所を大別すると、高雄・台南、嘉義と阿里山、日月潭、そして台北とその周辺という四つの地域に分けることができる（表2）。

　各地域は今日の台湾観光でもごく一般的な観光ゾーンであり、第21班と同じように旅行する人がいてもさして驚くまい。大旅行調査における台湾訪問においても同じことが言える。訪問地は上記の台湾島西部に集中している。

　こうしたゾーンを訪問する中で第21班が関心を示した事柄を調査日誌の記述から探ると、近代的なもの、未開的なもの、南国的なもの、神社、阿里山一帯、旧跡の六つに分類することができる。

　このうち阿里山一帯と旧跡をのぞいた四者が全て備わっている例として屏東の訪問を挙げることができる（434-436）。高雄からの移動中に車窓から「すべてが南国らしい、魅惑的な景色」を堪能する。「鳳梨の缶詰で名高い鳳

表2　第21班の旅行内容

日　付	主な行動内容	宿泊地	宿泊施設名
6月19日	高雄港に上陸。台湾の果物・数日ぶりの入浴・浴衣での散歩を楽しむ。	高雄	寿館
6月20日	屏東で製糖工場・公園・神社・蕃社を見学。夕方台南へ。	台南	（不明）
6月21日	安平でゼーランディア遺跡を、台南で神社・孔子廟・商品陳列館・赤崁楼を見学。夕方嘉義到着後市内散策。	嘉義	青柳旅館
6月22日	朝、阿里山鉄道で沼の平地区へ。一帯見学。	阿里山	阿里山倶楽部
6月23日	祝山登山。下山して沼の平見学。嘉義で製材工場・農事試験場を見学。二水・水裏杭経由で夜魚池へ。	魚池	魚池旅館
6月24日	バスで水社（日月潭）へ。独木舟・杵声を楽しみ、蕃社を見学。涵碧楼で昼食。	水社	（涵碧楼？）
6月25日	午後3時に水社を出て夕方台中着。台中公園を見学。	台中	（客引きの旅館）
6月26日	午前1時に台中を出て台北へ。市内散策、総督府・博物館訪問。草山温泉・本島人街訪問。	台北	日の丸屋
（不明）	角板山へ。手押し台車を利用。製茶工場・マラリア治療所・蕃童教育所を訪問。	角板山	（現地の宿）

山」そして「東洋一を誇る下淡水渓の鉄橋」を通過し、檳榔樹と大榕樹が植えてある「如何にも南国の駅」である屏東駅に到着。そこで「全島屈指」の台湾製糖「阿緱工場」[9]を見学している。つづいて屏東公園・阿緱神社を見学し、パイワン族の蕃社を訪問している。

　このように、工場や鉄橋、公園という近代的な技術・インフラ、その裏返しとしての蕃人、景色・果物が示す南国情緒、神社というきわめて日本的なものが順に記述されている。

　以下、書院生の関心を構成する要素について詳しく見てみよう。

1. 近代的な事物

　まず、近代的なものへの関心である。高雄では港湾設備に言及し、屏東後に訪れた台南では商品陳列館を訪問している。阿里山では製材作業や小学校について触れられ、麓の嘉義では製材工場、農事試験場を「あはただしく」(441) 回っている。日月潭では当時建設中のダム・水力発電所の意義について語り、台北では博物館を訪問、また博物館前に展示された機関車を見てその「哀史」(446) に思いを馳せている。最後の訪問地である角板山では、三井製茶工場、マラリア治療所、蕃童教育所そして「東洋一」(448) の鉄線橋などの近代的なインフラストラクチャーを訪問している（前掲図１）。

　このように、屏東以外にも行く先々で工業技術や近代的な設備についての記述が見られる。

2. 蕃人・蕃社

　書院生の多くが台北近郊の蕃社（烏来や角板山）を視察している。蕃人に関する大旅行誌の記述では、近代的なものの裏返しとして蕃人を位置づける植民地主義的思考が普通に見られる。第21班の記述も例外ではない。ここでは角板山の記述の一部を引用しよう（全て原文ママ）。

　　蕃童に出会へば歯切れのいい日本語で「今日は」と丁寧に会釈して「何
　　処へ行くの」と愛想よく聞く。多く日本服を着てゐるから内地の田舎の
　　少年と見違へる位だつた。壮年や半白の老人に会へば肩から腰にかけて
　　赤い布ををけシイザーブルタス、カシヤスのローマ武士を偲ばす勇壮軽

快な扮装をしてゐるが、清楚の感じがないから何処となく野蛮人らしい
香がする、妙齢の婦人は総て鼻髭の様な太い入墨をして獰猛な感じを与
へる点よき内助者たるを思はせる。外貌如何にも生蕃の本領を発揮して
今にも食ひつかれさうだが総督の理蕃政策よく行き届いて、全く日人に
は馴れ、一行を見れば言葉こそ発せぬがニコニコとして頭を下げて通り
過ぎる。（448）

この引用部分には、蕃人にいまだ未開人的な部分が備わるということだけで
はなく、蕃人の日本化・文明化が順調に進展していることが描かれている。
こうした描写は、観光地としての蕃社が、台湾にしか存在しないエキゾチッ
クさを経験できるものであると同時に、植民地化・近代化の進展を認識する
場でもあったことを示している。

3．"南国らしさ"

　"南国らしさ"は、書院生の多くが台湾で満喫したものであった。高雄に
着いた第21班は、「甚だ、むかつく税関検査」への不平と簡単な港の印象を
述べた後で「私どもの台湾情緒は、先づ波止場の物売り屋台に並べられた、
黄色く熟した水々しい鳳梨から初まつた」（434）と記している。また、夕食
後には「木瓜に南国の甘味を賞し」ている（434）。

　台湾の"南国らしさ"は、かなり印象深かったらしく、すでに触れたように
高雄から屏東までの移動の際に見た景色を次のように詳しく描写している。

　　如何にも熱帯的に繁茂した濃緑が目に映じて、至極心地よい。一面の水
　　田にはよく実つた稲が重くるしくうな垂れて居たが、その中にははや、
　　台湾特有の収穫法で刈り入れられてゐたのも目についた。
　　　又こんもりした優雅な檳榔樹の森が、其処彼処に散在し、水田や小川
　　のほとりには、数多の白鷺が深く物思ひに耽つた様で、其の麗しい姿を
　　水面に映じてゐた。水牛は静かに小沼に浴び、牧童は無心に列車の通過
　　を眺め、バナナは青々と房をなし、木瓜は黄紅色に熟して、鳳梨がその
　　青葉の中から橙色の果実を拾げて畑に行列をなして居た。すべてが南国
　　らしい、魅惑的な景色であつた。

また、北回帰線塔について本文では短く言及しているだけであるが、前掲図1の写真頁には「南国にしるす（北回帰線標・台湾）」という写真が掲載されている[10]。

こうした"南国"の記述は頁が進むにしたがい、目立たなくなっていく。理由としては、阿里山や日月潭という高地に移動したからとも考えられるし、また、もしこの調査日誌が現場で記していたフィールドノーツに忠実に沿ったものであるのならば、日が経つにつれて"南国らしさ"に慣れていったからと考えることもできよう。

「南華・台湾の旅」の最後の節は、「南国のカクテル」というタイトルで全体をまとめる部分になっている。第21班は「カクテル」という言葉に、「回想する毎に総合的美酒の味覚に陶然とする、酔へば羽化登仙し醒むれば悲哀を感ずる」という意味が込めている。そうしてみると、第21班が言う「南国」には珠江デルタも含まれていたと理解できるのであるが、記述全体を捉えると、台湾の箇所で記述されるような"南国らしさ"は珠江デルタでは語られていないのも事実である。また、この"南国らしさ"に、その自然環境の中で暮らしていた人々、つまり本島人が一切関わっていないことも指摘しておかなければならない。

4．神社

神社参拝は、帝国日本の臣民として高等教育を受けていた書院生にとって、あれば必ず参拝するというくらいの当然のお勤めであったようだ。第21班は、阿緱神社、台南神社、阿里山神社というように各所で神社を参拝している。神社は、台湾を訪れた書院生にとってごく普通の訪問場所であった。たとえば北投温泉と台湾神社は台北中心部から同じ方面に位置し、鉄道を利用して簡単に往来することができたので、書院生らはセットのようにして出向いていた。第21班の記録に台湾神社訪問の記述がないのは、彼らが草山温泉に行ったからなのかもしれない。ただし方角としては草山温泉も北投温泉と同じ台北北部にある。

神社参拝が普通の旅行行動であったことを念頭に置くと、記述はないとしても台中神社にも行っていた可能性も否定できない。台中ではわずかな滞在時間の間に台中公園を見学し、その「雄大さ」に感銘を受けているが、台中

神社はその台中公園の中心部に建てられていた。

5．阿里山一帯

　阿里山の訪問はとくに印象深かったようで、4頁もの文量が与えられている。とは言っても記述内容は、独立山のスパイラル線の描写や、高度が上がり「蕃界」に入ったことへの言及、嘉義と比べた涼しさ、夜間の寒さなど、他班の調査日誌と大きく変わらない内容である。

　第21班は、阿里山倶楽部に宿泊している。宿では、「一風呂に一日の疲れを忘れ、下界の真夏をよそに、丹前にくるまり、火鉢を囲んで、熱い茶を啜つた」（439）。美しい夕景色を味わった翌早朝は、阿里山倶楽部職員の老人をガイドに祝山を登り、ご来光を拝んでいる。いったん宿に戻り朝食を取った後、老人とともに阿里山神社・阿里山寺を参詣、ついで神木を見物、その後奮起湖まで老人に同乗してもらい、「名残りを惜しみつつ」（441）阿里山を後にしている。

6．旧跡

　第21班の旧跡見学は台南に限られている。そのためか台南訪問の節も「台湾の京都見物」というタイトルになっている。

　台南州庁に自動車と案内役を提供してもらった一行は、安平のゼーランディア城跡を訪れているが、寂しい印象ばかり残ったようだ。

　　寂れゆく安平市街を城下に、空しく往時を夢みる安平港を一望の内におさめて、小高い廃墟が残つてゐた。そこに独り立つ白亜の燈台にも又一入の寂寥が感ぜられる。（436）

赤崁楼では、さらにその度合が増す記述となる。

　　安平城址と同様由緒をもつ、ブロヴイデンジヤ城の旧址であるが、鄭成功清朝と時代は遷り、幾度となく重修されたためか、今はただ荒寥たる、純支那式の二楼閣を残すのみであつた。往時蘭人経営の跡空しい浜田弥兵衛鄭成功の勇躍も又空しく偲ばれるのみ。（437）

「純支那式」という言葉が興味深い。この嘆きにも似た思いが、旧跡が修復

され続けて昔の姿を失った状態に向けられているのか、あるいは「純支那式」に変化したことに向けられているのか、この記述だけからは判断しがたい。とはいえ、次に述べる本島人とその文化の取り扱いも考慮にいれると、この文脈で用いられる「支那」という言葉に、ネガティブなニュアンスが込められていたと考えることも十分に可能である。

7．本島人とその文化の不在

最後に、本島人の取扱いについて述べておきたい。「南華・台湾の旅」において本島人とその文化についての記述は限定されたものになっている。この傾向はその他班の調査日誌にも当てはまるものである。

たとえば第21班は前述の台南滞在で孔子廟も訪問しているが、残された記述は「礼楽庫に蔵されてゐる古ぼけた楽器を参観して廟を辞す」（437）というわずか一文である。

後述するように、「本島人街」を訪れているが、その部分にも廟についての記述はない。植民地台湾では、廟の数は神社の数を凌駕し、廟の参拝が活発に行われていた[11]。それを考慮にいれると、第21班の記録に現れた廟が台南・孔子廟のみであり、記述もわずかなものであったという事実は、彼らの意識がそもそも本島人の生活文化に向かっていなかったと判断するのに十分なものである。

当時の台湾の宿泊施設は、大きく分けて日本人向けの内地式と非日本人の植民地人向けの本島式の二種が存在していたが［曽山2003: 291–295］、台湾を訪れた書院生はもっぱら内地式を利用していたようである。第21班についても本島式の旅館を利用した記録はない（前掲表2）。

そもそも本島人自体に関する記述には親近感を感じさせるものもほとんどない。高雄上陸直前の部分では「（本島人に）特有の喧噪を以てごつた返すやうに騒ぎたててゐる」（433）と述べ、台中では畏れ混じりに「福建人の血を受けてゐる本島人の経済的能力」（445）に言及している。

草山温泉からの帰りに立ち寄った「本島人街」については次のように描写し、本島人の同化が困難である理由としている。

本島人街に来れば日本人町の清楚美麗なるに比し、上海の徐家匯であり

277

北京路の延長である。店内に飾られてある商品は多くは日本品だが、ま
だ完全に旧習を脱することが出来ずに、福建省あたりから輸入された彼
等の必需品が多くあつた。(446)

　ここでいう「彼等の必需品」とは「習慣上必要なる品物」(447) すなわち
信仰に関わる用具を指しているようだ。第21班の認識の中では、廟そして
それを支える信仰は、同化の障害となる旧弊（あるいは悪弊）として位置し
ていたと解釈していい。

　その証左なのであろうが、本島人の同化が進んでいる状態を賛えた部分
もある。本島人街の前に訪れた草山温泉では、「和服を着た台湾人が流暢な
日本語を操り日本人と仲よく話してゐる点など植民地に稀に見る麗はしい風
景」(446) を描いている。

　最終節「南国のカクテル」では「原住社会群の足らざるを補ふは文明社会
移住群の義務である」(450) と論じている。文脈から判断して、この「原住
社会群」は本島人を指している。第21班の認識では、台湾において支那性
を代表している本島人も、蕃人と同様、日本人より文明性が欠けた存在で
あった。そして、その欠落を象徴していたのが、信仰の保持であり、その具
体的表れすなわち廟であったと言えよう。

III. 同時代の観光メディアとの比較

1.「台湾遊覧券」の旅行内容との比較
　前節までは、第21班の行動内容について論じてきた。本節では、それを
同時代の内地発の観光メディアと比較対照してみよう。
　第一の事例として、第21班の台湾調査旅行と同時期に販売されていた「台
湾遊覧券」のクーポン案内に焦点を当てる。「台湾遊覧券」は、1925年から
鉄道省がジャパン・ツーリスト・ビューローを通して販売を開始した旅行
クーポン・チケットである。台湾を対象とするものは、1931年から発売さ
れた。台湾在住者は利用不可である。遊覧券は好評を博したようで、1934
年に出版された『台湾旅行の栞』という台湾旅行案内書では、台湾の鉄道に
ついて述べた章につづいて、独立した「台湾遊覧券」という項目が設けられ

東亜同文書院大旅行とツーリズム

表3 『旅』1935年5月号の台湾遊覧券案内で紹介された観光地

地　名	項目として列挙された観光対象
基隆	高砂公園、千人塚、基隆神社、台湾水産会社、クールベー浜、平和公園、社寮島
台北	台湾神社、剣潭寺、交通局鉄道部、日本旅行協会案内所、龍山寺
北投温泉と草山附近	公共浴場、附近名所、草山温泉、竹子湖、淡水
角板山	（下位項目無しに同地を説明）
日月潭	石印化蕃の杵声、新高山、霧社
阿里山	阿里山神社、阿里山寺、阿里山の神木、嘉義
烏山頭	（下位項目無しに同地を説明）
鵝鑾鼻	高雄、寿山、澎湖島、屏東、鵝鑾鼻、恒春、四重渓温泉
タロコ渓	礁渓温泉、宜蘭、花蓮港、大タロコ

ている。それによれば、遊覧券は発売以来「好果を収めてゐる」［宮前1934: 94］もので、著者も「旅客にとつては真に至便」［宮前1934: 95］と推奨している。

　日本旅行倶楽部発行の雑誌『旅』の1935年5月号には「クーポンの旅 台湾遊覧」という計7頁の巻末付録（以下、クーポン案内）があり、遊覧券を用いた台湾旅行が宣伝されている［日本旅行倶楽部1935］。

　クーポン案内で「台湾クーポンコース」という地図とともに「台湾の指定遊覧地巡り」の対象として紹介されている場所は紹介順に、基隆、台北、北投温泉と草山付近、角板山、日月潭、阿里山、烏山頭、鵝鑾鼻、タロコ渓という9箇所となっている［日本旅行倶楽部1935: 2–7］[12]。

　これら9箇所の内容に含まれる下位項目も加えたのが表3である。この表と第21班の記録に見られる訪問地を照らし合わせてみると、書院生が訪れた場所の多くが遊覧券の対象範囲に含まれることが判る。

　日月潭の箇所には、第21班も楽しんだ「杵声」がある。また、角板山の箇所では、台北からの蕃地見物に最適であることや、蕃童教育所や物品交易所、三井などの企業関連施設があることも紹介されている。

　近代的な事物については、角板山の企業関連施設のほかに、各地の産業や鉄道が言及されている。とくに目を引くのは第21班が訪問していない烏山

279

頭貯水池であるが、クーポン案内全体における産業観光的記述は、第21班の記述と比べると、むしろ控えめの印象を与える。東亜同文書院がビジネススクールであり、各代の大旅行調査のテーマも産業に関するものに特化していることからすれば、それを当然と捉える向きもあるかもしれない。

けれども少なくとも台湾に関して言えば、台湾の統治機構や事業、各種産業に関する事物、つまり植民地台湾の近代的な側面は、前述のように当時の旅行案内書でもごく普通に紹介されており、観光対象として大きな部分を占めていた[13]。言うなれば、台湾における書院生の工場見学を一般の観光客の行動からかけはなれたオリジナリティのある旅行実践であるとは断言できないのである。

2．屏東、南国らしさの描写

クーポン案内の他の説明にも第21班の記述との共通点を示すものがある。たとえば、屏東の説明を見てみよう[14]。

> 人口三万九千の町、飛行第八聯隊の所在地で、駅から約一粁に台湾製糖会社がある。此の間は椰子の並木続きである。此の外全街区を点綴する熱帯植物——榕樹、橀仔、龍眼等の老木が熱光の下に緑蔭を投げてゐる。此の町へ来ると熱帯に来た感が殊に深い。[日本旅行倶楽部1935: 6]

先に引いたように、屏東に関する第21班の記述も南国らしさ、熱帯性を強調したものとなっている。実際に第21班がクーポン案内や『台湾鉄道旅行案内』を参考にして調査日誌を書いたかどうかは定かではない。そしてまた、それは重要ではない。

図2　雑誌『旅』1935年10月号の広告

むしろここで肝要なのは、屏東を南国・熱帯の町と捉える解釈枠組みが存在
し、それが旅行メディアと調査日誌に共通して見られるという事実である。

　図2は、1935年10月号の雑誌『旅』に掲載された台湾旅行の広告である。
南国台湾の自然と蕃人文化が強調されたものになっており、新高山、パパイ
ヤ（本文では「木瓜」）、水牛、杵歌など、調査日誌でも台湾を示すものとし
て用いられている記号が散りばめられている。

3．阿里山訪問

　第21班の調査旅行が当時のツーリズムに多かれ少なかれ規定されていた
ことは、阿里山の記述にも垣間見ることができる。以下は、クーポン案内で
紹介された阿里山の旅程である。

> 阿里山遊覧者は午前八時五分嘉義駅を発し、車窓の展望に驚異の眼をみ
> はりつつ午後二時四〇分阿里山駅に著く。そのまま水上に到り、伐木、
> 集材状況を見物して午後五時頃阿里山に引きかへして一泊、翌早朝旅館
> を出て約三粁の祝山に登り、指呼の裡にある新高主山連峰に対し、御来
> 光を拝しまた引返し阿里山寺を参詣、九時五七分神木駅から乗車嘉義に
> 降るのである。［日本旅行倶楽部1935: 5］

この旅程は第21班の行動と基本的に同じものである。当然ながら彼らの経
験談はその時々の感情や人々との出会いを含む個人的かつ具体的なものであ
る。また、この旅程にある「水上」という地名が彼らの記述には現れない点
など、細かい部分に相違が見られる。けれども、鉄道で阿里山山頂地域に到
着、林業を見学し宿で一泊、翌早朝に祝山登山、下山後寺社を参拝し、鉄道
で嘉義に戻るという行程自体は両者に共通している。阿里山観光がかなりの
程度定型化しており、第21班もそれに則っていたと考えるべきであろう。

4．廟の取り扱い

　このように、第21班の行動記録には、クーポン案内の紹介内容と共通す
るものが多々見られるのであるが、さらにもう一つの特徴として、本島人的
なものの不在を指摘しておきたい。

　先に第21班は廟の記述をほとんど残さなかったと書いた。その点クーポ

ン案内も同様である。廟として唯一紹介されているのは、嘉義の呉鳳廟であり、呉鳳が蕃人に対して行った有名な逸話にも触れている。けれどもそこには、この廟を本島人がどのように信仰しているのかといった部分は一切ない。つまり、生活文化の例としてではなく、むしろ蕃人問題に関わる旧跡として紹介されていると解釈するのが妥当である。

廟以外では、剣潭寺、龍山寺、阿里山寺という三つの寺の紹介がある。剣潭寺と龍山寺は、台湾割譲以前から存在することが明記されているものの、単にクーポン利用者も利用しうる仏教施設・旧跡でもあるところという位置付けを与えられているようである。なお、阿里山寺は日本統治下1919年の建立である。

IV. ツーリズムというシステムの中で

1. 登山という近代的な実践

第21班は祝山に登り、新高山を望むにとどめているが、書院生の中には新高山に登頂した者もいた。

台湾では1920～30年代、登山が盛んになった。内地では、1930年代なかば戦時色が濃くなると、ドイツのワンダーフォーゲル運動を手本に国民的保健運動としてハイキングや登山の必要性が叫ばれ始めており［森2010: 83］、台湾でもそれと歩調を合わせる形で、心身鍛錬につながるという理由から登山やハイキングが推奨されていった。

その風潮は書院生の行動にも確認できる。1939年広東から上海に帰る船便の都合で台湾に立ち寄った第36期生・福建班の一名は、新高山登山にのぞみ、「日本一の最高峰を征服した」［東亜同文書院編2016d: 246］という喜びを7頁にわたって記している。また、その2年後1941年に台湾を訪問した第38期生・南支班も、船便の都合で出台日が十数日延びたことを利用して、霧社からタロコ渓谷を通過し、花蓮に至る台湾島横断のトレッキングを行っている。以下は記述の一部である。

山の神秘はすさまじい迫力をもって人を打つ。最初の三人の登山計画が偶然とは云へ八人の大勢になった事を、僕は神に謝した。（中略）八人

八様の出装ではあるが、向ふ目的地に運ぶ足どりはピッタリとあつて、何ものにもまして頼もしい。山の観光は馬々虎々でもかまはない。僕はただこの登山を大旅行中に持つたことを喜び、これを契機に生れた八人のスクラムの力強さを心から讃へた。(「合歓越日記抄」)[東亜同文書院編2016e: 317-318]

　この記述からは、書院生も登山という行為を単に山岳地帯を歩くという以上のものと捉えていたことが分かる。すなわちそれは、合目的的に計画し、規律あるチームワークをもって目的を達成するという近代的な実践としての登山である。ただし彼らは未開の山野を歩んだのではないことも強調しておきたい。たとえばタロコ渓谷は1937年に「国立公園」に指定されていたように、書院生は「近代的なツーリズム空間」[曽山2003: 256-259]の中でこの近代的な実践を行っていたのである。

2．物見遊山的な見方へ抵抗、反発

　書院生の台湾訪問は、かなりの程度当時のツーリズムに組み込まれていたと考えていい。第21班の旅行誌の記述は、それを顕著に示す例だと言える。けれどもその一方で、彼らがそうせざるを得ない環境下に置かれていたとも考えるべきである。「南華・台湾の旅」のまとめの章「南国のカクテル」は、「予備調査の日数が与へられなかつた一行はフローテングモザイク的な漠然として無統一、そして浅薄な知識を抱き締め、南風に競ひつつ未知の香を求めて行脚した」(449)という一文から始まる。そして旅行全体を振り返り、植民地建設について論じた後、章の最後を「大名旅行から生れる皮相の見解しか持ち得なかつたことを考へ合せて呉々も遺憾に思ひつつ擱筆する」(451)として全体を締めくくっている。せっかくの大旅行調査がいたし方のない事情によって「大名旅行」に成り下がってしまったことへの悔やみが刻み込まれた記述である。

　苦難の伴わない娯楽的な旅行をすることのためらいや、自分たちの旅行がそう見られることへの反発は、第21班以外の調査日誌にも確認することができる。第13期生・江西東線班は1915年上海から内陸に向かいその後南下する華南周遊ルートを進んだ後、一部が台湾を訪問し、もう一部が内地に帰

国するという別行動を取っている。台湾訪問組は、基隆で「贅沢」な旅館に泊まり、国定忠治の田舎芝居を楽しんだことを、「苦しい旅の末にいささかの慰籍を求めんが為にこうした気分を味ふ事を許して呉れ給へ」［東亜同文書院編2016a: 163］として内地帰国組へ手紙の形式を取って報告している。いわば、最後まで苦行を果たすことができなかったことへの懺悔である。要するに、この書院生にとって、大旅行調査は修行の場なのであり、その道中で贅沢をしたり遊んだりすることは修行からの堕落あるいは脱落を意味している。大旅行調査が終了していないのであれば、たとえ相手が内地へ向かう者であっても、こうした弁解をする必要があったのであろう。

　また、場所は台湾ではないものの、第21期生・江西湖南工業調査班の調査日誌「群陽河畔をめぐる」にも類似の記述がある。この箇所は、中国人の「警官」との対話の形で構成されている。その中で「警察官」が自分たちの仕事、暮らしぶりについて愚痴を述べて「それに引換へあなた達は幸福者ですよ。かうして楽しい目をして旅行をするなんてね」と語る。彼らはそれに対して次のように反論する。

> 楽しい旅行！　一概にさう見られては困りますね。弁解の様ですが何も私達は好んで物見遊山をしてゐるのぢやありませんからね。それについては私達の学校の主旨も充分に諒解して戴きたいと思ひます。［東亜同文書院編 b: 250］

このやり取りの後、会話の主題は国家間ではなく市民同士の日中友好が必要であるという議論に移っていく。この箇所に、近代エリート的なスタンスすなわち、大旅行調査は単なる娯楽目的の旅行なのではなく、学術教育活動の一環であり、市民レベルでの外交関係とも関連した高度な実践なのだという意識を読み取っても行き過ぎではあるまい。

　しかしながら調査日誌の記述に、ツーリズム産業が大衆を旅行に誘うために活用する魅惑的言説と重複する部分が見られるように、第21班と観光メディアの記述内容には少なからずの類似性が確認できるのも事実である。両者の間では、同時代的に構造化された「観光のまなざし」［アーリ2014］が共有されていたとまとめることも可能であろう。

　たしかに第21班に関して言えば、当時の社会的制約の下で調査の準備が

ままならず、自分たち独自の旅行を遂行することができなかった、そのために大衆的な観光のメカニズムに絡め取られてしまったのだ、と解釈することもできる。

けれどもこうした読みは、物見遊山的なレジャー旅行と大旅行調査を差別化したい書院生の気持ちに無批判に従ったものと捉えるべきであろう。むしろ大旅行がツーリズムに組み込まれていた事実を直視する必要があるのではないか。書院生が台湾で効率よく調査できたのも、ツーリズムというインフラが存在していたからなのである。先述の、第21班が視察した角板山の蕃社はいい例だと言える。角板山は、帝国日本の統治下で広がった鉄道網に組み込まれ、「理蕃」なる近代化／植民地化が達成された観光名所だった。

書院生が進んでレジャー的な観光に及んでいたことをうかがわせる記述も少なくない。先に述べたように、台北に赴いた書院生の多くは、北投温泉と台湾神社をセットで訪問していた。また、第21班は高雄での悪天候によって鵝鑾鼻と寿山の訪問を断念しているが、どちらも「台湾八景」に数えられた名所である。名所訪問の断念をあえて記録することからも、彼らの観光熱がけっして冷めたものではなかったことが分かる[15]。

おわりに

一般的に言って、学術的な調査旅行でも気晴らしや娯楽といった要素が、多かれ少なかれ含まれているのが常態である。現代に生きる我々も同様であり、仕事が目的の旅行の際も状況が許しさえすれば、名物を食べたり名所を訪れたりお土産を買ったりというように、いわゆる"カンコウをする"のである。大旅行調査のような数カ月にわたる苦労にみちた旅行であれば、いっそう気晴らしや娯楽が必要になることは想像に難くない。また、対象を総体的・全体論的に捉えやすいというフィールドワークの長所を重視するのであれば、名物を食べることも名所を見ることも調査対象を構成する要素になるわけであり、忌避したり制限したりするどころかむしろ推奨すべき行為となる。

その一方で、その旅行が自分が真剣に取り組む重要な実践であればあるほど、気楽なレジャーと見なされることに抵抗を覚えてしまうという心理も理

解できる。前述の物見遊山的見方に対する抵抗や反発は、そうした気持ちの表れなのかもしれない。それと同時に、そうした反感自体が旅行を民主化・大衆化させたツーリズムの逆説的な表れだとも言うことができる。いずれにしても、百年近く後の時代を生きているとはいえ、リュックサックを背負って"アジア"を旅行してきた筆者は、こうした心理に親近感を覚えずにはいられない。

　大旅行調査を経験した書院卒業生を対象にアンケート調査を行った藤田によれば、大旅行でのさまざまな経験は「その後の人生にもいろいろな意味で影響を与え」、「回答した方々の人生訓」に結実したという［藤田2011: 325］。大旅行が書院生にとって人間形成の節目として通過儀礼的な役割を果たしたと言っていい。本論では大旅行調査とツーリズムの関わりについて論じてきたが、大旅行についてさらに理解を深める上で、いわば"旅"の側面から大旅行を捉える試みは重要であり続けるであろう。

　注

1）たとえば阿部［2014］あるいは南洋群島からのものについて論じた千住［2004］など。
2）日本統治下の台湾における観光一般については、本稿でも適宜引用するように曽山［2003］が参考になる。
3）本稿ではツーリズムを、旅行を生産・流通・消費させるシステムという大きな意味で用いている。
4）本稿では、植民地主義という文脈を軽視しないように心がける目的で、台湾先住民に対してあえて「蕃人」を、またその居住地には「蕃社」という名称を用いることとする。
5）たとえば1911年訪問の第9期生・汕頭広州湾班、1933年訪問の第30期生・南支沿岸台湾調査班などの調査日誌に見られる。
6）引用文中の旧字体は新字体にあらため、旧仮名遣いはそのままとした。また、「南華・台湾の旅」からの引用については、煩雑さを避けるため、（　）内に頁数のみを記す。
7）同じ頁で「漁池」とも表記されている。
8）『台湾鉄道旅行案内』の項目「角板山」における蕃社の言及は、すでに1916年版にも見られるものの、蕃社視察に適した地として推奨する記述は1924年版で確認できる。
9）「阿緱工場」の誤植と思われる。
10）しかしながら、"南国らしさ"はつねに楽園的なものとしてのみ描かれているというわけではなく、高雄や嘉義でヤモリに怖気づいた経験や、角板山で毒蛇に噛まれて死んだ人の話も記載されている。
11）1920年代は台湾人大衆層に余暇を楽しむ余裕が生まれており、1921年の旧正月には

媽祖信仰の中心・北港朝天宮を参拝する客のために台北嘉義間で臨時列車が運行された
くらいであった［曽山2003: 112-115］。

12）ここには、第21班が「京都」と呼んだ台南が含まれておらず、その点奇妙に思われ
るが、実際には台南や台中も指定遊覧地となっていた［曽山2003: 109］。

13）森［2010: 78］にも同様の指摘がある。

14）このクーポン案内の説明の後半部分と酷似した文章は、1930年版『台湾鉄道旅行案
内』の屏東駅の紹介文にも見られることは植民地台湾のツーリズムメディアについて考
える上で興味深い。

15）同じことは香港を訪問した書院生にも言える。彼らの多く（第21班も含む）がケー
ブルカーに乗ってビクトリア・ピークに登頂したり、自動車で香港島一周のドライブを
楽しんでいる。道路の舗装状況などについて英国による香港統治を批評する言葉が伴う
こともあるが、第21班がそうであるように、単に風景を堪能する記述も少なくない。

参考文献

阿部純一郎［2014］『〈移動〉と〈比較〉の日本帝国史──統治技術としての観光・博覧会・
フィールドワーク』新曜社

アーリ,ジョン、ヨーナス・ラーソン［2014］『観光のまなざし』加太宏邦訳、法政大学出
版局

有山輝雄［2002］『海外観光旅行の誕生』吉川弘文館

岩田晋典［2017］「大調査旅行における書院生の台湾経験──"近代帝国"を確認する営
み」加納寛編『書院生、アジアを行く──東亜同文書院生が見た20世紀前半のアジ
ア』あるむ

白幡洋三郎［1996］『旅行ノススメ──昭和が生んだ庶民の「新文化」』中央公論社

千住一［2004］「『観光』へのまなざし──日本統治下南洋群島における内地観光団をめ
ぐって」遠藤英樹・堀野正人編『「観光のまなざし」の転回──越境する観光学』春
風社

曽山毅［2003］『植民地台湾と近代ツーリズム』青弓社

台湾総督府交通局鉄道部［1930］『台湾鉄道旅行案内』（『近代台湾都市案内集成』第4巻、
ゆまに書房、2013年所収）

東亜同文書院編『東亜同文書院大旅行誌』シリーズ全33巻(オンデマンド版)、愛知大学

　　［2006a］第9巻『暮雲暁色』(1916)

　　［2006b］第16巻『彩雲光霞』(1924)

　　［2006c］第24巻『北斗之光』(1933)

　　［2006d］第31巻『大旅行記』(1940)

　　［2006e］第32巻『大陸遍路』(1942)　　※（　）は原著刊行年

日本旅行倶楽部［1935］『旅』5月号・10月号

藤田佳久［2011］『東亜同文言院生が記録した近代中国の地域像』ナカニシヤ出版

藤田佳久［2012］『日中に懸ける──東亜同文書院の群像』中日新聞社

ルオフ, ケネス［2010］『紀元二千六百年——消費と観光のナショナリズム』木村剛久訳、
　　朝日新聞出版
宮前嘉久蔵［1934］『台湾旅行の栞』東亜旅行案内社
森正人［2010］『昭和旅行誌——雑誌『旅』を読む』中央公論新社

あとがき

　本書は、日本の愛知大学国際問題研究所が中国東北部研究プロジェクトの一環として中国の大連理工大学、遼寧師範大学、大連大学と共同で主催した第1回国際学術シンポジウム「文化・文学：歴史と記憶」（2016年6月）の研究成果である。本書では、大会報告者および関連の研究者が文学、歴史、政治、民族および愛知大学の前身である東亜同文書院の調査活動という異なる視点から論じている。

　中国東北部は、近現代のアジアの歴史において日本と極めて深い関係をもつ。愛知大学の前身である東亜同文書院は、1901年に上海に設立され、約半世紀にわたって書院生によって大旅行調査を実施し、その調査結果をもとに『中国調査旅行報告書』や『東亜同文書院大旅行誌』を刊行した。それらを引き継ぐ愛知大学は、中国研究に関して日本でも有数の研究実績をもつ。しかし、戦後は様々な事情のために大旅行以降の系統的な調査研究はあまり進んでいない。そこで愛知大学国際問題研究所は、大連理工大学、遼寧師範大学、大連大学とともにこれら日中の4大学を拠点とする学術交流を企画して共同研究を進めることとした。その第1回国際シンポジウムは2016年6月24〜26日に大連理工大学にて開催され、研究成果である本書が愛知大学国研叢書の一冊として刊行される。これは、今後の系統的な中国東北部研究のスタートとして大きな意味をもつ。第2回国際シンポジウムは2017年11月11日に愛知大学にて開催の予定である。

　なお、本書の中国側論文の要旨（中文）の日本語翻訳は、愛知大学大学院中国研究科の博士課程在学生および同課程修了生の伊藤ひろみ、飯田直美、柏木豊美、本多正廣、田振達、前田春香が担当した。未熟な点、誤訳につきましてご叱正いただければ幸いです。

　最後に、本書の刊行にあたっては、梁海教授と張学昕教授をはじめとする大連理工大学、遼寧師範大学、大連大学の関係各位に多大なご支援とご協力

をいただきました。心から御礼申し上げます。愛知大学国際問題研究所の鈴木真弓さんをはじめとする関係スタッフの皆さまにも多くの面でご協力いただきました。感謝申しあげます。また本書の出版を快く引き受けていただいた株式会社あるむの吉田玲子さんをはじめとする関係の皆さまに、この場を借りて御礼いたします。

　　　2017年10月20日

　　　　　　　　　　　　　　　　　松岡正子　黄英哲

執筆者紹介

〈編者〉

松岡正子（Matsuoka Masako）
1953年長崎県生まれ。愛知大学現代中国学部教授。早稲田大学大学院博士後期課程単位取得退学。博士（文学）。専門領域：中国文化人類学。主要論著：『中国青藏高原東部の少数民族 チャン族と四川チベット族』（ゆまに書房、2000年）、『四川のチャン族―汶川大地震をのりこえて〔1950–2009〕』（共著、風響社、2010年）、『青蔵高原東部のチャン族とチベット族2008汶川地震後の再建と開発 論文篇・写真篇』（あるむ、2017年）

黄英哲（Ko Eitetsu）
1956年台湾台北市生まれ。愛知大学現代中国学部教授。立命館大学大学院文学研究科博士後期課程修了。立命館大学博士（文学）、関西大学博士（文化交渉学）。専門領域：台湾近現代史、台湾文学、中国現代文学。主要論著：『台湾文化再構築1945～1947の光と影―魯迅思想受容の行方』（創土社、1999年）、『台湾の「大東亜戦争」―文学・メディア・文化』（共著、東京大学出版会、2002年）、『記憶する台湾―帝国との相剋』（共著、東京大学出版会、2005年）、『越境するテクスト―東アジア文化・文学の新しい試み』（共著、研文出版、2008年）、『漂泊與越境―両岸文化人的移動』（台湾大学出版中心、2016年）

梁海（Liang Hai）
1968年江蘇省南京生まれ。大連理工大学人文学部教授。哲学博士。専門領域：中国現当代文学、文学評論。主要論著：『小説的建築』（復旦大学出版社、2011年）、『天道酬技』（光明日報出版社、2017年）、『阿来文学年譜』（復旦大学出版社、2015年）、「新世紀長篇小説創作的詩性建構」（『吉林大学社会科学学報』2013年第6期）、「物

欲的批判與超越」（『江海学刊』2017年第1期）

張学昕（Zhang Xuexin）
1963年黒龍江省佳木斯生まれ。遼寧師範大学人文学部教授。文学博士。専門領域：中国現当代文学、文学評論。主要論著：『南方想象的詩学』（復旦大学出版社、2009年）、『話語生活中的真相』（吉林出版集団責任有限公司、2009年）、『穿越叙述的窄門』（復旦大学出版社、2013年）、「重構"南方"的意義」（『文学評論』2014年第3期）、「海外漢学、本土批評與中国当代小説」（『中国現当代文学研究叢刊』2014年第10期）

〈執筆者〉（掲載順）

蒋済永（Jiang Jiyong）
1966年広西チワン族自治区全州生まれ。華中科技大学教授。文学博士。専門領域：文学基本理論および批評、比較詩学。主要論著：『現象学美学閲読理論』（広西師範大学出版社、2001年）、『過程詩学』（中国社会科学出版社、2002年）、『文本解読與意義生成』（華中科技大学出版社、2007年）

王玉春（Wang Yuchun）
1980年山東省威海生まれ。大連理工大学人文学部副教授。文学博士。専門領域：中国現当代文学と文化。主要論著：『空間與対話―"五四"報刊通信欄目研究』（花木蘭文化出版社、2012年）。「"介入当下"的突囲與堅守―試論伝媒時代"学院批評"的困境與発展」（『当代文壇』2010年第4期）、「"重述"的謬誤―論〈屈原〉的発表與"弦外音"的発現」（『首都師範大学学報』2012年第3期）、「論民国生存語境的文学詮釈與経済重構」（『民国経済與現代文学』花木蘭文化出版社、2012年）

291

賈浅浅 (Jia Qianqian)
陝西省西安生まれ。西安建築科技大学中文系講師。文学碩士。専門領域：現当代文学。主要論著：「我的父親賈平凹」（『宝鶏文理学院賈平凹創作暨学術研究報告』2007年）等

劉 博 (Liu Bo)
1988年遼寧省大連生まれ。大連理工大学人文学部哲学系美学専業博士研生生。文学碩士。専門領域：影視美学

李梓銘 (Li Ziming)
1978年吉林省吉林生まれ。遼寧師範大学外国語学院副教授。文学博士。専門領域：文学翻訳、比較文学。主要論著：「英語世界里的中国"廟堂之音"—莫言小説〈檀香刑〉中人物声音的重現」（『小説評論』2016年第2期）、「想像中国的方法—英語世界碧奴人物形象的流変及価値重構」（『中国比較文学』2016年第3期）

翟永明 (Zhai Yongming)
1976年山西省大同生まれ、遼寧師範大学文学院副教授。文学博士。専門領域：20世紀中国文学整体研究。主要論著：『生命的表達與存在的追問—李鋭小説論』（商務印書館、2013年）、『文学的還原』（遼寧師範大学出版社、2012年）

陳 政 (Chen Zheng)
1989年河南省商水生まれ。大連理工大学人文学部哲学系美学専業博士研生生。哲学碩士。専門領域：中国美学、美学原理

白 楊 (Bai Yang)
1968年吉林省長春生まれ。吉林大学文学院教授。文学博士。専門領域：台港および海外華文文学、20世紀中国文学思潮。主要論著：『穿越時間之河—台湾"創世紀"詩社研究』（吉林大学出版社、2013年）

季 進 (Ji Jin)
1965年江蘇省如皋生まれ。蘇州大学文学院教授、蘇州大学海外漢学研究中心主任。

文学博士。専門領域：20世紀中外文学関係研究、銭鍾書研究、海外漢学（中国文学）研究。主要論著：『銭鍾書與現代西学』（上海三聯書店、2002年）、『彼此的視界』（復旦大学出版社、2014年）、『英語世界中国現代文学研究綜論』（北京大学出版社、2017年）

三好 章 (Miyoshi Akira)
1952年栃木県生まれ。愛知大学現代中国学部教授。一橋大学大学院博士後期課程修了。博士（社会学）。専門領域：中国近代史。主要論著：『摩擦と合作 新四軍1937〜1941』（愛知大学国研叢書、創土社、2003年）、『『清郷日報』記事目録』（中国書店、2005年）、『対日協力政権とその周辺—自主・協力・抵抗』（主編、愛知大学国研叢書、あるむ、2017年）

嶋田 聡 (Shimada Satoshi)
1972年東京都生まれ。長野大学、長野ビジネス外語カレッジ非常勤講師。愛知大学大学院中国研究科博士後期課程修了。博士（学術）。専門領域：中国現代文学、台湾現代文学。主要論著：「文学論の表現モデルとしての厨川白村—黄得時『『科学上的真』與『芸術上的真』』と雑誌『先発部隊』に関する一考察」（『野草』第90号、2012年）「蘇維熊と自然主義—日本統治期台湾文学におけるナショナリズムの契機」（『国際問題研究所紀要』第147号、2016年）、「蔡培火『東亜の子かく思ふ』に関する一考察—ある日本統治期台湾知識人の愛国思想」（『国際問題研究所紀要』第148号、2016年）

石田卓生 (Ishida Takuo)
1973年岐阜県生まれ。愛知大学東亜同文書院大学記念センター研究員。愛知大学非常勤講師、豊橋創造大学非常勤講師等。愛知大学大学院中国研究科博士後期課程修了。博士（中国研究）。専門領域：近現代日中関係史、中国語教育史、近現代中国文学。主要論著：「東亜同文書院とキリスト教—キリスト教信者坂本義孝の書院精神」（『中国21』Vol. 28、2007年）、「大内隆雄と

東亜同文書院」(「満洲国」文学研究会『中国東北文化研究の広場』第 2 号、2009 年)、「東亜同文書院の北京移転構想について」(『中国研究月報』第 63 巻第 2 号、2009 年)、「日清貿易研究所の教育について―高橋正二手記を手がかりにして」(『現代中国』90、2016 年)

塩山正純 (Shioyama Masazumi)
1972 年和歌山県生まれ。愛知大学国際コミュニケーション学部教授。関西大学大学院文学研究科博士後期課程修了。博士（文学）。専門領域：中国語学。主要論著：『初期中国語訳聖書の系譜に関する研究』(白帝社、2013 年)、「『大旅行誌』の思い出に記された香港―大正期の記述を中心に」

(『書院生、アジアを行く―東亜同文書院生が見た 20 世紀前半のアジア』加納寛編、あるむ、2017 年)

岩田晋典 (Iwata Shinsuke)
1970 年東京都生まれ。愛知大学国際コミュニケーション学部准教授。立教大学文学研究科博士後期課程修了。博士（文学）。専門領域：文化人類学。主要論著：「大調査旅行における書院生の台湾経験―"近代帝国"を確認する営み」(『書院生、アジアを行く―東亜同文書院生が見た 20 世紀前半のアジア』加納寛編、あるむ、2017 年)、「茶アイデンティティの多元化―『地球の歩き方ガイドブック』シリーズ台湾編における表象分析」(『文明 21』第 37 号、2016 年)

歴史と記憶——文学と記録の起点を考える

愛知大学国研叢書第4期第2冊

2017年10月31日　第1刷発行

編者——松岡正子・黄英哲・梁海・張学昕
発行——株式会社あるむ
　　　　〒460-0012 名古屋市中区千代田3-1-12
　　　　Tel. 052-332-0861　Fax. 052-332-0862
　　　　http://www.arm-p.co.jp　E-mail: arm@a.email.ne.jp
印刷——興和印刷　　製本——渋谷文泉閣

© 2017　The Aichi University Institute of International Affairs
Printed in Japan　ISBN978-4-86333-135-8